aufbau taschenbuch
AUFBAU VERLAGSGRUPPE

Gerhard Seyfried, 1948 in München geboren, verbrachte den Großteil seines Lebens in München und Berlin. Mit seinen Cartoons und Comics wurde er eine Ikone der deutschen Linken. Im Aufbau Taschenbuch Verlag erschien von ihm auch sein großer historischer Roman »Herero«.

München zur Zeit der Studentenrevolte. Im »Kollektiv Rote Hilfe« treffen sich Studenten und Anarchos, vereint im Zorn auf den Staat. Hier verlieben sich Fred und Jenny und beginnen ihren phantasievollen Kampf gegen die Staatsmacht. Sie schreiben Spottverse, besprühen Schaufenster und werfen Glasmurmeln auf Bankeingänge. Doch die Staatsmacht kennt kein Pardon. In Berlin wird Jenny verhaftet. Sie bricht aus dem Gefängnis aus und geht in den Untergrund. Fred steht vor einer dramatischen Entscheidung. Soll er sich zu ihr bekennen – oder ihre Liebe verleugnen?

Gerhard Seyfried

Der schwarze Stern der Tupamaros

Roman

Aufbau Taschenbuch Verlag

ISBN-10: 3-7466-2271-9
ISBN-13: 978-3-7466-2271-2

1. Auflage 2006
Aufbau Taschenbuch Verlag GmbH, Berlin

Umschlaggestaltung gold, Anke Fesel/Kai Dieterich
unter Verwendung eines Fotos von Anke Fesel
Satz LVD GmbH, Berlin
Druck und Binden Druckerei C. H. Beck, Nördlingen
Printed in Germany

www.aufbau-taschenbuch.de

So steht das frisch gestempelt auf der Seite neben dem Visum der Republica Argentina. Fred Richter klappt den Paß wieder zu und schiebt ihn in die Hemdtasche. Er sitzt auf der steinernen Balustrade und schaut über die weite, graubraune Wasserfläche des Rio de la Plata, dorthin, wo unsichtbar im hellen Dunst Buenos Aires liegen muß. Zu seinen Füßen klatschen die Wellen an die Mauer. Außer den Wellen regt sich nichts. Nirgends ein Mensch, keine Möwen im Himmel, kein Schiff auf dem Strom.

Fred ist heute morgen von Buenos Aires herübergekommen, 55 km mit dem nagelneuen Tragflügelboot über den Río de la Plata. Isabel und Alfredo hatten zwar bedenkliche Gesichter gemacht wegen des Ausflugs nach Uruguay, Bordaberrys finstere Militärdiktatur war schließlich erst vor einem Jahr zu Ende gegangen, aber er wollte eben einmal hierher, und wenn es nur für ein paar Stunden wäre. Dabei weiß er gar nicht recht, was er eigentlich hier sucht, hier in Colonía del Sacramento, dieser kleinen Provinzhauptstadt. Den Ursprung einer Geschichte, die hier nicht angefangen und hier auch nicht geendet hat? Und doch irgendwie hier begann, hier in Südamerika, wo weder er noch Jenny jemals waren.

Er kehrt dem großen Strom den Rücken und wandert langsam zurück durch die schmale, mit groben Steinen gepflasterte Gasse. Ihr Name steht klein an die Hausecke gepinselt: Calle de los Suspiros, Seufzerstraße. Zu beiden Seiten ducken sich niedrige ein- und zweistöckige Häuser, armselig und schief, schimmlig und stockfleckig vom feuchten Klima. Telefondrähte an die Wand genagelt, ein völlig verrostetes, unleserliches Schild. Niemand ist zu sehen, die Gasse ist wie ausgestorben.

Weiter oben, im Zentrum, ist Colonía ein hübscher, etwas verschlafener Ort mit niedrigen, weißgestrichenen Häusern, in dem verliebte Paare herumschlendern und zigarrenrauchende Männer auf den Ladenstufen sitzen. Die Straßen sind von Platanen gesäumt, noch grün, aber schon verfärben sich die Blätter gelb. Und überall Autos, die in Europa rare Antiquitäten wären, Ford Pick-ups aus den 20er Jahren, ein Horch Kabriolet von 1938, ein 1940er Packard, ein Opel Olympia.

Hier unten aber, am Plata, ist Colonía eine Geisterstadt. Fred kommt an eine Kreuzung, auch hier alles wie verlassen. Ein Eckhaus mit geschlossenen Fensterläden; auf seinem fleckigen, abbröckelnden Putz stehen, vor vielen Jahren mit schwarzer Farbe gemalt und kaum mehr lesbar, die Buchstaben MLN. Darüber, ebenso verblaßt und verwittert, ist gerade noch ein fünfzackiger Stern zu erkennen, mit einem großen T darin.

Fred holt seine Kamera aus der Fototasche und stellt sorgfältig Entfernung und Belichtung ein. Anfang und Ende, denkt er, während er auf den Auslöser drückt, der Kreis schließt sich, hier in Uruguay, das einmal die Schweiz Amerikas gewesen sein soll. Mit so einem Stern fing es an, auf der anderen Seite der Erdkugel, vor elf Jahren in München. Mit dem schwarzen Stern der Tupamaros und mit Jenny, die er verloren hat.

MÜNCHEN-SCHWABING
ENDE JANUAR 1974

Der Schnee auf den geparkten Autos ist weiß, aber auf der Fahrbahn ist es nur brauner Matsch. Der Demonstrationszug zieht durch die Theresienstraße, von den grauen Fassaden hallt es wider: »Chile sí! Junta no!« Fred schlägt die behandschuhten Hände aneinander, die ihm in der Kälte klamm werden. Er läuft vorne mit, so etwa in der dritten Reihe, unter dem langen Transparent mit der

Aufschrift DEMOKRATIE MUSS GELEGENTLICH IN BLUT GEBADET WERDEN. Das ist ein Zitat aus der Antrittsrede von Junta-Chef Augusto Pinochet Ugarte, einem der schlimmsten Blutsäufer, die je ein Land unterdrückt haben. Der Putsch in Chile ist gerade mal vier Monate her. Militärs unter General Pinochet hatten sich am 11. September 1973 mit Hilfe der USA blutig an die Macht geputscht und den Staatspräsidenten Salvador Allende ermordet. Danach richteten sie gräßliche Massaker unter Oppositionellen und allen, die sie dafür hielten, an. Tausende wurden hingerichtet, ermordet, zu Tode gefoltert oder verschwanden in Konzentrationslagern.

Fred ist aus Zorn dabei, aus Zorn über das grausame Blutvergießen, über die unverhohlene Unterstützung der USA beim Sturz einer demokratisch gewählten Regierung und aus Empörung über den kaum zu überbietenden Zynismus, mit dem der faschistische Umsturz von der CDU-Regierung begrüßt wurde. Zur Situation der im Stadion von Santiago de Chile gefangenen und gefolterten Chilenen hatte die SÜDDEUTSCHE ZEITUNG am 18. Oktober 1973 den CDU-Generalsekretär Bruno Heck mit den Worten zitiert: »Das Leben im Stadion ist bei sonnigem Wetter recht angenehm«, und DIE WELT fand schon achtzehn Tage nach dem Putsch: »Jetzt geht es wieder aufwärts.«

Fred hat dunkelblonde Haare, und sie fallen ihm bis auf die Schultern. Seine kurze Lederjacke stammt vom Flohmarkt, ein uraltes Teil, braun und abgewetzt, mit geflochtenen Achselstükken. Dazu trägt er verwaschene Jeans und die indischen Wildlederstiefel aus London. Auf die Jacke ist er stolz und trägt sie fast immer, trotz der Kälte hat er seinen Parka zu Hause gelassen.

Ein paar Meter vor ihm, in der ersten Reihe, läuft sein Freund Ramon mit der schwarzen Motorradjacke, den schwarzen Schal um den Hals. Ramon kommt aus Berlin und ist so alt wie Fred, auch sechsundzwanzig, ein ruhiger Typ mit schulterlangen schwarzen Haaren.

Fred schaut sich nach den anderen um, ein bunt gemischter Haufen sind sie, Männer und Frauen, Gesichter unter roten

Hennahaaren oder blonden Afrolocken, bärtige Gesichter, alle ein bißchen verfroren. Die meisten Leute stecken in grünen Parkas, in indischen Fellmänteln oder Lederjacken, viele haben sich schwarzweiß und rotweiß gemusterte Palästinensertücher um den Hals gewickelt. Über der Menge schwanken Pappschilder: ITT CIA Mörder! und USA-SA-SS, ein Che-Guevara-Poster an einer langen Stange, weiter hinten eine chilenische und eine rote Fahne. Es ist eine angemeldete und genehmigte Demonstration, und es sind nur ein paar hundert Leute, weil Werktag ist und das Wetter so unfreundlich. Streifenwagen fahren mit Blaulicht vorn und am Schluß, Mannschaftswagen der Bereitschaftspolizei lauern in den Seitenstraßen.

Ein paar Leute fangen jetzt an zu rufen: »Weg mit Pinochet!«, aber das zündet nicht richtig, und die Rufe verstummen wieder. Eine Weile geht es stumm dahin, nur das Treten und Schlurfen unzähliger Schuhe auf dem nassen Asphalt ist zu hören. Die Demo zieht durch die Amalienstraße auf die Theresienstraße zu. Dort müßte nach rechts abgebogen werden, denn die Schlußkundgebung soll am Königsplatz stattfinden, aber durch die Reihen geht es: »Hey, weitersagen: Vorn an der Kreuzung links! Auf die Ludwigstraße!« In die Richtung ist die Theresienstraße abgesperrt durch eine Funkstreife und ein paar Polizisten. Da werden die Bullen nicht mitspielen, schätzt Fred, denn die breite Ludwigstraße ist um diese Zeit dicht befahren. Es ist eine der Hauptverkehrsadern aus der Innenstadt nach Norden, beim Siegestor wird aus ihr die Leopoldstraße.

Die erste Reihe schwenkt auch wirklich nach links, die zweite Reihe folgt und nun die dritte mit Fred mitten drin. Sie umfließen den grünen Polizei-BMW wie ein Bach einen Stein.

Da wo die Theresienstraße in die Ludwigstraße mündet, stellt sich ein Streifenwagen quer, aus seinem Lautsprecher dröhnt es: »Hier spricht die Polizei! Sie verlassen den genehmigten Demonstrationsweg! Halten Sie die angemeldete Route ein!« Niemand hört darauf. Die Demo ergießt sich in die Ludwigstraße, in ein hupendes Durcheinander aus bremsenden Autos, und zieht Richtung Feldherrnhalle. Eine Welle der Munterkeit geht durch die Leute, Fred sieht glänzende Augen und hört Lachen, hinter ihm plaudert es aufgeregt: »... Bullen sauber verarscht, haha!« und: »Lassen uns doch von denen nix vorschreiben!«

Sie ziehen über den Oskar-von-Miller-Ring, in aller Eile halten ein paar Funkstreifen den Verkehr auf. Von vorn und aus entfernteren Seitenstraßen ist das Lalü-lalü der Polizeisirenen zu hören. Ramon dreht sich nach ihm um, er lacht und ruft: »Sags weiter: Zum Marienplatz!«, und Fred wiederholt es, hört, wie der Satz aufgenommen wird und nach hinten wandert. Marienplatz ist viel besser, denkt er, da ist das Rathaus und immer ne Menge Menschen, am Königsplatz würde die Schlußkundgebung verpuffen, weil da kaum Fußgänger unterwegs sind. Inzwischen sind sie durch die enge Residenzstraße und kommen auf den Platz vor dem Nationaltheater. Dort halten gerade sieben oder acht Mannschaftswagen, alle mit blitzendem Blaulicht. Straßenkampfbullen mit Helm, Schilden und Schlagstöcken quellen heraus und stellen sich hastig in einer Reihe auf. Ohne Vorwarnung setzen sie sich in Bewegung und gehen auf die vorderste Reihe los. Sie versuchen, die Leute mit ihren Schilden aus der Richtung zu drücken, die Demonstranten rempeln dagegen, Pfiffe und laute Buh-Rufe. Freds Reihe drängt nach vorn, sie haken sich unter, helfen schieben. Ein Trupp Polizisten fällt ihnen von links in die Flanke, die Reihe verbiegt sich, hält nicht stand. Die Bullen hinter ihren durchsichtigen Schilden stoßen nach, Helmvisiere unten, Knüppel in der Rechten. Noch schlägt keiner. Gerangel, Hin- und Hergeschubse, Geschrei. Fred stolpert über einen Schneehaufen, verliert einen Augenblick die Orientierung.

Doch die Bullen ziehen sich schon wieder zurück. Sie formieren sich quer über die Maximilianstraße, den Landtag schützen, der dort hinten breit über der Isar thront, aber dahin will gar keiner, scheiß auf den Landtag! Die Demonstranten packen sich dichter zusammen, haken sich unter und ziehen weiter Richtung Rathaus. Die Polizei macht keinen Versuch mehr, sie aufzuhalten, so viele sind sie schließlich nicht, und bei dem Sauwetter werden sich die Leute vermutlich sowieso bald zerstreuen, vermutet Fred. Nur Ramon bleibt verschwunden, so sehr er sich auch den Hals verrenkt, um ihn irgendwo in der Menge zu entdecken. Wahrscheinlich ist er irgendwie nach hinten geraten oder ist mal schnell in einen Zigarettenladen. Er wird schon wieder auftauchen.

Drei Namen stehen über der Klingel: Hauber, Ziegler, Zanetti; darunter, direkt auf die Wand geschrieben: KOLLEKTIV ROTE HILFE. Sandra drückt noch einmal auf den Klingelknopf und sagt über die Schulter zu Fred: »Sind die taub? Das müssen die doch hören da drin!«

Fred macht eine Keine-Ahnung-Bewegung mit den Schultern, schiebt die Hände in die Jackentaschen und wartet, was passiert. Sandra klingelt ein drittes Mal. Sie sieht wie immer hübsch, sogar elegant aus, mit ihrem langen dunkelgrünen Samtrock und der eng geschneiderten hüftlangen Samtjacke, die ebenfalls dunkelgrün ist und gut zu ihren dunkelroten Hennahaaren paßt. Irgendwie schafft sie es, jeden Tag anders angezogen zu sein und trotzdem in die Szene zu passen, die kaum je anders rumläuft als in Jeans, Lederjacken oder Parkas, ganz egal, ob männlich oder weiblich, wenns hoch kommt, mal ein Palästinensertuch dazu. Sandra ist Ramons Freundin, sie war nicht mit auf der Chile-Demo, bei der Ramon verschwunden ist. Fred schaut auf seine nassen Stiefel, draußen ist ein fürchterlicher Schneematsch, und sie haben schmutzige Fußstapfen im blankgewachsten Treppenhaus hinterlassen. »Scheinbar keiner zuhause«, sagt er, aber im gleichen Moment fragt eine dumpfe weibliche Stimme hinter der Tür: »Wer isn da?«

Sandra antwortet: »Ich bins, Sandra; mach endlich auf!«

»Mome-hent«, flötet die Stimme, die Schließkette klirrt, und die Tür öffnet sich. Eine blonde junge Frau mit Sommersprossen umarmt Sandra und sagt: »Hab mir schon gedacht, daß du kommst!« Über Sandras Schulter schaut sie Fred durch eine John-Lennon-Brille an.

»Das ist Fred«, sagt Sandra, bevor sie fragen kann, »wir wohnen zusammen, Fred, Ramon und ich. Er ist auch wegen Ramon hier.«

»Aha, hallo Fred«, lächelt die Blonde, »ich bin Lola, okay, kommt rein!« Sie hängt die Schließkette wieder ein und läuft barfuß vor ihnen her, durch einen langen Flur in einen großen, hohen Raum mit Parkettboden, Stuck an der Decke und einem schönen Erkerfenster. Um ein niedriges Tischchen lungern sechs Leute herum, auf dem Boden verstreut Kissen und Kaffeetassen, Zeitungen, Flugblätter und volle Aschenbecher.

»Hallo Sandra!« ruft ein blonder Typ mit schulterlangen Haaren. »Welch seltene Ehre!«, und eine Schwarzhaarige mit lila Halstuch fragt: »Was ist denn jetzt mit Ramon? Ist er wieder draußen?«

Sandra knöpft ihre Jacke auf und schüttelt den Kopf. »Nein«, sagt sie, »deswegen sind wir ja hier, Fred und ich.«

Die Chile-Demo war vorvorgestern, und bis jetzt ist Ramon noch nicht wieder aufgetaucht. Es sieht ganz so aus, als hätten ihn die Bullen bei dem Gerangel vor dem Nationaltheater abgegriffen. Fred hat bei der Roten Hilfe angerufen, und dort haben sie Ramons Namen notiert und gesagt, alles klar, wir sagen dem Anwalt Bescheid. Kommt doch am Freitag mal rum, wir treffen uns um acht, dann schaun wir mal, was man noch machen kann.

Fred läßt sich auf einem zierlichen Schreibtischstühlchen nieder, auf das sich anscheinend niemand anders setzen wollte, klopft sich eine Zigarette aus der Schachtel und schaut sich die Leute an. Mit ihm sind es fünf Männer und mit Sandra vier Frauen. Einen von den Typen kennt er vom Sehen, der nickt ihm auch zu, das ist der Graf von Monte Christo, eigentlich Christoph Graf, ein alter Knacki, faltiges Gesicht, lange Haare und Stirnglatze, Knastträne unters Auge tätowiert.

Von den Frauen kennt er keine. Da ist die blonde Lola, die ihnen aufgemacht hat, dann die mit dem lila Halstuch und eine dünne Dunkelblondlockige mit Jeans, die im Schneidersitz auf dem Boden sitzt und ihn ansieht. Ihre Augen sind braun und wachsam, und irgend etwas in ihrem Blick verursacht ihm ein leichtes Kribbeln in der Nackengegend. Sie ist hübsch, merkt er, und hat einen schönen Mund, und noch während er hinsieht, deuten sich zwei Grübchen neben ihren Mundwinkeln an, und ihre Lippen kräuseln sich zu einem feinen, spöttischen Lächeln. Dann schaut sie weg.

Wenn nichts Besonderes los ist, treffen sich die RH-Leute einmal in der Woche, erklärt ihm Christoph Graf gerade. Viele sinds nicht, die wirklich was machen. Zwar kommen schon mal zwanzig oder mehr Leute zu den regelmäßigen Treffen, aber bloß wenn was los ist, eine Demo oder Durchsuchungen. Der harte Kern sind nur etwa sieben oder acht, fast alle haben jemand im Knast, Freund oder Freundin. Das sind hauptsächlich die drei, die hier wohnen, nämlich Lola Ziegler, Irmgard Zanetti und Georgie Hauber. Dann Jenny Konrad, das ist die mit den dunkelblonden Locken, Franz Eindorfer, der mit dem Bart, und Werner Siezinsky, das ist der junge Typ da drüben mit dem grauen Pulli. Und außerdem natürlich er, der Graf.

Ja, während der Demo hat es Festnahmen gegeben, erfährt Fred jetzt, zwei Leute, die aber nach ein paar Stunden wieder rausgekommen sind. Ramon wäre demnach die dritte Festnahme, die bekannt wird, aber anscheinend lassen ihn die Bullen nicht laufen. »Gibts denn einen Haftbefehl gegen ihn?« fragt Irmgard, doch davon wissen weder Sandra noch Fred etwas. »Naja«, sagt Irmgard, »dann bleibt nichts andres übrig als abwarten, bis der Anwalt was rauskriegt.« Damit ist das Thema vorläufig erledigt.

Fred schaut hin und wieder zu Jenny mit den dunkelblonden Locken hin, aber es gelingt ihm nicht mehr, ihren Blick einzufangen.

Sandra geht nächsten Freitag wieder zur Roten Hilfe, und Fred begleitet sie. Inzwischen waren sie bei dem Anwalt, den die RH empfohlen hat, und haben erfahren, daß Ramon tatsächlich festgenommen und einbehalten wurde. Jenny ist da und mustert Fred ganz unverhohlen, zeigt darüber hinaus aber kein Interesse. Wahrscheinlich glaubt sie, ich bin mit Sandra zusammen, denkt er.

»Habt ihr ja wahrscheinlich alle mitgekriegt«, beginnt Irmgard, »es hat ne Menge Festnahmen gegeben letzte Woche, sieben allein am vierten Februar!« Sie hält eine Zeitungsseite hoch, die Schlagzeile lautet: ERFOLG GEGEN TERRORISTEN! Irmgard liest die Namen vor: »In Hamburg sind verhaftet worden: Helmut Pohl, Ilse Stachowiak, Christa Eckes und Rechtsanwalt Eberhard Bekker; und in Frankfurt Margit Schiller, Kai-Werner Allnach und Wolfgang Beer. Vorgestern hat es auch noch zwei Festnahmen gegeben, und zwar in Amsterdam. Soll sich um einen Axel Acherrath und einen gewissen Ekkehard Blenk handeln. Die Bullen behaupten außerdem, daß sie in Hamburg und Frankfurt Waffen, Sprengstoff und Papiere sichergestellt haben.«

Darüber wird eine Weile geredet, die Festgenommenen sollen alles RAF-Leute sein, aus der Münchner Szene ist keiner dabei. Daß die Bullen jetzt auch Anwälte einsacken, ist eine Schweinerei, so soll vermutlich die Verteidigung der Gefangenen sabotiert werden. Jedenfalls kümmern sich die RHs in Hamburg und Frankfurt um die Geschichte, bestimmt werden die in den nächsten Tagen eine Erklärung dazu herausgeben.

Jenny liest einen Brief aus dem Knast vor von einem Henry, der Name sagt Fred nichts, und er hört nur mit halbem Ohr hin und interessiert sich mehr für ihre Stimme und die Art, wie sie mit zusammengezogenen Brauen liest und ihm ein-, zweimal einen Blick zuschießt.

Die Klingel unterbricht sie, da kommt noch ein Nachzügler, ein Typ in Jeans und Sakko, mit einer Brille auf, eine Ledermappe unter dem Arm.

»Das is Jürgen«, sagt Christoph Graf zu Fred, »Jürgen is Rechtsanwalt, guter Typ!«

»Ja«, erwidert Fred, »bei dem waren wir vorgestern, wegen Ramon.«

»Tut mit leid, wenn ich euch unterbreche, Leute«, sagt Jürgen und nickt in die Runde, »aber ich muß gleich weiter, darum mach ichs kurz! Also erstens: In Sachen Henry hab ich Haftbeschwerde eingelegt, die Vorwürfe sind ja lachhaft, Wohnsitz hat er auch, also irgendwann müssen sie ihn einfach rauslassen. Zweitens: Die Festnahme bei der Chile-Demo, Ramon Meier war das, da hab ich endlich Akteneinsicht gekriegt! Die Polizei wirft ihm Widerstand gegen die Staatsgewalt vor, das machen sie immer, wenn sie einen verprügeln und festnehmen.« Er schaut erst Sandra, dann Fred über den Rand seiner Brille an und fährt fort: »Nicht viel passiert, nur ein paar blaue Flecken. Aber das Ding ist, daß sie ihn im Verdacht haben, an dem Sprengstoffanschlag auf das Bayerische Landeskriminalamt vor zwei Jahren beteiligt gewesen zu sein. Es gibt einen Haftbefehl gegen ihn, erst vor ein paar Tagen ausgestellt, also nach der Festnahme! Vorläufig ist er in Untersuchungshaft.«

Sandra will etwas sagen, aber er ist noch nicht fertig: »Ich hab mit Ramon inzwischen sprechen können, und er streitet ab, daß er mit dem Anschlag etwas zu tun gehabt hat. Ich glaube auch nicht, daß sie ihm da was anhängen können, in ein paar Wochen müßte er spätestens wieder draußen sein. Komisch ist die Geschichte trotzdem, was sie eigentlich gegen ihn haben, geht aus den Akten gar nicht richtig hervor. Ermittlungen laufen noch, heißt es, aber sie haben ja nicht mal sein Zimmer durchsucht. Aber was nicht ist, kann noch werden, also laßt nix rumliegen!« Er zwinkert Sandra zu, und sie nickt, dann tauscht sie einen Blick mit Fred. Ramons Zimmer haben sie natürlich längst ausgecleant, und nicht nur das, sondern die ganze Wohnung, falls die Bullen einreiten. Was richtig Illegales haben sie ohnehin nicht, also keine Knarren oder sonst verbotenen Kram wie etwa RAF-Flugblätter, deswegen heißt auscleanen nichts weiter, als daß sie ihren Shit gut verbunkert und nicht mehr als ein ganz kleines Rauchpiece rumliegen haben, das man im Notfall leicht verschwinden lassen kann.

Jürgen wirft einen Blick auf die Uhr und sagt: »Ich muß los, hab ein Abendessen, das ich nicht verpassen darf!« Er kramt in seiner Aktentasche herum und zieht ein Blatt Papier heraus. »Hier, das laß ich euch da, da hab ich mal ein paar Punkte notiert, die auf dem Festnahme-Flugblatt nicht fehlen dürfen. So, tschau, machts gut, Leute!«

Das Festnahme-Flugblatt ist der nächste Tagesordnungspunkt. Weil es immer wieder Festnahmen bei den Demos gibt und die meisten Leute nicht wissen, wie sie sich verhalten sollen und was sie für Rechte haben, soll dazu ein Infopapier gemacht werden, das man vor einer Demo an die Leute verteilen kann.

»Das brauchen wir nicht alle zusammen schreiben«, sagt Irmgard, »da reichen zwei oder drei, wer hat Lust?«

Fred meldet sich: »Ich, wenn ichs nicht allein machen muß« und registriert, daß Jenny den Kopf hebt und zu ihm hinsieht. Er wartet darauf, daß Irmgard fragt, ob er überhaupt eine Ahnung hat, wie man sich bei Festnahmen verhalten soll, aber die nickt nur und sagt: »Okay, wer noch?« Jenny schaut wieder weg.

»Ich auch«, meldet sich Georgie aus der Ecke, wo er einen Joint baut. Georgie hat blonde Haare bis über die Schulterblätter und eine vergammelte braune Lederjacke an, schmutzige, unten ausgefranste Jeans, blanke Gürtelschnalle aus den Metallbuchstaben LSD. Nett von ihm, daß er mitmacht, Fred hatte grade Angst bekommen, er bliebe allein mit dem Flugblatt sitzen. »Noch wer?« fragt Irmgard, aber es rührt sich keiner mehr. Christoph, Franz und Werner sagen: »Bis nächste Woche, servus, Leut« und verziehen sich. Sandra sagt: »Tschau-tschau!« und geht auch, weil sie mit ihrer Freundin Melanie verabredet ist.

»Schaut so aus«, sagt Georgie zu Fred, »daß wir jetzt die Flugblattgruppe sind! Was meinst, solln wirs gleich schreiben?«

»Warum nicht«, erwidert Fred, »hab nichts Besseres vor.« Er hatte gehofft, Jenny würde noch mitmachen, aber die zieht sich draußen schon ihren Mantel an und verschwendet keinen Blick in seine Richtung.

»Auf in den Kampf«, sagt Georgie, und spannt ein Blatt in die Schreibmaschine. Er und Fred schauen sich zusammen die paar Punkte an, die der Anwalt fürs Flugblatt notiert hat: Recht auf Aussageverweigerung, Recht auf einen Anruf beim Anwalt und so weiter. Georgie zündet den sauber gerollten Joint an und macht einen tiefen Zug. Dann reicht er die Tüte an Fred weiter und starrt gedankenvoll ins Leere, während er den Rauch langsam aus seinen Nasenlöchern fließen läßt. »Womit solln wir anfangen«, murmelt er dabei, »solln wir erst mal ›Liebe Leute‹ hinschreiben?«

Fred verbeißt sich ein Grinsen: »Ach wo, ich würd einfach nur die einzelnen Dinger untereinanderschreiben, wie eine Liste. Einfach anfangen: Wer festgenommen wird, muß wissen –« Er unterbricht sich, denn Jenny kommt noch mal rein, sie hat ihre Handschuhe liegen lassen. »Ach, ihr macht das jetzt gleich, das Demodingsda?« sagt sie, schnappt sich die Liste vom Tisch und überfliegt sie.

»Was wollt ihr denn drüber schreiben?« will sie wissen und antwortet gleich selber: »Am besten: Verhalten bei Festnahmen, oder?« Dabei schaut sie erst Georgie, dann Fred an und sagt: »Klingt doch ganz okay, nicht wahr?« Sie runzelt die Stirn: »Nein, das klingt blöd. Lieber so was wie: Tips für Demonstranten oder so. Und eins muß auf jeden Fall mit drauf: unbedingt immer zwanzig Pfennig dabeihaben, zum Telefonieren, das steht hier nicht. Und ne Nummer vom Anwalt oder von der RH sollte man auch wissen, am besten auswendig oder mit Kugelschreiber auf den Arm notieren.« Sie zieht ihren Mantel aus, läßt ihn einfach fallen und kniet sich zu ihnen an das kleine Tischchen. »Würd ich gleich da unter ›Ausweis dabeihaben‹ hinschreiben«, sagt sie zu Georgie. Sie schaut Fred an und erklärt: »Die Bullen haben schon öfter Leute nicht telefonieren lassen, wenn sie keine Zehner hatten, und ins Telefonbuch lassen sie einen auch nicht schauen.« Ihre Blicke bleiben einen Moment lang aneinander hängen. Fred nickt, innerlich ein bißchen ungehalten, so ahnungslos ist er schließlich auch nicht, mit den

Bullen ist er schon vor sechs Jahren aneinandergeraten, da war sie wahrscheinlich grade mal fünfzehn oder sechzehn. Jenny und Georgie basteln die Liste zusammen, und Fred bleibt nicht viel mehr zu tun, als gelegentlich zu nicken oder mal nachdenklich die Unterlippe vorzuschieben. In nicht ganz einer halben Stunde ist das Blatt fertig:

Tips für Teilnehmer an Demos
Begründet durch die Tatsache, daß gegen Demonstrationen nackte Polizeigewalt eingesetzt wird, sollten die Teilnehmer an solchen Demos zu ihrer eigenen Sicherheit folgende Sachen beachten:
Es ist wichtig:
1. ein Ausweispapier bei sich zu haben.
2. Kleingeld zum Telefonieren und die Tel.-Nr. eines Anwalts mit sich zu führen (z.B. 30 47 11 oder Wächtler/Bendler, Schickora/Pfeiffer, Niepel/Klefke, Riedel, Rummel, Langmann).
3. Geeignete Demo-Kleidung anziehen (wasserdicht, schlagfest, tarnend).
4. Informiert euch über die Namen eurer Nachbarn. Bei evtl. Festnahmen gebt euren Nachbarn euren Namen bekannt.
5. Falls es wirklich zu Festnahmen kommen sollte, seid ihr nur verpflichtet, Angaben zur Person zu machen, d.h. Name, Geburtsort, Geburtsdatum und Wohnort. Die Bullen sind verpflichtet, euch spätestens nach 48 Std. dem Haftrichter vorzuführen oder freizulassen.
6. Wehrt euch solidarisch gegen unmotivierte Einzelfestnahmen, und versucht diesen durch Kettenbilden zuvorzukommen.

7. Schützt Verletzte, leistet Erste Hilfe, liefert sie nicht den Bullen aus!
8. Bei Auflösung der Demo, egal ob durch die Bullen oder ohne, bildet Gruppen für den sicheren Nachhauseweg.

Jenny sagt: »Ich glaub, das reicht, was meint ihr?« Sie steht auf, wickelt sich den Schal um den Hals und schlüpft in ihren Mantel.

Fred fragt: »Solln wir nicht noch einen Absender drunter machen? So was wie: Eigendruck im Selbstverlag?«

Jenny schüttelt den Kopf: »Nö, lieber nicht. Also, ich muß los, machts gut, tschau!« Weg ist sie, diesmal mit Handschuhen.

»Jenny is echt effektiv«, sagt Georgie nachher auf der Treppe zu Fred, »die hats echt drauf!« Es ist nicht zu überhören, daß Georgie schwer auf Jenny abfährt. Fred wundert sich, wieso sie so hopplahopp eingestiegen ist. Wegen Georgie vielleicht? Oder etwa wegen ihm? Oder ist sie einfach so, reißt alles an sich?

»Sag mal, Sandra«, fragt Fred zu Hause, »wegen Ramon, was war das für ein Ding mit dem Sprengstoffanschlag aufs Landeskriminalamt?«

Sandra hat sich ein Glas Wein eingeschenkt. Sie macht ein nachdenkliches Gesicht und sagt: »Na ja, es heißt, das war wegen dem Mord an Thommy Weissbecker in Augsburg. Den haben Bullen vom LKA erschossen, dabei soll er unbewaffnet gewesen sein!«

»Also so ein Rache-für-Thommy-Ding«, sagt Fred, »und was ist da eigentlich passiert?«

Sandra zuckt die Schultern. »So genau weiß ichs nicht mehr, ist ja schon zwei Jahre her, Frühjahr '72, oder wars im Sommer? Jedenfalls ist da auf dem Parkplatz vom LKA hier in München eine Bombe hochgegangen. Leute hats keine erwischt, aber eine Menge Autos waren hin und sämtliche Fenster im LKA.«

Fred kennt das Landeskriminalamt Bayern vom Vorbeifahren, so ein Glas- und Betonkasten mit vielen Antennen auf dem Dach, hinter einer hohen Mauer an der Maillingerstraße in Neuhausen.

Sandra nimmt ein Schlückchen Wein und erklärt: »Also der Thomas Weissbecker, der war einer vom Berliner Blues, ein Freund von Georg von Rauch, den die Bullen vier Monate vor ihm erschossen haben, in Berlin, ich glaub das war Anfang Dezember 1971. Das Rauchhaus in Kreuzberg ist nach Georg benannt.«

Fred hat davon gehört. »Ja. Und der Weissbecker? Was war der für einer?«

»Ich hab ihn selber nicht gekannt«, sagt Sandra, »der Thommy war da schon untergetaucht, als ich da war. Ich glaub er kam aus der K1, hat mit den Haschrebellen rumgemacht und beim Blues.«

»Ich war mit auf der Demo, damals, als er erschossen worden ist«, erinnert sich Fred und fragt: »Was war der Blues eigentlich für ein Verein?«

Sandra seufzt. »Ach, ich kenns auch nur vom Erzähltkriegen«, antwortet sie, »also, ich hab den Ramon ja in Berlin kennengelernt, im Herbst '71. Da war die große Zeit vom Blues schon rum. Die haben ja einiges gemacht, auch mehrere Brandanschläge, unter anderem auf die Wohnung von einem Richter und einem Oberstaatsanwalt und auf das KaDeWe. Auch mal auf den Gefängnisleiter von Tegel und auf einen Strafvollzugsdirektor oder was immer der war. Waren ziemliche Flippies, die Blues-Leute, mehr so eine Art militante Freak Brothers.«

Sie sinniert eine Weile und sagt dann: »Aber wegen dem LKA und Thommy, also das fing eigentlich an mit dem Peter Urbach, der war ein Bullenspitzel, oder besser gesagt ein Agent provocateur, nachher kam ja raus, daß er vom Verfassungsschutz bezahlt worden ist. Der hat jedenfalls immer vom bewaffneten Kampf gequatscht, und daß man die Schweine alle umlegen muß, und hat auch Knarren angeschleppt und so was. Aber es hat sie irgendwie mißtrauisch gemacht, wie der rangegangen ist. Dann hat er ein paar Leuten vom Blues Brandbomben untergeschoben, irgendwas mit Pattex, die haben die Bullen bei denen in der Wohnung gefunden. War alles arrangiert, wenn du mich fragst.«

Sie faltet die Hände im Schoß und schaut Fred an, ein wehmütiges Lächeln um die Lippen.

»Das hätte sich vielleicht wieder ausbügeln lassen, wenn die Springer-Presse nicht so eine Hetze draus gemacht hätte, ROTER BOMBENTERROR und so, vor allem natürlich BILD und die Bz. Der allerschweinischste Artikel stand aber in der QUICK unter der Überschrift: GANZ DEUTSCHLAND MUSS BRENNEN! Den hat ein Typ namens Horst Rieck geschrieben, ein Journalist bei der QUICK, der vorher immer beim SDS rumgeschnüffelt hat. Thommy Weissbecker und Georg von Rauch und noch einer, der Bommi Baumann glaub ich, die wollten, daß der mal eins draufkriegt, so als Exempel. Eine Frau soll auch dabei gewesen sein, so geht die Sage, ich hab aber vergessen, wer das war. Gibste mir mal eine Zigarette?«

Fred steckt ihr eine an und sich selbst auch. Sandra bläst einen perfekten Rauchkringel in die Luft und schaut ihm nach, bis er sich auflöst.

»Na ja«, sagt sie schließlich, »es ging jedenfalls richtig schön schief. Sie haben in der Wohnung bißchen Durcheinander gemacht und dem Kerl glaub ich eine Weinflasche auf den Kopf gehauen. Oder wars ne Vase? Egalo, die Bullen haben sie hops genommen, alle vier, und noch in der Wohnung von dem QUICK-Typen. Die Frau ist nach drei Wochen freigekommen, aber die Typen waren vierzehn Monate in U-Haft, über ein Jahr, stell dir das vor! Wie sie dann verknackt worden sind, haben Thommy und Bommi Haftverschonung bekommen, aber Georg, der sollte noch was absitzen, noch vier Monate oder so was. Georg und Thommy haben aber im Gericht Plätze getauscht, sie sahen sich ja ziemlich ähnlich, und Georg ist nachher als Thomas Weissbecker einfach rausgegangen. Wie sie den Thommy einsperren wollten, kam nach ner Weile raus, daß er gar nicht Georg war, da mußten sie ihn auch freilassen.« Sie lächelt: »Das war vielleicht ne Blamage für die Bullen!«

Und jetzt sind sie beide tot, denkt Fred. Georg von Rauch in Berlin in eine Polizeifalle gelaufen und in den Kopf geschossen, Thommy Weissbecker ein paar Monate später von nem LKA-Kommando in Augsburg abgeknallt.

Nächste Woche ist Jenny nicht beim RH-Treffen. Fred, diesmal alleine, ohne Sandra, sitzt da und weiß nicht recht, was er hier soll. Er reißt sich aber zusammen und hört zu und sagt auch mal ein bißchen was. Aber ihn interessiert nur, wo Jenny ist und ob sie womöglich nicht wiederkommt. Fragen kann er natürlich niemanden, Georgie schon gar nicht, der auch ziemlich unkonzentriert ist. Er wartet, bis die ersten gehen, dann seilt er sich auch ab und verzieht sich einigermaßen enttäuscht nach Hause.

Die Woche drauf überredet er Sandra, noch mal zur RH mitzukommen. Diesmal ist Jenny da und nickt ihm sogar zu. Es gibt Kaffee und Kuchen, denn Lola mit der John-Lennon-Brille hat Geburtstag. Der Graf von Monte Christo überreicht ihr einen dicken Rosenstrauß, den dreht sie verlegen in der Hand und wird rot. »Nu schnupper schon mal dran«, drängt der Graf, und als Lola ihre Nase in den Strauß steckt, entdeckt sie die große Feile drin. »Kannste behalten«, sagt der Graf ins laute Gelächter. Lola macht eine Flasche Sekt auf, und dann sitzen sie rum und kiffen, quasseln und machen nebenbei den Kuchen alle, den Irmgard gebakken hat und der saugut schmeckt, obwohl, wie Georgie sagt, gar kein Shit drin ist.

»Du rauchst das Zeug doch eh dauernd, da mußt dus nicht auch noch fressen«, ist Irmgards schnippischer Kommentar. Nach einer Weile quatschen sie alle über Chile und den Putsch letztes Jahr und wo Julio wohl hinverschwunden ist, der nach dem Putsch aus Santiago abgehauen ist und ein paarmal da war. Fred kennt den verschwundenen Julio nicht, er hilft Irmgard, Tassen und Teller in die Küche zu bringen, und weil sich Jenny mit Georgie unterhält und nicht einmal zu ihm hersieht, macht er sich ans Abwaschen, damit er nicht bloß blöd rumsitzt.

Aber er ist schön stoned und verwickelt sich richtig ins Geschirrspülen, vergißt die RH und spült und klappert und pfeift Avanti Popolo vor sich hin. Nach einer Weile hat er das Gefühl, beobachtet zu werden, und dreht sich um. Da lehnt Jenny im Türrahmen und schaut ihm zu. »Machts Spaß?« fragt sie.

Fred antwortet ohne nachzudenken: »Ich drück mich bloß vorm Kaffeekränzchen!«

Jenny lacht. »Ja«, sagt sie, »ich auch!« Sie nimmt ein Geschirrtuch und hilft ihm beim Abtrocknen. Am Pulli hat sie eine kleine Anstecknadel, ein fünfzackiges schwarzes Emaille-Sternchen.

»Du bist wegen Ramon hier, bei der RH, mein ich«, stellt sie fest und deutet ein Fragezeichen dahinter an.

»Ja«, erwidert Fred, »wir wohnen ja zusammen, Ramon und ich, und Sandra, wir machen bei der Arbeitersache mit.« Er sagt das und merkt, daß ihn die Arbeitersache überhaupt nicht mehr interessiert. »Kennst du Ramon?« fragt er zurück.

Jenny zuckt die Achseln: »Bloß so vom Sehen.« Sie nimmt ihm einen nassen Teller aus der Hand und fragt: »Du und Sandra, seid ihr zusammen?«

Fred schüttelt den Kopf: »Nein, wir wohnen bloß miteinander. Sandra ist mit Ramon zusammen. Das waren die schon, als ich da eingezogen bin.«

Ein kurzes Schweigen entsteht. Fred fragt schnell: »Und du, wie lang machst du das hier schon?«

»RH? Nicht ganz ein Jahr«, antwortet Jenny. Sie erzählt ihm, daß sie ihr Studium, Germanistik, vor nem halben Jahr hingeschmissen hat, als Henry, ihr damaliger Freund, eingefahren ist. Jetzt arbeitet sie in einem der Uni-Buchläden, wegen der Kohle natürlich bloß, und macht eben Knastarbeit. Henry sitzt in Untersuchungshaft, dem wollen sie ganz schön was anhängen, Sprengstoffvergehen und Mordversuch, die Bullen behaupten, er soll einen Bombenanschlag auf den Justizpalast gemacht haben. »Das sind echt Schweine«, sagt sie, »ich war dabei, die Bombe war bloß ein Silvesterkanonenschlag, den Henry in den Eingang geworfen hat. Die Zeitungen haben trotzdem fette Schlagzeilen gedruckt: BOMBE AUF JUSTIZPALAST! und: CHAOTEN-TERROR!«

»Ein halbes Jahr U-Haft wegen nem Kanonenschlag«, sagt Fred ungläubig, »das gibts doch nicht!«

»Doch«, sagt Jenny, »das gibts.« Nach ner Weile fügt sie hinzu: »Die Bullen sind schon ewig hinter ihm her, aber wegen anderer Sachen.« Sie zeigt ihm an der Pinnwand im Flur das Flugblatt, das sie nach Henrys Festnahme gemacht haben. Obendrüber steht: FREIHEIT FÜR HENRY! Und unten, wie eine Unterschrift: HIGH SEIN! FREI SEIN! TERROR MUSS DABEI SEIN!

Am Tag darauf sieht Fred an einem Bücherstand vor der Uni genau solche Sternchen, wie Jenny eins am Pulli hatte, und kauft eins für seine Lederjacke. Bevor er das nächste Mal zur RH geht, nimmt er es aber ab und steckt es ein, damit es nicht so aussieht, als mache er ihr das nach. Sandra hat heute morgen eine Bemerkung gemacht, daß er bei Jenny vielleicht Chancen hätte, aber er ist sich da zu unsicher. Wer weiß, wie das mit Henry ist. Einem Genossen, der im Knast sitzt, die Braut ausspannen? Undenkbar! Lieber überläßt er die Entscheidung der Zeit. Oder ihr.

Anfang März erhält Sandra endlich eine Besuchserlaubnis und kann Ramon in der Justizvollzugsanstalt Stadelheim besuchen. Vierzehn Tage später läßt man auch Fred zu ihm. Schon von der Trambahnhaltestelle her macht der Anblick der gewaltigen Betonmauer beklommen. Darüber ist grade mal das Dach des ehemaligen Zuchthauses zu sehen und die Ecke eines modernen Betonklotzes mit vergitterten Fensterschlitzen. Fred betritt die Anstalt durch eine gepanzerte Pforte neben dem großen Stahltor, die sich hinter ihm sofort wieder schließt. Er findet sich in einem kurzen Gang, vor einem Schalterfenster mit Durchreiche. Ausweis und Besuchserlaubnis werden verlangt und eingehend geprüft. Er wartet, während einer der Beamten telefoniert, der andere starrt ihn durch das dicke Glas an und läßt ihn nicht aus den Augen. Man schiebt ihm einen Besucherschein durch, den muß er unterschreiben. Dann darf er passieren, die innere Tür öffnet sich mit elektrischem Surren, fällt gleich hinter ihm wieder ins Schloß. Nur ein paar Meter unter freiem Himmel bis zum Eingang in den Hauptbau. Wieder durch eine Stahltür in einen abgeschotteten Gang, durch eine zweite Tür in einen kleinen Raum, in dem vier uniformierte Beamte auf ihn warten. Er muß seine Taschen ausleeren, wird oberflächlich abgetastet, dann bekommt er einen Zettel mit einer Nummer und wird eine Tür weitergeschleust.

Er verbringt fast eine Dreiviertelstunde in einem großen Warteraum mit vielen Menschen. Die meisten sind still, nur wenige sprechen gedämpft miteinander. Der Raum ist vernebelt mit Zigarettenrauch, überquellende Blechdosen dienen als Aschenbecher. In einer Ecke eine Kiste mit ein paar Kinderspielsachen: Bausteine, große bunte Plastikautos, eine Handvoll zerfledderter Bilderbücher. Es ist kein Kind im Raum, und Fred spürt, daß alle Anwesenden nervös sind. Niemand ist hier gelassen. Das Bewußtsein, in diesem berüchtigten Gefängnis zu sein, legt sich wie ein Schatten auf Fred. Hier drin, das weiß er, hat man 1943 den Geschwistern Scholl und den anderen von der Weißen Rose den Kopf abgeschlagen, weil sie Flugblätter gegen den Krieg verbreitet haben. Gleich nebenan liegen sie begraben, auf dem Friedhof am Perlacher Forst. Hunderte solcher Hinrichtungen gab es im Dritten Reich im Zuchthaus Stadelheim. Es schaudert ihn, als ob eine Art Strahlung von diesen Mauern ausginge, ein Atem von Todesangst und Entsetzen, von Verzweiflung und Hoffnungslosigkeit.

Endlich kommt sein Aufruf, trotz der Nummer ruft man ihn mit Namen: »Herr Fred Richter!« Durch einen langen Gang gehts in ein kleines Besuchszimmer. Ramon wird durch eine andere Tür hereingeführt, hat einen braunen Knastanzug an, die langen Haare als Pferdeschwanz zusammengebunden. »Mann, Alter«, freut er sich, und streckt Fred die Hand hin, »lang nicht mehr gesehen!«

»Nicht anfassen, keine Berührung, sonst wird der Besuch sofort abgebrochen!« sagt der Wachtmeister streng. Fred gibt Ramon trotzdem die Hand, und der Aufseher schimpft ärgerlich: »Nicht anfassen, Kruzifix! Hab ich doch gsagt!«

Gottseidank spürt Ramon rechtzeitig das kleine Papierkügelchen in Freds schweißfeuchter Handfläche und kriegt es zu fassen, ohne daß der Wachtel es merkt. Fred hatte die ganze Zeit Angst, es könnte einfach runterfallen, vor den Augen des Wachtmeisters. Das Kügelchen ist ein Briefchen von Sandra, ein Kassiber, wie das in der Knastsprache heißt. Keine geheime Nachricht, vielleicht ein Liebesbriefchen, Fred hat es nicht gelesen. Aber egal was drinsteht: Der Besuch würde bestimmt gleich abgebrochen, die Bullen würden antanzen, womöglich gäb es eine Anzeige, Besuchsverbot und all so was.

Fred hat Ramon Meier und Sandra Petermann im Herbst 1972 kennengelernt, auf einer Fete in Milbertshofen. Da waren die beiden schon zusammen und mischten bei der Arbeitersache mit. Die Arbeitersache hatte sich zwei Jahre vorher gegründet, der Verein bezog sich hauptsächlich auf das große BMW-Werk im Münchner Norden. Dahinter stand die Hoffnung, die undogmatische Linke, die in der Hauptsache aus Schülern und Studenten bestand, zu einer breiten Massenbewegung zu machen, die auch die Arbeiter einschloß. Ein paar Leute hatten deshalb angefangen, bei BMW zu arbeiten, um dort die Arbeiter zu agitieren. Sie waren keine Kommunisten, sondern sahen sich als Anarchosyndikalisten. Ramon hatte grade mal ein Vierteljahr am Band gearbeitet, dann war er rausgeschmissen worden, wegen Agitation.

»Das war der eigentliche Grund«, sagte er zu Fred, »Agitation und Unruhestifterei, aber offiziell hats natürlich geheißen wegen mangelnder Arbeitsmoral und fortgesetzter Unpünktlichkeit, wa. Bin echt froh, daß ich draußen bin, ist doch nicht so mein Ding in ner Fabrik!« Ramon hat das Abitur und hat ein bißchen herumstudiert, hat sich mal da, mal dort eingeschrieben, aber das rechte nicht gefunden. Ramon wird er genannt, weil er mit seinen schwarzen Haaren ein bißchen südamerikanisch aussieht, sein wirklicher Vorname ist Roland. Er ist Berliner, dort geboren, und wegen Sandra nach München gezogen.

Sandra ist 24, kam ursprünglich aus Heilbronn und ist Ende '69 nach Berlin. Dort hat sie Ramon kennengelernt. Im Frühjahr '72 sind sie zusammen nach München, weil sie da ihren Studienplatz in Kunstgeschichte gekriegt hat. Ziemlich bald hat sie auch ihren kleinen Trödelladen im Münchner Norden angefangen. In dem gab es alles mögliche zu kaufen, was ihr eben billig oder umsonst in die Hände geriet, Klamotten, Spielzeug, Bücher, Platten, Geschirr, Transistorradios, Babysachen, auch mal Äpfel oder Wein. Die schönsten Klamotten hat sie sich selbst abgegriffen. Letztes Jahr, kurz vor Weihnachten, hat sie den Laden aufgegeben, weil es ihr zuviel wurde mit dem Studium. Den Laden gibts noch, den machen jetzt Jutta und Renate weiter, zwei von den Arbeitersachefrauen.

Als Fred Ramon und Sandra kennenlernte, suchten die beiden gerade einen Mitbewohner, und so waren sie zusammengezogen, in die schöne Vierzimmerwohnung in der Schwabinger Georgenstraße, in der sie jetzt schon über ein Jahr wohnen. Sie kommen gut miteinander aus, und ihre kleine Wohngemeinschaft läuft recht reibungslos, was nicht selbstverständlich ist. Fred steckt zwar öfter in Geldschwierigkeiten, aber es war ihm bisher doch immer wieder gelungen, irgendeine Art Job zu ergattern und seinen Teil der Miete zusammenzukratzen. Die Eltern stecken ihm auch immer wieder was zu.

Damals teilte sich die Außerparlamentarische Opposition oder APO, grob vereinfacht, in zwei Hauptströmungen, nämlich in dogmatische und undogmatische Gruppen. Die dogmatischen waren in erster Linie die sogenannten K-Gruppen, also Kommunisten, die wiederum in Trotzkisten, Marxisten-Leninisten, Stalinisten und Maoisten zerfielen. Die Undogmatische Linke war dagegen ein Sammelbecken für alle, die auf der Suche nach etwas wirklich Neuem waren, hier fanden sich die Parteilosen und Spontis, Studenten und Normalos, Knackis, verkrachte Existenzialisten, Frauenbewegungsfrauen, Selbsthilfeorganisationen wie die Rote Hilfe, das Chile-Komitee, Kriegsdienstgegner und Friedensfreunde und natürlich jene freiheitlichen Geister, die Anarchisten, denen alles, was nach Staat oder Partei, nach Boß oder Bonze roch, zutiefst zuwider war. Die anarchistische Bewegung zerfiel ebenfalls in zwei Hauptströmungen, nämlich die Anarcho-Syndikalisten, die auf den gemeinsamen Kampf mit den Arbeitern und Gewerkschaften setzten, und die sogenannten Individual-Anarchisten, die gegen jegliche Form der Einschränkung persönlicher Freiheit waren, solange dies nicht auf Kosten anderer ging. Es gab natürlich noch eine ganze Menge von Unterströmungen und vor allem Strudel, die Palette reichte von der sanftblickenden Beinahe-Sozialdemokratin mit Anarcho-Ohrring bis zum durchgeknallten Ultrafanatiker, der Johann Most und die Dinamiteros verehrte.

Bei den Demos lief Fred mit Ramon und Sandra im Anarchohaufen mit, unter schwarzen oder schwarzroten Fahnen, ihr Abzeichen das weiße A im Kreis auf schwarzem Grund. Auf den Schildern stand kein abstrakter Blödsinn wie HOCH DIE INTERNATIONALE SOLIDARITÄT, da hieß es: DER STAAT IST SCHEISSE! oder: BILD MACHT BLIND! In diesem Umfeld gefiel es Fred, da lebte man, was man glaubte, oder versuchte es zumindest, war antiautoritär, keinem Spaß abgeneigt, und nichts, aber auch gar nichts, war heilig.

Die Sechziger waren vorbei und mit ihnen die Hippiezeiten, bloß die langen Haare waren geblieben; und die Leute hatten sich politisiert, wurden kämpferischer, weil man sie nicht in Frieden ließ, weil man mit Make-Love-not-War nicht weiterkam und weil überhaupt die ganze Gesellschaft zum Kotzen war mit ihrem Anpassungsdruck und Konsumterror, mit der ganzen Plastikscheiße und ihrer verlogenen Spießermoral. In den Symbolen zeigte sich die Wandlung, aus Blümchen und Peace-Zeichen waren Sterne und Fäuste geworden und A's im Kreis.

Fred interessierte sich immer mehr für die anarchistische Bewegung und ihre Geschichte, hörte von den Kronstädter Matrosen, las DER KURZE SOMMER DER ANARCHIE von Hans

Magnus Enzensberger und Kropotkins GEGENSEITIGE HILFE. Er geriet an Max Stirner und Johann Most und begeisterte sich an anarchistischen Helden wie Max Hölz, Buenaventura Durruti und Nestor Machno. Ja, warum zum Teufel soll sich irgend jemand anmaßen dürfen, über andere Menschen zu herrschen? Ihnen ihr Leben vorzuschreiben? Sie zu besitzen, zu verkaufen, zu vermieten, zu vernichten?

TUPAMAROS

Fred gähnt und schaut aus dem Fenster. Es ist längst dunkel draußen, und er kann sich nicht mehr richtig konzentrieren. Stundenlang haben sie in der RH über Militanz und bewaffneten Kampf diskutiert, über die RAF und die Bewegung 2. Juni und die Splittergruppen wie die Rote Ruhrarmee, die Tupamaros München und Westberlin. Berlin, die geteilte Stadt, ist das wirklich heiße Pflaster, von dort kommt alles her, was Rang und Namen hat: Die K1 und der sagenhafte Blues, der Zentralrat der umherschweifenden Haschrebellen, die Schwarzen Ratten und die ›Nachrichtenblätter‹ INFO-BUG, FIZZ und die 883. Dort gibts natürlich auch eine Schwarze Hilfe, nicht nur eine Rote. Fred wollte schon lang einmal nach Berlin, aber er kennt dort niemand, bei dem er übernachten könnte.

Endlich löst sich die Sitzung auf, die anderen werden auch müde. Jenny, Irmgard, Lola und Georgie wollen in die Rheinpfalz, was essen, und Fred schließt sich an. Als sie aus der Kneipe rauskommen, fängt es an zu regnen, und Jenny fragt Fred: »Soll ich dich ein Stück mitnehmen?« Sie hat einen R4, orangefarben, bißchen verbeult.

»Klar, gern«, antwortet Fred, aber im Auto schaut sie ihn an und fragt: »Haste Lust, nachher mit ins Kino?« An der Jacke hat sie diesmal kein Sternchen, aber dafür eins als Stecker im Ohrläppchen, das sieht hübsch aus.

»Ja«, sagt Fred, »sicher, was läuft denn?«

»DER UNSICHTBARE AUFSTAND von Costa Gavras, im ARRI«, erwidert Jenny.

»Um was gehts da?« will Fred wissen, und Jenny sagt: »Total guter Film! Hab ihn vor ner Weile schon mal gesehen, da gehts um die Tupamaros in Uruguay, die Stadtguerilla in Montevideo, weißte. Will ich unbedingt noch mal rein!«

Es kostet nichts, weil Jenny jemanden kennt: »Die lassen mich immer umsonst rein, samt Begleitung.«

DER UNSICHTBARE AUFSTAND dreht sich um die Entführung eines US-amerikanischen Militärberaters durch die Stadtguerilla-Bewegung MLN-Tupamaros. Es ist ein faszinierender Film, der Fred ganz schön unter die Haut geht. Der US-Bürger und Diplomat Philip Santore, gespielt von Ives Montand, lebt mit seiner Frau in Montevideo und arbeitet als Entwicklungshelfer und Verkehrsexperte. Als er von den Tupamaros entführt wird, reagiert das uruguayische Militärregime mit massiven Repressionen. Ein Journalist, der den Fall recherchiert, findet heraus, daß der entführte Amerikaner alles andere als ein harmloser Verkehrsexperte ist. Santore ist CIA-Agent und Militärberater und war zuvor schon in Kolumbien und Brasilien tätig. Als Entwicklungshelfer getarnt, berät er den Polizeiapparat des diktatorischen Militärregimes, vor allem im Hinblick auf Aufstandsbekämpfung und Counterinsurgency-Maßnahmen. Mit seiner Entführung wollen die Tupamaros die Freilassung der politischen Gefangenen in Uruguay erreichen. Als aber ein Teil der Entführer von der Polizei verhaftet wird und die Regierung einen Austausch der Gefangenen ablehnt, stimmen die übrigen Mitglieder der Tupamaros dafür, Santore zu erschießen.

»Der Film ist nach einem echten Fall gedreht, der 1970 passiert ist«, erklärt Jenny, als das Licht im Saal angeht. »Ein CIA-Agent, der als Entwicklungshelfer getarnt war, hatte das diktatorische Regime Uruguays als Polizeiberater unterstützt und die dort üblichen Foltermethoden ›wissenschaftlich verfeinert‹. Daniel Mitrione hieß das Schwein in echt. Die CIA hat auch die Todesschwadronen in Uruguay ausgebildet«, sagt sie, »und nicht nur dort.«

»Woher weißt du soviel da drüber«, wundert sich Fred. Jenny zuckt die Achseln: »Ich hab viel darüber gelesen, hat mich halt interessiert.«

Als sie aus dem Kino kommen, regnet es immer noch, die Straßenlampen spiegeln sich im nassen Asphalt.

»Ich fahr dich heim«, sagt Jenny, und sie laufen zu ihrem Auto. Unterwegs fragt Fred: »Tupamaros, heißt das was, oder ist das bloß son Name?«

Jenny weiß es: »Kommt von Tupac Amaru, das war der letzte Inka-Herrscher. Der hat 1571 noch einmal einen großen Aufstand gegen die Spanier angeführt. Die haben ihn natürlich umgebracht.«

In der Georgenstraße angekommen, fragt sie: »Wie fandste den Film?«

»Nicht schlecht«, erwidert Fred, »gut gemacht!«

Jenny scheint auf mehr zu warten, also fügt er hinzu: »Hab ja auch von den Tupamaros gelesen und so, aber ich konnt mir nie recht was drunter vorstellen. Wies da ist und wie das da so läuft in Südamerika. Wirklich gut fand ich, daß man mal sieht, daß die Tupamaros ganz normale Leute sind, keine Superhelden und keine importierten Söldner oder so was, sondern einfach Leute, die sich mit Gewalt gegen Unterdrückung wehren, weil man ihnen keine Wahl läßt.« Er überlegt einen Augenblick. »Sehr lehrreich«, fügt er hinzu, »das mit der Abstimmung im Bus zum Beispiel, das war echt gut!«

»Ja«, sagt Jenny, »nicht wahr!«

»Aber von den Tupamaros hat man ewig nichts mehr gehört«, wundert sich Fred, »gibts die überhaupt noch?«

Jenny schüttelt den Kopf: »Nein, jedenfalls nicht mehr als kämpfende Guerilla. Die Faschos haben sie doch noch klein gekriegt, vor zwei, drei Jahren, umgebracht oder für immer im Knast verschwinden lassen.«

»Kein Happy-End also«, sagt Fred. Sie schweigen eine Weile.

Er überlegt, ob er sie fragen soll, ob sie mit nach oben kommt, entscheidet sich aber gleich dagegen, irgendwie hat er das Gefühl, daß sie nein sagen würde. Er sagt statt dessen: »Na gut, ich geh mal rauf, dank dir fürs Mitnehmen!«

»Schon okay«, sagt Jenny, »machs gut und sag Sandra nen schönen Gruß!« Fred ist schon halb aus dem Wagen, da beugt sie sich rüber und fragt: »Machstn morgen?«

»Keine Ahnung«, sagt Fred, »hab noch nicht drüber nachgedacht.«

»Ich ruf dich an«, sagt sie, »vielleicht machen wir irgendwas zusammen, okay?« Ratsch, legt sie den Gang ein und braust los.

Fred läuft glückselig die Treppen rauf, immer zwei Stufen auf einmal, und pfeift die Titelmelodie aus dem UNSICHTBAREN AUFSTAND: STATE OF SIEGE, von Mikis Theodorakis.

B. U. M.

Fred bleibt den ganzen Samstagnachmittag zu Haus, damit er ihren Anruf nicht verpaßt. Aber es wird Abend, und das Telefon klingelt nicht ein einziges Mal.

Dann ruft sie doch noch an, jedoch ziemlich spät, nach halb neun: »Was is, haste Lust, ein bißchen mit rumfahren«, fragt sie, »aber erst so nach zwölf?« Fred wundert sich, was sie mit bißchen rumfahren meint, aber er ahnt, daß er am Telefon vielleicht besser nicht danach fragen sollte, und antwortet: »Ja, okay, warum nicht.«

»Ich klingel dann«, sagt sie, »kommste runter?«

Sie holt ihn um halb eins ab mit ihrem kleinen R4 und strahlt ihn an, während sie ausparkt. Auf dem Rücksitz liegen zwei große Spraydosen Autolack, schwarz und rot, Parolen will sie sprühen: »Wegen den Leuten im Knast! Machste mit?«

»Logo«, sagt Fred, »immer!«

Tagsüber war ziemliches Aprilwetter, abwechselnd sonnig und bewölkt, jetzt regnet es wieder. »Das ist gut«, erklärt sie, »da sind nicht so viele Leute unterwegs, ist schließlich Samstagabend.« Sie fährt nur um die Ecke in die Arcisstraße, da hält sie und schlägt vor: »Solln wirs hier mal probieren? Hier is grad niemand!«

Sie steigen aus, und Jenny sprüht mit der schwarzen Dose groß FREIHEIT FÜR ALLE GEFANGENEN! an die Hauswand. Fred, dem nichts Besseres einfällt, sprüht mit Rot daneben FASCHO-JUSTIZ! Dann schnell ins Auto und weg.

Bis halb drei gurken sie herum und suchen schöne Stellen, wo es tagsüber möglichst viele Leute sehen, erst an der Uni, dann zum Odeonsplatz und nachher um die Innenstadt herum Richtung Viktualienmarkt. Sie sprühen alles mögliche: FREIHEIT FÜR RAMON UND HENRY! oder ANARCHIA SÍ! Irgendwann sind die Dosen leer und spucken nur noch Kleckse. Fred hat es eine Menge Spaß gemacht, vor allem, weil er mit ihr allein war.

Montag fahren sie noch mal los, wieder nachts. Fred hat diesmal die Sprühdosen gekauft, nicht nur eine schwarze, sondern auch eine weiße, die man auf dunklen Wänden besser sieht. Und sie haben etwas Neues dabei: eine Dose schwarzer Lackfarbe, in die sie das Öl von zwei Sardinenbüchsen gerührt haben. Der Grund dafür ist, daß gesprühte Parolen meistens einfach übertüncht werden. Da sind sie auf die Idee gekommen, Speiseöl in die Farbe zu mischen. Dadurch sollte es unmöglich werden, die Schrift zu übermalen, denn sie würde immer wieder durchbluten. Der Nachteil ist nur, daß sich das mit Sprühdosen nicht machen läßt, man muß die Farbe mit dem Pinsel auftragen. Das ist natürlich riskant, weil es länger dauert, und die offene Farbdose müssen sie dann wegschmeißen, damit sie nicht im Auto umkippt. Selbstverständlich dürfen auch keine Fingerabdrücke draufkommen, und für den Fall einer Polizeikontrolle darf kein Farbspritzer auf ihren Händen oder Klamotten zu sehen sein.

Am Oskar-von-Miller-Ring probieren sie es an einer Hauswand aus und malen ein riesengroßes Anarcho-A, weithin auffallend. Schon am nächsten Tag wird es überstrichen, aber das Symbol blutet tatsächlich durch und bleibt gut sichtbar. Nach ein paar weiteren vergeblichen Versuchen, die Schmach zu tilgen, muß das A im Kreis samt Verputz abgemeißelt und die Stelle neu verspachtelt werden.

Bei ihrer nächsten Tour erinnert sich Fred an das Tupamaro-Zeichen aus dem Film und malt es, so groß wie nur möglich, an den Eingang der Peterskirche: Ein fünfzackiger Stern mit einem großen T drin.

Das steht dann am übernächsten Tag in der Zeitung. Fred liest verblüfft:

> Schmierer haben in der Nacht zum Montag den historischen Verputz der Peterskirche verunstaltet. Der Schaden beläuft sich nach vorläufigen Schätzungen auf mehrere zehntausend Mark. Die Polizei geht davon aus, daß es sich bei den Tätern um die linksradikalen Tupamaros handelt, denen im Raum München bereits mehrere Anschläge zur Last gelegt werden.

Er zeigt Jenny den Artikel, es ist sogar ein Foto von dem Stern dabei. »Siehste«, sagt sie, »schon ist es ein Terroranschlag! So sind die, blasen alles riesengroß auf, ganz egal, wie harmlos es eigentlich ist!«

Sie gefallen sich als Team. Rings um die Uni toben sie sich mit ihren Sprühdosen aus, obwohl es da am gefährlichsten ist, ständig fährt irgendwo eine Funkstreife vorbei, dann spielen sie harmlose Passanten oder verdrücken sich in Hauseingänge. Sie sprühen A's im Kreis und Anarchoparolen wie FRIEDE DEN HÜTTEN – KRIEG DEN PALÄSTEN oder den Scherben-Spruch MACHT KAPUTT, WAS EUCH KAPUTT MACHT!

»Wie bist du eigentlich an die Anarchofraktion geraten«, will Fred von Jenny wissen, während er eine neue Sprühdose schüttelt, unter der Jacke, damit man das Klappern nicht so weit hört, »über Henry?«

»Nö«, sagt Jenny, »schon bevor ich nach München gekommen bin. So irgendwie halt, im Lauf der Zeit. Übers Lesen. DER KURZE SOMMER DER ANARCHIE, das kam grad raus, als ich hier auf die Uni bin. Das hat mich total angetörnt! Kennst du das?«

Fred nickt: »Klar, kenn ich.« Er sprüht einen Probepunkt an die Hauswand. »Was machen deine Alten«, fragt er, »wo wohnen die noch mal? Marbach?«

»Genau«, sagt sie, »in dem blöden Schiller-Provinzkaff. Hey, kennste den Spruch: DIE MILITANTEN PANTHERTANTEN – TERROR SCHON VOR RAUSCHGIFT KANNTEN? Meinste, der paßt da hin?«

Auf einer ihrer nächtlichen Sprühtouren nimmt Fred einmal seine Schleuder mit und schießt aus dem Auto im Vorbeifahren eine dicke Glasmurmel auf das Schaufenster einer Bank, die das Apartheidregime in Südafrika unterstützt. Eine Wirkung ist nicht festzustellen, obwohl er sicher ist, daß er die große Scheibe auch getroffen hat. Am nächsten Vormittag geht er bei der Bank vorbei, um sich das Fenster anzuschauen. Getroffen hat er, die Scheibe ist aber nicht zusammengerasselt. Die Glasmurmel ist auch nicht durchgeschlagen, sondern hat nur ein ganz kleines Loch gemacht, nicht mehr als einen halben Zentimeter im Durchmesser, die Murmel scheint dabei spurlos zersprungen zu sein. Rings um das Loch ist die Scheibe voller Risse. Sie muß natürlich ausgewechselt werden.

Zwei Nächte später schießen sie auf die Scheiben eines Sexshops in der Amalienstraße, auf die die Frauenbewegung schon CHAUVI-SCHWEINE und WIXER gesprüht hat. In der gleichen Nacht trifft Jenny die Scheibe eines Juwelierladens, während Fred fährt. Das löst die Alarmanlage aus, eine schrille Klingel macht einen Heidenkrawall. Zehn Minuten später fahren sie noch mal an dem Geschäft vorbei, aus Neugier. Jetzt steht ein Streifenwagen davor, im ganzen Haus und auch in den Nachbarhäusern brennt Licht, und die Leute hängen aus den Fenstern. Die Klingel rasselt immer noch wie verrückt.

Über die Löcher wird bald in der Zeitung gerätselt. Die Polizei spricht von einer Kleinkaliberwaffe, gibt aber zu, daß keine Geschosse gefunden wurden.

»Du, was hältst du davon«, schlägt Fred vor, »wenn wir uns B. U. M. nennen: Bewegung Undogmatischer Murmeltiere?«

Jenny kriegt einen Lachanfall: »Au ja! Das sprühen wir neben jede kaputte Scheibe!«

Sie lassen es aber doch lieber sein, die Bullen haben scheinbar immer noch nicht kapiert, daß es Murmeln waren und keine Gewehrkugeln.

Nachrichten

24. April 1974: Der persönliche Referent von Bundeskanzler Willy Brandt (SPD), Günter Guillaume, wird in Bonn unter dem Verdacht der Spionage für die DDR verhaftet.

Ebenfalls am 24. putschen in Portugal linke Militärs erfolgreich gegen die seit 1926 dauernde Diktatur. Damit finden die Kolonialkriege Portugals in Angola, Mozambique und Guinea-Bissau ein Ende.

DAS BLATT

Beim ersten RH-Treffen im Mai gibt es eine Überraschung. Henry ist da, gestern rausgekommen, nachdem er wegen dem blöden Kanonenschlag fast ein Dreivierteljahr in U-Haft saß. Fred sieht ihn zum ersten Mal. Henry ist ein seltsamer Vogel, phlegmatisch, spricht wenig, und wenn, sehr langsam und bedächtig. Im Knast vergeht einem das Quatschen, sagt er. Er ist groß und geht gebeugt, hat sich drin einen schwarzen Vollbart wachsen lassen, so rasputinmäßig. Jetzt will er erst mal in eine WG am Rosenheimer Platz ziehen, zu Leuten, die er von früher kennt. Fred hat den Eindruck, daß Jenny sauer auf Henry ist; die beiden reden kaum ein Wort miteinander. Henry scheint sich nicht viel draus zu machen, er ist mit einer Braut aus seiner zukünftigen WG da, einer langbeinigen Schönheit mit lackschwarz glänzenden Haaren.

Am 25. Mai, einem Samstagabend, macht die Rote Hilfe eine Sondersitzung. Fred kommt ein paar Minuten nach Sieben und sieht, daß schon eine Menge Leute da sind, es ist fast kein Platz mehr im Erkerzimmer. Er weiß, was los ist. Er hat es morgens im Radio gehört und eben noch mal in der Zeitung gelesen, daß die Polizei gestern in München Wohnungen durchsucht hat. Dabei hat ein Fahndungskommando um 3 Uhr morgens den Taxifahrer Günther Jendrian in seiner Wohnung erschossen. Angeblich war er ein RAF-Sympathisant. Eine Waffe wurde nicht bei ihm gefunden, aber die Bullen haben bereits eine stümperhafte und fadenscheinige Erklärung veröffentlicht, daß in Notwehr geschossen wurde. In dem verqualmten Raum reden alle durcheinander, laut und empört: »Ist das finster!« – »Die feigen Schweine! Abknallen und dann auch noch die Schuld in die Schuhe schieben!« Es heißt, die Bullen hätten geklingelt, und in dem Moment, als Günther Jendrian öffnen wollte, hätten sie durch die Wohnungstür geschossen und ihn tödlich getroffen. Eine ganz ähnliche Geschichte hat sich im Juni 1972 ereignet, als während einer Fahndungsaktion ein Polizist den unbeteiligten Briten Ian McLeod in dessen Wohnung durch die geschlossene Schlafzimmertür erschoß, weil er dahinter RAF-Terroristen vermutete. Gegen den Todesschützen wurde noch nicht einmal ein Verfahren eingeleitet. Bis Sonntagmittag hat die RH eine Erklärung zur Erschießung von Günther Jendrian fertig, die soll unbedingt noch ins Blatt. Fred fährt mit Jenny hin, in die Adelgundenstraße.

Die Redaktion sitzt da in einem ehemaligen Ladengeschäft mit Schaufenster. Neben der Tür steht auf einem alten Blechschildchen: Ich muß leider draußen bleiben! Das dazugehörige Hundebild ist überklebt mit der Zeichnung eines traurig dreinschauenden Polizisten.

Im Blatt herrscht Arbeitsatmosphäre, letzter Tag des Layout-Wochenendes, und Fred schaut sich neugierig um. Auf drei zusammengeschobenen Schreibtischen türmen sich Papier- und Zeitungsstapel, schlängeln sich Telefonschnüre, dazwischen leere Kaffeetassen, übervolle Aschenbecher, eine Kiste mit Äpfeln, Bücher, Plakatrollen, Locher, Scheren, Stifte. Ein Wasserkessel dampft auf einer Kochplatte, es riecht nach Klebstoff, Kaffee und Zigarettenrauch. Mitten im Raum stützt eine gußeiserne Säule die Decke. Die Wände sind bepflastert mit Zeichnungen, Plakaten, Flugblättern und allem möglichen Geschreibsel direkt auf dem Verputz, und unter der Uhr hängt ein Foto von Gerd Hortmeyer, der zu den BLATT-Gründervätern gehört. Mit Goldfarbe hat ihm jemand einen Heiligenschein über den Kopf gemalt. Adu, der Finanzexperte, sitzt über Tabellen gebeugt und hat keinen Blick für Besucher übrig. Anatol telefoniert, die Füße auf dem Schreibtisch, er grinst sie an, winkt mit der freien Hand und telefoniert weiter. Fips hat den Deckel seiner Schreibmaschine abgenommen und versucht, verklemmte Tasten auseinanderzukriegen. Im Hinterzimmer rattert Sylvia auf der Satzschreibmaschine, und Peter und Gerhard sind mit dem Layout beschäftigt, schneiden Textfahnen aus und kleben sie mit Fixogum auf Din-A4-Papier.

Jenny ruft in die Runde: »Hey, wir hamm hier ne Erklärung zur Jendrian-Erschießung von der RH! Wer kriegt die?«

Uta drängelt sich an ihnen vorbei aus der Tür und sagt über die Schulter: »Ich nicht. Ich muß jetzt Leberkässemmeln holen.«

Fips, der eigentlich Wolfgang heißt, macht die Schreibmaschine wieder zu und stellt fest: »Ich auch nicht! Dafür ist normalerweise die Jutta zuständig, oder wars die Sabine? Die sind aber heut nicht da. Sonst vielleicht noch der Anatol, aber der kann nicht vom Telefon weg.«

»Sehr komisch«, sagt Jenny und hält ihm das Papier hin, »komm, schaus dir mal an. Wär schön, wenns noch reinkäm!«

»Redaktionsschluß war vorgestern«, erwidert Fips mit strenger Miene, aber er nimmt ihr doch das Blatt aus der Hand. Gerhard sagt, ohne von seiner Kleberei aufzusehen: »Also wenns nicht länger als eine Spalte ist: im Layout sind soviel Lücken, da paßt leicht noch was rein.«

Fips erklärt: »An den Lücken ist der Anatol schuld, weil er seit vorgestern pausenlos telefoniert, statt was zu schreiben!«

Anatol grinst stolz und sagt liebevoll: »Ich hau dir gleich eine aufs Maul, gell!«

Das Blatt, die alternative Münchner Stadtzeitung mit Veranstaltungskalender, erscheint seit Juli 1973 alle vierzehn Tage und ist ein wichtiges Sprachrohr der Undogmatischen geworden. Den Bullen ist es bereits ein Dorn im Auge.

Das Blatt nimmt kein Blatt vor den Mund und schreibt frei von der Leber weg, was es von der bayerischen Landesregierung hält und ihren Polizeihorden, die auf friedliche Demonstranten losgehen. Es wird daher von Staatsanwaltschaft und Polizei nach allen Regeln der Kunst schikaniert, immer wieder mal beschlagnahmt, einzelne Straßenverkäufer werden festgenommen und erkennungsdienstlich behandelt, die Redaktionsräume werden durchsucht und die WG gleich mit, in der fast alle Blattmacher wohnen. Aber das Blatt wird dadurch nur bekannter und beliebter, nach jeder staatlichen Zensuraktion erscheint das kleine Schwarzweiß-Magazin eisern wieder, pünktlich alle vierzehn Tage, und bringt, aller Realität zum Hohn, Sprüche wie: Der Richter flieht in Nacht und Nebel, das Blatt sitzt halt am längern Hebel!

Tatsächlich konnten Justiz und Polizei dem Blatt bis dato nie was anhängen, selbst wenn die Staatsanwaltschaft ihm ein ums andere Mal ›Öffentliche Aufforderung zur Begehung von Straftaten‹ vorwerfen muß, doch was soll ein Richter machen, wenn es da zum Beispiel heißt:

> Eine ungeheuerliche Sauerei ist es, lieber Leser und liebe Leserella, wenn man französische 1-Franc-Stücke in einen Zigarettenautomaten wirft, weil der dumme Automat dann glaubt, es sei 1 DM. Macht so etwas bloß nicht! Ein Franc ist nämlich bloß 50 Pfennig wert! Denkt also beim nächsten Frankreichurlaub daran, keine, wiederhole: keine 1-Franc-Stücke mitzubringen, da diese mißbraucht werden könnten! Außerdem: Die Franzosen brauchen sie zum Einkaufen!

Das Verfahren gegen den Polizeibeamten, der Jendrian erschossen hat, wurde mit der Begründung eingestellt, der Beamte hätte in putativer Notwehr geschossen. Putativ heißt vermeintlich. Man könnte auch sagen: eingebildet. Fred liest es in der Zeitung und regt sich auf: »Also das ist doch der Gipfel der Frechheit! Notwehr! Durch die Tür!«

Sandra sagt kopfschüttelnd: »Was hast du denn gedacht? Bullermänner werden doch nicht verknackt!«

Nicht verknackt worden war auch der Kriminalbeamte Karl Heinz Kurras, der am 2. Juni 1967 bei einer Demonstration gegen den Schah von Persien in Berlin den Studenten Benno Ohnesorg durch einen Schuß in den Hinterkopf tötete, ohne daß ein zwingender Grund erkennbar gewesen wäre. Die Bewegung 2. Juni hat sich nach diesem Datum benannt.

Damals gab es noch keine Terroristenfahnder. Das erste Todesopfer dieser Berufsgruppe war die 20jährige Petra Schelm. Bei der Aktion Kobra, der bis dahin größten bundesweiten Fahndungsaktion gegen die RAF, wurde sie am 15. Juli 1971 in Hamburg erschossen. Der Schütze machte mit Erfolg Notwehr geltend. Mit Petra Schelm, Georg von Rauch, Thomas Weissbecker, Ian McLeod und jetzt Günther Jendrian sind bisher fünf Menschen von der Polizei erschossen worden. Verfahren gegen die Schützen, soweit überhaupt eröffnet, wurden stets wieder eingestellt.

Irmgard sagt in der nächsten Rote-Hilfe-Sitzung: »Das sind doch klare Signale an die Bullen: Nur keine Hemmungen beim Schußwaffengebrauch! Wenns mal einen Unschuldigen erwischt, gibts deswegen noch lange keinen Ärger!«

Sie beschließen, ein öffentliches Tribunal zum Fall Günther Jendrian vorzubereiten.

NACHRICHTEN

AM 6. MAI 1974 ERKLÄRT BUNDESKANZLER WILLY BRANDT ÜBERRASCHEND SEINEN RÜCKTRITT IM ZUSAMMENHANG MIT DER AGENTENAFFÄRE UM DEN DDR-SPION GÜNTER GUILLAUME. IN SEINEM RÜCKTRITTSSCHREIBEN erklärt Brandt, er übernehme damit die Verantwortung ›für Fahrlässigkeiten‹ im Zusammenhang mit der Affäre.

Im Hintergrund stehen Ermittlungen der Bundesanwaltschaft, die sich ausser mit Fahrlässigkeiten der Sicherungsgruppe Bonn und des Bundeskanzleramtes auch mit der Privatsphäre des Kanzlers beschäftigten. Der Inhalt dieser vertraulichen Ermittlungen gelangte an die Boulevardpresse und führte dort zu der Spekulation, Guillaume habe dem Kanzler ›Mädchen zugeführt‹.

Am 16. Mai wird der bisherige Finanzminister Helmut Schmidt (SPD) Bundeskanzler.

In Frankfurt am Main demonstrieren am 27. Mai 1974 mehrere tausend Menschen gegen drastische Fahrpreiserhöhungen des neuen Verkehrs- und Tarifsverbundes. Die Polizei treibt die friedliche Menge mit Schlagstöcken und Wasserwerfern auseinander. Damit provoziert sie schwere Strassenschlachten, die vier Tage andauern. Fünfzig Menschen werden verletzt, zweihundert festgenommen. SPD-Magistrat, Geschäftsleute und Presse bezeichnen die Demonstranten als ›linke Krawallmacher‹.

SAKKO UND JACKETTI

Es klingelt, das wird Jenny sein, sie wollte ihn um sechs abholen. Fred schnappt sich seine Lederjacke und schlüpft hinein, da macht es ratsch und der Ärmel ist halb ab. »Ach Scheiße«, schimpft er laut, »verdammte Mistkacke!« Er muß die Jacke weglassen, es ist ohnehin ziemlich warm draußen. Ärgerlich stopft er sich Zigaretten, Schlüssel und Ausweis in die engen Jeanstaschen.

»Könnt ne neue Lederjacke brauchen«, sagt er, als er zu Jenny ins Auto steigt, »meine alte ist grad zerrissen, der halbe Ärmel ab!«

»Kann man doch nähen«, meint sie, aber Fred schüttelt den Kopf.

»Nein, kannst du vergessen. Das Leder ist so morsch, das läßt sich nicht mehr flicken.«

Jenny schaut in den Rückspiegel und kurvt aus der Parklücke heraus. »Ne neue kaufen«, schlägt sie vor.

»Ohne Geld?« fragt Fred zurück, »ich hab nicht mal genug für eine gute gebrauchte.« Er fummelt die zerknautschte Zigarettenschachtel aus der Jeanstasche und meint im Scherz: »Bleibt nur Klauen!«

Jenny schaut ihn an und sagt: »Au ja, da will ich mit!«

Fred öffnet den Mund, um etwas zu sagen, und klappt ihn wieder zu. Nein, er macht keinen Rückzieher. Zum Teufel damit, dann geht er eben eine klauen. Aber wo und wie? Er räuspert sich und brummt: »Meinetwegen. Ich sag dir Bescheid, wenns soweit ist.«

Bleibt nichts anderes übrig, als die Sache gut vorzubereiten. Es fällt ihm auch was ein, als er zu Hause in seinen Klamotten wühlt und ein ziemlich altes blaues Sakko findet, das er mal auf dem Flohmarkt für 2 Mark gekauft hat. Sieht noch ganz passabel aus. Eigentlich hat er es nie angehabt.

In der Fußgängerzone geht er mit Jenny in ein Modekaufhaus. Fred schlendert herum und schaut sich die Lederjacken an, teure Dinger, die er sich nie leisten könnte. Er hat das blaue Sakko an, aus dem er alle Etiketten und Hinweise sorgfältig entfernt hat, hat nur eine alte, aber dicke Brieftasche drin, ausgestopft mit Zeitungspapier und schön abgewischt wegen Fingerabdrücken. Eine Verkäuferin schielt ihn ein bißchen mißtrauisch an wegen seiner langen Haare und fragt: »Was solls denn sein, der Herr?« Fred antwortet: »Ich schau mir mal die Jacken an, ob ich eine finde, die mir gefällt.« Dabei schlüpft er aus dem Sakko und hängt es über einen Kleiderständer, so, daß es die Verkäuferin auch mitkriegt.

Er probiert eine schwarze Lederjacke an, während Jenny sich in der Nähe durch bunte Sommerjacken wühlt und schaut, was passiert. Fred läßt sich Zeit, probiert noch eine an, dann noch zwei andre. Die Verkäuferin langweilt sich und gähnt, es sind sonst keine Kunden in der Abteilung. Blöde Kuh, denkt Fred, steht da und glotzt! Warum geht die nicht mal woanders hin? Er findet eine Lederjacke, die paßt und auch richtig gut aussieht, dunkelbraun, Bomberjackenstil, aber ohne Pelzkragen. Fred betrachtet sich im Spiegel, dreht sich hin und her und wirft einen fragenden Blick zu Jenny hinüber. Die nickt und zeigt ihm mit erhobenem Daumen, daß sie die Jacke okay findet. Die ist auch wirklich nicht schlecht, das einzige, was ihn stört, ist, daß sie so neu ist. Er wandert einen Spiegel weiter, mal sehen, wie er in dem aussieht, aber jetzt ist er ein Stück näher beim Notausgang. Jenny ist schon an der Tür. Er folgt ihr einfach, ohne sich umzusehen, verläßt sich drauf, daß die Verkäuferin keinen Aufstand macht, der Kunde wird doch sein Sakko nicht einfach hängen lassen! Sie poltern durchs Treppenhaus nach unten und verschwinden draußen im Gewimmel der Einkaufsbummler. Fred hat eine super Lederjacke für 1.500 Mark, ein Vermögen! Lachend fallen sie sich in die Arme.

Am gleichen Abend schleift sie ihn wieder mit ins ARRI, da läuft BONNIE UND CLYDE. Die letzten zehn Minuten sitzen sie Hand in Hand. Was für ein Paar! Ob die in echt auch so drauf waren, oder ob das nur im Film so dargestellt wird? Und was für ein blutiges, tragisches, herrliches Ende!

Sie sind jetzt so oft zusammen, wie es nur geht, aber sie haben sich noch nicht einmal geküßt.

Es klingelt, das wird Jenny sein. Fred drückt auf den Türöffner und wartet. Er wohnt mit Sandra und Ramon in einem schönen großbürgerlichen Mietshaus aus den 1890er Jahren, mit hohen hellen Räumen, Parkettböden und Stuckschnörkeln an der Decke. Wenn man reinkommt, betritt man einen langen Flur, von dem links und rechts Türen abgehen, erst das Bad, gegenüber die Küche, dann

Ramons Zimmer und wieder gegenüber das von Sandra. Am Ende des Flurs geht es rechts in ihren Gemeinschaftsraum, zu dem sie Wohnzimmer sagen, da steht der Fernseher, und da hängen ein Che-Plakat und das Jimi-Hendrix-Experience-Poster. Auf der Fensterbank grünen sechs kümmerliche junge Cannabispflänzchen in kleinen Töpfchen.

Geradeaus kommt noch ein Kämmerchen und dann links Freds Zimmer, schön groß mit Parkettboden und einem verschnörkelten weißen Kachelofen in der Türecke. Ein breites Doppelfenster geht auf die Georgenstraße hinaus, verhangen mit Spitzenstores vom Flohmarkt, die Sandra kupferfarben gefärbt hat. Darunter steht Freds Schreibtisch mit Schreibmaschine, überladen mit Büchern, Papier, mit Stiften und Federhaltern in bunten Konservendosen und Kleinzeug wie Radiergummis, Spitzer, Fotos, Modellautos. Als Sitzgelegenheit dient ein alter, blaulackierter Küchenstuhl. Links an der Wand liegt sein Bett, eine breite Matratze, auf dem Boden, mit einer dunkelroten Samtdecke und einem halben Dutzend dunkelblauer Sofakissen darauf.

»Ach, nett hastes hier«, sagt Jenny, sie schlüpft aus ihrer Lederjacke und läßt sie aufs Bett fallen. Sie schaut sich um, und Fred versucht, sein vertrautes Zimmer mit ihren Augen zu sehen. Da sind sein Plattenspieler und der Kassettenrecorder mit dem Flokati davor, das niedrige indische Tischchen, darauf ein Sammelsurium von Kerzen, Dopedöschen, Räucherstäbchen und seiner Winzwasserpfeife. Das I-Ging liegt auch drauf und drei chinesische Lochmünzen für das Orakel. Die rechte Wand lang reihen sich stabile Obstkisten, immer zwei übereinander, als Bücherregal, obendrauf Papierstapel, Hefte, Zeitschriften und eine Menge Krimskrams, ein Airfix-Flugzeugmodell, Kassetten, ein Wecker. Auf dem Fensterbrett wächst ein 20 Zentimeter hoher San-Pedro-Kaktus aus seinem Topf.

Alles in allem ziemlich hippiemäßig, fällt ihm jetzt auf, bis auf das Poster neben der Tür, auf dem ein britischer Saladin-Panzer brennt, drüber groß in grünen Lettern: JOIN THE IRA! und drunter: MAKE 'EM GO HOME!

Darauf zeigt sie auch gleich: »Hey, wo haste denn das her? Scharf!« Sie dreht sich nach ihm um: »Warste mal in Irland?«

Fred schüttelt den Kopf: »Nein, bloß in England.«

»Wie isses da?« fragt sie. Der württembergische Klang in ihrer Sprache ist nur schwach, aber unverkennbar. Darüber berlinert sie, so mit ›haste‹ und ›warste‹. Wahrscheinlich war sie oft in Berlin, denkt Fred, vielleicht hat sie Verwandte dort.

»Och, ganz okay«, antwortet er und verbessert sich: »Eigentlich sogar ziemlich gut. England ist allerdings zuviel gesagt, ich war bloß in London. Aber das is ne total abgefahrne Stadt!«

»So«, sagt sie nur und fängt an, in seinen Platten zu kramen, sehen, was er hat. Fred hat schon eine ganz schöne Sammlung, gut hundert werdens sein, und feine Sachen dabei, kein Schrott.

»Hey«, wundert sie sich, »haste die alle geklaut?«

»Öh«, macht Fred, und kommt einen Moment ins Stottern, weil er tatsächlich einige geklaut hat, kosten ja ein Schweinegeld, aber die meisten sind ehrlich gekauft, wenn auch zum Teil auf dem Flohmarkt. Sie zieht zwei heraus und legt sie aufs Bett, Very 'eavy ... Very 'umble von Uriah Heep mit dem Spinnwebengesicht auf dem Cover und Salisbury mit seinen momentanen Lieblingssongs Lady in Black und The Park.

»Seid wann bist du eigentlich in München?« fragt er Jenny. »Warst du '68 schon hier?«

»Nein«, erwidert sie, noch immer in seine Plattensammlung vertieft, »da war ich noch in der Schule, da war ich doch erst 16. Gleich nach dem Abi bin ich nach Hamburg fürn Jahr. Hier bin ich jetzt zwei Jahre oder so was. Hey, du hast Surrealistic Pillow«, sagt sie und zieht das Jefferson-Airplane-Album heraus, »da ist White Rabbit drauf! Leihste mir die? Oder haste ne Kassette? Dann könnt ichs gleich aufnehmen!«

»Ja«, nickt Fred, »da muß noch ne leere in der Schachtel sein, schau mal, dort.«

Irgendwie lenkt sie immer ab, wenn er was über sie wissen will. Er nimmt das Winzwasserpfeifchen, geht in die Küche und füllt frisches Wasser ein, mehr als ein Eierbecher voll paßt nicht hinein. Jenny hat inzwischen die LP aufgelegt und fummelt mit dem Kassettenrecorder herum. Aus den Boxen singt Grace Slick:

»One pill makes you larger and one pill makes you small, and the ones that mother gives you don't do anything at all.«

Während er das Piece warm macht und in den kleinen Pfeifenkopf bröselt, fragt sie: »Sag mal, '68, beim Springer-Aufstand, warst du da dabei?«

Fred nickt: »Ja.« Er hält ihr das geladene Pfeifchen und das Feuerzeug hin, und Jenny dreht die Musik leiser und setzt sich neben ihn auf die Matratze. »Erzähl«, sagt sie, »ich möcht mal wissen, was du da gemacht hast!«

1968

»Naja, '68 war echt viel los, nicht bloß Springer«, erwidert Fred, »das ging schon mit dem Attentat auf Martin Luther King los, Anfang April. Da bin ich zum erstenmal mit den Bullen zusammengerasselt! Ostern war das Attentat auf Rudi Dutschke, da gabs dann den großen Aufstand, Springer-Blockaden und all das, Osterunruhen hieß das in der Presse. Gleich danach kam der Pariser Mai, der Aufstand in Frankreich, dann die Notstandsgesetze und zum Schluß der Einmarsch der Warschauer Paktstaaten in die Tschechoslowakei. Alles '68, volles Programm!«

Jenny will wissen: »Was war das mit den Bullen?«

»Das war am Tag nach dem Mord an Martin Luther King«, erzählt Fred, »ich glaub, es war ein Freitag. Da bin ich mit Limbo und noch zwei Freunden von der IDK hinaus zur Alabama-Kaserne gefahren, weißt schon, die im Münchner Norden, Flugblätter an die GIs verteilen. Die hatten wir noch in der Nacht geschrieben und morgens gedruckt!«

»Martin Luther King, war der nicht Pfarrer?« fragt Jenny.

Fred nickt: »Baptistenpfarrer und außerdem Friedensnobelpreisträger. Hat sich als Bürgerrechtler für Rassengleichberechtigung und Gewaltlosigkeit eingesetzt. Schwarzer Mahatma

Gandhi, hamm sie hier in den Zeitungen geschrieben, und wie der ist er auch umgebracht worden, in Memphis, Tennessee, am 4. April. James Earl Ray hieß der weiße Drecksack, der ihn erschossen hat. Angeblich ein verrückter Einzeltäter, aber das hat kein Schwein geglaubt.«

Fred schüttelt zwei Zigaretten aus der Packung und reicht Jenny eine. »Ziemlich sicher steckte da ne Verschwörung dahinter«, fährt er fort, »rassistische Spinner gabs und gibts genug in den Südstaaten, weißt schon: White Supremacy und der ganze Mist. Farbige sind dort ja immer noch Menschen dritter Klasse, ums mal höflich auszudrücken.« Er zuckt die Schultern: »Vielleicht wars auch die CIA, mal ein bißchen Zwietracht schüren. Sowas is ja immer gut fürs Budget. Gleich nach dem Mord sind natürlich in fast allen amerikanischen Städten wüste Aufstände ausgebrochen!«

Fred schaut stirnrunzelnd auf die Glut seiner Zigarette und überlegt: »Wo war ich? Ach so, die Flugblätter: Ja, also vor dem Kasernentor sind wir kaum welche losgeworden, und bald sind die Bullen angerückt und haben uns verjagt. Auf dem Rückweg, damals hatte ich nen alten Ford Taunus, hat uns der gleiche Streifenwagen, der uns verjagt hat, überholt und an einer Bushaltestelle mit Blaulicht und roter Kelle gestoppt. ›Steh ma in da Bushaltestelle?‹ hat mich der Bulle angeschnauzt, ›wiss ma net, daß des verboten is? Des gibt a Anzeige! Führerschein und Ausweis!‹ Sein Kollege hat höhnisch aus dem Streifenwagen herübergegrinst. Nachher haben sie mich deswegen zu 300 Mark Strafe verknackt, gegen die Aussagen von zwei Polizisten kannste eben nichts machen, auch nicht zu viert. Mann, war ich sauer! Das vergeß ich denen nie. So eine Gemeinheit, 300 Mark, das war damals so ziemlich alles, was ich in einem Monat verdient hab.«

»Au warte«, kommentiert Jenny, »is ja finster!« Sie sitzt auf dem Matratzenrand, die Arme um die Knie geschlungen. Ein hauchzarter Pfirsichduft ist um sie herum, Fred ist sich nicht sicher, ob er von einem Parfum oder von einem Shampoo kommt.

»Von '68 hab ich das meiste bloß im Fernsehen mitgekriegt«,

erzählt sie ihm und wiegt sich zur Musik hin und her, »in Marbach war ja nix los. In Stuttgart schon eher, da waren dann Demos und bißchen Straßenschlachten gabs auch. Ich bin da beim Ostermarsch mitgegangen, aber das war '69.«

Nach ner Weile fragt sie: »Ja, und Ostern '68, warste da beim Aufstand dabei?«

»Ja klar«, erwidert Fred. Das wird er auch so schnell nicht vergessen. Ein knappe Woche nach dem Mord an Martin Luther King, am 11. April 1968, hatte Josef Bachmann in Westberlin Rudi Dutschke mit einer Pistole dreimal in Kopf und Brust geschossen und lebensgefährlich verletzt, eine Folge der massiven Hetze in der Springer-Presse, etwa: STOPPT DEN ROTEN TERROR JETZT! Unmittelbar danach brachen in Berlin und der BRD die sogenannten Osterunruhen aus. Drei Tage dauerten die Straßenschlachten in den Großstädten, die Auslieferung der Springer-Blätter wurde verhindert, in Berlin wurden die Lieferautos der BILD-Zeitung verbrannt, in München wurde die BILD-Redaktion gestürmt und verwüstet.

Fred war dabei gewesen, beim Aufstand gegen Springers Hetzblattimperium am Gründonnerstag. Er hat die Prügelschlachten mit den Bullen erlebt, hat Bierkästen mit Mollis getragen und geholfen, Verletzte verbinden. In München begann es vor dem Hertie-Hochhaus. Von hier aus zog der Protestzug zum Buchgewerbehaus in der Schellingstraße, wo der Axel-Springer-Verlag seinen Münchner Sitz hatte. Im Dritten Reich war dort drin der VÖLKISCHE BEOBACHTER gedruckt worden. Der Zug wurde immer länger und länger, eine Menge Menschen waren unterwegs, viele Tausende, so viele, daß sie unaufhaltsam wirkten, und die Wut war riesengroß. Das Buchgewerbehaus war schon von Polizei umstellt, Wasserwerfer waren aufgefahren. Die Menge prallte auf die Polizeiketten, wich zurück und wogte wieder nach vorn. Es gelang, die Bullen auseinanderzudrängen und in den Hof der Springer-Druckerei einzudringen. Fred wurde mit hineingeschwemmt. Nach einer kurzen Diskussion mit den Druckern auf der Laderampe stürmten plötzlich alle die Treppen rauf und in die offensichtlich fluchtartig verlassenen Redaktionsräume der BILD-Zeitung. Dort wurde alles kurz und klein geschlagen, Schreibmaschinen flogen aus den Fenstern, Rechenmaschinen und Telefone hinterher, ganze Berge von Akten, endlose Schlangen Hollerithpapier. Feuerlöscher spritzten Schaum und Pulver in die Büros, SCHWEINE! wurde knallrot an die Wände gesprüht und VOLKSVERHETZER! Die Polizei wagte sich nicht wieder vor, alle Eindringlinge kamen heil und jubelnd wieder heraus. Einige Anwohner in der Heßstraße verstanden den Spaß nicht und bombardierten die Demonstranten aus den Fenstern mit Blumentöpfen und Flaschen, daraufhin gingen die vor dem Haus geparkten Autos in Flammen auf. Es wurde dunkel, und die Bullen pumpten immer mehr Verstärkung in die Maxvorstadt, das Lalü-lalü riß nicht mehr ab, Blaulicht gewitterte, wohin man sah. Da wo Fred stand, hebelten Leute Pflastersteine aus der Straße, Autos wurden als Barrikaden in die Straße geschoben, andere schleppten Bierkästen, Gesichter waren mit Palästinensertüchern vermummt, denn die Bullen fotografierten und filmten aus Wohnungsfenstern, da und dort hatten sie Scheinwerfer auf Balkonen aufgestellt. Im Gebüsch im kleinen Park an der Barerstraße/Ecke Heßstraße wurden die Bierflaschen ausgekippt und Benzin hineingetrichtert. Ein Lappen in den Flaschenhals gestopft und nach vorn weitergereicht. Wasserwerfer fuhren auf, Motoren heulten und Schüsse krachten, die Polizei schoß Tränengasgranaten in die quirlende Menge. Die Menge rächte sich mit einem prasselnden Hagel von Pflastersteinen und lodernden Flaschen. In der leicht abschüssigen Barerstraße goß Fred mit ein paar Unbekannten Benzin in die Rillenschienen der Straßenbahn und zündete es an. Das Feuer lief zur Kreuzung Theresienstraße hinunter, wo die Bullen in dichter Phalanx hinter den Wasserwerfern vorrückten, es sah großartig aus, aber die Wasserkanonen spritzten die Flammen auseinander. Weißliche, pfeffrig riechende Tränengasschwaden wogten über dem nassen Asphalt, mischten sich mit Brandqualm und Abgasen. Die Leute banden sich nasse Tücher vor Mund und Nase, ein paar hatten sogar richtige Gasmasken auf.

Irgendwann nach Mitternacht wurde Fred von einem scharfen Wasserwerferstrahl erwischt und zehn Meter weit über das Pflaster geschleudert. Halb betäubt rappelte er sich auf, naß bis auf die Haut. Da wars aus für diese Nacht, zitternd vor Kälte mußte er sich auf den Heimweg machen.

Im Lauf der Ostermontagsnacht wurden der Fotoreporter Klaus Frings mit einem Polizeischeinwerfer erschlagen und der Student Rüdiger Schreck so schwer verletzt, daß er bald danach starb. Hunderte von Demonstranten und Polizisten wurden verletzt, viele schwer.

Vier Tage und Nächte tobte die Schlacht. Wenn Fred jetzt zurückdenkt, kommt es ihm unwirklich, fast wie ein Rausch vor. Aber damals war alles ganz zwangsläufig und selbstverständlich. Die Springer-Blätter hatten die Leute jahrelang gegen Linke und Langhaarige aufgehetzt, bis das Faß schließlich überlief und Bachmann auf Rudi Dutschke schoß. Das kann man sich nicht gefallen lassen, so was geht einfach nicht, es ist eine Kriegserklärung, und Notwehr ist angesagt. Die Parole ENTEIGNET SPRINGER! kam auf und war überall zu lesen, auf Hauswände gespritzt oder gepinselt, als Aufkleber in der Tram, auf allen BILD-Zeitungs-Kästen und in jedem Kneipenklo.

»Warst du auf der Uni zu der Zeit?« will Jenny wissen.

»Allerdings«, sagt Fred, »damals hab ich Scheine in Soziologie gemacht, obwohl ich ja das Abi nicht hatte, das wollte ich aber irgendwann nachmachen. Ich hab auch ein bißchen Psychoanalyse gehört, damals sind wir auf Wilhelm Reich abgefahren, CHARAKTERANALYSE und die MASSENPSYCHOLOGIE DES FASCHISMUS und so weiter, und ich hab mich ne zeitlang in Freud und Jung reingelesen und in so was.«

Freds Studium beendete sich quasi selbst, in der Ludwig-Maximilian-Universität gings drunter und drüber, soeben war sie in Franz-Gans-Universität umbenannt worden, und im Lichthof stank es nach Buttersäure, daß man es nicht drin aushalten konnte. Mit ein paar anderen ›Delegierten‹ ging Fred zur Kunstakademie hinüber, um mit deren AStA und Studentenrat über gemeinsames Vorgehen zu beraten. Das Klima dort war nicht ideal für eine Beratung. Die Akademie hallte wider von Hammerschlägen und den Stakkatosalven eines Preßluftmeißels. Da war das Kunststudentenvolk gerade dabei, in den heiligen Wandelgängen den klassisch-griechischen Hakenkreuzmäander abzuschlagen, nach dem Motto ›Was soll die Nazischeiße hier‹, während ein Professor sich Bart und Haare raufte und »Frevel! Entsetzlicher Frevel!« heulte. Es war die reine Anarchie! Die Polizei kam nicht, dem entsetzlichen Frevel Einhalt zu gebieten, sie verstopfte mit ihren Mannschaftswagen alle Seitenstraßen in Schwabing, blockierte die besetzte Uni und sich selbst.

Fred ging am nächsten Tag noch mal zur Akademie rüber, über die verwüstete Akademiestraße, die voller Scherben, Pflastersteinen und Papier war, ein VW Käfer stand noch mit platten Reifen auf dem Gehweg. Drinnen in der Aula stritten sich gut hundert Studenten, die Wände waren mit Wandzeitungen beklebt und mit Sprüchen und Parolen vollgekritzelt, KUNST MUSS REVOLUTIONÄR SEIN stand da und STOPFT DEN PROFESSOREN – HASCHISCH IN DIE OHREN; aber auch fundamentale Weisheiten waren zu finden wie ANGEPASST IST ANGEPISST! In den langen Kolonnadengängen zur Akademiestraße hin rasten zwei Typen mit schweren Motorrädern auf und ab. Das erinnerte Fred an seine kurze Bundeswehrzeit, und zwar an Hauptmann Hörner, den Kompaniechef. Dem hätte das wahrscheinlich gefallen, aber der hatte sich ja schon vor langer Zeit auf die Seite des Staates geschlagen.

Das Jahr '68 ging weiter, und zwar in Frankreich, am 3. Mai. Gebannt verfolgten alle, was dort geschah. In Paris hatte die Polizei aus irgendeinem schwachsinnigen Grund die Sorbonne-Universität geräumt. Im Quartier Latin kam es deswegen zu schweren Straßenschlachten. Millionen von Arbeitern solidarisierten sich mit den Studenten und riefen den Generalstreik aus. Daraufhin besetzten CRS-Truppen des Innenministeriums die Renault-Werke und erschossen dabei einen Arbeiter. Die Renault-Arbeiter nahmen blutige Rache und schlugen elf Polizisten tot. In der Folge setzte de Gaulle sogar Panzer nach Paris in Marsch. Viel hatte nicht mehr gefehlt zu einer richtigen Revolution.

Für die deutsche Linke wurde der Pariser Mai ein wichtiges Beispiel für die Arbeitersolidarisierung. Studentenbewegung und APO diskutierten den Gang in die Betriebe. Schaut euch die Franzosen an, hieß es, das sind keine zahmen Schäfchen wie die Deutschen, die lassen sich nichts gefallen, die hauen zurück, daß es nur so kracht! Der Neid war nicht zu überhören.

Die Bundesregierung fand dies den passenden Zeitpunkt, Notstandsgesetze zu erlassen. Regierungsschef war Bundeskanzler Kurt Georg Kiesinger, ein CDU-Politiker, der von 1933 bis 1945 NSDAP-Mitglied war und während des Krieges Referatsleiter für Propaganda im Reichsaußenministerium.

Die Notstandsgesetze sahen den Einsatz des Bundesgrenzschutzes und der Bundeswehr im Inneren und bei der Aufstandsbekämpfung vor sowie den Zwangsarbeitseinsatz für alle Deutschen, auch für Frauen zwischen 18 und 55 Jahren. Sie schafften zugleich die Möglichkeit, den Bundestag bei der Notstandserklärung zu umgehen, und gaben der NATO weitgehenden Einfluß auf die Ausrufung des Notstandes. Mit Hilfe dieser Gesetze ließen sich fast alle durch die Verfassung garantierten Grundrechte außer Kraft setzen: Meinungsfreiheit, Unverletzlichkeit der Person und der Wohnung, freie Wahl des Arbeitsplatzes, das Brief-, Post- und Fernmeldegeheimnis. Sie bildeten eine gesetzliche Grundlage für ein totalitäres und neofaschistisches West-Deutschland.

»Echt ne Riesenschweinerei!« sagt Fred. »Ich mein, stell dir das vor: gleich nach den Schüssen auf Dutschke und den brutalen Knüppelorgien der Polizei!«

Universität, Akademie und einige Fachhochschulen streikten, nicht nur in München, sondern in jeder deutschen Stadt, Studenten und Schüler gingen auf die Straße, aber auch eine Menge Gewerkschaftsmitglieder. Bis zum 8. Mai hatten schon mehr als 200 Universitätsprofessoren den folgenden Aufruf unterzeichnet:

Erheben wir unsere Stimme gegen die Pläne einer Regierung, die unter Täuschung der Öffentlichkeit sich diktatorische Gewalt erschleichen will; die bereit ist, die Bundeswehr gegen das eigene Volk einzusetzen!

Fred saß am 11. Mai mit auf dem Asphalt, bei der Stachus-Blokkade, vor ihm hielten sie ein Transparent hoch: HÄNDE WEG VOM GRUNDGESETZ! Neben ihm saß einer mit einem Schild, auf dem stand: WO BLEIBT DER VERFASSUNGSSCHUTZ? Fred wurde wie alle anderen von der Polizei weggeschleift, und zum erstenmal festgenommen und erkennungsdienstlich behandelt. Foto, Fingerabdrücke, Größenmessung, persönliche Angaben, Meldeüberprüfung. Er bekam eine Strafanzeige wegen Verkehrsbehinderung. Er hatte sich strafbar gemacht, nicht etwa der Staat, der die Verfassung mit Füßen trat!

Am 30. Mai verabschiedete der Bundestag mit 384 gegen 100 Stimmen trotz aller Proteste die Notstandsgesetze sowie ein 17. Gesetz zur Ergänzung des Grundgesetzes.

Um Bedenken der Gewerkschaften wegen einer mißbräuchlichen Anwendung dieser Gesetze gegen die demokratische Ordnung des Staates zu zerstreuen, hatte man mit dem Artikel 20, Absatz 4 ein Widerstandsrecht eingeführt: »Gegen jeden, der es unternimmt, diese Ordnung zu beseitigen, haben alle Deutschen das Recht zum Widerstand, wenn andere Abhilfe nicht möglich ist.« Die Ausübung dieses vagen Widerstandsrechts läßt sich unter anderem durch Artikel 87a, Absatz 4, und Artikel 91, Absätze 1 und 2, ohne weiteres unterbinden. Die Notstandsverfassung trat am 28. Juni 1968 in Kraft.

»Können sie bis heute jederzeit aus der Schublade holen«, ergänzte Fred.

Jenny gähnt: »Ja, das weiß ich. Aber die Leute haben das schon längst wieder vergessen.«

»So sind die eben«, sagt Fred und zuckt mit den Achseln. »Na ja, das wars eigentlich mit '68, außer daß im September noch die Russen in die Tschechoslowakei einmarschiert sind, bei Nacht und Nebel, den Prager Frühling abwürgen! Damals hab ich echt gedacht, jetzt gibts Krieg, und dann holen sie mich auch! Bisher hat ja noch jede Generation in nen Krieg gemußt.«

SCHMÜCKER

Am Freitag, den 7. Juni 1974 findet das RH-Treffen woanders statt, nämlich im Georgenkeller. Das ist keine Kneipe, sondern ein großer Kellerraum, in dem sich sonst die Maoisten treffen, die mit der kleinen roten Mao-Bibel. Von denen ist aber keiner da. Mindestens zwanzig Stühle gibts und ein paar Biergartenbänke und vorn einen großen Tisch fürs ›Zentralkomitee‹. Es ist ein richtiger kleiner Sitzungssaal, trüb beleuchtet durch drei nackte Glühbirnen. Zusammen mit der niedrigen Decke und den unverputzten Ziegelmauern verleiht ihm das eine gewisse Luftschutzkelleratmosphäre. Ein großes rotes Transparent ziert die Stirnseite, darauf steht in gelben Lettern:

> VII. Habt Mut zu kämpfen, habt Mut zu Siegen!
> Völker der ganzen Welt, vereinigt euch, besiegt die USA-Aggressoren und alle ihre Lakaien! Völker der ganzen Welt, seid mutig, habt Mut zu kämpfen, fürchtet keine Schwierigkeiten, stürmt Welle auf Welle vorwärts, und die ganze Welt wird den Völkern gehören. Alle finsteren Mächte werden restlos vernichtet werden.
>
> »Erklärung zur Unterstützung des Volkes von Kongo (L) gegen die USA-Aggression« (28. November 1963), in: Völker der ganzen Welt vereinigt euch und besiegt die USA-Aggressoren und alle ihre Lakaien!

Sonst ist da noch eine kleine Rotaprint-Druckmaschine und ein Bollerofen. An der Wand lächelt der Große Vorsitzende von einem Plakat mit rotgoldenem Rand, ein paar Ausgaben der Peking Rundschau liegen auf dem Tisch. Jenny blättert in einer herum, während die Leute so langsam eintrudeln. »Hey, Fred«, sagt sie und stößt ihn mit dem Ellbogen, »schau mal: die Chinesenfrauen da drin, wie die alle grinsen!«

Ein arg retuschiertes Foto zeigt eine Reihe junger Chinesinnen mit rotbackigen, lachenden Mondgesichtern, die auf einem Damm entlanglaufen. Sie stecken alle in grasgrünen Mao-Anzügen, haben grüne Ballonmützen auf, und jede trägt zwei Eimer an einem Joch über Schultern und Nacken.

»Scheint ihnen echt Spaß zu machen«, bemerkt Fred, »vielleicht sollten wir nach China ziehn, wenn sie dort alle so happy sind!«

Jenny grinst: »Ich wette, was die da in den Eimern schleppen, ist Scheiße für die Reisfelder!«

Im typischen Aus-dem-Chinesischen-Deutsch steht darunter:

> Aufs Herzlichste freuen sich die Genossinnen der 71. Landarbeiterinnenbrigade über die hohe Anerkennung, die ihnen der Parteisekretär der Volkskommune Yüan-pei-Tse im Namen des Genossen Vorsitzenden Mao Tse-tung wie auch des Sekretariats des Zentralkomitees der Kommunistischen Partei Chinas für ihre aufs Bereitwilligste dargebrachte Leistung beim freiwilligen Bewässerungseinsatz ausgesprochen hat!

Sie schauen sich an und kichern, hören aber gleich wieder auf damit. Inzwischen sind nämlich alle da: Irmgard Zanetti, Franz Eindorfer, Werner Siezinsky, Georgie Hauber, Lola Ziegler, Christoph Graf und sieben oder acht Leute, die Fred nur teilweise vom Sehen kennt. Es geht um etwas Ernstes, das Hauptthema ist die Schmücker-Geschichte. Vor drei Tagen kam in den Nachrichten, daß im Berliner Grunewald ein Student namens Ulrich Schmücker erschossen aufgefunden wurde. Es gibt Hinweise, hieß es, daß es sich um einen Racheakt der Terrorszene an einem Verräter handelt. Ulrich Schmücker war im Mai 1972 zusammen mit Inge Viett festgenommen worden und wurde dem 2. Juni zugerechnet. Er soll für seine Freilassung Genossen an den Verfassungsschutz verraten haben.

Darüber diskutieren sie sich die Köpfe heiß, die meisten sind geschockt. Leute totschießen, Verräter oder nicht, das ist eine Grenze, die die wenigsten überschreiten wollen.

»Dann sind wir auch nicht besser als der Staat«, meint Lola.

»Aber ein Verräter«, sagt Werner, »den muß man doch zum Schweigen bringen!«

»Quatsch«, erwidert Franz, »daß einer ein Verräter ist, das kannst du doch erst wissen, wenn er schon verraten hat! Und danach erfährt der doch eh nix mehr! Den dann abknallen, das ist doch bloß ein primitiver Racheakt!«

»Also hör mal«, empört sich Werner, »du kannst doch so ein Schwein nicht einfach laufen lassen!«

Franz zuckt die Achseln: »Wieso nicht? Rausschmeißen reicht doch!«

»Aber Verrat! Verrat darf doch nicht unbestraft bleiben!« Werner schüttelt den Kopf: »Schon wegen der Abschreckung!«

»Du redest schon daher wie ein Innenminister«, sagt Franz, »Strafe! Abschreckung! Scheißdreck!«

Irmgard greift resolut ein: »Ist doch Quatsch, sich da jetzt aufzuregen, bis jetzt weiß doch noch kein Schwein, was da eigentlich genau passiert ist und warum, und auf das, was sie in der Zeitung schreiben, ist doch gepfiffen, HINRICHTUNG IM GRUNEWALD und FEMEMORD, schaut euch doch bloß mal die Schlagzeilen an! Und hier, was da steht: CHAOTEN BRINGEN SICH GEGENSEITIG UM! Ich würd erst mal abwarten, bis mehr rauskommt.«

In der FRANKFURTER RUNDSCHAU steht aber schon, daß sich ein ›Kommando Schwarzer Juni‹ zu dem Mord bekannt haben soll. Schmücker sei ein ›Konterrevolutionär und Verräter‹ gewesen. ›Jede revolutionäre Bewegung‹, heißt es in dem abgedruckten Bekennerschreiben unter anderem, ›muß sich mit der Problematik der Bespitzelung und des Verrats befassen, will sie nicht schon in Ansätzen ihrer Arbeit erstickt und liquidiert werden.‹

Jenny sagt auf der Heimfahrt nachdenklich: »Ich hätte eigentlich auch gedacht, Verräter muß man bestrafen. Aber was Franz gesagt hat, war irgendwie einleuchtend, daß es dann keinen Zweck mehr hat und bloß Rache ist, findeste nicht?«

»Doch«, antwortet Fred, »fand ich auch. Und Lola hat auch recht. Wenn man mit den gleichen Mitteln kämpft wie der Staat, verliert der ganze Kampf seinen Sinn. Es geht doch um eine bessere Welt!«

Jenny läßt den Schalthebel los, faßt nach seiner Hand und drückt sie.

BEIM BUND

Die Woche drauf, es ist ein schöner, warmer Juniabend, sitzt Fred mit Jenny am Monopteros im Englischen Garten. Der kleine klassizistische Rundtempel krönt ein Hügelchen, auf dem sich gern die Kiffer versammeln, um den Sonnenuntergang über der Stadt anzuschauen. Da und dort sitzen stille Pärchen, und da drüben lagern sechs oder sieben im Kreis und lassen zwei dicke Tüten rumgehen, ihre Schatten sind schon lange Streifen im Gras. Auf der Wiese unter ihnen schrammt einer mit Flower-Power-Stirnband auf der Gitarre herum und versucht sich an RIDERS ON THE STORM von den Doors. Fred klebt drei Blättchen aneinander, und Jenny schaut ihm zu, wie er sorgfältig Tabak darauf verteilt und dann das Piece mit dem Feuerzeug warmmacht, damit es sich leichter bröseln läßt. Das Zeug ist grüner Marok und ziemlich hart.

»Sag mal«, erkundigt sich Jenny, »stimmt das, daß du bei der Bundeswehr warst?«

Fred leckt den Klebestreifen an und rollt den Joint fertig, bevor er antwortet.

»Ja und nein«, antwortet er.

»Was ja und nein?« fragt sie zurück.

»Na ja«, sagt er zögernd, »ich wollte nicht hin, aber sie haben mich erwischt. Dann hats halt ne Weile gedauert, bis ich wieder rausgekommen bin. Aber rausgekommen bin ich, nach drei Monaten.«

Er zündet den Joint an und nimmt einen tiefen Zug. Soll er

ihr das erzählen, wie er da rein und wieder rausgekommen ist? Wird sie wahrscheinlich nur langweilen.

»Mit dem Bund«, sagt er dann aber doch, »das hat eigentlich schon angefangen, als ich aus dem Gymnasium rausgeflogen bin, mit 17, so hab ich mir das Abi vermasselt. Danach bin ich ne Zeitlang am Monopteros herumgehangen, genau hier, wo wir jetzt sitzen. Ich war ein richtiger Gammler, mit Peacezeichen auf dem Parka, hab mir die Haare langwachsen lassen und den Hippies zugeschaut, wie sie auf der Wiese rumhüpfen und Peace-Lieder singen. Ab und zu hatte ich mal nen Job, als Zeitschriftenausträger, mal als Packer in ner Eisfabrik, sogar mal als Briefträger; hab aber keinen länger als drei Monate ausgehalten. Aber 1966 kam die Aufforderung zur Musterung, zu den Alten nach Hause. Das war schon ein Schock, obwohl ja klar war, daß es mal kommen mußte. 18 Monate beim Bund, bei der bloßen Vorstellung ist mir schlecht geworden! Also hab ich überall rumgefragt, ob man nicht was dagegen machen könne, und bin so an die IDK geraten.«

IDK, das war die Abkürzung für Internationale Der Kriegsdienstgegner. Die hatte ihr kleines Büro in der Martin-Greif-Straße, und ihr Grundsatz lautete: »Der Krieg ist ein Verbrechen an der Menschheit. Ich bin daher entschlossen, keine Art von Krieg zu unterstützen und an der Beseitigung aller Kriegsursachen mitzuarbeiten.«

Das unterschrieb er und bekam seinen Mitgliedsausweis. Aber Fred war zu spät dran mit der IDK. Bevor er sich über Verweigern oder so was klar wurde, kam der Einberufungsbefehl. »Da hilft nichts, wenn du nicht in den Knast willst«, sagte Helmut Michael Vogel, der Bundesvorsitzende der IDK, »fahr hin, ich laß mir inzwischen was einfallen.«

Fred mußte nach Landshut und verbrachte dort ein deprimierendes Vierteljahr als Panzergrenadier in der Schoch-Kaserne. Er machte die ganze Grundausbildung mit, drei volle Monate, und genauso lang hat es auch gedauert, bis er mit

Hilfe eines Nervenarztes, an den ihn die IDK vermittelt hatte, wieder herauskam. Der Arzt war ein Stalingrad-Überlebender, das Gesicht von alten Narben zerhackt, keine Mensuren wohlgemerkt, und er half jedem, der nicht zum Militär wollte. »Wieder Wehrmacht und Größenwahn, nach so einem Scheißweltkrieg? Nicht mit mir!« war seine knappe Begründung. Fred war einmal wegen einer Kopfverletzung im Krankenhaus behandelt worden, nichts Ernstes, aber er hatte noch eine Bescheinigung darüber, und die brauchte der Arzt. »Wir machen nicht auf verrückt«, sagte er, »das kriegen Sie nämlich ein Leben lang nicht mehr aus Ihren Akten raus!« Aus der alten, ganz harmlosen Verletzung machte er ein ordentliches Trauma mit Schlafstörungen und attestierte Fred, daß er niemals Kopfbedeckungen, gleich welcher Art, tragen könne. Die Folgen seien jedesmal gräßliche Kopfschmerzen und schwere Schlafstörungen, dazu Gleichgewichtsprobleme.

Der Mann hatte sich einen gewissen grimmigen Humor bewahrt. »Ohne Deckel beim Kommiß, das geht nicht«, grinste er mit seinem narbenverzerrten Mund, »werden sehen, junger Freund, in ein paar Tagen sind Sie draußen!«

Genauso war es. Der Arzt hatte ihn richtiggehend dressiert für die Untersuchung durch den Bundeswehrpsychiater: »Der wird Sie mit geschlossenen Augen auf einer weißen Linie entlanglaufen lassen. Da weichen wir kräftig nach links ab! Untertreiben Sie nicht, machen Sie Eindruck!«

Es klappte wie am Schnürchen. Am Tag der Untersuchung noch durfte Fred seine Sachen packen und gehen. Um fünf saß er im Schienenbus, der trötend aus dem Landshuter Bahnhof brummte, und war frei wie ein Vogel.

Jenny hustet und reicht ihm den Joint zurück. »Harsches Zeug«, krächzt sie, »ist das Marok? Kratzt ja gemein!«

Unten auf dem Weg zieht mit Geklingel eine Schar Hare-Krishna-Freaks vorbei, in langen, orangefarbenen Roben, die Typen haben die Köpfe kahlgeschoren und eine Art kleines Pferdeschwänzchen obendrauf. Fred und Jenny schauen ihnen nach, bis sie unter den Bäumen verschwinden und ihr geleiertes Mantra verklingt: Hare Krishna, Hare Krishna, Krishna, Krishna, Hare, Hare. Das hat ihnen den Spottnamen Harry-Kirschner-Fans eingebracht.

»Komische Vögel!« findet Jenny kopfschüttelnd und kehrt zum Thema zurück: »Aber so lang du da warst, bei der Bundeswehr, hast du da schießen gelernt?«

»Logo«, sagt Fred, »gehört ja zur Grundausbildung.«

»Und was lernt man da?« will sie wissen.

»Na ja«, erwidert er, »schießen halt.«

Was soll er ihr da erzählen? Er war an der Pistole, dem G3 und dem MG ausgebildet worden, hatte seine drei scharfen Handgranaten geworfen, und es hatte ihm Spaß gemacht, auch wenn er das besser für sich behielt, aber so ein MG ist schon was Geiles. Auf Menschen würde er aber nie im Leben schießen wollen und auf Tiere auch nicht. Er hatte mit eigenen Augen gesehen, wie die Waffen Löcher in Stahlblech und durch Ziegelwände stanzten, mit der Wucht einer Dampframme, konzentriert auf einen Punkt von nur 7½ Millimeter Durchmesser. Wenn er sich vorstellte, wie das einen menschlichen Körper traf, zog sich in ihm alles zusammen vor Grauen.

Im übrigen war es saublöd gewesen, es ließ sich nicht besser zusammenfassen. Sich von 20jährigen Volldeppen rumkommandieren zu lassen, mieser Fraß, Schikanen hier, Schikanen dort, für jeden Dreck Ausgangssperre und Feuerwache, dumpfes Rumhocken und Saufen in der neongrellen Kantine, Kartenspiel und blöde Zoten. Gruppenweise an den Zaun schiffen und dabei lauthals grölen: Hier schifft kein Mensch, hier schifft kein Tier, hier schifft ein Panzergrenadier! Da war er auch zum erstenmal in seinem Leben sturzbesoffen gewesen und hatte sich beim Kotzen geschworen, nie wieder einen Tropfen Alkohol zu trinken.

Der Bund hatte aber auch seine skurilen Seiten gehabt: Frühmorgens, wenn die Hähne krähn, kam der Kompaniechef, Hauptmann Hörner, der selbstverständlich zu Hause bei seiner angetrauten Gattin schlief, auf seiner schweren BMW (NATO-oliv) in die Kaserne gefahren und knatterte Punkt 6 Uhr laut hupend die Stufen zum Kompaniegebäude hinauf. Der Unteroffizier vom Dienst stand schon bereit und riß die Flügeltüren auf, und Hauptmann Hörner röhrte mit seiner Maschine den langen Gang im Erdgeschoß des Kompaniegebäudes rauf und runter, bis in den Stuben die Scheiben klirrten und der Gang mit giftigblauem Benzinqualm vernebelt war. Wecken, hieß das. Das ging jeden Morgen so, ohne Ausnahme. Beim Antreten husteten sich die Grenadiere die Lunge aus dem Leib.

Die anderen Kompanien des Bataillons wurden auf klassischere Art und Weise geweckt, je nachdem mit Trillerpfeifen oder Gebrüll oder einem Eimer Wasser in die Fresse oder einer Nebelkerze in die Stube; an Feiertagen gern auch mal um drei Uhr morgens mit der gräßlich lauten Alarmhupe. Immerhin abwechslungsreich. Keine Abwechslung für Freds 2. Kompanie mit ihrem Hauptmann Heinrich Hörner, der besser Rockerbandenchef geworden wäre.

Ach ja, was echt Gutes hatte der Bund doch noch gehabt: Er hatte gelernt, sein Bett ordentlich zu machen und Knöpfe selber anzunähen. Schuhe putzen konnte er schon vorher.

»Das wars eigentlich«, sagt Fred, »viel mehr gibts zum Bund nicht zu erzählen. Bin jedenfalls froh, daß ich so schnell wieder rausgekommen bin.«

Im Westen ist die Sonne hinter der Stadtsilhouette versunken, schwarz stehen die Türme der Frauenkirche vor einem orange glühenden Horizont. Zum Zenit hin verfärbt sich der Himmel über Gelb und blasses Türkis allmählich graublau. Hunderte kleiner und kleinster Wölkchen sind über diesen Himmel getupft, die sich vor der erlöschenden Glut über der Stadt zu grauvioletten Schleiern verweben, aber über ihren Köpfen, gegen den dunkelwerdenden Abendhimmel, leuchten sie noch in hellem Rosa.

Ende Juni kauft Fred für 800 Mark einen gebrauchten Daimler-Benz 190 D, eine edle Karre, dunkelrot und einigermaßen in Schuß. Sogar der gern geklaute Mercedesstern ist noch dran.

Die erste Fahrt macht er mit Sandra zu Jürgen in die Kanzlei. Das ist bloß um die Ecke.

»Die Polizei«, sagt Jürgen, »hat offensichtlich nichts gegen Ramon in der Hand. Das ist kein Wunder, weil Ramon eben nichts mit der LKA-Kiste zu tun gehabt hat. Nächste Woche gibt es einen neuen Haftprüfungstermin. Die Staatsanwaltschaft wird ihn dann rauslassen müssen, ob sie will oder nicht.«

Drei Tage später, am 1. Juli, kommt Ramon wirklich raus. Fred und Sandra holen ihn mit dem Daimler in Stadelheim ab. Es regnet, als sich die kleine Pforte neben dem großen Stahltor öffnet und Ramon herauskommt, mit einer Plastiktüte unterm Arm. Er ist blaß, die langen schwarzen Haare unterstreichen das noch. Er umarmt Sandra, er umarmt Fred. »Mann, geiles Auto!« sagt er beim Einsteigen. »Ist das echt deiner?« Sandra zündet gleich einen Joint an, und Ramon macht es sich auf dem Beifahrersitz bequem und zieht mit Genuß. Es ist sein erster seit Monaten, im Knast hat er nichts aufgetrieben. »Fahr noch ein bißchen rum«, sagt er, und Fred läßt den Daimler laufen, über die Isarbrücken mit lauter Musik, die Scherben grölen KEINE MACHT FÜR NIEMAND! Über den Knast sagt Ramon nicht viel, eigentlich gar nichts. Er will erst mal heim und ausgiebig baden. Dann irgendwo schön essen gehen.

Regen trommelt an die Scheiben, und obwohl es noch früh am Nachmittag ist, ist es so dunkel, daß sie Licht brauchen. Sie liegen auf dem alten Teppich in ihrem sogenannten Wohnzimmer, Fred und Jenny, Sandra und Ramon, und spielen Malefiz. Über die vier Spielervignetten auf dem Malefizbrett haben sie kleine Fotos von Stalin, Mao, Bakunin und Hitler geklebt und es so politisiert: Rot sind die Kommunisten, gelb die Maoisten, schwarz die Anarchisten, und die Nazis sind grün, weil es keine braunen

Mensch-ärgere-dich-nicht-Männchen gibt. Sie haben ausgewürfelt, wer die ungeliebten Nazis nehmen muß, und diesmal hat sie Fred gekriegt. Paarweise spielen sie gegeneinander, und zwar darum, wer zuerst alle fünf drin hat. Irgendwie sind sie dabei ins Reden über ihre Eltern gekommen.

»Meine Alten wohnen in Marbach am Neckar«, erzählt Jenny, »in nem Einfamilien-Eigentums-Reihenhaus. So richtiges Kleinstadt-Spießertum: Vorgärtchen, soziale Kontrolle, Ratsch und Tratsch.« Sie schaut Ramon an: »Du bist dran!«

Der würfelt und fragt: »Und was machen deine Alten?«

Jenny zieht die Nase kraus und macht: »Pff! Mein Vater ist Abteilungsleiter bei ner Bausparkasse. Schuftet sich krank und krumm für den Scheißladen. Meine Mutter macht sauber. Viel mehr kann ich über sie nicht sagen.«

»Hast du nicht noch ne große Schwester?« fragt Fred. Jenny macht nochmal »Pff«: »Ja, Judith, aber die kannste vergessen.«

»Wieso?« will Sandra wissen.

»Ach, die spinnt einfach. Die hat nen total blöden Typen geheiratet, nen richtigen Spießerarsch.« Jenny zieht mürrisch die Mundwinkel nach unten. Sie spürt, daß sie alle neugierig geworden sind, und brummelt schließlich: »Der Typ isn Bulle. So ein richtiger Zweihundertprozentiger.«

Ramon lacht: »Echt? Au weia!«

Sandra sagt: »Da müßt ihr ja ganz tolle Familientreffen haben!«

Jenny schmollt: »Ich geh nicht mehr hin. Die können mich mal.« Sie schüttelt eine Zigarette aus ihrer Packung und steckt sie an. »Wie isses denn bei dir, familienmäßig?« fragt sie Ramon.

»Na ja«, sagt der, »ich hab ne Schwester, Esther, und nen kleinen Bruder, Uwe. Esther is so alt wie ich, aber Uwe isn Spätzünder, is erst 20.« Er stupst Fred an und sagt: »Komm, Alter, du bist dran!« Er erzählt aber weiter: »Mein Vater ist tot, is vor fünf Jahren gestorben, nach nem Arbeitsunfall. Muttern is in Berlin und ackert als Verkäuferin im Kaufhaus, bei Hertie in der Bettwarenabteilung. Sie jammert zwar, is aber eigentlich ganz gut drauf.«

Hohl pfeift und wimmert der Wind im Kamin, und eine Bö fegt Regenschauer gegen die Fensterscheiben, daß es prasselt. Dazu blitzt es auch noch, und sofort kracht ein Donnerschlag, so laut, daß Ramon vor Schreck mitten durch die Figuren würfelt. Er stellt die umgekegelten wieder auf und beschwert sich: »Was soll denn das für ein Sommer sein? So ein Faschowetter, so ein verzocktes!«

Fred lacht. Er hat erst drei von seinen grünen Nazis drin, Jenny schon vier Anarchos. Sandra hat auch drei Gelbe drin, Ramon hinkt aber hinterher und hat erst zwei von seinen Stalinisten reingebracht. »Du bist dran mit Würfeln«, stupst er Sandra an, »und dann kannste auch gleich mit der Wahrheit über deine Family rausrücken!«

»Mit meiner Family ist alles in Ordnung«, sagt Sandra schnippisch, »nicht zu arm und nicht zu reich.«

Ramon zwinkert Fred zu: »Nicht zu reich! Wohnen in ner Prachtvilla, die Alten!«

»Schon«, gibt Sandra zurück, »aber es gibt schlimmere. Außerdem steht die in Heilbronn-Süd. Das ist auch nicht viel besser als Marbach. Kleinstadtöde, Moralapostel, Philistertum, Trachtenvereine. Brr!« Sie schüttelt sich und fährt fort: »Aber wenn wir schon beim Verwandschaftsausbreiten sind: Mein Vater ist Professor an der Kunstakademie in Karlsruhe, meine Mutter macht auf Dame von Welt und Kunstexpertin. Sie sind aber eigentlich ganz okay, höchstens ein bißchen versponnen.«

Eine Weile sagt keiner etwas. Sandra erwischt einen von Freds Nazis und schmeißt ihn raus.

»Was is denn mit deinen Eltern, Fred«, fragt Jenny schließlich, »haste keine, oder was?«

Fred verdreht die Augen: »Doch, aber da gibts nicht viel zu erzählen. Geschwister hab ich nicht. Wir haben früher in Pasing gewohnt, aber meine Eltern sind vor ein paar Jahren nach Neuhausen gezogen. Meine Mutter is Hausfrau, mein Vater ist bei der Bahn, angefangen hat er aber als Berufssoldat. Vor dem Krieg, versteht sich.«

Jenny läßt ihren fünften Anarcho ins Ziel hüpfen: »Juhu! Gewonnen! Alle Macht den Räten!«

NACHRICHTEN
16. JULI 1974: IN BIBLIS AM RHEIN WIRD DER GRÖSSTE KERNREAKTOR DER WELT IN BETRIEB GENOMMEN

SOMMERREISE

Das Wetter ist für die Jahreszeit richtig beschissen, es regnet unaufhörlich, fast jeden Tag, und dazu ist es kalt, zwischen 17 und 20 Grad. Nach fast zwei Wochen schlechtem Wetter und immer grauem Himmel haben sie alle die Schnauze voll und beschließen abzuhauen, zu viert, Jenny will auch mit. Wohin? In die Sonne, in den Süden, nach Italien!

Morgens, am 18., sind sie soweit, Freds dunkelroter Daimler ist gecheckt und vollgetankt, der Ersatzreifen repariert. Pässe mitnehmen, das Piece gut verstecken, Decken ins Auto, Luftmatratzen, paar Klamotten, und los gehts.

Von München ist es keine Weltreise nach Italien. Über den Brenner nach Bozen und Verona, weiter nach Mantua und von dort Richtung Parma. Mal fährt Fred, mal Ramon, mal Jenny, Sandra hat keine Lust. Bei Casalmaggiore überqueren sie den Po, der ganz wenig Wasser führt, das weite Bett steht voll Schilf und schlammigen Pfützen. Unter blauem Himmel und sengender Sonne führt die Straße kerzengerade durch flache Felder. Weit und breit kein Baum, aber da vorn taucht jetzt etwas neben der Straße auf, ein einsamer Wohnblock? Beim Näherkommen sehen sie, es ist ein gigantisches M aus Beton, das da mitten im Feld steht, leicht 20 Meter hoch.

Fred fährt ein bißchen langsamer und sagt: »Ich glaub, das ist so ein Mussolini-M aus der Vorkriegszeit.« Sie schauen verwundert hinüber. Das sieht schon sehr seltsam aus, so ein Riesenbuchstabe in der weiten, leeren Landschaft.

»Meinste echt, das is noch vom Mussolini?« fragt Jenny, und Ramon erwidert: »Schätze schon. Ich hab mal so eins in nem Film über die Faschisten gesehen. Scheint hier niemand zu stören, wa?«

Sandra meint: »Vielleicht hat es die Mafia von den Faschisten gemietet und verwendet es einfach weiter als Eigenwerbung.«

Sie fahren weiter über Parma, durchqueren die nördlichen Apenninen und kommen endlich nach La Spezia. Von dort noch eine Dreiviertelstunde Fahrt über einen hohen Bergrücken und haarsträubende Serpentinen tief hinunter nach Vernazza, einem Fischerdorf am glitzernden Mittelmeer. Da können sie in einem kleinen Ferienappartement wohnen; das hat Sandra organisiert, die Wohnung gehört Bekannten ihrer Eltern. Sie müssen nicht mal was bezahlen, die einzige Bedingung lautet: Nix kaputtmachen, alles sauber hinterlassen. Die Bude ist abgefahren, ziemlich klein, aber mit zwei Schlafzimmerchen, das größere Wohnzimmer mit Kachelboden und sogar einem offenen Kamin, Kochnische und Dusche. Sandra und Jenny kreischen vor Entzücken, sie haben die kleine Dachterrasse entdeckt, von der gibts einen tollen Blick auf das sonnenglitzernde grüne Wasser im Porticciolo, dem Kleinen Hafen, und nach rechts über die Dächer hin zum Campanile mit seiner eiförmigen Kuppel. Nach links geht der Blick zur alten Burg mit ihrem ragenden Wachturm, hoch übers Meer auf eine vorspringende Klippe gebaut. Weiße, ockergelbe, rotbraune Häuser, den Hang empor übereinander geschachtelt, miteinander verflochten durch ein Gewirr von Stromkabeln und Wäscheleinen, gespickt mit Fernsehantennen und Blitzableitern.

Sie bummeln ein bißchen in dem kleinen Nest herum, finden einen Laden und kaufen ein, dann wirds schon Zeit zum Abendessen. Jenny und Sandra kochen in der winzigen, aber modern eingerichteten Kochnische. Es gibt Spaghetti, Tomatensalat und Weißwein dazu. Essen auf der Dachterrasse unter freiem Himmel, das Abendsonnenlicht funkelt auf dem Wasser, die Luft ist warm und riecht nach Meer, nach Tang und nach Salbei.

Nachher geht der Joint rum. Ramon hat immer noch keine Lust, was vom Knast zu erzählen. »Bekifft schon gar nicht, Leute, kann einen ganz schön runterziehen. Es waren ja auch nur vier Monate«, wiegelt er ab, aber Fred kann den Zorn hinter seiner trägen Stimme spüren.

»Wie kommen die Bullen überhaupt auf die Idee«, fragt Jenny, »daß du was mit dem alten Anschlag aufs LKA zu tun hast?«

»Ach«, sagt Ramon, »das is eigentlich nur, weil ich da einen kenn, nen alten Freund vom Thommy, der wohnt in Berlin. Den haben sie im Verdacht, weil sie wissen, daß er mit dem Weissbecker befreundet war, sie können ihm aber nix anhängen.« Er rührt geistesabwesend mit dem Gabelstiel in seinem Weinglas herum. »Blöd, wie die Bullen sind, glauben sie natürlich, daß ich auch dabei war, bloß weil ich den kenne. Fünf oder sechsmal bin ich deswegen verhört worden, meistens von zwei Typen vom LKA.« Er hebt die Stimme und versucht, den Bullenton zu treffen: »Sie sind doch die Münchner Connection von dem, geben Sies doch endlich zu!« Er schüttelt den Kopf. »Weiß der Geier, warum die das unbedingt mir anhängen wollen.«

»Weil sie keinen anderen haben«, sagt Sandra, »ist doch klar. Das Ding ist jetzt zwei Jahre her, und sie haben immer noch keinen Täter, das muß denen doch furchtbar stinken.«

Ramon ist mit seinen Gedanken irgendwohin vorausgeeilt: »Im Grunde bringts einfach nix, wenn man versucht, was zu ändern, ich mein mit Wahlen oder Demos und so: Von wegen demokratische Rechte und Meinungsfreiheit, da lachen ja die Hühner! Da gehn die Leute auf die Straße, nicht aus Jux und Tollerei, verstehste, sondern gegen nen Krieg und gegen antidemokratisches Verhalten der Regierung, tun bloß ihre Bürgerpflicht, und was passiert? Die Bullen kommen und knüppeln alles nieder, und wer nicht spurt, kommt in den Knast. Ich mein, das ist doch glatter Faschismus!«

Jenny nickt: »Genau! Sobald das nämlich einer ernst nimmt mit dieser angeblichen Demokratie, zeigen sie ihr wahres Gesicht! Ist doch klar, daß der Staat nicht zuläßt, daß sich was ändert! Der zieht sein Ding durch: Notstandsgesetze, Zensur, Überwachungsstaat! Die Bonzen wollen eben sicher sein, daß ihnen keiner Knüppel zwischen die Beine wirft bei ihren finsteren Plänen. Und mit Wahlen läßt sich da nichts ändern, die dienen doch bloß als Betäubungsmittel! CDU, SPD ist alles der gleiche Brei, wer glaubt, daß es da einen großen Unterschied gibt, ist einfach naiv! Echt«, sagt sie und stupft ihre Zigarette aus, als wolle sie einen winzigen Zwergstaat damit zerquetschen, »wenn Wahlen was verändern könnten, wären sie verboten!«

Da hat sie recht, denkt Fred, man sieht es schon daran, daß die wirkliche Opposition gar nicht erst ins Parlament kommt, daher eben APO, außerparlamentarische Opposition. Aber was soll man machen? Den langen Marsch durch die Institutionen antreten? Von innen verändern, in jahrzehntelanger Kleinarbeit, das ist doch ne Illusion. Sich weiter an den Arbeitern die Zähne ausbeißen, die überhaupt keinen Bock auf Revolution haben, sich nur für ihren Fernseher und ihr Auto interessieren?

Aber man muß sich doch wehren, man kann doch nicht tatenlos zusehen, wie der Staat auf einmal demokratische Rechte abbaut, 42 Jahre nachdem die Nazis just auf die Tour an die Macht gekommen sind! Das Grundgesetz ist durch unzählige Zusatz- und Ergänzungsartikel längst durchlöchert wie ein Schweizer Käse. Und das ist noch nicht mal das Schlimmste: Wieder steuert die Welt auf einen Krieg zu, und diesmal wird es ein Atomkrieg sein, der alles Leben von der Erde fegen wird. NATO und Warschauer Pakt, geführt mit furchtbarer Skrupellosigkeit von Geisteskranken oder Verbrechern, anders ist das ja gar nicht zu erklären, rüsten wie die Irren; daß es ums Leben der gesamten Menschheit geht, scheinen sie nicht zu begreifen. Haben sie den ganzen Zweiten Weltkrieg vergessen mit seinen schätzungsweise 55 Millionen Toten? Hieß es nicht einmal: Nie darf sich das wiederholen? Nie wieder Faschismus? Wehret den Anfängen? Von deutschem Boden darf nie wieder ein Krieg ausgehen?

Alles nur heiße Luft, wie die Sprüche von wegen: Die Hand soll mir verdorren, wenn je wieder ein deutscher Soldat, blah blah...! Zehn Jahre nach Kriegsende war die Bundeswehr gegründet, allen Protesten und Appellen zum Trotz; die Ruinen, jene stummen Zeugen von Feuersturm und Massensterben, verschwanden eine nach der anderen, nur in den alten Kellern griff die Angst noch nach den Kindern, wenn sie Bier oder Kohlen raufholen sollten. Jeden Mittwoch um zwölf heulen in Bayern die Luftschutzsirenen wieder Probealarm, und jedesmal sterben wieder ein paar alte Leutchen am Schreck und an der grausigen Erinnerung.

Fred muß an seinen Vater denken, der in den letzten Kriegsmonaten noch zum Hauptmann befördert worden war und dem man 1955 in der soeben gegründeten Bundeswehr die Einstellung als Major angeboten hatte. Damals schlug er sich noch als kaufmännischer Angestellter durch, und die Familie lebte in einer engen Marshall-Plan-Wohnung für Ausgebombte. Mit dem Majorsrang bot man ihm ein Einfamilienhaus an, ein traumhaftes Angebot in jenen noch mageren Jahren, aber Fritz Richter hatte genug vom Krieg. Als Fred nach seiner abgekürzten Dienstzeit von der Bundeswehr zurückkam, zeigte der Vater ihm seine damalige Antwort an das Verteidigungsministerium, einen schon vergilbten Briefdurchschlag, sauber getippt und formvollendet:

Sehr geehrte Herren,
lecken Sie mich am Arsch!
Hochachtungsvoll,
gez. Fritz Richter

Die Sonne ist längst weg, und die Sterne blinken, von der Straße dringt Lachen und Schwatzen herauf. Fred ist erschöpft von der langen Fahrt, müde vom Shit und vom ungewohnten Wein. Er kann die Augen nicht mehr offenhalten und verzieht sich gähnend in die Falle.

Als Jenny ins Bett kommt, schläft er schon tief und fest und wacht nicht auf.

Morgens nach dem Kaffee ziehen die Mädels alleine los, zum Strand. »Sag mal«, fragt Fred Ramon, der sich auf der Dachterrasse rasiert, »was sind denn die Tupamaros München für welche? Was hamm die denn gemacht?«

Ramon schielt im Rasierspiegel nach ihm und lacht. »Tupamaros München? Das seid ihr doch, Freddie, du und Jenny! Hast mir doch selbst die Zeitung gezeigt, das Ding mit dem Stern auf der Peterskirche!« Er tupft sich mit dem Handtuch den Schaum von Wangen und Hals und sagt: »Aber im Ernst, Tupamaros, ja, die sollen zwei oder drei Dinger gemacht haben, in der Münchner Gegend, mal was mit ner Brandflasche auf das Haus von nem Richter oder so und vielleicht auch die Geschichte mit dem LKA, würd mich auch nicht wundern, aber genau weiß ichs nicht. Alles nur Gerücht.«

Ramon sammelt seinen Rasierkram zusammen. »Ach so, und das Ding mit der Banklady«, fällt ihm ein, »nannten die sich nicht auch Tupamaros München? Wann war das? '71? Das ging irgendwie schief, wa?«

»Ja, daran erinner ich mich«, sagt Fred, »die sind alle geschnappt worden, die das gemacht haben, die Frau und die Typen.«

»Stimmt«, sagt Ramon, »die sitzen alle. Gibts also wahrscheinlich längst nicht mehr, die Truppe.« Er zuckt die Achseln: »Was solls. Komm, wir machen noch nen Kaffee und baun uns ne Pfeife, was meinste?«

Mittags kommen Jenny und Sandra zurück, kichernd und albern und ganz rot von der Sonne.

Am Samstag hat Jenny Geburtstag und kriegt von jedem ein Küßchen, 22 ist sie jetzt. Morgens um neun steigen sie alle vier in Vernazza in den Zug und fahren nach Bonassola, zwei Dörfer weiter, durch drei Tunnels. Sie wollen baden. Bonassola hat den schönsten Strand, es liegt in einer weiten, halbmondförmigen Bucht, zieht sich vom Meer weg in ein enges Tal und wächst ein Stück die steilen Hänge empor. Zwischen Strand und Ort das steinerne Viadukt der alten Eisenbahnlinie, die neue Bahnlinie verläuft weiter hinten, kommt aus dem Tunnel und verschwindet gleich wieder im nächsten, grade daß Platz ist für die Haltestelle.

Es wird wieder ein heißer Tag, und Fred und Jenny schwimmen und liegen dann eine Weile mit Sandra und Ramon im Sand in der knallheißen Sonne. Jenny hat einen Anarcho-Bikini, rot und schwarz wie die Fahne der spanischen FAI/ CNT. Ein schwarzes Sternchen blinkt an der Halskette.

Allmählich wird es zu heiß, und Fred hat genug vom Rumliegen und Dösen. Er setzt sich auf und sucht nach seinen Zigaretten. Jenny blinzelt gegen die Sonne zu ihm hoch, dann setzt sie sich auch auf, gähnt und angelt nach ihren Jeans. »Was meinste, bissel rumlaufen, kommste mit?« fragt sie und zupft ihn an den Haaren. Sandra und Ramon haben keine Lust, sie wollen lieber zur der kleinen Strandcafébude, sich da unter einen Sonnenschirm knallen und was trinken. Fred und Jenny kaufen sich dort eine Flasche Wasser und wandern dann los, den Treppensteig durch Bonassola bergauf.

Der Weg wird steiler, das Dorf geht zu Ende, noch ein letztes Haus, halb in den Hang gebaut.

Die Sonne brennt, die Luft flimmert vor Hitze. Sie wandern weiter, auf dem kleinen Saumpfad den Berg hoch, unter Olivenbäumen zum blauen, blauen Himmel, der Sonne entgegen und reden nichts.

Als sie ganz oben sind, setzen sie sich ins Gras. Fred dreht einen Joint, Jenny sitzt neben ihm, die Arme um die Knie geschlungen. Er riecht den Sonnenduft ihrer Haut. Sie rauchen schweigend und schauen aufs Meer hinaus. Die Sonne sinkt auf den Horizont hinab, ihre Strahlen flammen rot und orange in den amethystfarbenen Himmel, entzünden feurige Gluträнder an den Wolken und ergießen sich in glitzernden Bahnen über das leicht bewegte Meer. Jenny lehnt ihren Kopf an seinen. Fred gibt ihr einen Kuß auf die Wange und sagt: »Alles Gute zum Geburtstag, Jenny!«

Da schaut sie ihn lachend an und meint: »Du hast mir doch heut früh schon gratuliert!« Entzückende Grübchen hat sie in den Wangen, wenn sie lacht, und Fred kann nicht anders, er küßt sie auf den Mund. Sie küßt ihn wieder, schlingt ihre mageren Arme um seinen Nacken und zieht ihn mit sich hinunter, ins dürre, raschelnde Gras.

Nachher liegen sie Nase an Nase und schauen sich in die Augen. Keiner sagt ein Wort, den Zauber nicht zu brechen.

Später, in der Abenddämmerung, steigen sie Hand in Hand wieder herunter. Da ist der alte Uhrturm, der vielleicht mal ein Wachturm gegen algerische und sonstige Seeräuber war, da huschen die Fledermäuse hin und her, jagend schnell und lautlos, man sieht sie nur gegen das letzte violette Abendlicht draußen über dem tintenschwarzen Meer oder mal vor den paar Lichtern unten im Ort. Im Turm knarrt und knackt das uralte Uhrwerk.

Eigentlich wollten sie am Nachmittag über den Bergrücken nach Levanto laufen und von dort mit dem Zug wieder zurück nach Vernazza. Aber jetzt ist es schon zu dunkel, und sie sind beide todmüde vom vielen Herumlaufen. Sie schlafen am Strand, einfach im warmen Sand, Schulter an Schulter.

Nach fast zwei Wochen Strand und Faulenzen kriegen sie allmählich Lust auf Stadt. Morgens um neun steigen sie in den Zug nach La Spezia. Die Stadt ist nicht besonders groß, aber immerhin Hafenstadt und wichtiger Marinestützpunkt, daher sieht man viele Matrosen in den engen, von Menschen wimmelnden Altstadtgassen mit den unzähligen kleinen Läden. Hier herumbummeln macht Spaß, da gibt es Boutiquen und Schiffsausrüster, Cafés, Tabacchi-Läden und Tätowierer, Pasticcerias, postkartengespickte Souvenirläden, winzige Restaurants. Sandra und Jenny bleiben zweimal in Klamottenläden hängen, Sandra kauft sich eine Bluse und einen Seidenschal, Jenny nur eine Sonnenbrille. So wandern sie allmählich ganz runter bis zur Hafenpromenade an der palmengesäumten Viale Italia, von der sich ein weiter Blick über den Hafen und die blaue Wasserfläche des Golfo della Spezia bietet. Hier legen die kleinen Fähren zu den Inseln an, GIRO DELLE ISOLE heißt es über dem Landesteg. Rechts liegen Hunderte von Segelbooten, ein ganzes Stück dahinter zwei große weiße Passagierschiffe und vor dem Arsenal ein schlanker grauer Zerstörer. Weit draußen, fast auf der Kimm, wandert im Schneckentempo die hohe blaßgraue Silhouette eines leeren Supertankers vorbei, der von Genua kommt.

Allmählich werden sie müde. Sie bummeln durch die Altstadt zurück zum Bahnhof und kaufen unterwegs ein bißchen was ein zum Abendessen, Tortellini, darauf haben sie sich einigen können, vier Flaschen Wein.

»Schaut mal«, sagt Sandra, »das haben wir vorhin gar nicht gesehen! Da gegenüber, bei dem kleinen Café, da wächst ein Baum direkt aus der Hauswand, ein Orangenbaum!« Dem Baum gehts gut, die Blätter sind grün und glänzend. Sandra macht ein Foto davon. »Glaubt mir doch sonst niemand,« sagt sie.

Zurück in Vernazza essen sie ihre Tortellini, schön mit Tischtuch und Wein und allem, auf der kleinen Dachterrasse, die gerade groß genug ist für vier. Hinterher räumen sie Tisch und Klappstühle weg und breiten dafür Decken aus, Ramon macht Espresso und Fred dreht zum Nachtisch eine Tüte.

»Rumliegen und kiffen, was willste mehr«, meint Ramon später und streckt sich auf dem Rücken aus. Fred hängt mit den Armen über dem Geländer und genießt den schönen Blick auf Dächer und aufs Wasser, satt, zufrieden und schön stoned. Die Sonne steht nur noch eine Handbreit über dem Horizont, und ihre Reflexion glitzert und tänzelt tausendfach auf den Mittelmeerwellen.

»So stell ich mir das Leben vor, wenn die Anarchisten an der

Macht sind«, sagt Ramon in die Stille. Fred muß lachen: »Du meinst wohl, wenn das Volk die Macht hat!«

»Wenn das Volk die Macht hat«, erwidert Sandra, »dann ist schätzungsweise Schluß mit Rumhängen, das Volk wird euch an die Arbeit jagen!«

»Das Volk sind wir«, brummt Ramon, »wir bestimmen, wer rumliegt, isses nich so, Freddie?«

»Ihr seid ja bekifft«, sagt Jenny mit gespielter Empörung. Sie malt sich mit dem Kugelschreiber Sternchen auf die Hand. »Ich wette, keiner von euch hat je einen echten Anarchisten gesehen!«

Sandra lacht: »Wir brauchen ja nur dich anzuschauen.«

»Wir können keine Anarchisten sehen«, quatscht Ramon, »weil wir ja selber welche sind!«

»Ich hab mal den Souchy besucht«, fällt Fred ein, »der ist jedenfalls ein echter alter Anarchist, sozusagen staatlich geprüft!«

»Augustin Souchy? Der, der NACHT ÜBER SPANIEN geschrieben hat? Im Ernst?« fragt Ramon und setzt sich auf. »Erzähl! Wann war das?«

»Wann das war«, grübelt Fred, »paar Jahre her, '70, glaub ich, oder '71, im Sommer. Genau das hab ich da grade gelesen, NACHT ÜBER SPANIEN. Da ist ein Freund von mir vorbeigekommen, Limbo, den kennt ihr nicht, der hat das Buch gesehen und hat gesagt, hier, der Souchy, das ist der letzte von den alten Anarchisten, der noch lebt, und rat mal wo? Hier in München! Da hamm wir uns überlegt, den besuchen wir mal. Hamm ihn auch im Telefonbuch gefunden, hamm angerufen und uns angemeldet, wie sichs gehört; war ja schon ein sehr alter Herr. Wir wollten ihm, na ja, irgendwie unsern Respekt ausdrücken und ihm zeigen, daß es noch Anarchos gibt. Bißchen naiv von uns, aber das war eigentlich der Grund, warum wir hin sind, nicht Neugier. Na, jedenfalls der hat in einem großen Neubaublock gewohnt, nicht weit vom Leonrodplatz, in ner kleinen Eineinhalbzimmerbude, ganz voll mit Büchern. An der einen Wand hatte er nen großen Propeller hängen, aus Holz, von ner Rata aus dem spanischen Bürgerkrieg; der Souchy war da ja gewesen, bei der CNT. Ziemlich alt schon, mit ganz weißen Haaren. Hat sich gefreut, daß wir ihn besucht haben, vielleicht war er recht einsam, aber das weiß ich nicht. Er hatte ne ausgeleierte Schreibmaschine, so ein uraltes Ding aus den 30er Jahren, da schrieb er drauf. Er schreibt die ganze Zeit, hat er gesagt. Die alten Tasten gingen bestimmt schwer, da mußte kräftig drauftippen, nicht so wie mit ner elektrischen. Dabei waren seine Finger ganz krumm von der Gicht. Da hat er uns leid getan.«

»Ja und?« fragt Jenny. »Und dann?«

»Na ja«, sagt Fred, »ich wußte da sone Bürobaracke, da sind wir dann eingestiegen, nachts, Limbo und ich, und haben ne ganz neue elektrische Schreibmaschine mitgenommen, in Volkseigentum überführt gewissermaßen. Die haben wir ihm dann gebracht.«

»Toll«, sagt Sandra mit glänzenden Augen, und Ramon fragt: »Hat er sich gefreut?«

Fred nickt: »Ja, gefreut hat er sich. Er hat auch nicht gefragt, wo wir die Maschine herhatten. Aber ob er sie jemals benützt hat, das weiß ich nicht.«

»Wieso?« fragt Ramon.

»Na, weil er doch schon so alt war«, meint Fred, »wegen dem Umgewöhnen, mein ich. Aber er hätte es schon leichter gehabt als mit der alten Klapperkiste.«

Zurück ins Reich des Bösen. Der deutsche Zoll, Ausführung Oberbayern, schikaniert sie bei der Wiedereinreise. Ein Blick ins Auto genügt: »Rechts ranfahren! Alle aussteigen! Pässe, Führerschein und Kraftfahrzeugpapiere! Machens den Kofferraum auf!« Sandra verdreht die Augen und sagt: »Natürlich!« Fred fährt an den Rand, sie steigen aus. Fünf, sechs Grenzschutz- und Zollmänner sind aus dem Nichts aufgetaucht. Zu dritt wühlen sie jetzt im Auto rum, Handschuhfach auf, Fußmatten raus, schauen in die Aschenbecher, leuchten unter die Sitze. Zwei von den Grenzbullen tun nichts anderes, als auf sie aufzupassen.

Fred steckt sich eine Zigarette an und schaut resigniert zu, wie die Grenzer unter der Motorhaube herumfummeln, ihr Zeug aus dem Kofferraum holen und durchwühlen, das Reserverad von allen Seiten untersuchen, als hätten sie noch nie eins gesehen.

In der Zwischenzeit wird kein anderer Wagen angehalten. Ungehindert fahren sie alle durch, malt sich Fred aus: Wirtschaftskriminelle im dicken Mercedes, Mafiosi hinter Sonnenbrillen, RAF-Leute mit schicken Klamotten im nagelneuen BMW, Waffenschmuggler, Geldschmuggler, Mossad-Agenten und KGB-Kuriere, illegale Einwanderer und eine ganze Menge normaler Menschen, deren Urlaub auch zu Ende geht.

Im Auto war nichts. Sie müssen rein in die Wachbude, Taschen- und Gepäckkontrolle. Auch nichts, das Piece ist längst weggeraucht. Die Grenzbullen müssen sie laufenlassen. Sie tun es nicht gern, das sieht man ihnen an.

FREEDOM FIGHTERS

Fred sitzt mit Ramon im Wohnzimmer und dreht Joints auf Vorrat. Es ist Samstagabend, und sie wollen auf eine Fete in der Elisabethstraße, er, Ramon und Sandra. Fred hofft, daß Jenny auch hingeht, am Telefon war sie sich nicht sicher, ob sie Lust hat, mal sehen, hat sie gesagt. Fred hat sie nicht gesehen, seit sie aus Italien zurück sind, und das ist schon eine ganze Woche her.

Im Fernseher läuft eine Sondersendung zu Watergate. Präsident Nixon hat vorgestern seinen Rücktritt erklärt; gestern, am 9. August, ist Gerald Ford sein Nachfolger geworden.

»Mann, das ist ja auch eine finstere Szene da drüben«, findet Ramon und schüttelt den Kopf, »kanns gar nicht mit ansehn!«

Fred sagt: »Mach ruhig aus, ist doch eh bloß Verschleierungsgelaber.«

Ramon geht zur Glotze und schaltet sie aus. Nixons dummdreistes Gesicht schrumpft zu einem Pünktchen und verschwindet nach ein paar Sekunden. Der Apparat knistert noch ein bißchen, dann ist er still.

»Sandra wird wieder ewig nicht fertig«, stellt Ramon fest und läßt sich auf die Couch fallen, »komm, wir ziehn noch eins weg von den Dingern!«

Fred hat sieben kleine Ein-Blatt-Joints fertig. Er steckt einen an und nimmt einen tiefen Zug. Dann reicht er ihn Ramon weiter und fragt beim Ausatmen: »Wann hast du eigentlich zum ersten Mal gekifft?«

Ramon kratzt sich am Kopf: »Zum ersten Mal? Weiß der Geier!« Er verdreht die Augen nach oben und denkt nach. »Na ja«, sagt er nach ner Weile, »ich würde schätzen, so um '66 rum, in der Hasenheide mit irgendwelchen Typen, ich weiß gar nicht mehr, was das für welche waren. Aber da hab ich nicht viel gemerkt. Das erste Mal, als es richtig gewirkt hat, das war später, '68 auf den Essener Songtagen. Amon Düül waren da und Tangerine Dream und Alexis Korner! Da bin ich zum ersten Mal so richtig auf Musik abgefahren, vor allem auf Amon Düül. Kennst das ja, wie die Mucke einfährt, wenn man stoned ist. Wie lang isses bei dir her?«

Fred sagt: »Bei mir wars auch in der Vietnamzeit, kurz nach dem Bund, ich glaub '67.« Er erinnert sich ganz gut daran: Den ersten Törn hatte er Mr. Joe zu verdanken, einem schwarzen amerikanischen Deserteur, dem die Friedensbewegung half, sich vor MP und Polizei zu verstecken. Deserteuren drohten in den USA bis zu fünfzehn Jahre Gefängnis.

Mr. Joe hatte einen kleinen Krümel Haschisch auf eine Stecknadel gespießt und sein Feuerzeug druntergehalten, bis das Piece anfing zu rauchen. Dann hatte er den Rauch in seine Nasenlöcher gesogen. Fred hatte es ihm nachgemacht und einen Hustenanfall bekommen. Er schaute Mr. Joe zu, wie der ein neues Krümelchen auf die Nadel spießte, zum Glimmen brachte und den Rauch einsog. Dann blies er die Backen auf und hielt die Luft an. Fred mußte lachen, und Joe lachte auch und entließ den Rauch mit einem Puff aus seinen Lungen. Er hielt Fred Nadel und Feuerzeug hin, und Fred sah, daß auf dem Feuerzeug US ARMY stand. Auf der anderen Seite war ein Adler aufgedruckt und darunter stand FREEDOM FIGHTERS.

»Yeah man«, sagte Mr. Joe mit seiner schönen tiefen Stimme, »US Army, they're freedom fighters, all right! They sure fight freedom wherever they find it!«

Mr. Joe hatte zwei Runden Vietnam hinter sich und war dann nach Westgermany verfrachtet worden, als eine Art Erholungsurlaub. Wenn er hier nicht abgetaucht wäre, wäre er schon wieder in Vietnam und obendrein womöglich tot.

Seit Anfang der 60er Jahre führten die USA Krieg in Vietnam. Erst mit Unglauben, dann mit Abscheu und Zorn verfolgte Fred den gräßlichen Krieg der großen Weltmacht gegen das kleine Vietnam. Zum erstenmal konnte jedermann einen Krieg täglich im Fernsehen sehen, und Fred sah, was die Amerikaner in dem kleinen Land anrichteten, sah, wie sie es mit ihren Riesenbombern aus der Luft verwüsteten und verseuchten, sah Flüchtlingsscharen schreiend, blutend und verstört auf die Kamera zulaufen, hinter ihnen brodelte ihr Strohhüttendorf mit allen, die es nicht rechtzeitig geschafft hatten, im Feuersturm der Napalmbomben. Das Grauen war umso größer, als die USA doch als das große Vorbild galten, und nicht nur in Sachen Demokratie und Nie-Wieder-Faschismus. Amerika stand ja auch für Hippies und Flowerpower, Smoke-Ins und Love-Ins, stand für Blues und Rockmusik, für Joan Baez und Bob Dylan, Jim Morrison, Janis Joplin und Jimmy Hendrix, stand für Black Power und für die globale Friedensbewegung.

Fred war bei den Demonstrationen und Ostermärschen mitgelaufen und hatte Flugblätter verteilt, aber das alles hat doch kaum geholfen und schien so armselig gegen den immer brutaler werdenden Krieg.

Die Leute waren schrecklich gleichgültig: »Das ist doch weit weg, was geht das uns an, laß mich in Ruh!« Und manche wurden richtig aggressiv: »Geh doch rüber in Osten«, oder gar: »Hau ab mit deiner Kommunistenscheiße!« Einer riß ihm mal alle

Flugblätter aus der Hand und schmiß sie auf den Boden und schrie ihn an: »Euch sollt man allesamt vergasen!«

Aber die Bewunderung für die zähe Bauernbevölkerung des ausgebluteten Vietnam wuchs. Die hatte 1945 die Japaner hinausgeworfen, zehn Jahre später die Franzosen und mußte sich nun gegen das übermächtige Amerika zur Wehr setzen. Allein von 1960 bis 1968 sollen schon 20 000 US-Soldaten in den Dschungeln Vietnams ums Leben gekommen sein.

Fred hatte Mr. Joe gefragt, wie es in Vietnam war, aber der hatte nur langsam den Kopf geschüttelt und gesagt: »You don't wanna know.«

LSD

Anfang September '74 wollen Ramon und Sandra nach Berlin, Ramon hat Heimweh.

»Komm mit, Alter«, sagt Ramon zu Fred, »höchste Zeit, wennste noch nie in Berlin warst, außerdem haste die schicke Karre! Berlin, da mußte schon in Stil einreiten!«

Das wollte Fred schon immer, nach Berlin, blöd ist nur, Jenny kann nicht mit. Ihr Vater hat Geburtstag, da muß sie hin, und Ramon kann aber nur jetzt, weil er nächste Woche anfangen muß zu arbeiten.

»Komm, fahr ruhig«, sagt Jenny, »sind doch nur ein paar Tage, wir fahren dann nächstes Mal zusammen, okay?«

Aber am Abend, bevor es losgeht, kommt sie noch mal vorbei. »Kann nicht lang bleiben«, sagt sie und küßt Fred links und rechts auf die Wangen, »wollt mich bloß verabschieden!« Sie gibt ihm einen Umschlag aus braunem Packpapier, ein kleines Päckchen: »Nimmste das mit nach Berlin für mich? Adresse steht drauf, is in Kreuzberg, brauchst es dort bloß in den Hausbriefkasten werfen!«

»Okay«, sagt Fred, »mach ich« und legt es auf seine Lederjacke, damit er es morgen früh nicht vergißt. Jenny schlingt die Arme um seinen Hals und küßt ihn. »Bleib nicht so lang weg«, nuschelt sie dabei, »ich glaub, es wird ganz doof ohne dich!«

In Kreuzberg pennen sie bei Kutte, einem alten Freund von Ramon. Kutte ist Berliner Schwarze Hilfe, ein kleiner Spaßvogel mit wüst zu Berge stehendem Haarschopf, und er hat Platz, er wohnt mit seiner Freundin Lili in einer über 300 Quadratmeter großen Fabriketage. Es ist ein riesiger Raum mit einer langen Reihe Fenster, und im hinteren Teil sind ein paar kleinere Zimmer abgeteilt und ein Bad und eine Küche eingebaut. Fred kann nur staunen über so viel Platz.

»Wir warn ja erst zu fünft«, sagt Kutte, »aber die andern drei sind letztes Jahr ausgezogen, wie se jemerkt hamm, wie ick druff bin. Wa, Schatz«, grinst er und faßt seine Lili um die Taille und zieht sie an sich, »war et nich so?«

»Klaro«, sagt sie, »du Chauvischwein, du fieses« und zu ihnen: »Isser nich süß?«

»Kost das nicht nen Haufen Miete hier?« fragt Sandra. Aber Lili schüttelt den Kopf und sagt: »Ach wo, wir zahlen grad mal 300 Eier.«

»Is ja auch am Arsch der Welt«, erklärt Kutte, »fast anner Mauer, hier will doch keener hin von denen, wo Kohle hamm. Ey, kommta mit in Jodelkeller?«

»Berlin«, sagt Lili, »Berlin isset New York von Westdeutschland, wenn nich von janz Europa. Isn voll kaputtet Pflasta!«

Fred ist zum ersten Mal hier. Die riesige Stadt beeindruckt ihn schwer mit ihren hohen Häusern, den breiten Straßen, mit Hochbahn, U-Bahn und S-Bahn und den Doppeldeckerbussen, wie sie sonst nur London hat, dazu Dampfer auf der Spree und Lastkähne auf den Kanälen! Die Stadt ist ein echtes Häusermeer, hier wirkt der Ausdruck nicht übertrieben. Dazwischen immer wieder Brachflächen, vom Krieg geschlagen; die Niemandslandzonen an der Mauer; der große Tiergarten, ein Central Park, den die Mauer an den Stadtrand gedrängt hat. Da ist natürlich noch viel mehr, unter anderem die unerhörte Möglichkeit, den ganzen Tag zu frühstücken, ganz egal ob morgens oder abends, und das tolle Gefühl, in einer riesigen und fremden Stadt voller unerforschter Möglichkeiten zu sein. Weiß der Teufel, was es hier noch alles zu entdecken gibt!

Zunächst einmal sich selbst, denn hier in Berlin nimmt Fred seinen zweiten LSD-Trip. Lili hat ihnen drei Mikros besorgt, die sehen aus wie kleine Feuersteinchen. Sandra hatte nämlich noch nie einen genommen, und sie wollten schon lange mal zusammen einen schmeißen.

»Muß man mal probiert haben«, sagt Ramon zu ihr, das Ding schon auf der Zunge. Es ist ein schöner Frühherbstnachmittag, perfekt für eine Dampferfahrt durch die Stadt. Auf dem Schiff geht es dann los, in den Kiefermuskeln zieht es, Metallgeschmack im Mund, das Schiff zieht sich lang, und die Wörter ziehen sich lang, die Ramon und Sandra einander zuwerfen. Manche Wörter dauern ewig, bis sie gesagt sind, und hängen dann in der Luft herum wie Wasserkugeln in der Schwerelosigkeit, und Fred hat Zeit genug, sie in allen Implikationen zu durchdenken, von allen Seiten gleichzeitig, bunt und durchsichtig sind sie auch noch, das ist schon abgefahren, so hat er Sprechen und Hören noch nie erlebt, und dazu funkelt und gleißt die Sonnenreflexion auf dem Wasser, daß man richtig grinsen muß, so schön ist es. Nur schade, daß Jenny nicht hier ist, daß sie das nicht mitkriegt, das mit dem Sprechblasenballspiel.

Auf dem Schiff geistern auch Fremdlinge herum und glotzen, kein Wunder, sie haben ja lila Gesichter, das fühlt Fred ganz deutlich, obwohl, das von Sandra ist maiengrün, aber laß sie glotzen, die armen Teufel. Von Ramon her kommt ein Wort angekugelt, das heißt Landwehrkanal, ganz schön lang, aber was bedeutet es? Fred schaut sich das Wort an, und dann fällt ihm ein, daß er Ramon gefragt hat, wos langgeht, damals, als sie auf das Schiff hier stiegen, das ist ne lange, lange Zeit her, da waren sie noch jung und dumm. Das Wort freut sich goldgelb, daß er was mit ihm anfangen kann, und verschwindet.

Das Schiff fährt auf eine niedrige Brücke zu, und der Käptn in seinem Steuerstand dreht sich um und ruft: »Nu mal allet schön die Köppe runter, wa, sonst jibts ne Matschbirne!« Darüber brechen sie vor Lachen fast zusammen und kriegen sich überhaupt nicht mehr ein: Matschbirne, hier ist mal einer, der Bescheid weiß!

Drei Tage später, abends um acht, sind sie wieder in München. Fred wirft seinen Reisebeutel in sein Zimmer und will sich die Schuhe ausziehen, da klingelt im Wohnzimmer das Telefon. Es ist Jenny: »Hey, du bist ja wieder da!«

»Ja«, erwidert Fred, »grad angekommen! Und du? Bist du auch wieder hier oder biste noch bei deinen Alten in Marbach?«

»Bin schon seit vorgestern wieder hier,« sagt sie und nach einer kleinen Pause: »Weißte was, du fehlst mir.«

Fred fühlt seine Ohren rot werden. »Ich, äh, du fehlst mir auch«, stottert er.

Eine Weile ist es still im Hörer, dann lacht sie und sagt: »Ich komm mal rum, okay?«

NACHRICHTEN

8. SEPTEMBER 1974: US-PRÄSIDENT FORD BEGNADIGT RICHARD NIXON IM VORAUS FÜR SÄMTLICHE VERGEHEN, DIE DIESER WÄHREND SEINER AMTSZEIT BEGANGEN HABEN KÖNNTE, UND VERHINDERT DAMIT EINE ANKLAGEERHEBUNG.

AM 10. SEPTEMBER 1974 WIRD EIN WAFFENGESCHÄFT IN SPANDAU ÜBERFALLEN. MEHRERE SCHUSSWAFFEN WERDEN GERAUBT, ALS TÄTER VERDÄCHTIGT DIE POLIZEI DIE BEWEGUNG 2. JUNI.

Am Freitag, den 13. September fährt Fred alleine zur RH-Sitzung. Das Treffen findet eine Stunde früher statt, denn heute haben die Gefangenen der RAF und des 2. Juni mit ihrem Hungerstreik angefangen. Ihre Forderungen lauten: Keine Sonderhaftbedingungen, Normalvollzug, Gleichstellung aller Gefangenen. Eine ›Magna Charta‹ soll diskutiert werden, als Grundlage für eine gemeinsame Plattform aller Gefangenen und Internierten in Gefängnissen, Psychiatrischen Anstalten und Erziehungsheimen. Die RHs leisten Unterstützungsarbeit mit Flugblättern und Aktionen.

Am nächsten Morgen frühstücken sie zusammen. »Hör mal, Fred«, sagt Sandra, »Ramon und ich haben uns überlegt, daß wir beide lieber nicht mehr zusammenwohnen wollen.«

Fred fragt: »Echt? Wieso nicht?«

»Unserer Beziehung zuliebe«, antwortet Ramon mit vollem Mund, »wollten wir schon ne Weile. Aber jetzt könnt ich grad ne kleine Neubauwohnung in der Clemensstraße kriegen, zum 1. November!«

»Geht aber nur, wenn du hier mit wohnen bleibst«, sagt Sandra zu Fred, »weil ich die Miete ja nicht allein aufbringen kann. Auf Dauer ist die Bude aber sowieso zu teuer für uns beide, deswegen dacht ich, wir könnten uns nen neuen Mitbewohner oder ne Mitbewohnerin suchen. Was hältste davon?«

Fred zuckt mit den Schultern. »Meinetwegen«, sagt er, »ich finds ja schade, aber ist eure Entscheidung. Ich bleib aber gern hier, ich hab keine Lust umzuziehen.« Jenny könnte zu uns ziehen, fällt ihm ein, aber er sagt es nicht. Irgendwie glaubt er nicht, daß sie das will. Mal dezent vorfühlen, nimmt er sich vor.

Er und Sandra bleiben zusammen in der alten Wohnung. Sie mögen sich, haben aber nichts miteinander, das weiß Ramon auch, da gibt es keine Eifersuchtskisten.

Sie schalten den Fernseher fast nur noch zu den Nachrichten ein, weil das Programm so blöd ist. Die Sender sparen und strahlen praktisch nur noch Wiederholungen und uralte Kamellen aus. Selbst die Politiker regen sich schon darüber auf.

Am 9. November macht Fred die Glotze an und hört in der Tagesschau, daß Holger Meins in der rheinland-pfälzischen Justizvollzugsanstalt Wittlich nach neun Wochen Hungerstreik gestorben ist, unter Aufsicht der Gefängnisärzte. Ramon, der grade da ist, und Sandra kommen dazu. Bestürzt sehen sie sich an. Die Schweine haben ihn einfach verrecken lassen!

Am nächsten Tag herrscht in der RH hektische Betriebsamkeit, eine Demo wird organisiert, Flugblätter werden in aller Hast geschrieben und gedruckt. Schon am Nachmittag gibt es in München, Frankfurt und Berlin die ersten Prügeleien mit den Bullen, die mit Knüppeln und Wasserwerfern auf die Demonstranten losgehen. Im Fernsehen wird ein Foto des toten Holger Meins gezeigt, zum Skelett abgemagert. Man muß an Bilder von KZ-Opfern denken. Die Wut wächst. Es gibt ein Gerücht, daß er einen Abschiedsbrief hinterlassen hat, in dem es heißt, er wolle keinesfalls Selbstmord begehen, wenn er umkommt, sei es Mord gewesen; aber diesen Brief, wenn er existiert, hat bisher niemand gesehen. Am frühen Abend sind mindestens fünfundzwanzig Leute in der RH-Wohnung, auch Ramon und Sandra sind da und Juliane, eine Bekannte von Jenny, die früher öfter in der RH war.

Da kommt in den Nachrichten die Meldung, daß in Berlin der Kammergerichtspräsident Günter v. Drenkmann erschossen wurde, 28 Stunden nach dem Hungertod von Holger Meins. Die Verantwortung soll per Pressemitteilung eine ›Rote Armee Fraktion/Aufbau-Organisation‹ übernommen haben.

Gegen zehn haben sich die meisten verzogen, auch Ramon und Sandra sind heim. Fred, Jenny, Franz, Georgie, Lola und Irmgard sitzen noch zusammen vorm Fernseher, gebannt von den dramatischen Nachrichten. Aber um halb elf reicht es Jenny, sie will nach Hause. »Ich geh jetzt«, sagt sie gähnend zu Fred, »rufst mich morgen mittag mal an?«

»Ja«, verspricht Fred mit Bedauern. Sie zieht ihren langen Dragonermantel an, sagt ›Tschüs!‹ in die Runde und grüßt Fred im Gehen mit zwei erhobenen Fingern. Fred grüßt zurück, genauso salopp, so machen sie das, wenn andere dabei sind. Kein Abschiedskuß, zwei Finger hoch, militärisch knapp.

Jenny fährt heim, und Franz haut Fred auf die Schulter und sagt: »Etz geh weiter, komm mit no a Bier trinken!« Im Atzinger gibts um die Zeit nur noch Wiener und kalten Leberkäs, aber Fred hat ohnehin keine Lust, etwas zu essen. Er trinkt mit Franz ausnahmsweise mal ein Bier, und sie erzählen sich ein bißchen was aus ihrem Leben. Er erzählt Franz die Geschichte mit Mr. Joe, dem schwarzen GI, den sie in IDK-Zeiten versteckt haben. Franz hat auch einmal mit amerikanischen Deserteuren zu tun gehabt, und er war deswegen im Knast: »Ein Jahr und elf Tage, wegen Urkundenfälschung.« In den Details bleibt er ein bißchen nebulös: »Mei, sie hamm halt einen erwischt mit Papiere, die ich ihm besorgt hab. Kenn mich ein bisserl aus mit sowas«, deutet er an. Er schiebt seinen Ärmel hoch und zeigt Fred, was er sich im Knast auf den Arm hat tätowieren lassen: einen Bundesadler, genauso einen, wie er auf dem Paß ist. »Schön blöd, gell«, sagt er zu Fred und grinst verlegen, »aber im Knast, mei, da spinnt ma halt scho a bisserl.«

In der Nacht auf den 11. November sprühen sie Parolen, Fred, Jenny, Ramon und Sandra: HENKERJUSTIZ und RACHE FÜR HOLGER oder nur HOLGER MEINS und VENCEREMOS! Außerdem fackeln sie einen Zeitungsständer ab von der Zeitung, die den größten Dreck über Holger Meins geschrieben hat.

Am Abend darauf sind sie friedlich gestimmt. Zu viert sitzen sie in Ramons neuer, winziger Einzimmer-Neubauwohnung, Einzug feiern. Ramon hat nicht viele Sachen, die Matratze, eine Korbtruhe, Stuhl, zehn Obstkisten voller Bücher, einen Sack voll Klamotten. Sie kiffen und quatschen die ganze Nacht lang und trinken Tee mit Rotwein dazu.

Gegen halb fünf Uhr früh, völlig zugedröhnt, fällt ihnen

ein, sie könnten bei Horst Hobelmann, einem von den RAF-Sympies, anrufen und ihn aufwecken, denn dieser stalinistische Frühaufsteher-Arsch hat in einem Pamphlet die Umherschweifenden Haschrebellen als bekiffte Penner und Schlafmützen beschimpft. Soll er ruhig mal richtig früh aus den Federn! Als sich Hobelmann völlig verschlafen meldet, lassen sie vom Plattenspieler den alten Kommunistensong DEM MORGENROT ENTGEGEN volle Pulle in den Hörer donnern und lachen sich dabei kaputt. Fred steht am Fenster und schaut hinaus und sieht auf einmal, wie das Licht in der Durchfahrt angeht und der Hof sich mit Polizisten füllt. Er fährt herum. »He, macht die Musik leiser«, ruft er durch den dröhnenden Marsch, »da hat wer die Bullen geholt!«

Aber da klingelt es schon Sturm und haut gegen die Wohnungstür, die kracht auf und fliegt an die Wand, ein Haufen Polizisten drängt herein, zehn, fünfzehn, immer mehr. Ramons neue Bude ist viel zu klein für soviel Leute, drinnen können sie sich nicht mehr rühren, Fred steht an die Wand gequetscht, die Bullen trampeln schon auf die Matratze, auf der die anderen hokken. »He«, hört er Ramon protestieren, »habt ihr sie noch alle?« Dazwischen schmettert die Platte: »... wir Rotgardisten ziehn! Bald sind wir aller-we-hegen ...« und verstummt jäh mit einem gräßlichen Plattennadelkratzer. Geschrei und Gerufe: »Halt, halt! Nimmer reinkommen! Zurück! Koa Platz mehr!« Es dauert eine ganze Weile, bis die Situation entwirrt ist.

Die Polizei ist nicht wegen der Musik gekommen, sondern wegen ihnen, und nimmt sie nun auch alle mit, Hände mit Handschellen auf den Rücken und runter durch den Hof auf die Straße, durch ein Spalier von Bullen. Aus allen Fenstern glotzen Leute, trotz der frühen Morgenstunde. Draußen auf der Clemensstraße kreiseln mindestens 30 Blaulichter und schleudern ihr elektrisches Flackerlicht über Häuser, Autos und Polizisten.

Im Polizeipräsidium in der Ettstraße hat man sie erkennungsdienstlich behandelt, also Fingerabdrücke genommen und Fotos gemacht; ED-Behandlung heißt dieses Verfahren abgekürzt. Danach wurden sie getrennt. Fred wird in einen kleinen Büroraum gebracht, da sitzt er jetzt auf einem Stuhl und wartet. Neben der Bürotür steht ein uniformierter Bulle und paßt auf. Der Bulle vermeidet es, ihn anzuschauen, er schaut über Freds Kopf hinweg aus dem Fenster. Draußen ist alles grau. Fred ist müde, er hat ja nicht geschlafen, und die Aufregung wegen der Festnahme legt sich langsam, sein Herzschlag ist schon fast wieder normal. Aber es fällt ihm schwer, die Augen offen zu halten. Im Gang sind jetzt Stimmen zu hören, Fred versteht nicht, was gesagt wird. Die Tür geht auf, und zwei Männer kommen herein. Sie sind so um die Dreißig, Fünfunddreißig schätzt Fred, ganz normale Kripo-Typen, der eine in Hemdsärmeln und Krawatte, der andere im Lodenmantel mit dem blöden bayerischen Hut auf. Der im Lodenmantel sagt zu dem Bullen: »Wartens bitte draußen, sinds so gut«, und der Uniformierte geht hinaus und schließt die Tür hinter sich. Der Hemdsärmelige hat einen Aktendeckel in der Hand, jetzt setzt er sich auf die Schreibtischkante und fängt an, darin zu blättern, während der andere seinen Mantel auszieht und ihn mit dem Hut an den Kleiderständer hängt. Beide ignorieren Fred vollständig. Fred rutscht unbehaglich auf dem Stuhl hin und her. Was wollen die bloß von ihm? Wahrscheinlich geht es um die abgefackelten BILD-Zeitungs-Ständer, wegen Holger Meins. Aber die können doch nicht wissen, daß sie das gemacht haben?

Der an der Schreibtischkante blättert immer noch in der Akte, dick ist sie nicht, scheinbar bloß ein paar Seiten, und jetzt brummt er: »Da schau her!« und »Soso, aha, na, da hammas ja!« Er schaut Fred an und sagt: »Na, Herr Richter, wie sin mir denn in den Schlamassel reingeraten?«

Fred unterdrückt den Impuls zu antworten: Was für ein Schlamassel, und wer ist »wir«? Er schweigt statt dessen. Von ihm werden die kein Wort hören. Schweigen ist das Gebot der Stunde; keine Gesprächsbereitschaft zeigen, nicht herausfordern lassen, auf nichts einlassen, auf keine Tricks reinfallen, wie etwa: Ihr Kumpel hat uns schon alles erzählt, machen Sie es sich nicht noch schwerer vor Gericht! Nach international üblichem Recht braucht er nichts weiter zu sagen als seine Personalien: Name, Anschrift, Alter, Beruf, und das auch bloß, wenn er danach gefragt wird. So schweigt er und schaut den Kripomann nur an. Der klappt den Aktendeckel zu, wirft ihn auf den Schreibtisch und fragt: »Herr Richter, wissens, warum Sie hier sind?«

Fred schweigt und versucht, ein uninteressiertes Gesicht zu machen. Der Bulle holt eine Zigarettenschachtel aus der Hosentasche, steckt sich eine an und nimmt einen tiefen Zug, dabei läßt er Fred nicht aus den Augen. Er wendet sich ein wenig ab, damit er Fred den Rauch nicht ins Gesicht bläst, und erklärt: »Uns gehts net um a paar Schmierereien, Herr Richter, und a kaputter Zeitungsständer interessiert uns auch net. Darum können sich die Kollegen von der Sachbeschädigung kümmern.«

Kaputter Zeitungsständer? Woher zum Teufel wissen die Bullen das? Sind die ihnen etwa nachts nachgefahren? Aber das gibts doch gar nicht, das hätten sie doch gemerkt! Nein, der blufft bestimmt! Der weiß eben, daß ein paar abgefackelt worden sind, und jetzt probiert ers einfach mal auf gut Glück und schaut, obs ne Reaktion gibt. Also: Keine Wirkung zeigen!

Der Bulle, der den Lodenmantel anhatte, steht die ganze Zeit an die Wand gelehnt, Hände in den Hosentaschen, und beobachtet Fred schweigend. Er hat nudelsuppenblonde Haare und einen seltsam starren Blick, wie ein Vogel. Fred sagt keinen Ton und zuckt mit keiner Wimper. Die Müdigkeit hilft.

Der auf der Schreibtischkante läßt zwei, drei Minuten verstreichen, dann sagt er: »Vielleicht sollte ich mich erst einmal vorstellen, damit Sie wissen, mit wem Sies zu tun hamm, gell. Also, mein Name ist Holzmann, Kriminalhauptkommissar beim

Landeskriminalamt Bayern, und mein Kollege da ist der Kriminaloberkommissar Hausinger, ebenfalls LKA.«

Fred wird es immer unheimlicher. Landeskriminalamt, da wird es doch um mehr gehen als um bloße Sachbeschädigung, das hat der Bulle ja schon angedeutet. Es waren Beamte vom bayerischen LKA, die vor zwei Jahren oder so in Augsburg den Thomas Weissbecker erschossen haben. Ob einer der beiden da dabei war? Oder gar geschossen hat? Und ein paar Wochen danach war der Sprengstoffanschlag auf das Münchner LKA, den sie Ramon in die Schuhe schieben wollten. Aber das ist ewig her, und er hat damit überhaupt nichts zu tun gehabt, er hat es nur in der Zeitung gelesen, und Sandra hat ihm davon erzählt. Jetzt kann es eigentlich nur um die Drenkmann-Erschießung in Berlin gehen, vorgestern, nein, vorvorgestern, am 10. Doch was geht ihn das an? Er war zwar mit Ramon und Sandra in Berlin, aber das war Anfang September, seither war er nicht mehr dort. Außerdem war Drenkmann eine RAF-Kiste, oder nicht? Der Schreibtischbulle hat sich inzwischen hinter dem Schreibtisch auf dem Drehstuhl niedergelassen und die Arme vor der Brust verschränkt. Jetzt hebt er die Augenbrauen: »Sagens mal, Herr Richter, der Mord am Kammergerichtspräsidenten Drenkmann in Berlin, davon werns doch ghört hamm, oder net?« Fred schaut ihn nur stumm an.

»Daß Sie des net waren«, fährt der Bulle fort, »des wissen mir schon, Sie sin ja net in Berlin gwesen in der letzten Zeit. Aber mir tun doch a bisserl mit dem 2. Juni sympathisieren, net wahr?«

Der Bulle an der Wand, Hausinger, wirft ein: »Die hamm ihn nämlich umgebracht, die vom 2. Juni, net etwa die RAF!«

Fred runzelt die Stirn und sagt nichts. Er glaubt es auch nicht.

Holzmann, der Schreibtischbulle, legt seine Fingerspitzen aneinander, die Daumen unterm Kinn, Zeigefinger am Nasenrücken und betrachtet ihn stumm. Schließlich seufzt er und sagt: »Na gut, wenns nix dazu sagen wolln, bittschön. Mich täts auch mehr interessieren, was Sie im Sommer in Italien gmacht hamm. Kennen Sie Leut dort? Hamm Sie sich dort mit jemand getroffen? Oder wars bloß a Urlaub?«

Fred starrt ihn an. Die Bullen wissen also, daß sie in Italien waren. Na gut, das ist keine Kunst, das können sie von den Grenzern wissen, wahrscheinlich werden die Pässe registriert, zumindest, wenn wer durchsucht wird wie sie bei der Rückreise. Vielleicht sind ihnen die Bullen aber auch nachgefahren? Hat man sie vielleicht sogar abgehört, in der Wohnung in Vernazza und anderswo?

Holzmann beugt sich vor: »Wollen mir net oder können mir net antworten, Herr Richter?«

Der an der Wand schüttelt traurig den Kopf: »Taubstumm werda sei, der arme Teifi!«

Fred sagt immer noch nichts. Das ist gar nicht so einfach. Immer ist ein Impuls da, wenigstens mit den Schultern zu zucken oder den Kopf zu schütteln. Auch gibts da eine leise Angst, sie könnten sauer werden und ihn verprügeln.

»Na gut«, sagt der hinterm Schreibtisch, »wenn Sie net wolln, kamma nix machen. Ich stell Ihnen trotzdem mal ein paar Fragen, und Sie schaun, ob Ihnen was dazu einfallt, gell?« Der Wandbulle wirft ein: »Komm, Otmar, des kannst dir doch sparen bei dem!« Aber Holzmann tut, als hätte er das nicht gehört. Er klopft sich eine neue Zigarette aus der Packung, steckt sie an und entscheidet: »Machma weiter! Sagens, Herr Richter, wie lang kennens denn den Herrn Meier schon?«

Fred schweigt und schaut ihn an. Der Bulle hat blaue Augen, ganz wie er selbst. Schließlich zuckt der die Achseln und sagt: »Keine Antwort is auch eine Antwort. Und die Frau Petermann? Die Frau Konrad? Wißma auch nimmer, wie lang mir die schon kennen?«

Der Wandbulle grinst: »Hat er alles vergessen, gell, erinnern mir uns nimmer. Schad!« Er stößt sich von der Wand ab und kommt um den Schreibtisch rum und baut sich vor Fred auf. »Solln mir vielleicht a bisserl nachhelfen? Manchmal soll ja a Schlag aufn Kopf was bringen, heißts jedenfalls!«

Der Schreibtischbulle verzieht das Gesicht und sagt: »Geh weiter, Achim, reiß di zamm! Der Herr Richter hat ja soweit nix verbrochen!« Er schaut Fred an: »Oder? Hamma was verbrochen?«

Ums Haar schüttelt Fred verneinend den Kopf, gerade noch kann er die Bewegung in eine Kopfdrehung umwandeln. Er schweigt und schaut vor sich hin.

»Sturer Hund!« knurrt Hausinger, der Wandbulle.

»Mei«, sagt der andere, »er kennt halt seine Rechte, der Herr Richter, net wahr.« Er nickt zum Telefon hin: »Wollens net an Anwalt anrufen?«

Fred erschrickt. Anwalt? Wollen sie ihn jetzt einbuchten? Warum? Wofür? Aber der Schreibtischbulle steht auf: »Na, den Anruf sparen mir uns, Herr Richter, Sie dürfen nämlich gehn. Auf Wiederschaung!« Und der Wandbulle sagt noch hinterher: »Bis zum nächstenmal, gell!«

Ramon ist länger dringeblieben und stundenlang verhört worden, aber auch er hat keinen Ton gesagt. Die Bullen können ihm nichts anhängen, schließlich müssen sie ihn am Abend wieder laufenlassen. Von einer Telefonzelle ruft er Fred an, und der holt ihn ab und fährt ihn nach Hause. Die Kripo hat Ramon eine Liste der beschlagnahmten Gegenstände gegeben: 1 Patronenhülse, 1 Teelöffel, 1 Kfz-Kennzeichenschild. Oben bei GRUND DER HAUSDURCHSUCHUNG haben sie hingeschrieben: Verdacht auf Kennzeichenfälschung.

»Das Nummernschild ist von meiner alten Karre, dem VW, furzlegal«, regt Ramon sich auf, »und die Patronenhülse hab ich mal im Wald gefunden! Aber der Teelöffel? Wozu haben die Idioten denn den Teelöffel mitgenommen?«

Fred weiß es auch nicht und sagt: »Mach dir nichts draus. Hast ja noch mehr, oder nicht?«

Ramons Bude ist vollkommen verwüstet, Schubladen sind ausgekippt, Bettzeug und Kleider zerwühlt, der Teppichboden versaut, die Vorhänge runtergerissen, das Schloß kaputt. Die Platte mit dem MORGENROT-Song ist auch hin.

Am nächsten Morgen kündigt ihm der Hausbesitzer fristlos. Ramon sagt: »So ein feiges Arschkriecherschwein«, packt seinen Kram und zieht erst mal wieder zu Fred und Sandra. Er war grad mal fünf Tage in der neuen Wohnung. »Gut, daß ich die Kaution noch nicht bezahlt hab«, brummt er, »ich würd mich vor Wut in den Arsch beißen!«

Am Abend, wieder vereint, sitzen sie im Wohnzimmer zusammen und reden noch mal über die Festnahme. Sandra haben sie ziemlich schnell wieder rausgelassen, richtig verhört haben sie sie auch nicht, nur ein paar Fragen, auf die sie keine Antwort gegeben hat.

»Das mit den Zeitungsständern«, wundert sich Sandra, »ich meine, wenn die das wissen, das heißt doch, daß die uns nachfahren, oder? Von uns hat doch keiner drüber gequatscht, am Telefon schon gar nicht.«

»Jedenfalls gut zu wissen«, meint Ramon, »wenn ich die wär, hätt ich nicht verraten, daß ich das weiß. Würd mich aber schon mal interessieren, was die von uns wollen.«

Fred sagt: »Das wird wegen der RH sein, die stinkt ihnen ja schon lang.« Die, die den Thommy Weissbecker abgeknallt haben, waren auch welche vom LKA. Thommy Weissbecker soll unbewaffnet gewesen sein. Fred denkt an die Weissbecker-Demo zurück, bei der er eine aufs Maul gekriegt hat, im März 1972.

Groß war die Demo nicht gewesen. Vielleicht fünfhundert Leute, nur der harte Kern, denn es regnete, der Himmel war grau, der Asphalt glänzte, eine rote Fahne, eine schwarze Fahne, ein paar Pappschilder, an Stangen getackert: MÖRDER! RACHE FÜR THOMMY!

Im Laufschritt sind sie die Straße lang, gegen die Fahrtrichtung und durch wütend hupende Autos. Zum Justizpalast, schnell, bevor ihnen die Bullen den Weg verlegen! Fred hörte die Sirenen ein paar Blocks weiter hinten, die Bullen waren im Verkehr steckengeblieben. Er lief in der vordersten Reihe. Aus einer Seitenstraße kamen zwei Motorradbullen geschlittert und stellten sich tapfer der rennenden Menge in den Weg, eine erhobene rote Kelle. »Halt, Polizei!« schrie ihnen ein Milchgesicht mit erschrocken aufgerissenen Augen entgegen, aber schon war er über den Haufen gerannt, die Motorräder kippten, die Bullen am Boden, drüber und weiter! Triumphgeschrei und Hohngelächter, alle rannten noch schneller.

Vorn wo es zum Lenbachplatz ging, hielten mit quietschenden Bremsen zwei Borgward-Kübelwagen, ein Dutzend Polizisten sprang heraus, sie bildeten eine armselig dünne Kette quer über die Straße. Fred hakte sich bei den Nebenleuten ein, nach den überrannten Motorradbullen fühlten sie sich alle unbesiegbar, die paar da vorn werden sie auch nicht mehr aufhalten, gleich gibts Scherben am Justizpalast!

»Fascho-Bullen! Mörder-Schweine!« schrien sie den Uniformierten entgegen, noch fünfzehn Meter, noch zehn, aber das waren komische Bullen, die wichen keinen Schritt, sondern grinsten, Schlagstöcke wippten herausfordernd. Fred sah das Unheil kommen, er war links und rechts eingehakt und konnte nicht raus, kriegte seine Arme nicht frei, und die Menge schwemmte ihn vor sich her auf die Bullen zu, und schon bekam er einen Knüppel ins Gesicht, schwarzer Blitz vor den Augen. Er ging zu Boden, wurde von den nachdrängenden Demonstranten überrannt, hörte das dumpfe Klatschen der Gummiknüppel und Schmerzensschreie. Leute traten ihn und fielen über ihn, ein Polizist trat ihn mit dem Stiefel in die Seite, dann war der Spuk vorbei, die Demonstranten flohen in heller Panik, die Bullen hinterher und prügelten, was sie konnten. Fred rappelte sich auf, schleppte sich den Gehweg entlang, Blut lief ihm aus der Nase und versaute ihm den Parka. Der Tritt in die Seite schmerzte so, daß er nach Luft rang. Er kam aber weg und nach Hause. Die Bullen haben sich elf oder zwölf Leute gegriffen und mitgenommen. Die sind dann auf der Fahrt ins Präsidium noch mal zusammengeschlagen worden.

Das waren die Freiligrath-Bullen, hörte er nachher, die härteste Prügeltruppe der Münchner Polizei, nach der Polizeikaserne in der Freiligrathstraße benannt.

WINTERREISE

Es klingelt Sturm, um sechs Uhr morgens. Es ist der 26. November, draußen ist es noch stockdunkel. Laute Schläge an die Wohnungstür: »Aufmachen! Polizei!« Fred kann grad noch in seine Jeans steigen und öffnen, bevor sie die Tür eintreten. Zu spät fällt ihm Jendrian ein, den sie angeblich durch die Tür erschossen haben, er erschrickt nachträglich. Fünf, sechs Zivile drängen herein, Uniformierte hinterher, Maschinenpistolen in der Hand. Fred wird gegen die Wand gedrückt, Kriminalhauptkommissar Holzmann hält ihm den Durchsuchungsbefehl unter die Nase. Seinen Kollegen Hausinger hat er nicht dabei, dafür einen Staatsanwalt mit Dickglasbrille und einem kleinen Kopf wie eine 40-Watt-Birne. Hausinger bricht wahrscheinlich grad in eine andere Wohnung ein, denkt Fred, sie machen ja immer gleich ganze Wellen von Durchsuchungen, fünf, sechs oder mehr in einer Stadt, manchmal gleich landesweit, ganz Bayern und so. Er spielt einen Moment mit dem Gedanken, Jenny anzurufen und zu warnen, aber im Wohnzimmer hat sich schon ein Bulle vor dem Telefon aufgebaut. Zivile laufen im Flur herum und von einem Zimmer ins andere, die Uniformierten stehen im Weg mit ihren Heckler-&-Koch-MPs, Finger vorschriftsmäßig gestreckt am Abzug, schauen nervös um sich. Genau die richtige Waffe für eine enge Wohnung voller Menschen, denkt Fred, wenn eine losgeht, gibt es ein fürchterliches Blutbad. Ein Wunder, daß sie sich nicht auch noch mit Handgranaten behängt haben wie Christbäume. Ramon taucht auf und stopft sich das Hemd in die Hose, er schaut Fred an und schüttelt den Kopf: »Blödes Bullenvolk! Schau mal ausm Fenster, was die da unten alles aufgefahren haben, Mannschaftswagen, Streifenwagen, zivile Karren! Ganze Straße is voll!«

Sandra stellt sich Holzmann in den Weg und zischt ihn an: »Was soll denn das schon wieder? Wollen Sie jetzt regelmäßig alle vierzehn Tage kommen? Zeigen Sie mir den Durchsuchungsbefehl!«

Holzmann zeigt ihr den Wisch, und Sandra greift danach, aber er zieht ihn schnell wieder weg. »Sie stehen im Verdacht«, sagt er, »eine kriminelle Vereinigung zu unterstützen!«

»Wie kommen Sie auf so einen Blödsinn?« fragt Sandra eisig. »Keiner von uns hat der Polizei jemals auch nur den kleinen Finger gereicht!«

Holzmann schnappt ein: »Ihre Frechheiten werden Ihnen schon noch vergehn, Frau Petermann!«

Sie dreht sich um und geht in die Küche und setzt Kaffeewasser auf. Fred und Ramon laufen den Bullen hinterher und passen auf, daß nichts wegkommt und alles mit rechten Dingen zugeht. Freds Matratze wird auf verstecktes Gut untersucht, das Bettzeug abgeklopft, einer wühlt in seinem Wäschekorb, ein anderer macht das Fenster auf und schaut, ob nicht etwas draußen hängt. Schubladen werden rausgezogen und auf dem Boden ausgekippt, Schränke und Kommoden durchwühlt. Der Kellerschlüssel wird verlangt, verweigert und gefunden, drei Polizisten trampeln durchs Treppenhaus in den Keller hinunter. Nach eineinhalb Stunden ist die Durchsuchung beendet, gefunden wurde nichts außer dem kleinen Plakat zum Hungertod von Holger Meins, auf dem es unten heißt: WIR WERDEN IHN NICHT VERGESSEN, ABER AUCH NICHT SEINE BEWACHER UND ZWANGSERNÄHRER.

Was sie eigentlich gesucht haben, haben die Bullen nicht verraten. Fred hat gesehen, wie sie den Marok in seinem Dopedöschen gefunden haben. Aha, Haschisch, haben sie gesagt, und das Döschen wieder zugeklappt und hingestellt. Das Dope hat sie nicht interessiert, das bißchen hätte höchstens für eine kleine Geldstrafe gereicht.

Sie werden trotzdem alle drei mitgenommen, Freds Daimler wird beschlagnahmt und auf einem Polizeilaster abtransportiert. Wieder ED-Behandlung, als hätten sie noch nicht genug Fingerabdrücke von ihm. Vorher lutscht er sich die Fingerspitzen weich und schrumpelig, damit die Abdrücke nichts werden. Das ist ein Spaß, den die Bullen nicht verstehen, sie fesseln ihm die

Hände mit Handschellen auf den Rücken, bis die Papillarien wieder trocken und brauchbare Druckvorlage sind. Fratzenschneiden bei der Fotografie, das ist ihnen wurscht: »Wenns so ausschaung wolln, bittschön!« Danach ein Verhör durch die Herren Holzmann und Hausinger, die ihn das letztemal schon verhört haben. Wieder schweigt sich Fred aus. Es fällt ihm sehr viel leichter als beim erstenmal, denn diesmal ist er stinksauer, so ein Trouble, ohne daß er irgendetwas gemacht hat! Holzmann und Hausinger versuchen es eine Dreiviertelstunde lang, dann verlieren sie die Lust und lassen ihn gehen. Hausinger ruft ihm noch nach: »Venceremos, gell!«

Freds Auto wird auch freigelassen, er darf es abholen, gegen Vorlage der gestempelten Freigabebescheinigung:

> Das Kfz (PKW) mit dem behördlichen Kennzeichen (s. o.) ist zur Abholung durch den Halter freigegeben und ausschließlich gegen Vorlage dieser Bescheinigung in Verbindung mit einem gültigem Personalausweis bzw. Reisepaß sowie Kfz-Schein unverzüglich, zur Vermeidung einer Abstellgebühr jedoch spätestens innerhalb von 48 Stunden, auf dem Fahrzeugabstellplatz (s. u.) der Stadtpolizei München abzuholen. Öffnungszeiten beachten (s. u.).
> Gegen diesen Bescheid kann Rechtsbehelf eingelegt werden (s. Rückseite).

Als sie alle wieder zu Hause sind, ist es halb drei nachmittags. Ramon hängt sich ans Telefon. Auch die RH-Wohnung ist durchsucht worden, und nicht nur die. Es scheint, als hätten die Bullen einen richtigen Rundschlag gemacht, auch in anderen Städten. Fred ruft bei Jenny an, aber sie geht nicht ans Telefon.

»Jenny werden sie auch kassiert haben«, sagt Sandra und wundert sich, warum das Auto beschlagnahmt worden ist.

»Ist bestimmt auf Fingerabdrücke untersucht worden«, meint Fred, »könnte ja sein, daß wir es irgendwelchen Illegalen geliehen haben oder daß Waffen drin versteckt sind oder entführte Großindustrielle oder so was.«

Tatsächlich findet er nachher Spuren von feinem, silbriggrauem Fingerabdruckpuder am Armaturenbrett und am Innenspiegel. Abends ruft er noch mal bei Jenny an. Diesmal ist sie da. »Nein«, sagt sie, »bei mir waren sie nicht, alles paletti. Hab schon gehört, daß sie bei euch waren und bei der RH und überall, Großfahndung in ganz Deutschland! Ich komm mal rum, Fred, okay?«

Am nächsten Morgen trifft Fred Georgie beim Bäcker. Georgie staunt, als Fred ihm erzählt, daß sie sein Dope dagelassen haben. »Von wegen gleiches Recht für alle«, beklagt er sich, »meinen Shit haben sie mir weggenommen, mindestens 6 Gramm Marok und den schwarzen Nepal auch! Habens einfach in die Hosentaschen gesteckt! Na, wenigstens gibts so keine Anzeige. Sag mal, Fred, kannste mir von deinem was abmachen, bloßn kleines Piece, bis ich wieder was auftreib?«

Am Freitag, beim RH-Treffen, ist schon bekannt, was los war. Die Hausdurchsuchungen waren Teil der großangelegten bundesweiten Fahndungsaktion WINTERREISE, die von der Konferenz der Innenminister beschlossen worden war. Polizei und Bundesgrenzschutz errichteten im gesamten Bundesgebiet Straßensperren und kontrollierten jedes Auto. Überall wurden linke Anwaltskanzleien, Druckereien und Wohngemeinschaften durchsucht. Die Polizei zog die Aktion mit größter Rücksichtslosigkeit durch, verwüstete Wohnungen und mißhandelte Leute. Alles in allem wurden 56 Personen vorübergehend festgenommen und 10 verhaftet. Von den 23 Gesuchten, die auf der eigentlichen Fahndungsliste standen, wurde aber kein einziger gefaßt. Im Fernsehen prahlt Innenminister Maihofer trotzdem: »Ein Erfolg war die WINTERREISE nämlich vor allem für das Image und das Selbstbewußtsein der Polizei!«

Nach der RH macht sich Fred auf den Heimweg, zu Fuß, denn den Daimler hat er heute Ramon geliehen. Natürlich regnet es. Er ist noch nicht an der nächsten Ecke, da holt ihn Werner Siezinsky ein: »Hey Fred!«

»Hallo Werner«, erwidert Fred.

»Wollt mal mit dir reden«, sagt Werner. Er sieht ziemlich jung aus, hat ein Bubengesicht und ein dünnes blondes Bartgekräusel ums Kinn, das aber nicht dicht genug ist, um seine Pickel zu verdecken. Er hat einen Parka an, der an den Schultern schon dunkel wird vom Regen. Vorn hat er mit Kuli No Nukes draufgeschrieben. »Weil die Bullen doch sonen Terror machen!« Er zögert und schaut Fred von der Seite an, scheint nach Worten zu suchen. Fred bleibt stehen und wartet.

»Also, na ja, ich mein, das ist doch zum Ausflippen«, bringt Werner schließlich heraus, »ich find, da muß man doch was machen!«

»Was denn machen?« stellt sich Fred dumm.

»Na ja, wehren halt!« Werner schaut ihn mit blassen blauen Augen an, Regenwasser rinnt ihm über die Stirn. »Zurückschlagen! Ich wette, ihr laßt euch das auch nicht einfach gefallen, du und Jenny und Ramon.«

Fred sagt nichts und zuckt nur mit den Achseln.

Werner wischt sich mit dem Ärmel über die Stirn und sagt: »Ich mein nur, wenn ihr wirklich was macht, irgendwas, was Militantes, du verstehst schon, dann würd ich gern mal was mitmachen. Wenigstens einmal, so zur Probe, was meinst du?«

Fred schüttelt den Kopf: »Wie kommst du denn drauf, daß wir was machen?«

»Nur son Gefühl«, antwortet Werner und sagt dann ganz schnell: »Ist mir schon klar, daß du da nicht einfach ›ja, stimmt‹ sagen kannst. Kannst dirs ja mal überlegen. Ich wär jedenfalls dabei!« Er macht ein verlegenes Gesicht und sagt: »Also, bis irgendwann, ich muß jetzt da rüber.«

Nachrichten

Am 29. November 1974 wird die Journalistin Ulrike Meinhof, die 1972 als RAF-Mitglied festgenommen worden war, von einem Westberliner Schwurgericht wegen versuchten Mordes und Gefange-

NENBEFREIUNG ZU ACHT JAHREN HAFT VERURTEILT. SIE HATTE 1971 ZUSAMMEN MIT HORST MAHLER ANDREAS BAADER AUS DER HAFT BEFREIT UND DABEI EINEN JUSTIZANGESTELLTEN SCHWER VERLETZT. HORST MAHLER ERHÄLT IN DER GLEICHEN VERHANDLUNG 14 JAHRE HAFT.

JEAN-PAUL SARTRE BESUCHT AM 4. DEZEMBER 1974 ANDREAS BAADER IM GEFÄNGNIS UND BEZEICHNET ANSCHLIESSEND DESSEN HAFTBEDINGUNGEN ALS FOLTER.

WANZEN

Im ARRI laufen französische Gangsterfilme von Jean-Pierre Melville. Ramon und Sandra sind Lino-Ventura-Fans. Sie haben sich mit Georgie, Franz und Christoph Graf DIE ABENTEURER angesehen und schwärmen Fred und Jenny in den höchsten Tönen vor. Fred will mit Jenny rein, aber DIE ABENTEURER laufen nur noch heute abend, und da kann sie nicht. Aber am Abend drauf geht sie mit in DER EISKALTE ENGEL, leider ohne Lino, aber mit Alain Delon, den Film finden sie total toll. Zwei Tage später läuft VIER IM ROTEN KREIS, auch mit Alain Delon und mit Ives Montand, der in DER UNSICHTBARE AUFSTAND den Amerikaner gespielt hat. Sie fahren beide auf Melvilles wortkarge und elegante Gangster ab und die Tragik, die sie umwittert. Deren Widersacher, die Bullen, werden durchaus mit Respekt, wenn auch nicht gerade sympathisch gezeichnet. Die siegen zwar am Ende; aber mit der naiven Vorstellung, daß damit auch das Gute gewinnt, räumt Melville gründlich auf. Keiner ist unschuldig, sie sind alle Verbrecher, sagt der Meisterregisseur, die Männer, die aus dem Knast ausbrechen genauso wie die Polizisten, die sie jagen!

Jenny wird in der S-Bahn von MVV-Kontrolleuren beim Schwarzfahren erwischt und muß 20 Mark blechen. »Mann, waren die fies! So was von Faschos! Das zahl ich denen heim«, droht sie, »kommste mit, heut nacht?«

So fahren sie mal wieder sprühen. Diesmal passen sie schwer auf, ob ihnen jemand folgt, es ist aber nichts Verdächtiges zu sehen. Es ist kurz nach zwei, kaum mehr Verkehr auf der breiten Landsberger Straße, am Seitenstreifen stadtauswärts schleichen noch ein paar Autos entlang, denn da ist der Strich.

An die S-Bahnaufgänge der Laimer Unterführung sprüht Jenny riesengroß: FAHRT SCHWARZ! An der Donnersberger Brücke fällt ihr was Besseres ein und sie schreibt hin: WER SCHWARZ FÄHRT, BRAUCHT NICHT ROT ZU WERDEN!

Fred setzt noch eins drauf: WER SCHWARZ FÄHRT UND BLAU MACHT, MUSS NICHT ROT WERDEN! Der Spruch paßt nur so grade noch hin, zum Schluß muß er immer schmalere Buchstaben machen. Kaum fertig, zischt Jenny: »Vorsicht, Bullen!« Sie stellen sich voreinander, als würden sie sich unterhalten, die Spraydosen unter den Jacken versteckt, die Zähne klappern ihnen beiden vor Kälte. Ein Streifenwagen fährt vorbei, die Polizisten interessieren sich nicht für sie. Fred sprüht noch einen Stern über seine Parole. Jenny weiß auch noch einen langen Spruch: KONTROLLEN KOSTEN MEHR ALS ALLE SCHWARZFAHRER!

»Stimmt das?« fragt Fred, und Jenny antwortet: »Würd mich nicht wundern.«

Am Nikolaustag trifft Fred Jenny in der Uni, und da fällt ihm das kurze Gespräch ein, das er neulich mit Werner auf dem Heimweg hatte. Das erzählt er ihr.

»Ach«, sagt Jenny, »das ist ja interessant! Mich hat er nämlich auch angequatscht!«

»Wirklich? Was hat er denn gewollt?«

»Eigentlich dasselbe wie bei dir, bei irgendwas mitmachen. Außerdem hat er gesagt, er könnte Knarren besorgen!«

Fred pfeift durch die Zähne: »Oha!«

»Möchte mal wissen, wie er drauf kommt, daß wir was machen«, sagt Jenny, »also das find ich schon ziemlich komisch!«

Fred erwidert nachdenklich: »Na ja, nen militanten Ruf haben wir schon irgendwie in der RH. Aber ob wir was machen, weiß doch eigentlich keiner.«

»Und was machen wir schon großartig«, sagt Jenny, »doch bloß Parolen sprühen und ab und zu machen wir mal ein Schaufenster kaputt, das isses doch schon!«

Abends nach der RH unterhält sich Fred noch mit Franz und Irmgard über ihre Hausdurchsuchungen, und dabei erwähnt er, daß sie in der Georgenstraße den Verdacht haben, ihr Telefon würde abgehört.

»Gut möglich«, meint Irmgard, »hier an unserem hängen sie ganz bestimmt dran.« Eigentlich rechnen sie alle damit, daß gelauscht wird, auch wenn es bisher keinen Beweis dafür gibt; und es gehört schon lange zum guten Ton, daß man am Telefon nicht über bestimmte Sachen redet, sich nicht zu Aktionen verabredet, Wörter wie Haschisch oder Bombe nicht in den Mund nimmt und vor allen Dingen keine Namen nennt.

Franz sagt ruhig: »Also ich wüßt jemand, der könnt sich des mal anschaun, auf jeden Fall in der RH und bei euch auch, wennst meinst, Fred!«

»Was ist das für ein Jemand?« fragt Irmgard.

»Der Hans«, antwortet Franz, »ein alter Freund von mir, Elektronikingenieur. Der kennt sich aus mit so was und is auch in Ordnung, quasi ein Sympathisant. Soll ich ihn mal fragen, ob er sich bei euch ein bisserl umschaut, wanzenmäßig?«

Der Ingenieur ist ein kleiner, agiler Mensch mit Schnurrbart, Aktentasche dabei, er sieht aus wie der Gasmann oder wie ein Stromableser. »Servus miteinander«, grüßt er und entblößt lächelnd schneeweiße Zähne, »ich bin der Kammerjäger, und ich heiß Hans, Hans Schmidt für diesmal, weil Meier steht ja schon an der Klingel! Der Franz hat mir gsagt, ich soll mal bei euch reinschaun! Also, wenns recht ist, dann fang ich einfach gleich an.«

Er dreht eine Runde durch ihre Wohnung mit einem Ding,

das wie ein kleines Handfunksprechgerät aussieht, mit einer Antenne daran. Das Gerät gibt ab und zu ein leises, heulendes Pfeifen von sich, dann bleibt er stehen und sucht genauer, schwenkt die Antenne hierhin und dorthin, mit viel Stirnrunzeln und Knöpfchendrehen, aber anscheinend wird er nicht fündig.

»Nix aktiv«, erklärt er, »das heißt aber nur, daß im Moment nix sendet. Also suchen wir mal nach den passiven Dingern.« Er wiederholt seine Runde mit einem anderen, aber ähnlichen Gerät. Auch dabei kommt nichts heraus.

»Jetzt die Fenster«, sagt er, macht sie auf, untersucht die Fensterflügel von innen und außen. »Alles sauber«, verkündet er, »soweit so gut! Dann schaun wir uns jetzt mal das Telefon an.« Er hebt ab und lauscht, schraubt dann die Hörmuschel auf, läßt den scheibenförmigen Lautsprecher in seine Hand fallen und betrachtet ihn genau. »Auch nix«, murmelt er und baut die Hörmuschel wieder zusammen. Jetzt schraubt er die Sprechmuschel auf und späht hinein.

»Ha!« ruft er, »Wie auf der Wiesn!«

»Was?« fragt Fred, »Oktoberfest? Wieso?«

Der Kammerjäger hält das Mikrophon der Sprechmuschel mit zwei Fingern hoch und sagt: »Ozapft is!«

Er grinst: »Kleiner Scherz! Aber da, schau her: Kein Aufdruck! Da hat euch tatsächlich einer eine Wanze untergjubelt!« Staunend betrachten sie das Objekt, aber es sieht ganz normal aus, wie alle diese Metalldinger, die in den Hörern sind, nur daß nichts draufgedruckt ist.

»Und jetzt?« fragt Sandra, »was machen wir jetzt? Können wir jetzt noch telefonieren?«

Der Spezialist lacht: »Freilich! Aber erst mal machen wir ein sauberes Mikro rein.« Er zaubert eins aus seiner Aktentasche. »Schaut her«, sagt er, »so solls aussehen: Aufdruck der Deutschen Bundespost, Zulassungsnummer und so weiter!«

Er schraubt die Sprechmuschel zu: »Jetzt habts wieder ein sauberes Telefon! Das Blechinsekt da nehm ich mit, wenns recht ist, und führs einer vernünftigeren Verwendung zu!«

Er schaut sie der Reihe nach an und erklärt: »Die Wanze bedeutet mit ziemlicher Wahrscheinlichkeit, daß ihr nicht offiziell abgehört werdet, also über eine Abhörschaltung bei der Post. Das heißt, es gibt keinen richterlichen Beschluß. Wer immer euch das Ding ins Telefon gepflanzt hat, hat das ungesetzlich gemacht! Es ist euer gutes Recht, wenn ihr euch dagegen wehrt.«

»Was meinst du, wo die Wanze hingesendet hat?« fragt Ramon.

Hans antwortet: »Die kleinen Dinger haben nur eine geringe Reichweite, 100, vielleicht 200 Meter. Je nachdem. Meistens ist der Empfänger in einem Auto, das irgendwo unten parkt oder um den Block herumfährt. Manchmal wird auch eine Wohnung gegenüber gemietet oder sogar im gleichen Haus, aber das ist ein ziemlicher Aufwand und wird nur bei großen Fischen gemacht.«

»Die wissen also jetzt, daß wir das Ding gefunden haben«, sagt Ramon.

»Jawohl«, erwidert der Kammerjäger, »und jetzt gibts drei Möglichkeiten. Die wahrscheinlichste: Sie versuchen, euch ein neues Ei ins Nest zu legen oder lassen sich eine andere Taktik einfallen. Weniger wahrscheinlich: Sie geben auf; und eher unwahrscheinlich: Die Wanze ist alt und nicht mehr aktiv.«

Sandra hat Kaffee gemacht und reicht ihm eine Tasse. Er bedankt sich und rät: »Ihr dürft halt niemand unbeaufsichtigt in der Wohnung rummachen lassen, Störungsdienst, Stromableser, Handwerker, ihr wißt schon. Laßt sie nicht aus den Augen! Die meisten Leut schämen sich, denen auf die Finger zu gucken und lassen sie allein, aber das ist ganz falsch, wie ihr seht!« Fred nickt zustimmend. Er ist sich aber sicher, daß die Wanze während der Hausdurchsuchung ins Telefon geraten ist.

Sandra fragt den Kammerjäger, ob das immer so gemacht wird, mit einer Wanze im Telefonhörer. Hans Schmidt schüttelt den Kopf: »Ach, das ist bloß eine von vielen Möglichkeiten. Wanzen sind ja nix anderes als Mikrophone mit kleinen Sendern, je kleiner, desto besser und desto teurer. Diese Dinger kann man überall verstecken, hinter Fußleisten, in Lichtschaltern und Steckdosen, manche sogar in Bohrlöchern in der Wand. Nach solchen Mikros hab ich zuerst gesucht, aber da scheint eure Wohnung sauber zu sein.«

Er akzeptiert eine Zigarette von Sandra, steckt sie an und fährt fort: »Wanzen sind aber nur eine Methode. Da gibt es Richtmikrophone, die kann man meistens mit sich herumtragen, mobile Angelegenheit, kann damit aus ziemlicher Entfernung noch Gespräche belauschen, wenn es nicht zuviele Störquellen gibt. Mit Glück könnte man damit auch unser Gespräch hier von außen abhören. Dann gibt es so eine Art Seismophon, das ist schon verzwickter. Wenn wir hier reden, erzeugen unsere Stimmen Schallwellen, die die Fensterscheiben zum Schwingen bringen. Diese Vibrationen kann man von außen aufnehmen und in Sprache zurückverwandeln. Dagegen helfen Rollos, Vorhänge oder am besten etwas, was man auf die Scheiben klebt und verhindert, daß sie frei schwingen können.«

»Wie kann man sich denn überhaupt gegen diesen ganzen Mist schützen?« will Fred wissen.

Hans Schmidt hebt die Schultern und läßt sie wieder fallen: »Indem man ein braver Bürger ist, der nix zum Verbergen hat!« Er lacht: »Nix für ungut! Also, der beste Schutz ist immer Vorsicht! So leise wie möglich sprechen, keine Namen nennen, sondern lieber nur schreiben, so irgendwie. Ich würd auch nie in einer Wohnung oder in einem Auto reden, da kann viel zu leicht wer mithören.«

Ramon fragt ihn: »Und wenn das Radio an ist oder der Fernseher? Oder man läßt das Wasser laufen, während man redet?«

Der Kammerjäger schüttelt den Kopf: »Nein, da würd ich mich nicht drauf verlassen. Kann man heutzutage alles rausfiltern! Am sichersten ists immer noch draußen, vor allem wo viele Leute sind, Biergärten, Trambahn, volle Kaufhäuser und so weiter.«

Er hat seinen Kaffee ausgetrunken und zieht seinen Mantel an. »So, ich wünsch euch was«, sagt er und schnappt sich seine

Aktentasche, »und wenn noch einmal irgendwas ist, oder ihr einen Verdacht habt, dann sagt einfach dem Franz Bescheid, gell? Servus miteinander!«

Nachher sinniert Sandra: »Eigentlich schade, daß die Wanze weg ist, jetzt wo wir Bescheid wissen.«

»Meinst du wegen Verarschen und so?« fragt Fred.

Sandra nickt: »Na klar! Wir könnten sie in der Gegend rumschicken und beleidigen und weiß Gott was alles, und sie könnten nix dagegen machen, weil das Abhören ja illegal ist!«

»Na ja«, dämpft Ramon, »wär mir da nicht so sicher. Ich schätze, daß es die Bullen waren, die das Ding da reingepackt haben, und die könnten uns auch richtig fertigmachen, wenn wir sie zu sehr reizen. Die kommen doch auch ohne Hausdurchsuchungsbefehl und so, mit ihrer Allzweckformel ›Gefahr im Verzug‹. Wenn die richtig mies drauf sind, brauchen die auch keine Beweise und nix.«

»Stimmt«, nickt Sandra, »die brauchen einem doch bloß ein paar Gramm Koks unterzujubeln, gegen so was kannst du doch nix machen, da bist du einfach geliefert!«

»In Amerika machen sie sowas«, sagt Ramon, »da sind sie ja ganz link drauf!«

»Was, ne echte Wanze?« fragt Jenny später Fred. »Also das find ich ja oberscharf! Meinste, der kann bei mir auch mal nachschauen?«

NACHRICHTEN

7. DEZEMBER 1974: IM ZUSAMMENHANG MIT DEM HUNGERSTREIK DER RAF-HÄFTLINGE LEHNEN BUNDESÄRZTEKAMMER UND PRÄSIDIUM DES DEUTSCHEN ÄRZTETAGES DIE ›VERPFLICHTUNG ZUR ZWANGSWEISEN BEHANDLUNG‹ AB. WENN EIN MENSCH DIE BEHANDLUNG VERWEIGERE ODER SICH IHR AKTIV WIDERSETZE, SEI DIE GRENZE ZUR LEBENSRETTUNG ERREICHT.

19. Dezember 1974: Die Landesregierung von Baden-Württemberg unter Ministerpräsident Hans Filbinger (CDU) lehnt das Asylgesuch von fünf chilenischen Ministern der 1973 gestürzten Allende-Regierung ab. Chiles Diktator Pinochet hatte angeboten, mehrere hundert politische Gefangene freizulassen, wenn ein anderes Land sie aufnähme.

THE TURNING POINT

Zwei Tage vor Weihnachten ist Fred zum ersten Mal bei Jenny in ihrer Milbertshofener Neubaubude, eineinhalb Zimmer, Dusche, Kochnische. Winzig, aber dafür teuer. Ihre Eltern zahlen ihr was dazu. Jenny macht Tee und legt John Mayall auf, The Turning Point. Abschiedsabend, sagt sie, morgen früh fahr ich mit meinen Alten zum Skifahren, aber nicht lang, bloß über die Feiertage, am 28. bin ich wieder da. An der Wand hat sie ein Che-Guevara-Plakat und über ihrem Schreibtischchen lauter Fotos mit Nadeln an die Wand gepinnt. Ein Setzkasten mit lauter Krimskrams drinnen. Auf dem Bett sitzt ein schmuddeliger kleiner Teddy mit schwarzem Halstuch und schwarzem Sternchen auf die Bärenbrust gepinnt. Jenny wirkt ein bißchen abwesend, und kiffen will sie auch nicht. »Nö«, sagt sie, »ich mach mal ne Pause, sonst ist das immer so anstrengend mit den Alten.« Um zehn gähnt sie und sagt: »Ich will früh raus« und küßt ihn zum Abschied.

Fred wälzt sich schlaflos von einer Seite auf die andere. Seit damals in Italien und noch mal, als sie aus Berlin zurückkamen, hat er mit Jenny keine Nacht verbracht. Irgendwie ergibt es sich nicht, und, obwohl er so verliebt in sie ist, tut er nichts, um den Zustand zu ändern. Ein Grund ist Angst. Er hat Angst, ihre Liebe sei nur eine schillernde, zarte Seifenblase, der kleinste Druck könne sie zum Zerplatzen bringen. Vielleicht kann diese Seifenblase auch nur er sehen und fühlen, vielleicht ist es bei ihr ganz anders? Sie reden ja nie miteinander über ihre Gefühle. Es ist alles ziemlich verzwickt: Einmal kann und soll man ja über seine Gefühle und Wünsche offen reden, zum anderen setzt man damit aber den Partner womöglich unter Druck. Fred ist auch nicht frei von Mißtrauen. Mißtraut sich, mißtraut ihr und vor allem dem Glück. Vielleicht liebt sie ihn ja nicht? Oder hat sie Angst, sich zu binden? Sie hat schon so einen Drang, selbstständig zu sein, oder besser gesagt, so eine Abwehr gegen zu dichte Annäherung. Aber das hat er doch auch, er will doch auch nicht dauernd jemanden auf der Pelle haben, trotz aller Liebe, und vor allem nicht in so eine Situation kommen wie ihre Alten, aufs Leben zusammengeschweißt, egal, obs paßt oder nicht! So gehts ihnen doch allen, darüber braucht man doch gar nicht zu reden, es ist doch eins der wichtigsten Dinger in ihrer sogenannten Subkultur: Nicht die Fehler der Altvorderen wiederholen, zur Abwechslung mal was lernen aus der Vergangenheit, aus der Geschichte! Damit nicht immer alles in die Hosen geht, die Liebe und die Beziehungen, die Solidarität und die Demokratie oder gleich das ganze verdammte Land mit allem Drum und Dran wie im letzten Krieg.

Er dreht sich rastlos auf die andere Seite und wünscht sich, er könne endlich einschlafen, aber die Gedanken kommen nicht zur Ruhe. Würde er sie bedrängen, noch eine Nacht mit ihm zu verbringen, er hätte beinahe mehr Angst davor, daß sie ja sagt, als vor einer Ablehnung. Es würde ihm nicht beweisen, daß sie ihn liebt, es könnte aus allen möglichen Gründen geschehen, aus Langeweile, um ihn nicht zu verletzen, um einen anderen eifersüchtig zu machen, weiß der Teufel was. Wenn sie es aber wollte, wenn sie die Initiative ergriffe, könnte er wenigstens sicher sein, daß sie es aus freien Stücken will. Freilich, Langeweile könnte er auch dann nicht ausschließen. Was aber, wenn sie ähnlich denkt wie er, das Gleiche in andersrum? Vielleicht sind sie beide zu dumm, sich zu lieben? Vielleicht liebt sie ihn gar nicht? Vielleicht hat sie was mit einem anderen, von dem er nichts weiß?

Irgendwann schläft er dann doch ein. Er träumt, daß er auf einem Schiff nach Berlin unterwegs ist und sich durch die Leute drängen muß, weil er aussteigen will. Die Leute bewerfen ihn mit durchsichtigen Kugeln, die wie Seifenblasen zerplatzen. In den Seifenblasen sind kleine Zettel, aber er hat jetzt keine Zeit, die alle zu lesen. Wie er endlich einen Ausgang findet, ist da gar kein Schiff mehr, sondern er steht auf einer leeren, öden Sandfläche, auf der da und dort ein bißchen Gras wächst. Weiter hinten ist eine breite Straße, und dahinter erheben sich langweilige Wohnblocks. Autos sind keine zu sehen, auch keine Menschen, aber da fährt eine moderne Straßenbahn, rot und cremefarben. Als er die Straße erreicht, ist die Straßenbahn schon weg. Er sucht ein Haltestellenschild oder irgend etwas, das ihm verraten könnte, wo er ist. Es ist unheimlich, daß nirgends Leute zu sehen sind. Er macht sich auf, den Straßenbahnschienen zu folgen. Da vorn führen sie über eine Brücke, das ist aber doch die Isarbrücke beim Deutschen Museum, und sogar im Traum merkt er, daß da was nicht stimmt, denn in München sind die Trambahnen nicht rot-creme, sondern blau. Aber vielleicht hat er sich auch getäuscht, die Straßenbahn ist nicht mehr zu sehen, vielleicht war sie ja doch blau? Vor ihm auf der Brücke geht eine Frau, das kann nur Jenny sein, das muß Jenny sein, ganz unverkennbar in dem fast knöchellangen Ledermantel, den sie sich bei Sandra erschwatzt hat. Er fängt an zu laufen. Wie er sie einholt, dreht sie sich um, es ist wirklich Jenny, sie lacht ihn an, mit den hübschen Grübchen in den Wangen, und jetzt sagt sie etwas zu ihm, er kann das Geräusch hören, aber versteht nichts, aus ihrem Mund kommen keine durchsichtigen Kugeln. Auf einmal kann er die Worte nicht mehr sehen und weiß nicht, was sie meint. Da wacht er ganz verzweifelt auf.

FRÖTTMANINGER HEIDE

Fred macht sich Kaffee, und während er darauf wartet, daß das Wasser kocht, fragt er sich, was eigentlich aus Limbo geworden ist. Er hat ihn schon lang nicht mehr gesehen. Mit Limbo hatte er die ›Bundeswehrdinger‹ gedreht, die waren im Grunde nichts als pure Abenteuerlust.

Fred hatte Limbo zum erstenmal in der Akademie getroffen, im April '68, während der Besetzung. Irgendwie war er mit ihm über den Bund ins Reden gekommen. Limbo war auch Panzergrenadier gewesen, aber in Stetten am kalten Markt, das bei den Soldaten Stetten am kalten Arsch hieß. Außerdem hatte er die volle Zeit abgerissen. Limbo studierte Grafik und Malerei, war aber eigentlich mit Leib und Seele Autobastler und hatte eine Citroën Camionette, die 2CV-Lieferwagenvariante mit Wellblechaufbau, und eines schönen Tages fuhr Fred mal mit ihm hinaus in die Fröttmaninger Heide, dem Münchner Standort-Truppenübungsplatz. Ungewöhnlich für das südliche Bayern war die Fröttmaninger eine richtige Heide, mit Sandboden, verstreuten kleinen und größeren Kiefernwäldchen und sogar mit ein bißchen violettem Heidekraut. Das Gelände war von Panzerspuren kreuz und quer durchzogen, und unter den Kiefern reihte sich ein Schützenloch ans andere. Limbo suchte da Patronen, und die fanden sich auch immer, verlorene Manöverpatronen aus olivgrünem Plastik, mit Messingboden. Fred kannte die Dinger, aber Limbo schnitt trotzdem eine mit dem Taschenmesser auf und schüttete das grobkörnige, grüne Pulver, das drin war, auf die staubige Erde. Er hielt ein Streichholz dran, da flammte es grell gelbgrün auf und verpuffte fast rauchlos. Nitrozellulose ist das, sagte Limbo. Er sammelte das Pulver, wozu, wollte er nicht sagen. Mal schaun, brummte er bloß.

Hier, in der Fröttmaninger Heide im Münchner Nordosten, hatte es kurz vor Torschluß noch zwei englische Panzer, Cromwells, erwischt. Seit 23 Jahren standen die da in der Heide rum, ausgebrannt, mit offenen Luken. Die verrosteten Wracks waren weiß gefleckt vom Gipspulver in den Übungshandgranaten, mit denen die Bundeswehrrekruten auf sie losgehen mußten. Von den Laufrollen war der Gummi gebrannt und hatte nur wirres Drahtgeringel übriggelassen. Fred starrte in den ausgeglühten Innenraum voll Asche und eisernem Gerümpel, rostige Spiralfedern, wo der Fahrersitz gewesen war. Vorne, in der Panzerblende neben dem Platz des Fahrers, ein Einschuß, ein rundes Loch, drei, vier Finger würden hineinpassen. Der Panzerstahl wie eine Blüte nach innen aufgeblättert. Keiner von den fünf Männern wird mehr herausgekommen sein.

KREISLAUFDIEBSTAHL

Um einen Panzer ging es auch beim letzten dieser Bundeswehrdinger, das er nie vergessen wird. Wenn er heute, 1974 und fünf Jahre danach, daran denkt, kommt es ihm so vor, als sei es gerade eben passiert.

Er kann beinahe sehen, wie er da geduckt im Gras kauert und froh ist, daß es noch nicht geschneit hat. Es ist eine dunkle und kalte Dezembernacht, und inzwischen muß es zwei Uhr vorbei sein. Es ist still ringsum, er hört nur das leise Schnippen der Drahtschere, mit der Limbo ein Loch in den Maschendrahtzaun schneidet, dicht am Boden. Hinter dem Zaun ist ein Streifen Wiese, etwa 50 Meter breit, dann die Betonplattenstraße im gelben Licht der Peitschenmastlampen. Hinter der Straße die flachen Bauten, die zum ›Technischen Bereich‹ gehören. Schnipp, schnipp macht es, der Zaun klirrt leise.

»Fertig«, wispert Limbo und biegt das aufgeschnittene Stück Maschendraht zur Seite. Jetzt müssen sie nur auf die Streife warten. Lange Minuten verstreichen, nichts rührt sich.

Fred kriecht allmählich die Kälte in die Klamotten. »Müßten doch längst vorbei sein«, flüstert er. Limbo erwidert leise: »Fünf Minuten drüber. Werden jeden Moment kommen!«

Er hat es kaum gesagt, da sieht Fred eine Bewegung ganz rechts, wo die Straße um die Fahrzeughallen kurvt. Die Streife! Na endlich. Sie ducken sich tiefer ins Gras. Die beiden Soldaten lassen sich Zeit. Gemächlich bummeln sie daher, die Gewehre haben sie umgehängt, der eine raucht eine Kippe. Sie unterhalten sich, Fred hört ihre Stimmen, kann aber nicht verstehen, was sie sagen. Dafür kann er das Wort WACHE auf den weißen Armbinden lesen. Endlich sind sie vorbei. Jetzt haben sie 20 Minuten, bis die Streife wieder entlangkommt. »Los«, zischt Limbo, und sie kriechen durch den Zaun und laufen geduckt über die Wiese, bis sie an die Straße kommen. Die Streife ist schon weit weg. Sie sprinten über die beleuchtete Straße und tauchen in die Schatten zwischen den Fahrzeughallen ein. Soweit ist es gutgegangen. Fred klopft sich Gras und Dreck von den Knien. Beide stecken sie in Bundeswehrklamotten, im sogenannten Arbeitsanzug (oliv); komplett mit Koppel, Kampfstiefeln, Schiffchen unter der Achselklappe. Die Uniformen stammen aus dem Military-Laden in Milbertshofen, der gebrauchte US-Army- und Bundeswehrklamotten verscherbelt.

Im Technischen Bereich ist es düster. Die Betonflächen zwischen den Fahrzeughallen sind nur von je zwei gelben Lampen schwach ausgeleuchtet. In den Hallen schlafen die Kampfpanzer, schwere M48. Die LKWs stehen draußen aufgereiht, Fred schätzt, daß es mehr als hundert sind. Ebenfalls im Freien, vor dem Wartungsstand, steht ein einsamer Mannschaftstransportpanzer, ein kastenförmiger M 113 G, wahrscheinlich soll der morgen früh zur Nachschau auf die Grube.

Fred und Limbo schlendern herum und schauen sich alles an. Sie machen das hier nicht zum erstenmal und wissen, daß sie am unauffälligsten sind, wenn sie offen und unbekümmert herumgehen. Einmal waren sie unerwartet einer Streife in die Hände gelaufen, um drei Uhr morgens, in einer anderen Kaserne, mitten im Technischen Bereich, wo man sich in der Freizeit nicht aufhalten durfte, und sie in Jeans und Parkas! Die Wachsoldaten hatten sie auch richtig angerufen: »Halt! Wer geht da?«, und die Gewehre von den Schultern genommen. Fred wurden vor Schreck die Knie weich, aber Limbo war ruhig weitergegangen und hatte genauso laut erwidert: »Leck mich doch am Arsch!« Die patzige Antwort hatte die Streifenmänner überzeugt, Kameraden vor sich zu haben. »Man fragt ja nur«, murrten sie, hängten ihre Flinten wieder um und setzten ihre Runde fort.

Fred und Limbo sind eigentlich in Sachen Werkzeug unterwegs. Beim letztenmal hatten sie hier aus einem der abgestellten MAN-LKWs das Bordwerkzeug geklaut. Das befand sich in einer herausziehbaren Blechwanne unterhalb der Ladefläche. Die schwere Wanne mußten sie zu zweit tragen, dazu hatte sie auch Haltegriffe. Drinnen war das großartigste Autowerkzeug, das sich denken ließ, Schlüsselsätze, Hämmer, Eisensägen, Zangen, Bolzenschneider, Schmiermittel, und das beste von allem: der kleine hydraulische Wagenheber, der auf bloßen Daumendruck den riesigen LKW anheben konnte. So eine Werkzeugwanne wollen sie noch mal holen, damit jeder eine hat. Der Witz bei dieser Art Klauerei, hat ihm Limbo erklärt, ist, daß sie nie auffliegt, wenn man nicht auf frischer Tat ertappt wird. Die LKWs gehören zu den Panzergrenadierkompanien (mot.), damit ist motorisierte Infanterie gemeint. Jede Gruppe hat ihren eigenen LKW, und der Gruppenführer ist für ihn verantwortlich. Entdeckt der morgens, daß die Werkzeugwanne fehlt, läuft er keineswegs weinend zum Kompaniechef, denn wenn er den Verlust meldet, wird der Fall zwar untersucht und das Werkzeug aus dem Vorrat ersetzt, aber der Schaden wird ihm oder der ganzen Gruppe vom Sold abgezogen. Der betroffenen Gruppe bleibt daher nichts anderes übrig, als möglichst gleich in der nächsten Nacht selbst eine Werkzeugwanne zu klauen, damit ihr Fahrzeug beim Appell komplett ist. Natürlich stiehlt man die Wanne nicht einfach vom Laster nebenan, sondern bei einem der anderen Züge, um das Delikt Kameradendiebstahl ein wenig zu verwässern. Die Gruppe vom frischbestohlenen Zug muß dann die Nacht darauf auch los, sich Ersatz besorgen. Auf diese Weise, grinste Limbo, entstehen die Klauketten. In der befallenen Kaserne wird der Diebstahl der Werkzeugwannen so schnell nicht mehr aufhören und womöglich nie bekannt werden. Er hat aufgezählt, welche Klauketten er schon beim Bund mitgeholfen hat zu initiieren: Spritkanister, Schlauchboote, Ersatzreifen, Zweimannzelte, Kampfstiefel. Der Bund, hat er gesagt, ist ein einziger Kreislaufdiebstahl, von dem keiner was weiß.

Fred interessiert sich im Moment mehr für den draußen abgestellten M 113, dessen obere Luken offenstehen. Das Werkzeug hat Zeit, er stößt Limbo mit dem Ellenbogen an, nickt zu dem Panzer hin und sagt: »Laß uns mal da reinschaun!« Die Heckklappe ist zu, Fred muß sich übers Trimmbrett die schräge Frontfläche hinaufhangeln, dann läßt er sich durch die runde Fahrerluke ins Fahrzeuginnere hinab, Limbo kommt durch die andere Luke nach. Drinnen ists eng, alles ist naß und beschlagen wegen den offenen Luken und der kalten Nacht. Fred setzt sich auf den Fahrerplatz neben dem Motorraum, vorher wischt er das nasse Kunststoffkissen mit dem Handschuh ab. Hier sitzt es sich ganz anders als in einem Auto. Der höhenverstellbare Sitz ist ganz unten, vor sich hat er vier Sehschlitze, durch deren dickes Panzerglas er den beleuchteten Werkstattplatz nicht allzu deutlich sehen kann. Links von ihm in Kopfhöhe das Armaturenbrett. Es gibt kein Lenkrad, sondern zwei lange Lenkbremshebel vor dem Sitz, und ein Gaspedal groß wie eine Bratpfanne. Es stinkt nach Öl und Benzin. Limbo langt an ihm vorbei und dreht den Zündschalter. »Spinnst du?« sagt Fred, aber das geht im Jaulen des kräftigen Anlassers unter, der Motor zündet und brüllt laut auf, ungeheuer laut, der Sitz vibriert, die Fahrhebel vibrieren, die ganze Kiste klirrt! Anzeigen glimmen, der Zeiger des Drehzahlmessers saust einmal ganz herum. Fred merkt, daß er das Gaspedal gedrückt hält, schnell zieht er den Fuß zurück, der Motor läuft sofort langsamer und blubbert, immer noch sehr laut. Limbo beugt sich über seine Schulter, lachend; was er sagt, ist nicht zu hören. Fred tritt die Kupplung und legt den Gang ein, das Ding muß er unbedingt einmal fahren, und wenn es nur ein paar Meter sind! Er gibt vorsichtig Gas, der 210-PS-Motor röhrt, schon strahlt die Brandschutzwand Wärme ab. Er tritt das Pedal fester durch, nichts passiert. Er packt die beiden großen Hebel und drückt sie versuchshalber von sich weg, da macht der Panzer einen Satz nach vorn, viel zu schnell, Limbo kippt nach hinten. Fast gleichzeitig gibt es ein fürchterliches Geratter, der Motor heult auf, der Panzer schwenkt scharf nach rechts und kippt ums Haar um. Erschrocken zieht Fred beide Lenkhebel zurück, die schaukelnde Kiste stoppt, verneigt sich nach vorn und wippt auf der Federung nach. Eine rote Warnlampe blinkt ihm ins linke Auge. Fred hat den Fuß schon vom Gas genommen, aber der Motor reagiert nicht, was ist denn mit dem Scheißpedal los? Er versucht, den brüllenden Motor abzustellen, tastet herum und findet den Zündschalter nicht, da überwältigt ihn die Panik, er stemmt sich hoch und hievt sich aus der Luke. Nichts wie weg! Hinter ihm strampelt sich Limbo aus der zweiten Luke. Noch im Herunterspringen sieht Fred, was passiert ist. Die rechte Gleiskette ist weg, da hinten liegt sie. Wahrscheinlich war sie zu Reparaturzwecken geöffnet, das haben sie im Halbdunkel natürlich nicht gesehen. Er hat die Kiste aus der Kette gefahren, daher die plötzliche Kreiselbewegung. Der Panzer steht schief auf den nackten Laufrollen, oben qualmt es dunkel aus dem Kühlluftgitter, der Motor rast mit Vollgas im Leerlauf, der Krawall muß kilometerweit zu hören sein. Sie rennen wie die Irren und finden in der Aufregung das Loch im Zaun nicht gleich. Schließlich sind sie durch und hasten über die dunklen Wiesen zur Straße, wo Limbo seinen Sahara im Gebüsch versteckt hat. Im Wegfahren sieht Fred noch, wie überall entlang des Kasernenzaunes grelle Lampen aufflammen.

Das war vor sechs Jahren gewesen, 1968, im November. Wenn er daran zurückdenkt, stehen ihm die Haare zu Berge. Du lieber Gott, was haben sie für verrückte Dinger gedreht, und was haben sie für Schwein gehabt!

SILVESTER

Weihnachten ist vorbei, und Jenny ist wieder da, heil vom Skifahren zurück, ohne Gipsbein und kein bißchen braungebrannt. Fred fragt sie, wie es war, und sie antwortet: »Wie das halt so is, Ski fahren und mit den Alten quatschen.« Sie gibt sich ein bißchen mehr Mühe und sagt: »Ach na ja, es war ganz nett. Schön

Weihnachten gefeiert, in sonem Berghotel, in den Dolomiten. Machstn Silvester?«

Silvester stehen mehrere Feten zur Auswahl, das BLATT macht eine, die Arbeitersache macht eine, die Frauenkommune macht auch eine, Typen ausnahmsweise zugelassen. Das reizt sie aber alles irgendwie nicht. Feiern im kleinen Kreis, sagt Sandra, Jenny soll noch rumkommen, wenn sie mag. Jenny kommt auch rum, kurz nach acht, dann hocken sie im Wohnzimmer auf dem Flokati und kiffen, und auf dem Plattenspieler kreiselt CROWN OF CREATION von Jefferson Airplane:

›Lather was thirty years old today. They took away all of his toys. / His mother sent newspaper clippings to him about his old friends who'd stopped being boys. / There was Harwitz E. Green, just turned thirty-three; his leather chair waits at the bank. / And Sergeant Dow Jones, twenty-seven years old, commanding his very own tank.‹

Um elf ziehn sie sich warm an und wandern los, in den Englischen Garten, Fred trägt die Tüte mit der Sektflasche. Es ist saukalt, aber klar, bleicher Neonglanz auf den glatten Straßen, frostiges Sterngefunkel im Nachthimmel. Hier und da knallt es auch schon. Gefrorener Schnee knirscht unter den Sohlen, und die Autos schleichen auf der vereisten Leopoldstraße. Eigentlich wollten sie auf den Monopteros rauf, zum Feuerwerkgucken, aber da sind schon eine Menge Leute, die mit Sektflaschen wedeln und rumschreien, da machen sie kehrt und gehen zu dem kleinen Teich hinterm Haus der Kunst. Eine dünne Eisschicht ist auf dem Wasser. Ringsumher knattert es schon ganz ordentlich, Raketen zischen in den Himmel. Es ist wirklich ganz schön kalt, der Atem raucht, Jenny hat sich ganz eingemummelt, Schal und Wollmütze, nur die Nasenspitze schaut raus. »Gleich zwölfe«, sagt Ramon, »mach mal den Sekt auf, Alter!« Der Korken knallt, sie trinken einer nach dem anderen aus der Flasche und wünschen sich ein gutes Neues Jahr und: Venceremos!

Mitte Januar fährt Jenny übers Wochenende nach Berlin. Fred ist ein bißchen verletzt. Im September, als er nach Berlin fuhr, hatte sie ihm doch versprochen, daß sie nächstesmal zusammen fahren würden. Er sagt nichts, aber es nagt doch die Eifersucht an ihm. Hat sie was mit einem in Berlin, und verschweigt sie ihm das? Und für wen war das Päckchen, das er für sie nach Berlin mitgenommen hat? Damals hat er gar nicht weiter drüber nachgedacht. Aber es fällt ihm doch ein, daß es nicht an einen Typen, sondern an eine Frau adressiert war, irgendeine Franziska Sonstwas.

Montagabend ist Jenny wieder zurück. Fred, immer noch ein wenig eingeschnappt, hat sich eigentlich vorgenommen, sie das spüren zu lassen, kühl zu sein ihr gegenüber, aber als sie dann in der Tür steht und ihn mit fröhlichen Augen anlacht, mit ihren Grübchen links und rechts, und ihn mit eiskalten Lippen auf den Mund küßt, ist alle schlechte Laune verpufft, als hätte es sie nie gegeben. Er hält sie im Arm und ist glücklich.

Sie hat ihm ein Buch mitgebracht: WIR, DIE TUPAMAROS, aus dem Verlag Roter Stern. »Das Buch zum Film«, sagt sie und fügt hinzu, »Na ja, nicht ganz, aber lies mal.« Ihren langen Mantel, den Schal und die Handschuhe hat sie einfach auf den Boden fallen lassen, und jetzt zieht sie sich den Pulli über den Kopf und läßt sich auf Freds Matratze plumpsen. »Puh«, macht sie, »Berlin is ganz schön anstrengend.«

»Wieso?« fragt Fred und setzt sich neben sie auf den Matratzenrand.

»Ach, nur so«, sagt sie und macht eine Schnute. »Ich weiß auch nicht, aber in Berlin, da rennt man eben dauernd rum und geht weg und weiß der Geier. Machste ne Tüte oder ne Pfeife?«

Am anderen Tag haben sie sich zum Abendessen verabredet. Fred holt sie um sieben an der Uni-Buchhandlung ab. »Wo solln wir hingehn?« fragt sie. »Zum Italiener in der Elisabethstraße?« Der ist teuer, aber gut. »Ich lad dich ein«, sagt sie und holt zwei dicke schwarze Filzschreiber aus ihrer Manteltasche: »Schau mal, was ich im Laden gemopst hab! Willste einen?« Fred nimmt einen, und just da fällt sein Blick auf eine große Plakattafel mit Waschmittelwerbung. Eine glattretuschierte Schönheit von Hausfrau bleckt strahlend weiße Zähne und schmachtet die Waschpulverpackung an, als wäre die Schachtel ein superpotenter Liebhaber. Ein einziger Strich mit dem dicken Filzschreiber genügt, um der Waschpulvertusnelda eine wunderschöne Zahnlücke zu zaubern. Das Plakat ist mit diesem einen Strich in einen Witz verwandelt. »Subversiv, subversiv!« freut sich Jenny. »Zehnmal besser, als bloß nen doofen Schnurrbart draufmachen!«

Auf dem Heimweg finden sie heraus, daß man mit den Filzern die Plastikgesichter auf den Werbetafeln auch richtig schön schielen lassen kann.

Ausnahmsweise kauft sich Fred mal den STERN, Nr. 6 vom 30. 1. 1975, weil er über die Schlagzeile auf dem Umschlag lachen muß: BÜNDNIS ZWISCHEN SCHLITZOHR UND SCHLITZAUGE steht da. Es geht um den CSU-Vorsitzenden Franz-Josef Strauß, der als erster Politiker der Bundesrepublik von Mao Tse-tung empfangen wird.

»Die armen Maoisten«, kommentiert Sandra kopfschüttelnd, »ausgerechnet der Strauß, oh Graus! Wie wollen die das bloß ihren Genossen erklären?«

Ramon zuckt die Achseln und sagt: »Gar nicht. Wie denn sonst?«

STURM AUF STADELHEIM

Franz Eindorfer ruft an: »Servus Fred, weißt schon noch, wer i bin, gell?« Die RH plant eine Knastaktion, eine Demonstration vor der Justizvollzugsanstalt Stadelheim. Nach fast fünf Monaten haben die politischen Gefangenen von RAF und 2. Juni vorgestern, am 5. Februar, ihren Hungerstreik beendet. Auch in den anderen Städten sollen Protestaktionen laufen.

»Mei, um Solidarität gehts hauptsächlich«, sagt Franz, »mir wolln den Gfangenen in Sankt Adelheim zeigen, daß sie net vergessen san, daß es draußen Leut gibt, die ihnen helfen wolln, woaßt scho. Magst net amol wieder rumkommen, bissel mithelfen bei die Vorbereitungen?«

Fred fährt mit Ramon zusammen hin. Ort und Zeit des wöchentlichen RH-Treffens haben sich inzwischen geändert, man trifft sich jetzt jeden Donnerstagabend um acht im Milbertshofener Stadtteilzentrum in der Nietzschestraße. Da hängt über dem Tresen ein Transparent, schon ganz braun vom Zigarettenqualm, dick mit Plakafarbe draufgekleistert: WIR WOLLEN ALLES! An die Wand ist ein großes Blatt Papier geklebt, darauf steht: SCHREIBT DEN GEFANGENEN! Dann folgt eine lange Liste von Namen und Knastadressen.

Franz zeigt ihm ein neues Flugblatt, ein Infopaper zur RH, das soll ab jetzt bei Demos verteilt werden, zusammen mit den TIPS FÜR TEILNEHMER AN DEMOS. Darin geht es weder um den Hungerstreik noch um die Forderungen der politischen Gefangenen. Es ist eine Selbstdarstellung der RH, ein Versuch, aus der linken Ecke herauszukommen und die Knastarbeit auf eine breitere Basis zu stellen. Fred liest es sich durch:

Wir – das Kollektiv Rote Hilfe München – haben bisher Gefangene betreut, haben ihnen geschrieben, haben sie besucht. Wir haben versucht, die Öffentlichkeit über die Zustände in den Gefängnissen aufzuklären, haben die Ausbeutung der Gefangenen angeprangert und den mittelalterlichen Strafvollzug angegriffen. Wir haben dabei nie die Hintergründe und Zusammenhänge vergessen. Das Gefängnis,

der Knast, ist keine zufällige Institution und Kriminalität weder eine Erbkrankheit noch persönliches Pech oder moralisches Versagen. Kriminalität ist das Produkt einer Gesellschaftsordnung, die das Eigentum zum Wertmesser der Beurteilung eines Menschen hochgejubelt hat (,Hast du was, dann bist du was'), die Menschen in Besitzende und Nichtbesitzende einteilt, einer Gesellschaftsordnung, in der 1% der Bevölkerung 90% des gesamten Reichtums an Geld und Sachwerten besitzt.
Zu unserer Arbeit gehört auch, die Diffamierung aller Unterdrückten und Eingesperrten in Erziehungsheimen, Gefängnissen und Irrenanstalten zu bekämpfen, und das heißt besonders, die Angehörigen zu unterstützen, ihnen mit Rat und Tat zur Seite zu stehen, Rechtsbeistand zu leisten, gemeinsam Besuche zu organisieren, sie im Kampf gegen die Bürokratie zu beraten und ihre Vereinsamung und Vereinzelung in der Nachbarschaft und im Betrieb aufzuheben.
Wir wollen deshalb im Stadtteilzentrum Milbertshofen Beratungsstunden einrichten, für Mietprobleme, Arbeits(losen)probleme, Schulprobleme und Knastprobleme.

Wir – das Kollektiv Rote Hilfe München – sind eine Vereinigung unabhängiger Linker, die keiner Partei oder Organisation angehören. Wir halten nichts von Par-

teien und Organisationen; die haben bisher immer nur an sich gedacht, an ihre Funktionäre und Bonzen.
Wir brauchen keine Funktionäre und Bonzen, wir organisieren uns selbst, wir packen unsere Probleme selber an, wir übertragen keinem die Verantwortung für uns, wir wollen selber über uns bestimmen und wir wollen alle zusammen eine neue, bessere Gesellschaftsordnung schaffen, ohne Ausbeutung und Unterdrükkung, ohne Bonzen und Funktionäre.

KOLLEKTIV ROTE HILFE der undogmatischen Linken im Milbertshofener Stadtteilzentrum, 40, Nietzschestr. 7b, 35 93 062, Do. 20 h.
Treff jeden Donnerstag Nietzschestr. 7b - Zi. 3 - 20.00 h.

Zur Aktion vor dem Stadelheimer Knast nimmt Jenny Fred und Ramon in ihrem R4 mit. 100 bis 150 Leute haben sich nach Einbruch der Dunkelheit hier vor dem Gefängnistor versammelt und stehen frierend im nassen Schnee herum. Fackeln werden angezündet, nach einigen schiefgegangenen Versuchen erschallen laute Sprechchöre an die Gefangenen: »Eins, zwei, drei – laßt die Leute frei!«

In einigen Zellenfenstern flickern winzige Feuerzeug- oder Kerzenlichtlein als Antwort, einsame Lebenszeichen aus der düsteren Zwingburg hinter der hohen Betonmauer. Schon rücken die Bullen an, Blaulicht flackert über die Fassaden. Ein Megaphon plärrt los: »Hier spricht die Polizei! Sie nehmen an einer nichtgenehmigten Veranstaltung teil! Räumen Sie den Platz, sonst machen Sie sich strafbar!«

Gellende Pfiffe und laute Buh-Rufe sind die Antwort, ein

neuer Sprechchor setzt sich durch: »Knackis raus! Bullen rein!« Es wird laut weiterskandiert, bis der Lautsprecher zornig scheppert: »Lösen Sie sofort die nichtgenehmigte Veranstaltung auf! Letzte Aufforderung, dann wird geräumt!« Scheinwerfer stechen in die Menge, vor den Mannschaftswagen formieren sich die Bullen zu einer Kette, Knüppel klatschen in Lederhandschuhe.

Da zerstreuen sich die Leute.

Von den Zellenfenstern her wehen ihnen einzelne Rufe nach, die man nicht verstehen kann.

DER STRAUSS-IMITATOR

Böse Hetze in der Schmuddelpresse am nächsten Morgen, CHAOTEN STÜRMEN GEFÄNGNIS und ähnliches. Mit hilfloser Wut liest Fred den verlogenen Artikel, und mittags ruft Jenny an und sagt: »Mann, hast du gelesen, was sie für einen Schwachsinn geschrieben haben?«

Ramon sagt achselzuckend: »Die Wichser schreiben doch, was sie wollen! Du glaubst doch nicht, daß du da einen einzigen anständigen Bericht drin findest! Und die anderen schreiben praktisch den gleichen Dreck, nur nicht so direkt im STÜRMER-Stil!«

Abends im Fernsehen tritt ein beleibter, schmalzlockiger Landtagsabgeordneter namens Dimpfhuber auf, von dem noch nie jemand etwas gehört hat, und äußert sich in saftig-bayerischem Scheinhochdeutsch zur Stadelheim-Aktion: »Ausschließlich dem entschlossenen Einsatz der Bolizei ist es zum Verdanken, daß es zu keiner Eskalation dieser gefährlichen Situation gekommen ist, denn daß so eine Zusammenrottung von rotem Gesindel keine friedlichen Absichten nicht hegt, das darf man durchaus von vornherein unterstellen, oder vielleicht net!«

Ramon ist richtig wütend: »Rotes Gesindel! Unglaublich! So was darf der im Fernsehen sagen! Diese fette Faschistensau! Dem gehört mal eine aufs Maul, aber wirklich!«

Nachts fährt Fred mit Jenny im R4 herum. An einem Zeitungsverkaufsständer hängt noch das Plakat CHAOTEN STÜRMEN GEFÄNGNIS! Jenny hält an und sagt: »Komm, den zünden wir an!« Sie zerreißen und zerknüllen das Dutzend Zeitungen, das noch im Kasten liegt und zünden es mit dem Feuerzeug an. Als die Flammen hochschlagen, springen sie ins Auto und fahren davon. Das machen sie noch mit einem zweiten und einem dritten Zeitungsständer, dann haben sie genug Dampf abgelassen.

Fred erzählt ihr von Dimpfhubers fiesem Fernsehauftritt gestern, Jenny hat ja keinen Fernseher.

»So eine Art Strauß-Imitator«, sagt er zu ihr, »redet so ein in Silben zerhacktes bayerisches Hochdeutsch wie der Strauß auch, weißt schon: ›Ich ha-be mit die-ser Sa-che nichts, im wahr-sten Sin-ne des Wor-tes nichts zu tun!‹ Der ist auch mindestens genauso fett, der Dimpfhuber. Ist aber ein kleines Licht, kennt kein Schwein, der will sich da profilieren, auf unsere Kosten!«

Es ist ungefähr zwei Uhr. Jenny fährt forsch, zischt mit 80 die Belgradstraße hoch.

»Halt mal an«, sagt Fred, »da vorn bei der Telefonzelle, mir fällt was ein!« Tatsächlich steht der Dimpfhuber im Telefonbuch, mitsamt seinen lächerlichen Vornamen: Dimpfhuber, Giselher Alois, MdL, Bauunternehmer. Auch die Adresse steht dabei. Fred steigt wieder ein und sagt: »Komm, wir fahren mal dahin, wo der Arsch wohnt, und schauen uns die Gegend an!«

»Okay«, sagt Jenny, »wo is das?«

»In Pullach«, sagt Fred und wirft einen Blick auf die Uhr, »vielleicht ein bißchen weit!«

»Nein«, erwidert Jenny, »das find ich gut, das machen wir jetzt!« und kehrt mitten auf der Belgrader um. Es ist aber gar kein Verkehr mehr um diese Zeit.

Laut Stadtplan heißt das Viertel in Pullach Prinz Ludwigshöhe. Der Aschbergheimer Weg, wo der Dimpfhuber wohnt, entpuppt sich als lange Einfamilienhäuserstraße. Es sind Nachkriegsbauten, bessere Häuser für gehobenere Einkommen, aber keine

Villen. Sie fahren langsam hindurch. Die Straße ist totenstill und dunkel, nur in Abständen erhellt durch die kalten Lichtkreise der Neonlampen. Da ist die richtige Hausnummer: Dimpfhubers Haus ist ein moderner und einfallsloser Bungalowbau, Garten davor und wahrscheinlich dahinter, Edeltanne, ein kahler Obstbaum, Jägerzaun und Thujahecken. Autos parken am Straßenrand trotz Garagen, meistens BMW und Mercedes, ein Jaguar, aber auch Spielzeug für die Frau Gemahlin oder die erwachsenen Kinder: eine Ente, ein VW Cabrio, ein Mini Cooper.

»Lower upper middle class«, schätzt Fred nach seinem im Sand verlaufenen Soziologiestudium, »oder upper upper middle class?«

Jenny hört nicht zu: »Wenn wir wüßten, was der Kerl für ein Auto hat!«

Auf der Heimfahrt beschließen sie, morgen vormittag noch einmal hierher zu fahren: Mit etwas Glück erwischen sie den Dimpfhuber dabei, wie er in sein Auto steigt. Sie sind sich ohne große Worte einig, daß sie auf das Auto losgehen wollen, nicht aufs Haus; sie wollen nicht riskieren, daß Menschen zu Schaden kommen.

Sie sind um halb zehn da und warten im R4, aber der Dimpfhuber taucht nicht auf. Auch sonst ist nicht viel los. Ein paar Hausfrauen fahren einkaufen, der Postbote kommt entlang, ein Fernsehdienst. Es ist ein grauer Tag und kalt, um null Grad; Jenny muß alle Viertelstunde den Motor anlassen und heizen. Allmählich wird ihnen unheimlich, sie könnten doch auffallen, wenn sie zu lang hier herumstehen. Außerdem sitzt ganz in der Nähe der Bundesnachrichtendienst, dort hinter den Häusern in der Heilmannstraße. Fred erinnert sich an die Adresse, weil neulich ein Bericht über den BND im Stern war. Es könnte sein, daß deswegen öfter einmal Polizeistreifen hier durchfahren. Kurz vor elf geben sie auf und hauen ab. Gut möglich, daß der Dimpfhuber hier nur sein Stadtdomizil hat, wahrscheinlich wohnt er irgendwo draußen auf dem Land.

Am nächsten Vormittag um zehn fahren sie wieder hin, diesmal in Freds Daimler. »Vielleicht steht er ja ganz früh auf«, überlegt Jenny, »wenns heut nix wird, sollten wir morgen nicht so spät anfangen, sondern schon um sieben oder acht!« Aber jetzt haben sie Glück. Just wie sie vorbeirollen, kommt der Dimpfhuber aus der Gartentür, Lodenmantel und Sepplhut, ein teuer aussehendes Aktenköfferchen in der Hand. Fred erkennt ihn ohne weiteres. Er ist allein, schließt einen nagelneuen schwarzen BMW auf. Es gelingt ihnen nicht, sich die Nummer zu merken, sie sind schon dran vorbei. Das macht aber nichts, da der Mann hinter ihnen herfährt. Sie lassen ihn am Ende der Straße vorbei und können das Kennzeichen schön lesen.

Dem Arsch zeigen wirs, beschließen sie, jetzt am Wochende, in der Nacht von Sonntag auf Montag, da müßte es am ruhigsten sein.

Sie weihen Ramon ein, denn es wär gut, wenn ein dritter dabei wäre, der mit dem Auto wartet. Ramon ist sofort dabei: »Unbedingt«, sagt er begeistert, »haun wir dem Sack eine drauf! Außerdem hab ich noch was gut, schließlich haben mich die Schweine für nichts und wieder nichts vier Monate lang eingebuchtet!«

Ihr Plan sieht so aus: Fred und Jenny wollen nachts an dem Auto vorbeischlendern und zwei Mollis drunter anzünden. Es sollen aber keine normalen Molotow-Cocktails sein, keine, die man wirft. Sie wollen einfach zwei Flaschen mit einem Benzin-Öl-Gemisch offen unters Auto rollen, so daß sie dort auslaufen, und dann ein paar brennende Ölofenanzünder dazu werfen. Ramon soll 100 Meter weiter, in der Einmündung einer Seitenstraße, mit dem Daimler auf sie warten.

Sonntagnacht ist es soweit. Ramon setzt sie am Anfang der Straße ab und fährt weiter um den Block zum Treffpunkt. Es ist halb drei Uhr morgens und totenstill. Außer den Straßenlaternen ist nirgends ein Licht zu sehen, die Straße schläft friedlich. Fred und Jenny gehen nebeneinander als spät heimkehrendes Paar die Straße entlang, die offenen Flaschen unter den Jacken, Benzingeruch in der Nase. Falls die Flaschen nicht hochgehen, wird kein Fingerabdruck von ihnen zu finden sein, sie waren vorsichtig und haben alles nur mit Handschuhen angefaßt. Zu Dimpfhubers BMW sind es noch etwa 30 Meter. Wenn jetzt noch wer auftaucht oder ein Auto kommt, haben sie beschlossen, gehen sie einfach weiter und wiederholen die Aktion eine halbe Stunde später. Es kommt aber niemand. Noch zehn Meter, noch fünf. Jetzt. Fred bückt sich, schiebt die Flasche unters Hinterrad, Jenny tut es ihm nach, der Sprit gluckert heraus. Die Ölofenanzünder sind so wachsbeschichtete Pappstreifen, aber die blöden Dinger wollen nicht richtig anbrennen, und das Feuerzeug geht auch immer wieder aus. Endlich klappt es, ein blaugelbes Flämmchen züngelt hoch, ein paar Schritte zur Seite, damit ihm das Benzin nicht ins Gesicht explodiert. Fred wirft den Anzünder unters Auto und sieht ihn noch in der Luft ausgehen. Verflucht! Er steckt einen zweiten an, Jennys Anzünder fliegt unters Auto und erlischt auch gleich, Mist, da wären einfache Streichhölzer viel besser gewesen! Fred brennt drei Pappstreifen auf einmal an und wartet, bis sie richtig lodern, im Nacken kitzelt das Gefühl, von tausend Augen beobachtet zu werden. So, einen Schritt näher ran, er läßt die Dinger zwischen Auto und Randstein fallen, Jenny wirft ihres dazu, ein Sprung zurück und dann schnell weg! Sie machen ein paar hastige Schritte, blicken sich um: Nichts, unter dem Auto ist alles dunkel. Sie zögern, schauen sich an, noch einmal versuchen? Da gibt es einen dumpfen Knall, nicht besonders laut, und jäh leuchtet ein blendender Feuerschein auf, Flammen schlagen unter dem BMW hervor, lodern entlang dem Rinnstein, die ganze Straße ist taghell erleuchtet! Sie wollten eigentlich ruhig weitergehen, so haben sie das ausgemacht, aber die Seitenstraße, in der Ramon wartet, scheint auf einmal viel zu weit entfernt, da fangen sie an zu rennen. Endlich sind sie um die Ecke, rot glühen die Rücklichter vom Daimler! Rein, Türen zu, Ramon fährt los, daß es sie in die Sitze preßt.

»Manno«, sagt er, die Augen am Rückspiegel, »das brennt ja wie eine ganze Tankstelle!«

Tags darauf steht in der Abendzeitung unter der Überschrift MOLOTOW-COCKTAIL AUF PKW:

> Unbekannte Täter verübten in der Nacht auf Montag mehrere Brandanschläge, unter anderem auch auf den BMW des Landtagsabgeordneten Giselher Dimpfhuber. Am Fahrzeug entstand Totalschaden, der Abgeordnete blieb unverletzt. Die Polizei geht von Racheakten linker Terroristen aus. Das Landeskriminalamt hat die Ermittlungen übernommen.

Ramon liest es mit Wut: »Blieb unverletzt! Der Arsch war doch gar nicht drin! Die Schweine tun so, als ob da welche Mollis aufs Auto geworfen haben, während er drinsaß!«

»Und wieso ›mehrere‹ Brandanschläge?« fragt Sandra. »Haben wir vielleicht Konkurrenz?«

Niemand weiß es.

»Vielleicht meinen sie die dämlichen Zeitungsständer«, überlegt Fred, »das ist aber doch schon vier Tage her.«

Dem Abgeordneten Dimpfhuber bringt der Anschlag einen weiteren Fernsehauftritt ein, in den Abendnachrichten halten sie ihm ein Mikrophon unter die Nase und fragen ihn, wer seiner Meinung nach für den Anschlag verantwortlich ist. Dimpfhuber weiß es: »Das gleiche Gesindel, was sich vor Gefängnissen zusammenrottet und lauthals die Freilassung aller Verbrecher verlangt! Arbeitsscheue und antidemokratische Chaoten, wo mit brutaler Gewalt verhindern wollen, daß der Bürger seine Meinung sagen darf! Solche Terroristen haben in keiner Demokratie nichts zum Suchen, und drum muß man sie – äh – muß sie sich ihrer mit allen Mitteln erwehren, net wahr!«

Nur eine einzige Zeitung zitiert am nächsten Tag ihr kurzes Bekennerschreiben:

> Dimpfhuber, du Volksverhetzer und Lügenmaul:
> Wir haben deine Scheisskarre flambiert!
> Autobrennerei für Freiheit und Gerechtigkeit

Nachrichten

Lieber heute aktiv als morgen radioaktiv: Unter dieser Parole wird durch einen breiten Bürgerprotest der Bau des geplanten Atomkraftwerkes im badischen Wyhl aufgehalten. Dabei kommt es bei der Räumung des besetzten Baugeländes am 19. Februar 1975 zu massiven Polizeieinsätzen mit vielen Verhaftungen und Strafverfahren. Die baden-württembergische Landesregierung hatte nichts unversucht gelassen, den Bau voranzutreiben, obwohl noch gerichtliche Genehmigungen ausstanden. Ministerpräsident Hans Filbinger (CDU) drohte damit, dass bei einer Verzögerung ›noch vor 1980 die Lichter ausgehen‹.

LORENZ

Im Februar, am 23., fährt Jenny noch mal weg, für eine Woche zu ihren Alten und zu ihrer Oma nach Marbach, der Schillerstadt.

Am Freitagabend, es ist der 28. Februar 1975, liegt Fred auf seiner Matratze und liest. Vom Wohnzimmer her kann er die Tagesschau-Melodie aus dem Fernseher hören. Gestern ist in Berlin der CDU-Vorsitzende Peter Lorenz entführt worden. Er überlegt, ob er rübergehen soll, ist aber zu faul. Kaum eine halbe Minute später schreit Ramon: »Fred! Fred, komm her und hör dir das an!« Ramon und Sandra starren gebannt auf den Bildschirm. »Das ist ja ein Hammer«, sagt Ramon. »Mann, hör bloß!«

Der Tagesschau-Sprecher liest: »... nach bisherigen Erkenntnissen war Peter Lorenz gestern vormittag in der Nähe seiner Wohnung von Mitgliedern der terroristischen Bewegung 2. Juni entführt worden. Der Berliner CDU-Vorsitzende und Spitzenkandidat für die bevorstehenden Bürgermeisterwahlen ...«

Der Ton läuft weiter, der Sprecher verschwindet und wird durch ein nicht besonders deutliches Schwarzweißfoto von einem Mann ersetzt, der ein Schild um den Hals hängen hat. Darauf steht in großen handgemalten Buchstaben:

PETER LORENZ – GEFANGENER
DER BEWEGUNG 2. JUNI

Sonntagabend ruft Jenny an. »Bin wieder da«, sagt sie, »kommst du mit, was essen?«

Sie treffen sich im kleinen STOP-IN in der Theresienstraße, da gibts die beste Pizza. Jenny küßt ihn zur Begrüßung: »Habs nicht mehr ausgehalten in dem Kaff!« Sie sieht müde aus, aber sie ist aufgekratzt und ihre Augen leuchten. »Haste mitgekriegt, mit dem Lorenz?« fragt sie, und Fred nickt: »Freilich, ist doch Thema Nummer eins, wo man hinguckt!« Fred hat um 17 Uhr noch mal Nachrichten gehört, in Berlin lief der Wahlkampf, und nach den Schätzungen würde der entführte Kandidat Peter Lorenz als klarer Sieger aus der Wahl hervorgehen. Er grinst: »Die anderen Kandidaten werden sich schwarzärgern, daß sie nicht auch entführt worden sind!«

Jenny macht sich heißhungrig über ihre Pizza her. Mitten drin sagt sie mit vollem Mund: »Morgen wirds spannend, da wird sichs entscheiden, ob die Gefangenen wirklich rauskommen, wahrscheinlich schon ganz früh.« Sie zögert einen Moment und fragt: »Weil ich ja keinen Fernseher hab, meinst du, ich kann heut nacht bei euch bleiben?«

Am Montagmorgen holt Fred gleich um acht Semmeln und Kaffee. Er frühstückt mit Jenny vor dem Fernseher, aber erst um 10 Uhr wird in den Nachrichten bekanntgegeben, daß die Behörden auf den geforderten Austausch eingehen. Fasziniert verfolgen sie das Geschehen. Auf dem Bildschirm ist zu sehen, wie Verena Becker, Rolf Heißler, Gabriele Kröcher-Tiedemann, Rolf Pohle und Ingrid Siepmann das Flugzeug besteigen, begleitet von Pfarrer Heinrich Albertz. Die Lufthansa-Maschine, eine langstreckentaugliche Boeing 707, hebt mit unbekanntem Ziel ab.

Das ist doch ganz unglaublich, Fred und Jenny lachen sich begeistert an. Es geht also! Der Staat ist nicht allmächtig, hier hat er nachgeben müssen! Aber noch ist die Geschichte nicht zu Ende, noch könnte alles schiefgehen. Noch könnte sich das unbekannte Aufnahmeland verweigern, der Druck der Bundesregierung wird gewaltig sein. Noch könnte eine Falle geplant sein, ein Überfall auf irgendeinem ausländischen Flughafen.

Den ganzen Tag lang verfolgen sie im Fernsehen den Flug der Maschine, die zuerst Richtung Salzburg geflogen war, dann aber nach Rom abdrehte. Die Anweisungen, wohin zu fliegen sei, bekam der Pilot von den Freigelassenen an Bord. Von Rom ging es weiter Richtung Tripolis, dann erfolgte ein Kurswechsel nach Addis Abeba, und schließlich wurde Aden im Südjemen angeflogen. Dort landet das Flugzeug endlich gegen 19 Uhr.

Erst am Morgen des 4. März können die Gefangenen das Flugzeug verlassen. Am Abend ist Pfarrer Albertz wieder zurück in Deutschland und verliest eine vorbereitete Erklärung in den Abendnachrichten.

In den frühen Morgenstunden des 5. März 1975 wird Peter Lorenz freigelassen. Am gleichen Tag noch und bis in den Vormittag des 6. März tobt sich die Polizei aus, errichtet überall in Berlin Straßensperren, durchsucht 84 Wohnungen, richtet eine Menge Sachschaden an und nimmt 180 Personen fest.

Einigung zwischen Geiselgeberverband und Geiselnehmerverband, witzelt später das Blatt über die Freilassung von Peter Lorenz. Auf dem Titelbild prangt ein grinsendes Flugzeug, Grund genug für die beamteten Feinde der kleinen Zeitschrift, die Redaktionsräume zu durchsuchen, die Auflage zu beschlagnahmen und Anklage wegen Verherrlichung von Gewalt und Billigung von Straftaten zu erheben.

MÜNCHNER FREIHEIT

Zum erstenmal scheint nach dem langen Winter die Sonne, und die Luft riecht nach Frühling. Es ist der 18. März, Dienstag, und fünf Tage nach Freds 27. Geburtstag. Mittags kommt Jenny vorbei, sie war in der Uni. »Wie isses«, sagt sie zur Begrüßung, »wolln wir nicht ein bißchen rausfahren, an die Isar oder irgendwohin? Es ist echt schön draußen!«

»Au ja«, sagt Sandra, »aber vielleicht nicht so weit raus, weil ich mich um fünf verabredet hab!«

»Wir können ja mal schauen, wie es an den nördlichen Isarauen ist, das ist nicht weit, und da war ich auch noch nie«, schlägt Fred vor. Ramon will auch mit, also nehmen sie Freds Daimler, in dem mehr Platz ist. Jenny will noch ihre Tasche aus dem Auto holen, das steht in der Kurfürstenstraße, weil sie vor dem Haus keinen Parkplatz gekriegt hat. Deshalb fährt Fred über den Kurfürstenplatz statt gleich auf die Leopoldstraße.

Er biegt in die Hohenzollernstraße ein, und kurz vor der Leopold kriegt er das Gefühl, daß sie verfolgt werden. Direkt hinter ihm fährt ein dunkelblauer BMW, den hatte er schon in der Kurfürsten im Rückspiegel. »Ich glaub, da fährt uns einer nach«, sagt er, »ein BMW. Nicht umschauen!«

Jenny sagt: »Schau, ob dus noch über die Ampel schaffst, dann sehn wirs ja!« Fred zischt grade noch bei Gelb drüber und biegt links in die Leopoldstraße ein. Im Rückspiegel sieht er den BMW um die Ecke fegen und einen zweiten gleich dahinter. »Ja, die sind uns drauf«, sagt er, »gleich zwei, glatt bei Rot über die Ampel!« Er gibt Gas, überholt einen Lieferwagen.

Ich könnt sie abhängen, denkt er, da vorn an der Münchner Freiheit; aber so weit kommt er gar nicht. Mit quietschenden Reifen jagt ein weiterer BMW rechts aus der Fendstraße, schneidet Fred, setzt sich vor ihn und bremst. Aus dem Beifahrerfenster winkt die rote Kelle: Polizei. Ein zweiter BMW hält links, ein dritter rechts, halb auf dem Gehsteig. Ein vierter fährt von hinten dicht auf. Aus.

»Scheißspiel«, sagt Ramon von hinten, und Sandra sagt schnell noch: »Wenn sie uns mitnehmen: Wer zuerst rauskommt, gleich Jürgen anrufen!«

Man karrt sie ins LKA in der Maillingerstraße, jeden allein in einem der BMWs, und dort bleiben sie getrennt. Fred wartet eine Viertelstunde in einem Büro, bewacht von zwei jungen Polizisten. Endlich geht die Tür auf, und Holzmann und Hausinger, die auch bei der Festnahme dabei waren, kommen herein. Holzmann ist diesmal erheblich unfreundlicher: »Herr Richter, Sie sind vorläufig festgenommen! Und damit Sie Bescheid wissen, heut spielen mir net Böser-Bulle-Guter-Bulle, heut gibts bloß böse Bullen, hamms mi?«

Hausinger will wissen: »Warum hamm Sie vorhin versucht, abzuhauen?«

Ich könnte sagen, weil wir verfolgt wurden und Angst bekamen, denkt Fred, aber was solls. Er schweigt lieber. Besser stur bleiben.

Holzmann wechselt das Thema: »Sie waren doch letzten September mit der Frau Petermann und dem Herrn Meier in Berlin, oder? Mit wem hamm Sie sich denn da getroffen?«

Fred schaut ihn an und sagt nichts.

Hausinger wird laut und haut mit der Faust auf den Tisch. Er schreit Fred an: »Sie sagen mir jetzt sofort, mit wem Sie sich da getroffen hamm, sonst ziehn mir mal ganz andre Seiten auf!«

Trotz seiner Drohung schlüpft Holzmann wieder in die Gute-Bullen-Rolle: »Is doch wurscht, Achim, wissen mir doch längst alles!«

Hausinger sagt wütend: »Freilich, aber er solls uns selber sagen«, und zu Fred: »Seins doch net so stur, Kreizkruzifix! Sie reiten eana doch bloß immer tiefer eini!«

Fred verdreht die Augen. Daß sie alles schon wissen, ist ein uralter Trick. Wüßten sie es wirklich, würden sie sich nicht so aufregen. Er könnte natürlich auch reden und sagen, daß er von nichts weiß, aber genau davor warnen die Anwälte immer, entweder ist man den Bullen nicht gewachsen, oder sie verdrehen einem das Wort im Mund. Maul halten ist immer am besten.

Holzmann sucht in seiner Schreibtischschublade herum und fragt, ohne aufzusehen: »Wie hamms denn rauskriegt, was für ein Auto der Herr Dimpfhuber hat?« Fred erschrickt, aber er läßt sich nichts anmerken und schaut ihn verdutzt an: Was für ein Dimpfhuber? Holzmann hat die Frage wohl an seinen Augen ablesen können, denn er erklärt: »Der Herr Dimpfhuber ist der Abgeordnete, dem Sie Ende Januar das Auto anzündet hamm! Warn doch Sie, oder? Und die Frau Konrad war auch dabei, gell?«

Fred versucht, einen gelangweilten Gesichtsausdruck aufzusetzen, und spürt, wie es ihm mißlingt.

»Menschengefährdende Brandstiftung«, sagt Holzmann und schüttelt traurig den Kopf. Nichts dabei war menschengefährdend, aber Fred protestiert nicht, auf so einen billigen Trick fällt er nicht herein. Schweigen.

»Und in der gleichen Nacht«, macht Holzmann weiter, »nur eine Stunde später, also so in der Früh um viere, hamm mir einen zweiten Brandanschlag auf einen Stromverteilerkasten direkt neben der Justizvollzugsanstalt Stadelheim! Wie findens des?«

Fred schiebt die Hände in die Hosentaschen und denkt: Find ich gut, wenn auch witzlos, aber ich werd den Teufel tun und mit euch da drüber plaudern. Also darum hieß es in der Zeitung: *mehrere Brandanschläge*. Aber auf einen Stromkasten? Was soll das mit dem Knast zu tun haben? Und überhaupt, wie kann man denn einen Stromkasten anzünden? Ist so ein Ding nicht eine Art Stahlschrank und feuerfest?

»Schweigen Sie sich ruhig aus«, sagt Holzmann, »das nützt Ihnen gar nichts. Ob Sies zugeben oder nicht, für uns steht längst fest, daß hinter den Tupamaros München niemand anders als Sie und Ihre liebenswerten Genossen stecken. Wissens, was an die Stadelheimer Mauer gschmiert war, neben dem beschädigten Stromverteiler? Ein Stern mit TM drin!« Er grinst Fred grimmig an und wiederholt: »TM! Tupamaros München!«

Fred fällt es schwer, still zu bleiben. Am liebsten würde er sagen, so ein Schwachsinn, lassen Sie mich mit dem Quatsch in Ruhe, aber er beherrscht sich. Eine Weile bleibt es still. Im benachbarten Büro klingelt ein Telefon. Es klingelt lange. Fred zählt mit und Holzmann und Hausinger anscheinend auch. Das Klingeln verstummt erst nach dem 15. Mal.

Hausinger ist um ihn herumgewandert und redet ihm plötzlich laut ins Ohr: »Wo wolltens denn so eilig hin, vorhin, an der Münchner Freiheit, Herr Richter? Hamma vielleicht was Besonderes vorghabt? Vielleicht was ausm Versteck holen?«

Fred schaut Holzmann an und erwartet halb, daß der über diese blöden Fragen lacht, aber der verzieht keine Miene und starrt ihn nur an. Fred faltet die Hände im Schoß und schweigt. Eine sehr lange Minute vergeht.

Holzmann seufzt. Mit einem Ruck schiebt er die Schreibtischlade zu und sagt: »So, mir glangts. Schluß mit lustig.« Er hebt die Stimme: »Wachtmeister!« Ein Uniformierter kommt herein, und Holzmann zeigt auf Fred: »Führns den Kerl da nunter, der kommt in Gewahrsam, sperrnsn ein!«

Fred wird in eine der LKA-Zellen im Keller gesperrt und macht sich auf eine lange Nacht gefaßt. In der Zelle ist nichts außer einer stabilen Metallbank oder Liege. Es gibt nicht mal ein Fenster, nur einen schwervergitterten Lüftungsschlitz und als Beleuchtung eine in die Decke eingelassene Neonröhre hinter Sicherheitsglas. Die Zelle ist durch ein Gitter zweigeteilt, dahinter erst ist die Zellentür mit Guckloch und Klappe. Wände bleichgrün lackiert, und zwar frisch, nichts drauf zu lesen, kein Strichkalender wie in den Witzzeichnungen. Schade, daß er nichts zu schreiben hat, sonst könnte er was auf die Wand kritzeln. Auch zum Einritzen hat er nichts, sie haben ihm alles abgenommen, sogar den Gürtel. Keinen Sinn für Vandalismus, die Bullen. Er überlegt, ob er einen Hosenknopf zerbrechen könnte, um damit was in den Lack zu kratzen. Am Gitter findet er eine spitze Eisenperle, die vom Schweißen geblieben ist. Die bricht ab, als er draufdrückt, und kullert in seinen Teil der Zelle. Mit der kratzt er ein A im Kreis in den doofgrünen Lack. Das ist sehr mühsam, und die Fingerspitzen tun ihm nachher weh. Was jetzt? Er schaut sich um, aber es gibt nichts mehr, was er machen könnte. Er setzt sich auf die Bank und lauscht. Es ist nichts zu hören, keine Schritte, kein Verkehrslärm, alles bleibt totenstill. So verstreicht vielleicht eine Viertelstunde, genau weiß er es nicht, weil sie ihm seine Uhr abgenommen haben. Er pfeift ein paar Takte und bricht wieder ab, weil es so schaurig klingt in der kleinen Zelle. Vielleicht gibt es auch eine Abhöranlage oder gar eine Kamera? Er steht wieder auf und untersucht alles ganz genau, Wände, Decke, das Lüftungsgitter, er schaut unter die Bank, aber es ist nichts zu sehen. Er tastet den Stahlrohrrahmen darunter ab. Auch nichts. Nicht mal ein alter Kaugummi.

Er setzt sich wieder hin und denkt: Das mit dem Dimpfhuber können sie uns anscheinend nicht anhängen, sonst hätten sie sich da mehr reinverbissen. Wieder mal ein Schuß ins Blaue vom Schützenverein Holzmann und Hausinger! Ich glaube eher, daß sie uns wegen der Lorenz-Kiste abgegriffen haben. Wahrscheinlich haben sie überall gleichzeitig nen Riesenrundschlag gemacht und alle einkassiert, die sie für Sympies halten. Was kommt jetzt? Erzwingungshaft? Verhöre? Prügeleien? Der Holzmannbulle ist soweit ja einigermaßen zivil, der andere ist aber ein echter Arsch und aggressiv, aber das ist doch auch bloß Taktik, das alte Spiel Böser-Bulle, Guter-Bulle.

Er sagt: »Tja« und lauscht, ob es ein Echo gibt oder eine Antwort, aber das Wort wird spurlos von der Luft verschluckt. Gesiebte Luft, denkt er, durch Schwedische Gardinen gefiltert, hinter Schloß und Riegel auf der freiheitlich-demokratischen Seite vom Eisernen Vorhang. Kein schlechter Satz, aber was nützt er mir jetzt?

Fred gähnt und hält sich die Hand vor den Mund, was auch absurd ist hier drin. Die ganze Nacht auf dieser Holzbank? Es gibt nicht einmal eine Decke! Ein Klo gibt es auch nicht, nicht mal einen Eimer. Das sieht nicht aus wie eine Zelle, in der er eine ganze Nacht verbringen soll. Er hat es kaum gedacht, da hört er

Schritte, Schlüsselgerassel, der Riegel wird aufgeschoben. »Rauskommen!« raunzt ihn ein Bulle an und schiebt die Gittertür auf. Ein zweiter steht draußen und paßt auf. Fred fühlt sich gefährlich und machtlos zugleich. Sie nehmen ihn in die Mitte und bringen ihn wieder rauf ins Büro.

Holzmann ist da und sagt: »Na, hamm Sie sich jetzt was überlegt?« Fred schüttelt den Kopf und ärgert sich sofort deswegen. Er sagt nichts und macht ein möglichst ausdrucksloses Gesicht.

»Wissens was, Herr Richter«, sagt Holzmann, »mit eana kamma net redn. Schaungs, daß naus kemman!« Er wendet sich an einen der Uniformierten und sagt: »Geh weita, Schorsche, bring eam nunta, gib eam sei Zeigl und schmeißn aussi!«

Fred kriegt seinen Paß und seinen Führerschein zurück, seinen Gürtel, seine Uhr und die Schlüssel, den Kamm und das Benzinfeuerzeug. Die Unterschrift verweigert er. Er darf trotzdem gehen. Er war höchstens eine Dreiviertelstunde in der Zelle. Schocktherapie, sagt er sich, aber nicht mit mir! Er fühlt sich gut. Hat dichtgehalten, hat sich nicht einschüchtern lassen.

Sie treffen sich alle in der Georgenstraße, und jeder erzählt, was ihm passiert ist. Jenny hat eine Anzeige gekriegt, weil sie auf eine Bullenfrau losgegangen ist. Die hat ihr den Arm fast ausgerenkt. Jenny geht der Bullenterror auf die Nerven: »Ich bins leid! Dauernd diese Arschgeigen am Hals! Es steht mir bis hierher!« Sie hält ihre Hand ein gutes Stück über den Scheitel, um zu zeigen, wie weit. »Echt, ich hab die Schnauze voll! Ich tauch unter!«

Ramon sagt gleichmütig: »Das wollen die doch bloß! Dann schreien sie rum, wieviel gefährliche Terroristen es gibt und daß sie schärfere Gesetze brauchen und mehr Kohle für ihr Scheißbudget, viel mehr Kohle, und viel mehr Bullen und mehr Knarren und Knäste und so weiter und so fort.«

Jenny sieht erst Ramon, dann Fred an, bläst die Backen auf und läßt mit einem lauten »Puuh« die Luft wieder entweichen. »Is schon okay«, sagt sie, »muß mich halt mal aufregen, sonst platz ich!«

»Was anderes«, sagt Sandra, »wenn das wahr ist, was die Bullen Fred erzählt haben, dann läuft hier irgendeiner rum und wirft Mollies und schreibt Tupamaros München daneben hin! Wer kann das sein?«

»Grund der Festnahme«, sagt Jürgen ein paar Tage später im Café Höflinger zu Fred, »Verdacht auf Waffenbesitz inclusive Fluchtgefahr. Völliger Blödsinn! Der Haftrichter hat sie rausgeworfen, wegen Phantasie und Fadenschein. Ich sag nicht, woher ich das weiß.« Er beugt sich vor und sagt etwas leiser: »Das ist nicht das erstemal, daß der Hausinger unangenehm auffällt. Der hat schon im Januar 1971, hier in München beim Prozeß gegen Fritz Teufel, falsche und irreführende Aussagen gemacht, sogar unter Eid! Das flog in der Verhandlung auf, die ABENDZEITUNG nannte das einen ›handfesten Skandal‹. Damals war der Hausinger noch einfacher Kriminalkommissar. Seiner Karriere hat das offenbar nicht geschadet.«

Der Anwalt trinkt seinen Kaffee aus, stellt die Tasse ab und wundert sich: »Es grenzt wirklich schon an Terror, was die mit euch treiben! Man könnte fast glauben, sie wollen, daß ihr durchdreht und untertaucht oder so was. Irgendwie haben die sich total in das Tupamaro-Ding verbissen, weil sie wahrscheinlich glauben, ihr steckt hinter dem Anschlag damals aufs LKA.« Er schaut auf die Uhr: »Ojeh! Muß los!« Jürgen legt einen 20-Mark-Schein auf den Tisch und sagt: »Hier, das reicht für uns beide! Machs gut, Fred, grüß die andern, und laßt euch nicht kleinkriegen, die können euch gar nichts.« Im Gehen schaut er sich noch mal um und grinst: »Hoff ich wenigstens!«

Fred und Jenny fahren zum BLATT in der Adelgundenstraße, aber der Laden ist zu. Innen an der Glastür hängt ein Schild: WEGEN FLUCHT INS AUSLAND BIS MORGEN VORMITTAG GESCHLOSSEN! Sie versuchen es in der Münze, das ist die große WG der BLATT-Leute, nicht weit vom Marienplatz. Da haben sie mehr Glück, es ist aber nur einer da, nämlich Gerhard; die anderen machen heute einen Ausflug aufs Land. Er zeigt ihnen ein zehnseitiges Paper von der Bewegung 2. Juni zur Lorenz-Entführung. Überschrieben ist es mit WER SIND WIR?, und drunter steht DIE ENTFÜHRUNG AUS UNSERER SICHT. »Is vorgestern mit der Post eingetrudelt«, sagt der BLATT-Mensch, »kennt ihr des noch net?«

Jenny schnappt es ihm aus der Hand und überfliegt ein paar Zeilen. »Is ja heiß«, murmelt sie. »Hab mit einem vom INFO-BUG telefoniert«, sagt Gerhard, »in ganz Berlin is das verteilt worden, 50 000 sollens sein, die Bullen dort sind total am Ausflippen!«

»Hast noch mehr?« will Jenny wissen.

Gerhard nickt: »Im Umschlag warn zwei, nimm ruhig eins mit. Ihr könnt ja was dazuschreiben, so aus Sicht der RH, oder? Aber kurz, wenns geht! Bloß kein Zehnseiten-Sermon!«

Jenny setzt sich auf die Fensterbank in die Sonne und liest das Lorenz-Paper. Fred und Gerhard werfen Wurfpfeile auf die Dartscheibe, die innen an der Wohnungstür hängt.

»Hey«, sagt Jenny auf einmal, »da unten fahren jetzt schon zum drittenmal die Bullen vorbei!«

Gerhard macht eine wegwerfende Handbewegung: »Ach, des is ganz normal. Die fahren hier öfter durch, zum Polizeipräsidium in die Ettstraße.«

Fred schaut hinunter, da kommt gerade wieder ein Streifenwagen, ein schwerer grüner BMW V8. Er hat den Wurfpfeil noch in der Hand, zielt und wirft, aus dem zweiten Stock. Die Münzstraße ist eine Einbahnstraße und eng, links und rechts verparkt. Der gelbgefiederte Dartpfeil bleibt direkt hinter dem Blaulicht im Blechdach stecken, schlägt aber nicht durch. Im Auto unten muß es ziemlich geknallt haben, quietschende Vollbremsung, aber wegen der engen Straße kriegen die Polizisten nicht einmal die Türen richtig auf und verdrehen nur die Köpfe nach oben. Fred und Jenny ducken sich unters Fensterbrett und lauschen grinsend dem wütenden Gefluche: »Sacklzementhallelujah! Saubande, varreckte! Warts bloß, bis mir eich derwischn!« Hinter den Bullen hupt ein ungeduldiger Lieferwagen, da fahren sie zornig davon.

Jenny schüttelt sich vor Lachen: »Was hast du dir denn dabei gedacht?!«

Fred zuckt die Schultern: »Eigentlich nichts. Es war so ein schönes Ziel! Ehrlich gesagt, ich bin ganz schön erschrocken, kaum daß ich geworfen hab!«

Sicherheitshalber gehen sie dann hinten durch den Hof raus und klettern über die Mülltonnen in den Nachbarhof. Jenny muß immer noch lachen.

Sie waren alle vier in der RH, Fred und Jenny, Ramon und Sandra, und haben über ihre letzte Festnahme berichtet. Jetzt ist das Treffen zu Ende, und sie stehen vor der Haustür und überlegen, ob sie irgendwo noch was essen gehen sollen. Irmgard und die anderen sind schon nach Hause, aber da kommen Georgie und der Graf und fragen: »Geht ihr noch wo hin?«

»Vielleicht in die Rheinpfalz«, sagt Ramon und schaut erst Sandra, dann Jenny und Fred an: »Was meint ihr?«

»Warum nicht«, sagt Jenny, »ich hab jedenfalls Hunger.« Sie quetschen sich zu sechst in Freds Daimler und fahren los. Unterwegs tippt der Graf Fred auf die Schulter und sagt: »Ich glaub, ich weiß, wer das war, das mit dem Stromverteilerkasten in Stadelheim.«

Fred fragt: »So? Wer denn?«

»Werner«, erwidert der Graf, »jedenfalls hat er mir das erzählt!«

»Was?« wundert sich Fred. »Sowas erzählt der?«

»Ja«, sagt der Graf, »ich glaub, der spinnt.«

Auf der Rückbank räuspert sich Georgie: »Mir hat ers auch erzählt. Das find ich schon ganz schön daneben!«

NACHRICHTEN

AM 3. APRIL 1975 BEZEICHNET BUNDESFORSCHUNGSMINISTER HANS MATTHÖFER (SPD), IN EINEM STREIT MIT DER CDU/CSU UM EINE KREDITZUSAGE AUS DEM JAHR 1973 AN CHILE, DIE MILITÄRJUNTA ÖFFENTLICH ALS MÖR-

derbande, der keine deutsche Entwicklungshilfe zustehe.
Die Junta unter General Pinochet hatte sich 1973 mit Hilfe der USA an die Macht geputscht und den demokratisch gewählten Staatspräsidenten Salvador Allende ermordet. Pinochets Junta verbot alle Parteien und überzog Chile mit einer Welle von Verfolgungen, Folter, Hinrichtungen und politischen Morden, die auch jetzt, eineinhalb Jahre nach der Machtergreifung, unvermindert weitergeht.

Im Spiegel vom 14. April 1975 steht: Am 1. April 1975 warnen US-amerikanische Forscher vor der Zerstörung der Ozonschicht der Erde. Diese Schicht umgibt die Erde in einer Höhe von 12 bis 45 km und absorbiert den gefährlichsten Teil der ultravioletten Sonnenstrahlung. Dieser Ozonmantel werde von Fluorkohlenwasserstoffen zerstört, die als Kältemittel in Kühlschränken und als Treibgase in Sprühdosen verwendet sowie von Flugzeugtriebwerken ausgestossen werden. Die Folge sei eine Zunahme der ultravioletten Strahlung, die zu einem Anstieg der Hautkrebserkrankungen und längerfristig zu einem Anstieg der Welttemperatur führe.

STOCKHOLM

Eine Woche später klingelt es morgens an der Wohnungstür. Fred öffnet und sieht sich drei Männern gegenüber, Kripo, das sieht er auf den ersten Blick. »Grüß Gott«, sagt der eine, »ist der Herr Richter zu Hause?« Fred denkt, er soll festgenommen werden, und schüttelt den Kopf: »Der ist nicht da, der ist einkaufen gegangen.«

Die Beamten fragen, ob sie reinkommen dürfen und Fred sagt: »Kommt nicht in Frage!« Sie erkennen ihn nicht, haben wohl nicht einmal ein Bild von ihm gesehen, fragen auch nicht, wer er ist, sondern sagen nur: »Bitte, dann warten wir eben unten, bis der Herr Richter zurückkommt!« Fred schaut aus dem Fenster und sieht sie alle drei unten vor der Haustür stehen und miteinander reden. Er läuft auf Strümpfen hinunter und hinten raus, klettert über die Hofmauer und geht schnurstracks zu Jürgen, seinem Anwalt. Der findet schnell heraus, daß es nur um eine Anwesenheitsprüfung ging, wegen des Überfalls auf die Deutsche Botschaft in Stockholm. Stockholm beherrscht die Nachrichten, und alle Zeitungen sind voll davon. Ein RAF-Kommando Holger Meins hatte gestern abend, am 24. April, die Deutsche Botschaft in Stockholm besetzt und zwölf Geiseln genommen. Das Kommando verlangt die Freilassung von 26 politischen Gefangenen, aber die Bundesregierung ist bisher nicht auf die Forderungen eingegangen. Da Fred ›nicht zu Hause angetroffen‹ wurde, wird er jetzt wohl zum Kreis der Verdächtigen gezählt.

»Macht nichts«, sagt Jürgen, »ich kann ja bestätigen, daß du hier warst.« Er schüttelt den Kopf, weil sich die Beamten so amateurhaft benommen haben, nicht mal ein Bild von ihm dabei, keiner bewacht den Hinterausgang zum Hof!

Fred geht nach Hause, immer noch auf Strümpfen. Wenigstens regnet es nicht, aber die Leute schauen ihm nach, als wäre er aus dem Irrenhaus entsprungen. Die drei Zivis haben das Warten längst aufgegeben. Er erzählt Ramon die Geschichte, und der lacht und singt: »Rooot ist die Armee-Fraktion; siehste wohl, das kommt davon!«

Als sie um elf die Nachrichten einschalten, ist aus der Stockholmer Botschaftsbesetzung längst eine Tragödie geworden. Die Besetzer hatten, um die Polizei zum Rückzug vom Botschaftsgelände zu zwingen, den Militärattaché Andreas von Mirbach erschossen.

Auf Drängen von Bundeskanzler Helmut Schmidt hatte der

in Bonn zusammengetretene Krisenstab beschlossen, den Forderungen der Botschaftsbesetzer nicht nachzugeben.

Kurz nach Mitternacht waren eine oder mehrere Bomben im Botschaftsgebäude explodiert. Dabei kamen der Botschaftsrat Heinz Hillegart und Ulrich Wessel vom RAF-Kommando ums Leben. Ein weiteres Kommando-Mitglied, Siegfried Hausner, wurde lebensgefährlich verletzt. Im Botschaftsgebäude brach ein Brand aus. Der schwedischen Polizei gelang die Befreiung der überlebenden neun Geiseln, die Geiselnehmer wurden festgenommen.

Nachrichten

Am 28. April 1975 gelingt der Polizei ein Schlag gegen die Bewegung 2. Juni: Gerald Klöpper und Ronald Fritzsch werden in einer Garage in Berlin-Tegel festgenommen.

Am 29. April 1975 wird auf das Generalkonsulat der Bundesrepublik Deutschland in Basel ein Brandanschlag verübt. Als Täter werden RAF-Sympathisanten vermutet.

Einen Tag später, am 30. April 1975, endet der seit 1964 andauernde Vietnamkrieg mit der Besetzung Saigons durch Truppen des Vietcong. Die USA, die seit Beginn der 60er Jahre aktiv in diesen Krieg eingegriffen haben, hinterlassen ein Land, in dem 1,5 Millionen Vietnamesen durch die Kriegsereignisse getötet und weitere 1,5 Millionen verwundet wurden, eine unbekannte Anzahl leidet zudem unter den Folgen der chemischen Kampfstoffe wie Agent Orange, mit denen 38.000 Quadratkilometer Waldgebiet entlaubt und verseucht wurden.

Am 8. Mai 1975, dem Himmelfahrtstag, gibt die Bundesregierung bekannt, dass das Bundeskriminalamt um eine Abteilung Terrorismus erweitert wird.

Am 9. Mai kommt es auf einem Parkplatz in Köln zu einem Schusswechsel zwischen Angehörigen der Bewegung 2. Juni und der Polizei. Werner Sauber, der im Zusammenhang mit der Lorenz-Entführung gesucht wird, und ein Polizist kommen ums Leben. Karl Heinz Roth wird schwer verletzt und mit Roland Otto festgenommen.

Rechtsanwalt Haag wird am 10. Mai 1975 vorübergehend festgenommen, die Polizei beschlagnahmt seine Verteidigungsunterlagen. Am Tag darauf lässt er durch seine Kanzlei mitteilen, dass er sich gezwungen sieht, seine Anwaltstätigkeit aufzugeben und unterzutauchen.

WESTBERLIN

Mitte Mai fahren Fred und Jenny endlich einmal zusammen nach Westberlin, mit Ramon und Sandra. Jenny möchte, daß sie sich mal alle mit den Genossen treffen, die sie da kennengelernt hat. Die Sonne scheint, das Fahren macht Spaß, und Grace Slick singt Bob Dylans Outlaw Blues dazu. In Hirschberg, bei der DDR-Grenzkontrolle, nimmt ein Grenzer ihre Papiere in Empfang und fragt: »Wohin geht die Reise?«

Fred erwidert: »Nach Berlin!«

Der Grenzer fragt mit hochgezogenen Augenbrauen: »Nord- oder Südberlin?«

Fred verbessert sich: »Westberlin.«

»Nu also, es geht doch,« sagt der Grenzer und verschwindet mit ihren Pässen in der Bude.

Am nächsten Tag wollen sie ins Spektrum, eine bekannte Szenekneipe. Sie merken schnell, daß sie observiert werden. Ihre Verfolger sind offensichtlich ungeübt, an der Kreuzung Urania bleiben sie an der Ampel hängen. Jenny fährt, sie geht vom Gas und schaut besorgt in den Rückspiegel: »Wenn die Armleuchter uns verlieren, lösen sie womöglich eine Fahndung aus, das wär jetzt total blöd!« Sie fährt an den Rand und wartet, bis der verfolgende BMW über die Kreuzung kommt und zögernd hinter ihnen anhält.

Fred steigt aus und geht hin, klopft an die Scheibe und sagt: »Nur falls Sie uns noch mal verlieren: wir fahren bloß was trinken, ins Speki! Das ist in der Koburger«, erklärt er, »nicht weit vom Rathaus Schöneberg. Halten Sie ruhig weniger Abstand, wir wissen ja, daß Sie da sind.«

Drei Zivis sind im Wagen, die sind peinlich berührt und machen stocksaure Gesichter, sagen aber nichts. Sie bleiben jetzt dicht hinter ihnen. Als sie um halb neun aus der Kneipe rauskommen, ist der BMW nirgends mehr zu sehen.

Fred ist gespannt auf das Treffen mit den Berliner Genossen, wer immer die sind. Sie fahren alle vier hin, Jenny und er, Ramon und Sandra, auf möglichst verschlungenen Pfaden, sie wollen ganz sicher sein, daß ihnen die Bullen nicht mehr drauf sind. Das Treffen ist irgendwo im Wedding, Hinterhofwohnung in einer düsteren, schlecht beleuchteten Straße.

Die ›Berliner‹ sind eine Frau mit kurzgeschnittenen blonden Haaren und zwei Typen, ein Blonder mit Schnurrbart und ein Dunkelhaariger. Der Blonde führt das Wort, der Dunkle sagt fast nie was, schaut sie nur immer mit sanftem Blick an und lächelt. Auch die Frau sagt kaum was, niemand stellt sich vor.

»Wieviel seid ihr denn da unten in Bayern«, fragt der Wortführer, »nur ihr vier, oder gibts noch ein paar mehr?«

Jenny zuckt die Achseln: »Vorerst nur wir, aber das wird schon werden, wenn alles gutgeht.«

»Aller Anfang is schwer«, sagt der Berliner, »ihr wollt euch also selbstständig machen, was aufbauen, wa?« Er schaut sie alle der Reihe nach an.

Jenny sagt: »Klar, darum sind wir ja hier.«

Der Typ nickt. Er hat ein hageres Gesicht und einen blonden, in Fransen herunterhängenden Schnurrbart, hat schwarze Jeans und ein schwarzes Hemd an. »Also, wir denken uns das ganze bißchen wie son Netz, wa«, fängt er an, »in jeder größeren Stadt ne Gruppe, tupamaromäßig und so weiter. Nicht zu groß die Gruppen. Wenn ne Gruppe größer wird, sollten zwei davon ne neue bilden. Keine direkten Kontakte untereinander, zur Sicherheit. Need to know, vastehste.«

Er wartet einen Moment, aber da keiner was sagt, spricht er weiter: »Denn is da die Strategie, wa. Die Aktionen planen, die wichtig sind. Leute aus dem Knast holen. Den Oberschweinen mal eins auf den Deckel geben, damit sie nicht übermütig werden. Banken machen zwecks Finanzierung. Aber nie und nimmer die Normalos verängstigen! Wie die RAF da rangeht, das ist ja irgendwie Scheiße, da kriegen die Leute doch Angst vor und helfen dann den Bullen!

Also, die Strategie muß immer eine gemeinsame sein! Jede Gruppe kann planen, was sie will, solangs im Rahmen bleibt, aber größere Aktionen müssen mit allen Gruppen diskutiert werden, Sinn und Zweck und so weiter, also die Entscheidung für oder gegen muß gemeinsam von allen getroffen werden. Det is der schwierigste Teil, wie wir die Kommunikation unter den Gruppen aufrechterhalten, ohne Risiko, daß die Cops sich da einklinken können.«

Jenny schlägt vor: »Zum Beispiel so wie die Abstimmung im Bus, im UNSICHTBAREN AUFSTAND!«

Die blonde Frau steht am Fenster und schaut durch die Gardine hinaus. Sie sagt über die Schulter: »Ja, so etwa, so was in der Art.«

»Jut. Denn sin da noch die Legalos«, sagt der Schnurrbärtige, »also das machen wir auch anders als die RAF, bei denen heißt es ja nur: Untertauchen und alle Brücken abbrechen, wa. Legalos sind aber wichtig, als Unterstützer, es braucht immer Leute, die was für die illegalen Genossen klarmachen können, Pappen besorgen, Wohnung, Kontakte machen und son Kram. Und natürlich auch mit die Diskussion führen, sonst ist die illegale Gruppe nämlich schnell isoliert und verliert den Zusammenhang mit der Bewegung. Also bei uns taucht nur unter, wer unbedingt muß, vastehste.«

Alles recht allgemein, findet Fred, aber wichtig ist jedenfalls, daß man sich mal kennenlernt. Außerdem macht man doch was Konkretes aus, nämlich ein nächstes Treffen zwischen jeweils einem von ihnen. Wann und wo muß noch vereinbart werden. Dazu kriegen sie erst mal eine Kontaktnummer, eine Art telefonische Umleitung. »Und am Telefon machen wir das im Prinzip so«, erklärt der Schnurrbartberliner, »wir sagen zum Beispiel, wir treffen uns am Dienstag, aber in Wirklichkeit meinen wir damit zwei Tage früher, also am Sonntag. So machen wirs auch mit der Uhrzeit.«

Die Blonde späht unablässig durch die Gardine, der Dunkelhaarige, der noch nichts gesagt hat, gähnt. Der Schnurrbärtige ergreift wieder das Wort: »Also, am Anfang solltet ihr erst mal ne Bank machen, damit ihr Kohle habt, wa. Ihr braucht eine oder besser zwei sichere Wohnungen, ihr werdet falsche Papiere brauchen, Autos und so weiter. Kost alles nen Haufen Schotter! Außerdem könnt ihr so checken, wie ihr euch im Ernstfall verhaltet, ob einer die Nerven verliert, oder so was. Weiß man vorher ja nie.«

Eine Weile sagt keiner etwas. Ne Bank, denkt Fred, du liebe Zeit! Aber der Typ hat natürlich recht. Irgendwann werden sie ernstmachen müssen, wenn sie es ernst meinen.

Der Schweigsame meldet sich zum ersten Mal: »Hier, bevor wirs vergessen, wir brauchen noch Tarnnamen für uns alle, fürs Telefon, wa, und so weiter.« Sie grübeln über Namen nach. Es fällt ihnen nur Blödsinn ein: Karl Faktor. Ramon prustet los: »Karl Faktor! Kalfaktor! Hahaha!« Es kommen nur noch Quatschtarnnamen zustande: Rudi Mentär. Klara Fall. Anna Kronismus. Lisa Bonn. Hans A. Plast. Franz Ose.

Es geht wieder heim nach München. Morgens um neun verlassen sie Westberlin über Dreilinden und rollen auf den Grenzkontrollpunkt Drewitz der Deutschen Demokratischen Republik zu. Unter dem Schild TRANSIT BRD wartet schon eine lange Autoschlange. Der übliche Vorchecker der Grenztruppen wandert die Schlange entlang, wirft einen Blick in jedes Auto und stellt auch Fred durchs offene Fahrerfenster die immer gleiche Frage: »Waffen, Sprengstoff, Funkgeräte, Munition?«

Fred erinnert sich an den humorvollen Grenzer bei der Einreise und antwortet: »Nein danke, wir sind versorgt.«

Der Grenzoffizier sagt: »So? Na, dann fohrnse mol gleich dort nüber, dorthin auf de weiße Markierung! Stellnsen Modor ab und bleimse im Fohrzeuch sitzen!«

Fred muß aus der Schlange rausrangieren. Der Daimler wird von oben bis unten durchsucht, ihr Gepäck wird gefilzt, und dann läßt man sie zur Strafe noch eine volle Dreiviertelstunde auf ihre Papiere warten.

Während der Rückfahrt, nachdem sie die DDR hinter sich haben, kommen sie noch mal auf die Berliner zu sprechen, und ihren Rat, eine Bank zu machen. »Bankraub heißt im Juristendeutsch ›Räuberische Erpressung‹«, sagt Ramon, »hast du das gewußt?« Fred wundert sich: »Echt? Ich hätte gewettet, es wäre ›Bewaffneter Raubüberfall‹.« Er grinst Ramon an, aber es ist ein schiefes Grinsen. Er spürt, daß sie alle Angst vor dem ersten Mal haben, nicht nur er. Was, wenns schiefgeht? Es gibt zwei Beispiele für danebengegangene Banken, beide in München und beide im gleichen Jahr, 1971.

Da war einmal der Überfall auf die Bayerische Hypotheken- und Wechselbank, der den sagenhaften Tupamaros München zugerechnet wurde. Die ›Enteignungsaktion‹ sollte Geld zur Unterstützung alternativer Projekte bringen, fand am Freitag den 13. April statt und ging böse aus. Nicht unbedingt wegen des Datums, sondern weil sich zufällig ein Polizeibeamter in Zivil in der Filiale aufhielt, der die Bank über die Vorbeugung von Überfällen beraten sollte. Er wurde Zeuge der Aktion und nahm die Verfolgung der vier Täter auf. Roland Otto und Karl-Heinz Kuhn wurden gleich festgenommen; Margit Czenki, von der Presse gleich als ›Banklady‹ bezeichnet, und Rolf Heißler, der den Fluchtwagen fuhr, konnten mit dem Geld entkommen, wurden aber nach wochenlanger Fahndung im Juni 1971 in München verhaftet und später zu sechseinhalb und acht Jahren Gefängnis verurteilt.

Zum anderen gab es den Fall Rammelmeier, ein ›unpolitischer‹ Bankraub mit weitaus dramatischerem Ausgang. Rammelmeier hatte am 4. August mit einem Komplizen eine Münchner Bankfiliale überfallen und Kunden und Angestellte als Geiseln genommen. Für ihre Freilassung forderten sie 2 Millionen Mark, sonst wollten sie sich zusammen mit den Geiseln in die Luft sprengen. Es war der erste Fall von Geiselnahme bei einem Bankraub in der Bundesrepublik.

Gegen Mitternacht, vor unzähligen johlenden Schaulustigen, stieg ein Täter mit einer Geisel in das bereitgestellte Fluchtfahrzeug. In diesem Moment eröffneten auf Befehl eines Staatsanwaltes versteckte ›Scharfschützen‹ das Feuer. Der Bankräuber Rammelmeier und seine Geisel, eine 22jährige Bankangestellte, kamen im Kugelhagel ums Leben. Der noch in der Bank verbliebene zweite Täter wurde kurz darauf überwältigt.

Der Fall beherrschte damals die gesamte Presse und fand so auch seine Nachahmer. Nur zwei Tage später, an einem Freitag, wurden gleich fünf weitere Banküberfälle, davon einer mit Geiselnahme, verübt.

KNARREN

Wieder in München, hören sie als erstes, daß Werner Siezinsky verhaftet worden ist. Es stand auch in der Zeitung: Er soll mehrere Brandanschläge verübt haben, darunter den auf das Auto des Abgeordneten Dimpfhuber.

»Auweia«, sagt Jenny, »jetzt hängen die dem das an!«

Ramon gähnt: »Da muß er sich nicht wundern, so wie er

überall rumgeprahlt hat mit der blöden Stromkastenkiste! Außerdem kanns uns nur recht sein.«

»Weiß nicht«, murmelt Jenny, »irgendwie tut er mir jetzt leid.«

Fred liegt in seinem Zimmer auf der Matratze und liest Sherlock Holmes. Sandra steckt den Kopf zur Tür rein: »Telefon, Fred! Jenny is dran!« Er geht ins Wohnzimmer und nimmt den Hörer. »Was dagegen, wenn ich noch mal rumkomm?« fragt Jenny. »Nein«, sagt Fred, freudig überrascht, »mach nur, ich bin da!«

Jenny kommt eine halbe Stunde später und tauscht ein Küßchen mit Sandra, die schon ins Bett will. Sie verziehen sich in Freds Zimmer, und Jenny macht die Tür zu. »Zeig dir mal was«, sagt sie, und langt in ihre Umhängetasche und holt eine Pistole raus: »Schauste dir die mal an, ob die okay is?«

Oha, denkt Fred, aber er läßt sich nichts anmerken. Er nimmt das schwere Ding und betrachtet es prüfend. Es ist eine russische Pistole, eine abgenutzte alte Tokarev mit dem ungebräuchlichen Kaliber 7,62 Millimeter. In die braunen Bakelit-Griffschalen ist der Sowjetstern geprägt.

»Wo haste die denn her«, fragt er, »hoffentlich nicht von Werner, oder?«

Jenny reagiert empört: »Also hör mal!«, macht ihre Stimme aber gleich wieder sanft und ergänzt: »Dem trau ich doch auch nicht. Nein, die ist woanders her.« Sie will nicht sagen, woher.

Fred nimmt das Magazin heraus, es ist leer. Er schiebt es wieder ein und zieht den Schlitten nach hinten, wo er wegen des leeren Magazins stehenbleibt. Im Lauf ist auch keine Patrone, sieht er erleichtert. Mit einer Messerklinge spiegelt er Licht in den Lauf und sieht Rostnarben. »Taugt nichts«, sagt er, »schau mal her, Rost im Lauf, das Ding kann dir beim Schießen um die Ohren fliegen, und dann, wo willste Munition herkriegen? Sieben Zwoundsechzig für Pistole, das ist doch hier im Westen kaum aufzutreiben, und Sieben Fünfundsechzig paßt nicht.«

Jenny ist enttäuscht, schade, die Kanone wär billig, aber sie wird sie dem Typen wieder zurückbringen, von dem sie sie hat. Sie zeigt sich beeindruckt von Freds fachmännischem Umgang mit der Wumme. »Wär ich nicht drauf gekommen mit dem Reinspiegeln und so«, sagt sie. »Woher weißte sowas?«

Fred hebt die Schultern: »Vom Bund, von wo sonst.« Er weiß weit mehr über Waffen, als er beim Bund je erfahren hat, das sagt er ihr aber nicht. Er ist kein Waffennarr und verspürt keinen Drang, selbst welche zu besitzen. Waffen gehören nur zu den Sachen, mit denen er sich irgendwann einmal beschäftigt hat, weil sie ihn interessiert haben, genauso wie Flugzeuge, Panzer, Autos, Eisenbahnen und Schiffe, eben aller mögliche technische Kram.

Die Woche drauf bringt Jenny wieder ein Schießeisen an, eine 7,65er Walther PPK, und zeigt sie Fred. Zögernd nimmt er sie in die Hand. Jetzt mach ich da meine Fingerabdrücke drauf, schießt ihm durch den Kopf, während er den Schlitten zurückzieht. Die Pistole ist nicht geladen. Wo hat sie die her? »Schon besser«, sagt er zögernd, »zwar klein, aber gut in Schuß.«

Er reicht sie ihr zurück. Jenny läßt sie wieder in ihrer Handtasche verschwinden und fragt: »Glaubst du, wir können mal ein bißchen schießen damit, irgendwo draußen, inner Kiesgrube oder so?«

»Klar«, Fred zuckt die Achseln, »warum nicht?«

»Frag Ramon, ob er mitkommt«, schlägt sie vor und fragt: »Was meinste denn, wie das mit Sandra is?«

Sandra will mit, obwohl sie das nicht gut findet mit Knarren und so, aber sie war ja auch dabei in Berlin und will wissen, was läuft. Also fahren sie ein paar Tage später zusammen raus, mit aller Vorsicht, damit ihnen ja keiner nachfährt. In einer Garchinger Kiesgrube machen sie Schießübungen auf zusammengesuchte Flaschen und Dosen. Fred ist nicht wohl bei der ganzen Sache, aber da er der einzige ist, der sich mit so was auskennt, fühlt er sich irgendwie verpflichtet, bevor sich einer ins Bein schießt oder so was. Also zeigt er ihnen, wie man das Magazin lädt, wie man die Pistole durchlädt, sichert und entsichert. Er gibt weiter, was man ihm beim Bund eingeschärft hat: Waffe immer so behandeln, als wäre sie geladen. Und nie auf einen Menschen richten, wenn man nicht bereit ist, auf ihn zu schießen.

Mit der kleinen Pistole ist es nicht leicht, etwas zu treffen. »Wir sind zu weit weg«, sagt Fred, »mehr als zehn Meter bringts bei so ner kleinen Knarre nicht, ist nur für Nahkampf gedacht.« Außerdem kneifen sowohl Jenny wie auch Ramon die Augen zu, bevor sie den Abzug durchziehen. Er schüttelt den Kopf: »Ihr müßt die Augen offen haben zum Schießen, beide Augen! Auch nicht mit einem Auge zielen, sondern mit der Knarre dem Blick folgen, so als wärs euer Zeigefinger!«

Sandra, die am wenigsten Lust darauf hatte, schießt am besten und fegt mit fast jedem Schuß eine Dose weg. Jetzt macht es ihr auch Spaß, jedenfalls so als Spiel. Die Munition hat Ramon einfach in einem Waffengeschäft geholt. Man hat ihm ohne weiteres vier Schachteln verkauft und nicht mal nach dem Ausweis gefragt: »Verkaufen noch ihren eigenen Strick, wie Lenin schon sagte! War doch Lenin, oder?«

Abends reden sie noch mal über die Pistole und rutschen in eine lange Gewaltdiskussion. Jenny ist für den bewaffneten Kampf, aber im Stil der Tupamaros, keine Aktion, die sich gegen das Volk richtet. »So wie das in Berlin gelaufen ist! Fünf Genossen aus dem Knast befreit und niemand ein Haar gekrümmt, von der Beule mal abgesehen, die der Fahrer von Lorenz abgekriegt hat!« sagt sie begeistert.

»Jedenfalls nicht so wie die RAF«, meint Ramon, »da sind wir uns ja einig, oder? Gewalt nur gegen Sachen, nie gegen Menschen! Anschläge und Schießereien, damit wird sich nie einer solidarisieren, das jagt den Leuten nur Angst ein.«

»Ich find ja sone Aktionen auch richtig«, sagt Fred, »die Bonzen mal bloßstellen und zeigen, daß man auch was erreichen kann und daß die nicht unangreifbar sind. Ich kann mir bloß nicht vorstellen, daß das immer gutgeht, ich mein ohne Blutvergießen und so.«

»Davor hab ich auch Angst«, gibt ihm Sandra recht, »und ich will nicht, daß wir vielleicht einmal jemand umbringen, bloß weil irgendwas schief geht.«

Oder daß es einen von uns erwischt, denkt Fred.

Sie sind alle eine Weile still und denken nach.

»Und wenn wer auf uns schießt«, fragt Jenny, »was dann?«

»Weiß ich nicht«, sagt Fred und verzieht das Gesicht, »vielleicht schieß ich dann auch, in einer Notwehrsituation. Aber so was kann ich nicht abstrakt entscheiden, ich glaub, das entscheidet sich von selbst, wenns soweit ist.«

Jenny nickt nachdenklich. Fred fährt fort: »Ich finde halt, wir sollten uns nicht allzusehr mit Waffen und Schießen beschäftigen. Ein bißchen, okay, so für alle Fälle, zum In-Schach-Halten meinetwegen oder falls es wirklich mal heißt: der oder ich. Es darf aber nicht zuviel Bedeutung gewinnen. Mir macht das irgendwie Angst, daß sich dann so eine Art Gewaltbereitschaft einschleicht, unbewußt und ungewollt. Aber versteht mich nicht falsch: Mir ist ganz klar, daß man gegen das, was jetzt läuft, einfach Widerstand leisten muß, und da steh ich auch dahinter! Ich mein, wie sie die Umwelt versauen, am Krieg verdienen und mit der Apartheid Geschäfte machen und wie sie die Verfassung zerfleddern, ein Grundrecht nach dem andern aufweichen und wie sie die Rechten verhätscheln, Leute umlegen und so weiter, also, da kann ich nicht einfach zuschauen und so tun, als wär nix!«

Er schweigt, ein wenig verblüfft, daß er so viel gesagt hat.

»Hast schon recht«, meint Ramon, »wir wollen ja nicht auf Pistoleros machen und um uns ballern. Aber ich denke, wir sollten auf alles vorbereitet sein. Der Staat oder die Bonzen werden nicht einfach klein beigeben, wenn ihnen wer echte Schwierigkeiten macht. Menschenleben sind denen doch scheißegal, und wenns mit Zensur und Knaststrafen nicht mehr weitergeht, dann wird eben geschossen! Kann ja jeder sehen, wie die drauf sind, mit ihrem gottverdammten Kalten Krieg und ihren Drecksatombomben, Aufrüsten bis zum Gehtnichtmehr! Die spielen mit dem Feuer wie Vollidioten, und alles, was sie interessiert, ist ihr Scheißprofit, und was sie anrichten, ist ihnen scheißegal, nach mir die Sintflut!«

»Und wer was ändern will«, meint Jenny, »der soll sich gefälligst an ihre Spielregeln halten und brav wählen gehen und dann abwarten, ob vielleicht mal drüber nachgedacht wird, ob gnädigerweise ein bißchen was verändert wird, also das ist doch die reine Verarsche!«

Fred klopft seine Taschen nach seinen Zigaretten ab, findet sie und steckt sich eine an. »Irgendwie ist es ne beschissene Situation, so seh ich das. Wir sind dann nämlich die Kriminellen und die Terroristen, obwohl wir bloß tun, was eigentlich die Pflicht aller Bürger sein müßte, nämlich die Demokratie gegen einen machtgierigen Staat und gegen korrupte Politiker verteidigen. Und dazu reißen dieselben Politiker auch noch das Maul auf, daß es die Pflicht aller Deutschen gewesen wär, gegen Hitler Widerstand zu leisten, die verlogene Bande!«

Aber kann das überhaupt funktionieren, Stadtguerilla als Widerstandsform, vielleicht sogar als Gegenmacht, wundert sich Fred. Was in Südamerika eine Zeitlang geklappt hat, muß hier nicht zwangsläufig auch funktionieren, im Gegenteil, die Verhältnisse sind ja ganz andere. Und was wollen wir, oder besser gefragt, was können wir mit dem bewaffneten Kampf erreichen? Soll man nur die schlimmsten Auswüchse zu verhindern suchen, defensiv sein, oder soll man richtig aufs ganze gehen? Geht es um die Revolution, darum, daß in Zukunft wirklich alle Macht vom Volk ausgeht statt von korrupten und machtgeilen selbsternannten Volksvertretern? Laut Verfassung und laut allgemeinem Demokratieverständnis wären diese Volksvertreter nichts weiter als gut bezahlte Angestellte der Bevölkerung, die dafür zu sorgen hätten, daß der Wille der Mehrheit auch geschieht, ohne daß die Minderheiten darunter zu leiden haben. Die Wirklichkeit sieht ganz und gar anders aus, viele Politiker bereichern sich schamlos, und der Wille der Mehrheit wird von den Massenmedien manipuliert und in die gewünschte Richtung gedreht. Wo das nicht reicht, wird er ignoriert. Und wenn das nicht genug ist, wird eben zur Gewalt gegriffen.

Daß man den Staat nicht einfach militärisch besiegen und beseitigen kann, das ist ihm natürlich klar und den anderen bestimmt auch. Aber gewaltsamer Widerstand gegen Staatsterror als Beweis dafür, daß man sich auch wehren kann, als Beispiel für die unterdrückten Massen?

»Die Massen kommen sich bloß leider nicht unterdrückt vor«, sagt Ramon, »die Massen sind happy mit ihrem Fernseher und ihrem Auto. Der Konsum macht sie blind, die Springer-Presse führt sie an der Nase herum, und wenn ihnen der Staat immer mehr Rechte wegnimmt, schreien sie auch noch: Bravo, richtig so!« Er schüttelt angeekelt den Kopf.

Was ist bloß mit den Menschen los, wundert sich Fred. Sie jubeln denen zu, die offen gegen ihre Interessen handeln. Das beste Beispiel ist Goebbels' Sportpalastrede: ›Wollt ihr den totalen Krieg?‹ und das hysterische ›Ja!‹ als Antwort – vielleicht mit der Einschränkung, daß im Sportpalast nicht das deutsche Volk saß, sondern ausgesuchte Parteimitglieder.

Fred hat das Phänomen am eigenen Leibe erlebt, im September 1968. Er war mit ein paar Leuten von der Internationale der Kriegsdienstgegner nach Garmisch gefahren, zu einer Veranstaltung des Verbandes Deutscher Kriegsopfer, VDK. Die Kriegsversehrten, die eine Rentenerhöhung wollten und bestimmt auch nötig hatten, sollten dort mit Marschmusik und militärischen Mätzchen abgespeist werden, wie den Zeitungen schon zu entnehmen war. Die Veranstaltung fand im Olympiastadion statt, und es war brechend voll. Sie, ein Dutzend IDK-Pazifisten, hatten ein großes Transparent dabei: WIR PFEIFEN AUF MUSIK, ERHÖHT DIE RENTEN! Nach einigen Blechmusikeinlagen und sinnentleerten Ansprachen von Politikern, aus denen nur eins hervorging: *Es gibt kein Geld*, wurde unter den Tausenden Unmut spürbar. Die ersten Pfiffe waren zu hören. Da entrollten sie ihr Transparent und hielten es hoch, auf den obersten Rängen. Ein Politiker sah es vom Rednerpult aus, wies mit dem Arm und schrie ins Mikrophon: »Dort stehen die wahren Schuldigen! Dort stehen die, die unsere tapferen Soldaten entehren und sie als Verbrecher beschimpfen!« Ringsum hallte das aus den Stadionlautsprechern, und die enttäuschten Kriegsopfer gingen prompt auf sie los. Mit Fäusten und Krücken wurde auf sie eingeprügelt, Flaschen flogen. »Bringt die roten Schweine um!« war zu hören und: »Hängt sie auf! Schlagt sie tot!«

Nach oben gab es keinen Ausweg. Sie flohen hinunter ins Stadionrund, aber die Leute fluteten von allen Seiten über die Bande. Es hagelte Flaschen. Fred bekam eine ins Gesicht und verlor fast das Bewußtsein, wurde von einem Freund mitgezerrt, dem das Blut übers Gesicht lief. Im Zickzack rannten sie durch schreiende Leute und versuchten, Schlägen auszuweichen, Beinamputierte krochen auf dem Rasen und schlugen mit ihren Krücken nach ihnen. Es sah aus, als ginge es hier zu Ende, im Olympiastadion von Garmisch-Partenkirchen, gelyncht von den Kriegsopfern, denen sie helfen wollten.

Die Garmischer Polizei prügelte sich zu ihnen durch, im wahrsten Sinne des Wortes, und geleitete sie durch die außer Rand und Band geratene Menschenmenge. Die Polizisten hatten dabei selbst Verletzte. Im Stadionhaus wurden sie alle notdürftig verarztet, dann brachte man sie nach draußen zu wartenden Mannschaftswagen, denn der tobende Mob machte Anstalten, das Gebäude zu stürmen. Durch ein Spalier von Polizisten rannten Fred und die anderen zum Lastwagen. Wieder flogen Flaschen und diesmal auch Steine. Die Leute gingen auf die Polizeilaster los. Sie versuchten, auf die Fahrzeuge zu klettern, während die Polizisten in die Menge droschen. Die Polizeibeamten mußten sich selbst auf die Wagen zurückziehen. Der Laster fuhr los, eingekeilt zwischen vier anderen: Vorn, hinten, an jeder Seite einer, sie scheuerten aneinander, Blech krachte. Leute versuchten trotzdem aufzuspringen, die Polizisten hieben mit Knüppeln auf sie ein. Die Windschutzscheibe zersplitterte im Flaschenhagel.

Dann waren sie durch. Auf der Garmischer Polizeiwache verbrachten sie ein paar Stunden in Schutzhaft, bis sich die erregte Menge verlaufen hatte. Sie wurden gut versorgt und verarztet. Es hatte Knochenbrüche gegeben und viele Platzwunden und Prellungen, Fred hatte einen Oberkieferriß, Gesicht und Schultern waren voll blauer Flecken. Die Polizisten waren freundlich zu ihnen, machten Tee und brachten Wurstbrote und verlangten nicht einmal ihre Ausweise. Abends geleiteten sie sie zum Bahnhof, aber da bestand schon keine Gefahr mehr.

Danach sagte Fred zwar weiterhin ›Bullen‹, einfach weil das alle taten, aber er wußte jetzt, daß es solche und solche Polizisten gab, und er vergaß es auch nicht. Er hatte sich vor ein paar Monaten mal mit dem Graf drüber unterhalten, und der hatte zu seiner Überraschung gesagt: »Mal abgesehen davon, daß die mich immer wieder eingebuchtet haben, was gemein war, sind die Bullen doch eigentlich notwendig, jedenfalls solange die Welt so is, wie sie is. Irgendwer muß das ja machen, und es ist ein undankbarer Job und mies bezahlt. Es is ja mehr so, daß die Polizei immer wieder politisch mißbraucht wird, von den Nazis, von den Bonzen, drüben von den Kommunisten. Aber weißte, ich hab auch Bullen getroffen, die waren einfach okay, und deswegen kann ich sie nicht in Bausch und Bogen hassen.«

NACHRICHTEN

6. JUNI 1975: TILL MEYER, DER DER BEWEGUNG 2. JUNI ANGEHÖREN SOLL, ZIEHT BEI SEINER FESTNAHME IM BERLINER U-BAHNHOF YORCKSTRASSE EINE WAFFE UND WIRD VON KRIMINALBEAMTEN INS KNIE GESCHOSSEN. BEI IHM BEFINDET SICH EINE JUNGE FRAU, DER ES GELINGT, UNERKANNT ZU ENTKOMMEN.

IM STUTTGARTER STAMMHEIM-VERFAHREN GEGEN DIE RAF ENTLEDIGT SICH DAS GERICHT DER HAUPTVERTEIDIGER. AM 16. JUNI WERDEN DIE RECHTSANWÄLTE CROISSANT UND STRÖBELE, DIE WAHLVERTEIDIGER VON ANdreas Baader, verhaftet und zahlreiche Prozessunterlagen beschlagnahmt. Der vorsitzende Richter Theodor Prinzing hatte sie zusammen mit Rechtsanwalt Groenewold schon ein paar Wochen vor Prozessbeginn vom Verfahren ausgeschlossen mit der Begründung, sie würden den organisatorischen Zusammenhalt einer kriminellen Vereinigung betreiben, womit die RAF gemeint war.

Am 29. Juni, einem Sonntag, stirbt Katharina Hammerschmidt von der RAF in einem Westberliner Krankenhaus an einem Tumor. Ihr war in der U-Haft die rechtzeitige Behandlung verweigert worden.

Ebenfalls am 29. Juni werden in Heidelberg die Fahrpreise der öffentlichen Verkehrsmittel um 25 % erhöht. Es kommt zu Protestkundgebungen, gegen die die Polizei mit Schlagstöcken und der ›Chemischen Keule‹ vorgeht. 120 Menschen werden verletzt.
Auch in Berlin gibt es Proteste gegen Fahrpreiserhöhungen. Anfang Juli werden Flugblätter der Revolutionären Zellen und 120.000 gefälschte Sammelfahrscheine der BVG im Wert von 360.000 DM in der Stadt verbreitet; Fahrpreisautomaten werden lahmgelegt und Schwarzfahrtips verteilt.

11. Juli 1975: Die Kölner Verkehrsbetriebe erhöhen den Preis für einen Einzelfahrschein von 1,– DM auf DM 1,50. Gegen Strassenbahnblockaden empörter Bürger geht die Polizei mit Schlagstöcken und Tränengas vor.

Fred geht mit Jenny zum RH-Treffen, ziemlich spät, weil sie sich danach mal mit Irmgard unterhalten wollen wegen Aktionen und so was. Es sind immerhin elf Leute da, und mitten drin, Fred traut seinen Augen nicht, sitzt Werner Siezinsky und winkt ihnen munter zu.

»Ich denke, du bist im Knast?« sagt Fred. »Seit wann bist du denn wieder draußen?«

»Seit vorgestern«, antwortet Werner und wirft sich in die Brust, »die Bullen können mir nix nachweisen!«

Fred sagt nichts dazu, wechselt nur einen Blick mit Jenny. »Wir reden wann anders mit Irmgard«, flüstert Jenny, »ich will nicht, daß der das mitkriegt.« Sie bleiben noch ein paar Minuten und wollen sich dann wieder verziehen.

Aber Werner kommt ihnen ins Treppenhaus nach und beugt sich übers Geländer: »Wartet mal! Ich wollt noch mal mit euch reden!«

»Mit uns? Worüber?« fragt Jenny kalt. Ihre Stimme sollte ihn warnen, aber Werner kommt trotzdem runter und sagt: »Na ja, ich wollt euch was vorschlagen!« Er senkt die Stimme: »Ich wüßt was, wie wir an Kohle rankommen könnten, mindestens 10 000 Mark, und total easy!«

Fred zuckt die Achseln: »Interessiert mich nicht« und sagt zu Jenny: »Laß uns gehn!« Werner gibt nicht auf: »Wartet doch! Es is wirklich ne total einfache Sache, null Risiko! Ich kanns bloß nicht alleine machen!«

»Und was is das für ne total einfache Sache?« fragt Jenny.

»Geldbombe!« flüstert Werner, und Fred muß sich anstrengen, ihn zu verstehen. »Tageseinnahmen von nem Supermarkt!« Er schaut über die Schulter, ob sie auch wirklich allein sind, bevor er weiterspricht: »Hab alles ausgecheckt, schon bevor die Bullen mich gebustet haben! Ist bloß ein mittelalter Knacker, ganz allein latscht der immer zur Bank, jeden Freitagabend und in ner total einsamen Gegend! Was meint ihr?«

»Ich mein, daß du spinnst«, sagt Jenny scharf, »sone Scheiße machen wir nicht!«

Werner wird rot und beißt sich auf die Unterlippe.

»Komm«, sagt Jenny und zieht Fred am Ärmel mit sich, »der Typ hat se ja nicht alle!«

Fred ist nur einen Moment schwankend geworden. Eine Geldbombe ist nur eine kleine Stahlblechdose, in der die Einnahmen transportiert werden. Wär das nicht viel einfacher als eine Bank und viel risikoloser? Aber was, wenn der Mann die nicht hergibt, sich nicht einschüchtern läßt? Umhauen, mit nem Gummiknüppel? Beim bloßen Gedanken werden ihm die Knie weich: Unmöglich! Was dann? ›Nix für ungut‹ sagen und ihn seiner Wege ziehen lassen? Aber solche Überlegungen spielen sowieso keine Rolle, denn natürlich traut er Werner auch nicht über den Weg, trotz der drei Wochen Knast. Gut möglich, daß das arrangiert war, damit er ihr Vertrauen gewinnt. Ein Spruch fällt ihm ein, über den er in London mal lachen mußte: ›Dem trau ich nur so weit, wie ich meine Waschmaschine werfen kann!‹ Er macht schon den Mund auf, um ihn Jenny zu erzählen, aber sie sagt im gleichen Augenblick: »Was wanzt der sich bloß dauernd bei uns an? Ich wette, der ist ein Bullenspitzel!«

Jenny wird am 20. Juli dreiundzwanzig. Es ist Sonntag, und sie haben sich mit ihr im Englischen Garten verabredet, Fred, Sandra und Ramon. Fred schenkt er ihr ein Halskettchen mit einem ganz kleinen silbernen A im Kreis als Anhänger, das er in einem Schwabinger Schmuckladen entdeckt hat. Was es bedeutet, wußte die Verkäuferin nicht: »Keine Ahnung, hat die Chefin aus London mitgebracht.« Es war ziemlich teuer, 35 Mark, aber nach einigem Hin und Her hat sie sich auf 30 Mark runterhandeln lassen. Jenny freut sich darüber: »Ist das toll, Fred!« und fällt ihm um den Hals. Er hat überlegt, ob er ihr auch noch Blumen mitbringen soll, aber das kam ihm dann doch zu bürgerlich vor.

Es ist herrliches Wetter zum Herumlaufen, und sie wollen auch einiges besprechen. Das tun sie lieber im Freien, da fühlen sie sich sicherer als in einer Wohnung, wo man sie zu leicht abhören kann. Sie gehen am Eisbach entlang, der ganz schön rauscht, weil er so schnell fließt. Ramon spricht trotzdem so leise wie möglich: »Zu viert sind wir einfach zu wenig. Was meint ihr, wer noch okay wär?«

Sandra überlegt, ob man von der RH wen einweihen könnte, vielleicht den Franz oder auch Irmgard?

»Irmgard ist ne zuverlässige Genossin«, meint Jenny, »aber so richtig Guerilla, das ist, glaub ich, nicht ihr Ding. Aber sie hilft, da bin ich sicher. Franz find ich ganz okay, mit dem sollten wir mal reden.«

»Und Georgie?« fragt Fred.

»Der Kettenkiffer? Weiß nicht«, sagt Jenny, »glaub nicht, daß der das bringt.«

Sie gehen eine Weile schweigend weiter. Fred behält die Umgebung im Auge, ob nicht vielleicht irgendwo verdächtige Gestalten mit Richtmikrophonen unterwegs sind. Er merkt, daß auch Jenny aufmerksam die Umgebung im Auge behält.

»Werner kommt jedenfalls nicht in Frage«, sagt sie gerade, »dem trau ich nicht über den Weg, der is mir auch einfach zu ›druff‹. Und Lola? Nein, die ist irgendwie zimperlich.«

»Und der Graf von Monte Christo?« fragt Fred.

»Der will nicht«, antwortet Jenny, »hab ich schon ausgelotet.«

»Was hat der eigentlich gemacht«, fragt Fred, »weswegen war er im Knast?«

»Der Graf war Einbrecher«, antwortet Jenny, »hat Brüche in Villen gemacht und in Büros und so was. Hat sieben Jahre gekriegt beim letztenmal. Eins davon haben sie ihm erlassen, wegen guter Führung. Aber jetzt will er nichts mehr machen. Meint, er wär zu alt. Er hat aber noch gute Connections.«

Aus der Ecke hat sie wahrscheinlich die Pistole, denkt Fred.

NEGERKÜSSE

In Berlin hat die Bewegung 2. Juni vor nicht ganz einer Woche, am 30. und 31. Juli 1975, zwei Banken gemacht. Zweimal 100.000 DM wurden erbeutet, den Bankkunden und Angestellten wurden Negerküsse angeboten, die in Bayern Mohrenköpfe heißen. Dazu wurde ein Flugblatt verteilt, das ihnen Kutte zusammen mit einer Berliner Zeitung geschickt hat:

Konjunkturprogramm
der Bewegung 2. Juni
Wo alle sagen, daß der Rubel wieder
rollen muß, damit die Schornsteine
wieder rauchen, will auch unsere Bewe-
gung, im Rahmen ihrer bescheidenen
Möglichkeiten – schließlich sitzen wir
alle im gleichen Latrinendampfer –
einen Beitrag leisten. Hoffentlich
geht's gut, also:
HER MIT DER KOHLE!!!
Revolutionäre Negerküsse von der
Stadtguerilla der Bewegung 2. Juni!

»Nur um wenige Sekunden verfehlte die Polizei in Berlin Terroristen der ›Bewegung 2. Juni‹, die zum zweitenmal innerhalb von 24 Stunden unter Androhung von Waffengewalt eine Filiale der Stadtsparkasse überfielen und wie am Vortag abermals rund 100 000 DM Beute machten«, liest Ramon aus der Zeitung vor. Er wirft sie auf den Tisch und sagt: »Nicht schlecht! 200 000 Eier, keine Gewalt und dabei noch freundlich zu den Mitmenschen!«

Die Negerkuß-Banken haben eine anregende Wirkung. Fred und Jenny, Ramon und Sandra diskutieren es noch einmal: Soll man wirklich ernst machen? Muß es wirklich sein? Wozu überhaupt eine Bank machen? Antwort: Fürs liebe Geld, ohne das auch eine Stadtguerilla nicht funktionieren kann. Für eine oder zwei konspirative Wohnungen, die sich als Versteck eignen. Für Papiere. Für den Lebensunterhalt der Illegalen. Für Werkzeug, Druckerbedarf, Waffen. Auch Fluchtautos gibts nicht umsonst, falsche Kennzeichen und Papiere werden nötig, vielleicht auch eine Garage, zum Stehenlassen, bis mans braucht oder Gras drüber wächst. Und Überschüsse kann man spenden, Projekte gibt es genug, die Geld bitter nötig haben: Knasthilfegruppen, Psychiatrieopfer, Chileflüchtlinge, alternative Kinderläden sind nur ein paar Beispiele.

Und was spricht dagegen außer dem offensichtlichen Risiko? In erster Linie die Tatsache, daß die Bullen sie auf dem Kieker haben. Wenn sie dauernd überwacht werden, kompliziert das die Sache natürlich ganz erheblich.

»Wenn wir wirklich was machen wollen«, meint Ramon, »dann dürfen wir keine solchen Aktionen mehr machen wie Sprühen oder die blöden Zeitungskastendinger. Für die Bullen müssen wir irgendwie einschlafen, daß die glauben, wir machen nix mehr.«

Aber Sandra ist dagegen: »Also ich glaub, daß das ganz falsch wär. Einmal werden die Bullen das nie glauben oder höchstens erst nach zehn Jahren. Und zweitens würde sie das wahrscheinlich auch mißtrauisch machen.«

»Du hast recht«, gibt Ramon zu, »es wär beinah wie eine Ankündigung, hab ich nicht bedacht.«

Jenny ergänzt: »Wir dürfen nur nix mehr machen, wo sie uns für einlochen können, also nix mehr anzünden oder so was. Eh zu riskant, so wie die uns drauf sind. Aber sprühen und so was, so wie bisher, das würd ich weitermachen, als wär nix.«

»Müssen halt so vorsichtig sein, wies nur geht«, faßt Fred zusammen.

In den nächsten Tagen sickert erst mal Kritik an der Negerkuß-Aktion von der RAF durch. Auch bei der Münchner RH taucht ein Briefchen von irgendwoher auf, verziert mit dem RAF-Stern mit der Maschinenpistole, den Ramon einmal bösartig als Heckler-&-Koch-Werbung bezeichnet hat. Die fotokopierte Mitteilung lautet kurz und knapp:

> Aktionen wie die Negerkuß-Banken sind blanker Populismus! Der bewaffnete Kampf kann und darf keine ›Spaßguerilla‹ sein. Ziel muß sein, das Schweinesystem zu zerschlagen und nicht, Pluspunkte bei der Bevölkerung zu sammeln!

»Also wirklich, das ist ja ein glatter Spaß-beiseite-Befehl«, empört sich Jenny, »der 2. Juni nimmt den Kampf nicht ernst, so kommt das rüber!«

Ramon schüttelt den Kopf: »Was wollen die denn? Daß jedesmal ein paar Leute umgenietet werden, nur als Beweis, daß es ernstgemeint ist? So ein Schwachsinn!«

»Die RAF hat eben keinen Sinn für Humor«, sagt Fred.

Im selben Briefchen steckt auch noch ein belehrendes RAF-Papier zu Banküberfällen:

Banken
Manche sagen: Bankraub ist nicht politisch. Aber seit wann ist die Frage der Finanzierung einer politischen Organisation keine politische Frage. Die Stadtguerillas in Lateinamerika nennen Bankraub ›Enteignungsaktionen‹. Niemand behauptet, daß der Bankraub für sich an der Ausbeuterordnung etwas verändert. Für die revolutionäre Organisation bedeutet er erst mal nur die Lösung ihres Finanzierungsproblems.
Er ist logistisch richtig, weil anders das Finanzierungsproblem gar nicht zu lösen ist. Er ist politisch richtig, weil er eine Enteignungsaktion ist. Er ist taktisch richtig, weil er eine pro-

letarische Aktion ist. Er ist strategisch richtig, weil er der Finanzierung der Guerilla dient. Ein Politikbegriff, der sich von der parlamentarischen Demokratie herleitet, der Politikbegriff des Konkurrenzkapitalismus, der den Klassenantagonismus nur als Spiel der Kräfte erfasst, der die Institutionen des Klassenstaates noch für Institutionen eines Rechtsstaats hält und Fortschritt und Humanität darin für gut aufgehoben, kann Bankraub nicht erfassen. In den Metropolen des Imperialismus kann die Organisierung des antiimperialistischen Kampfes als gleichzeitig legalem und illegalem, politischem und bewaffnetem Kampf auf den Bankraub nicht verzichten. Er gibt die Richtung an, die gemeint ist: Enteignung; und die Methode, mit der die Diktatur des Volkes gegen die Feinde des Volkes nur errichtet werden kann: bewaffnet.
Banküberfälle sollen und können den gesellschaftlichen Reichtum nicht umverteilen, aber sie befreien die Widerstandskämpfer zumindest von dem Zwang, sich den kapitalistischen Gelderwerbsregeln zu unterwerfen, die nicht weniger räuberisch sind als ein Bankraub.
– RAF –

»Was sollen wir mit dem Geschwafel«, murrt Ramon, »die schikken vielleicht ein Zeug rum! Politblahblah, weiter nichts! Sollten lieber mal ne Anleitung schicken, wie man ne Bank macht, nicht warum. Warum weiß jeder Depp!«

Fred fällt Bertolt Brecht ein. Die Variante ›warum nicht‹ hatte der bereits mit den zwei Fragen in seiner DREIGROSCHENOPER beantwortet: ›Was ist ein Dietrich gegen eine Aktie? Was ein Einbruch in eine Bank gegen die Gründung einer Bank?‹ Und da ist natürlich der berühmte Satz von Pierre Joseph Proudhon: Eigentum ist Diebstahl!

Mit der Bank wird keine Einzelperson beraubt, sondern eine mächtige Institution. Weder der Bankkunde noch der Einzelsparer, nicht einmal die betroffene Bank verliert Geld, sondern lediglich die Versicherungsgesellschaft, die derlei Verluste von vornherein einkalkuliert und sich im voraus vom Versicherungsnehmer, von der Bank und ihren Kunden bezahlen läßt.

Das Mitgefühl für die Versicherungsgesellschaften hält sich in Grenzen; die Erfinder des Kleingedruckten haben sich allesamt wenig Freunde gemacht. Die Beiträge, auch für den Normalverbraucher, sind horrend hoch; im Schadensfall wird nichts unversucht gelassen, um die Zahlung herumzukommen, was in den meisten Fällen auch noch gelingt, da sich die Leute zu schnell einschüchtern lassen.

»Die Versicherungsgesellschaften hat doch längst der Größenwahn am Wickel! Banken und Versicherungen, machtgeile Geldsammler sind das und gleichzeitig hemmungslose Verschwender! Schaut euch bloß an, wie sie überall ihre Wolkenkratzer-Protzbauten hochziehen für ihren aufgeblasenen Verwaltungsapparat!«

»Monolithen der Macht«, sagt Sandra, und Ramon schaut sie verblüfft an. »Mono- was?«

»Phallussymbole«, erklärt Jenny.

»Totempfähle«, ergänzt Fred lahm, »und was der Krieg an Innenstadt übriggelassen hat, gehört jetzt alles denen, bloß noch sterile Glas- und Betonkästen, sieht doch bald alles gleich aus, egal ob München oder Frankfurt oder Hamburg!«

Die Negerkuß-Banken haben auch auf andere eine anregende Wirkung. Am 13. August kann man im Frankfurter Informationsdienst, dem ID, unter der Überschrift RECHTSWIDRIGE TAT MIT NEGERKÜSSEN folgende Geschichte lesen:

> Am 1. August nahmen fünf Bahnpolizisten der DB zwei Männer fest, die in der Deutschen Verkehrs- und Kreditbank im Münchner Hauptbahnhof Negerküsse und Flugblätter verteilt hatten. Am 4. August erging an die beiden Strafbefehl über 4 500,– DM, ersatzweise 150 Tage Haft. In der Urteilsbegründung hieß es unter anderem:
> »Sie haben damit vorsätzlich zur Begehung eines Raubes oder einer räuberischen Erpressung i.S.d. §§ 249, 250 StGb bzw. i.S.d. § 255 StGb aufgefordert und den am 30.7.1975 und 31.7.1975 in Westberlin verübten Banküberfällen, die strafbare Handlungen i.S.d. genannten Strafbestimmungen darstellten, ausdrücklich zugestimmt.«

Die Münchner BLATT-Redaktion ließ es sich nicht nehmen, dem verhandlungsführenden Amtsrichter Dr. Meyer für seine gelungene Interpretation einen Goldenen Mohrenkopf zu verleihen.

ERST MAL NE WINZBANK

Fred kurbelt das Fahrerfenster herunter und schaut zu der kleinen Bankfiliale hinüber. Das Haus ist ein zweistöckiger Fünfzigerjahrebau, weiß verputzt, unter einem steilen roten Ziegeldach. Der Schalterraum liegt im Erdgeschoß, eine doppelte Glastür führt hinein. Zwischen der Bank und dem nächsten Haus ist eine Durchfahrt offengelassen.

»Das ist ja ne richtige Winzbank«, sagt Jenny neben ihm, »sieht nicht aus, als wären mehr als zwei oder höchstens drei Leute drin.«

Fred nickt: »Liegt auch ganz günstig, find ich. Bloß die Bushaltestelle da drüben ist blöd.«

Sie haben sich ein bißchen hergerichtet; es ist bestimmt keine gute Idee, in Lederjacken Banken auszuchecken. Fred hat sich die langen Haare hinten zusammengebunden, trägt ein graues Sakko und ein hellblaues Hemd drunter. Das kommt ihm schon ziemlich spießig vor, trotz Jeans und fehlender Krawatte. Auf die Jeans wollte Jenny auch nicht verzichten, Röcke kann sie nicht leiden, aber sie hat eine Wildlederjacke, die einigermaßen schick aussieht, und hat sich ein bißchen geschminkt, was sie sonst auch nie tut. Fred merkt, daß es sie ein wenig verlegen macht.

Sie sind morgens schon losgefahren, nach einer kleinen Bank Ausschau halten, die vielleicht noch nicht so modernisiert ist wie die in der Innenstadt, und haben die südwestlichen Vororte abgeklappert, Lochham, Gräfelfing, Planegg, bis raus nach Gauting. Die Bank, meistens nur eine, liegt jeweils im Zentrum der kleinen Ortschaften, fast immer am Bahnhof. Aber hier, in diesen kleinen Gemeinden, wird das Entkommen schwieriger sein, merken sie, Fremde fallen mehr auf, und die Ausfallstraßen sind übersichtlich und können leicht überwacht und gesperrt werden. Sie sind daher an den Münchner Stadtrand zurückgekehrt. In Aubing, an der Limesstraße, ist ihnen diese kleine Filiale der Bayerischen Hypotheken- und Wechselbank ins Auge gefallen.

Fred will hinein und sich umsehen. Gerade betritt ein älteres Ehepaar die Zweigstelle, das ist günstig, so fällt er vielleicht nicht so auf wie ein einzelner Besucher. Er steigt aus und überquert die Straße, das Sakko über der Schulter, denn die Sonne knallt, und es ist heiß. Was mach ich da, denkt er dabei, das ist ja saublöd, ich will doch um Himmelswillen keinen Banküberfall machen, und doch sind wir schon mitten in den Vorbereitungen! An der Glastür zögert er sekundenlang und stößt sie dann entschlossen auf. Was solls, sagt er sich vor, nur mal reinschaun, noch ist es nicht soweit! Der Innenraum ist klein, es gibt nur zwei Schalter, vor einem steht das ältere Paar. Die Schalter sind durch eine dicke Glasscheibe geschützt, aber es gibt eine offene Durchreiche. Hinter dem zweiten Schalter sitzt eine blonde Dauerwellenfrau, die schaut ihn über ihre Brille an und sagt in fragendem Tonfall: »Grüß Gott, der

Herr?« Fred stottert: »Grüß Gott, ich hätte gern ein paar Dingsda, ein paar, äh, Einzahlungsformulare!« Er spürt, daß er rot wird, und ärgert sich. »Hamm Sie ein Konto bei uns?« will die Bankfrau wissen, und Fred schüttelt den Kopf. Sie deutet auf ein Stehpult an der Wand und sagt: »Dort drüben, nehmens Ihnen welche raus!« Dann verliert sie das Interesse an ihm und beugt sich über ihre Arbeit. Fred sucht sich die Formulare aus und verstaut sie umständlich in seiner Jackentasche, dabei schaut er sich um, so unauffällig es geht. Es beobachtet ihn aber niemand, die Frau schreibt, und der andere Bankangestellte ist mit dem Ehepaar beschäftigt. Fred hört ihn mit geduldiger Stimme sagen: »Ach woher, des is ganz einfach, da brauchens Ihnen nix denken!« Hinter der Schalterbarriere stehen zwei Schreibtische, an denen niemand sitzt, dahinter zwei Stahlschränke und eine Tür, die wahrscheinlich in das Büro des Filialleiters führt; was auf dem Schildchen neben der Tür steht, kann Fred nicht lesen, zu weit weg. Rechts ist auch noch eine Tür, ebenfalls hinter der Schalterreihe, da geht es vielleicht zum Klo und zum Ausgang für die Angestellten. Er prägt sich alles ein.

Fred kehrt zurück, fährt ein Stück und schildert Jenny seine Beobachtungen. Sie will sich die Rückseite der Bank anschauen, wenn das möglich ist. Fred kann sie im Rückspiegel sehen, da geht sie in die offene Einfahrt neben der Bank und verschwindet aus seinem Blickfeld. Nach schier endlosen zehn Minuten kommt sie weit hinter der Bank aus einer Seitenstraße wieder zum Vorschein.

Sie fahren ein paar Straßen weiter und machen eine Skizze der Innenräume und eine von der Lage der Zweigstelle. Die Köpfe über die Zeichnung gebeugt, sitzen sie dicht nebeneinander, Schulter an Schulter, und ihre Locken kitzeln seine Wange. Fred muß den Drang niederkämpfen, sie zu umarmen, mit einiger Mühe konzentriert er sich auf den Plan. Die Einfahrt neben der Bank führt durch den Hof eines kleinen, nur zweistökkigen Neubaublocks und dort in die Seitenstraße. Von der Lage her nicht schlecht, überlegt Fred, nur zwei Angestellte im Kassenraum, wenig Kundenverkehr, außer dem Haupteingang nur ein einziger Hinterausgang, der in den Hof führt und bestimmt von innen verschlossen ist. Wieviel Geld wann in der Bank ist, läßt sich natürlich nicht so einfach herausfinden. Jedenfalls gibt es noch keinen Panzerglaskasten für den Kassierer, nur eine Scheibe mit Durchreiche. Eine Kamera war auch nirgends zu entdecken. Oben an der Wand hat Fred aber eine Klingel gesehen, das heißt, daß es eine Alarmanlage gibt mit altmodischem Klingelalarm und – vermutlich – einer Verbindung zur Polizei. Er sieht, wie in einer Filmszene, eine Einsatzzentrale vor seinem geistigen Auge: Ein Lämpchen blinkt rot auf einer Stadtplantafel, eine Klingel schrillt. Uniformierte Polizisten heben die Köpfe. Der Wachhabende greift nach dem Mikrophon: *An alle Wagen!* Was dann? Verfolgungsjagd durch die Stadt, Schüsse auf die Reifen?

»Das nächste Polizeirevier«, meint Jenny gerade, »ist wahrscheinlich das in Pasing.« Das ist relativ weit weg, an der Landsberger Straße. »Wahrscheinlich?« fragt Fred. »Wahrscheinlich ist zu unsicher. Wir schauen im Telefonbuch nach, oder noch besser: Wir kaufen uns einen Stadtplan, da sind die Reviere eingezeichnet. Wir können ja nicht überall rumfahren und suchen.«

Abends breiten sie den Stadtplan aus und schauen sich die Lage an. Auf dem Papier gibt es gute Fluchtmöglichkeiten in alle vier Himmelsrichtungen, aber die Bodenseestraße, die zur Landsberger Straße wird und in die Münchner Innenstadt führt, scheidet aus, weil das Stück durch die Vorstadt Pasing auch ohne Berufsverkehr fast immer hoffnungslos verstopft ist. Die Wege müssen alle abgefahren werden, um den geeignetsten zu finden, wahrscheinlich sogar mehrmals. Jenny findet, ein Problem könnten die Bushaltestelle und der Zeitschriftenladen gegenüber der Bank werden, wegen potentieller Zeugen. Da müßte man checken, wann am wenigsten Leute unterwegs sind, innerhalb der Öffnungszeiten der Bank. Morgen oder Anfang nächster Woche will sie auch einmal reingehen und sich umsehen, sich nach einem Sparbuch erkundigen oder so was.

Jetzt brauchen sie noch eine zweite Bank, die in Frage kommt. Die soll als Reserve dienen, wenn bei der ersten irgend etwas die Aktion verhindert. Vielleicht machen sie auch zwei gleich nacheinander, das kommt ja gerade in Mode. In dem Fall bräuchten sie noch eine dritte als Reserve.

Jenny ist aber gleich dagegen: »Bloß nicht übertreiben! Klein anfangen! Das wird schon schwierig genug!«

Fred schaut sie von der Seite an. Sie hat natürlich recht. Ist sie gar nicht so unerfahren, wie sie sein müßte? Zum erstenmal kommt ihm der Verdacht, daß sie vielleicht schon mehr gemacht hat, als sie zugibt, eine Bank vielleicht, oder irgend etwas ähnliches. Sie kennt ja auch ›die Berliner‹ recht gut. Jenny bemerkt seinen Blick und zieht die Nase kraus. »Was schaust du so?« fragt sie. »Is was?«

»Was soll sein?« sagt er nur.

Die Reservebank findet sich in Laim, an einer der Hauptausfallstraßen nach Süden. Diesmal sind es Ramon und Sandra, die sie auschecken, von innen und von außen. Fred und Jenny schauen sie sich ebenfalls an. Gute, verschlungene Wegfahrmöglichkeiten, mehrere schnelle Fluchtwege nahebei. Das Viertel ist kleinstädtisch, aber schon ein gutes Stück näher an der Innenstadt, als das ganz am Westrand gelegene Aubing. Jetzt muß jede Zweigstelle erst einmal ein bis zwei Wochen lang beobachtet werden, ohne daß es auffällt, am einfachsten vom Auto aus, auch mal zu Fuß im Vorbeigehen, mal mit dem Rad und so weiter. Es gilt, herauszufinden, wann viel und wann wenig Kunden in die Bank gehen, ob und wann Geldtransporter kommen, wann das Personal kommt und geht und auch was zu verschiedenen Tageszeiten auf der Straße los ist. Auch Fotos wollen sie machen, damit sie zu Hause in Ruhe Einzelheiten studieren können. Viel zu tun.

AUTOS KLAUEN: THEORIE

Es wird allmählich auch Zeit, sich um Fluchtautos zu kümmern. Autos klauen will gelernt sein, keiner kann es. Wer kann es ihnen beibringen? Der Graf? Sie wollen aber niemand fragen, so was spricht sich immer rum. Jenny kriegt schließlich was zustande, nach einer Art Amtshilfeersuchen über die Berliner Kontaktnummer. Nämlich eine unverbindliche Beratung in Sachen Autoklau durch eine RAF-Frau in einem Biergarten in Haidhausen.

»Eine von der RAF?« Fred verzieht den Mund. »Muß das sein?«

»Ach komm«, sagt Jenny, »die soll uns doch bloß ein paar Tips geben! Deswegen haben wir noch lang nix mit denen zu tun!«

»Ein bißchen Zusammenarbeit gibts scheinbar schon«, brummt er auf dem Weg dorthin. Der Himmel ist bedeckt, aber die Luft ist warm und schwül. Der Biergarten ist nicht voll, nur fünf oder sechs Leute, es ist früher Nachmittag, und die meisten Leute arbeiten noch. Gelbe Klappbänke und Tische, grauer Kies, eine einsame Kastanie in der Mitte. Die Frau taucht kurz nach ihnen auf und stellt sich als Adelheid vor. Sie ist so Ende Zwanzig, hat eine blonde Bubikopffrisur und trägt Rock und teure Lederjacke mit dazu passender Handtasche. Adelheid wirkt ein wenig fahrig und raucht eine Zigarette nach der anderen. Sie hält ihnen einen Vortrag:

»Zuerst einmal braucht ihr Kfz-Scheine, Blankos natürlich, und einen entsprechenden amtlichen Stempel. Dabei könnten wir euch helfen. Dann erst ans Auto denken. Ihr braucht immer mindestens zwei Autos, besser drei. Zum Wechseln während der Flucht, als Reserve, falls eins nicht geht oder auffällt. Am besten ist die Doubletten-Methode. Die geht so:

Ihr sucht euch irgendeinen größeren Parkplatz und schaut, ob die Art Karre da ist, die ihr braucht, zum Beispiel ein BMW. Oder ihr wartet, bis so einer kommt. Dem fahrt ihr dann nach, um rauszukriegen, wo der Fahrer wohnt. Paßt auf, in welche Wohnung er geht! Schickt jemand unauffällig mit rein oder schaut, wo Licht angeht.«

Adelheid unterbricht sich, als die Kellnerin mit ihren Getränken kommt und gleich kassieren will. Sie bezahlt, wischt Jennys Protest weg und wartet, bis sich die Bedienung wieder entfernt hat, bevor sie weiterspricht: »Also dort, beim Fahrer, muß dann ein paar Tage später jemand klingeln und so tun, als käme er von einem Meinungsforschungsinstitut, okay? Der interviewt den Wagenbesitzer, fragt nach den Daten seines Fahrzeugs und zur Tarnung noch nach ein paar anderen Sachen. Am besten eine Frageliste machen, die professionell aussieht. Wichtig: Es muß alles notiert werden, was später in den Kfz-Schein soll. So könnt ihr neue Fahrzeugpapiere ausfüllen. Dann sucht ihr euch einen zweiten Wagen des gleichen Typs, gleiche Farbe, einen Doppelgänger. Den klaut ihr und macht die gefälschten Kennzeichen dran, die genau denen des ersten Wagens entsprechen. Kommt ihr in eine Bullenkontrolle, ergibt die Überprüfung der Papiere, daß der Wagen zugelassen und nicht als gestohlen gemeldet ist. Noch besser wäre es ohne die riskante Befragung des Fahrers oder Besitzers. Ihr könntet einfach Leihwagen nehmen. Die müßt ihr dann natürlich umfrisieren, außerdem kostet das ne Stange.«

Sie steckt sich eine neue Zigarette an und wirft einen irritierten Blick auf den Nachbartisch, wo sich ein paar Bayernburschen in farbbespritzten Malerklamotten laut zuprosten. »Was habt ihr denn vor?« fragt sie, aber bevor Fred oder Jenny antworten können, sagt sie: »Schon gut, will ich gar nicht wissen.« Sie packt Zigaretten und Feuerzeug in ihre Handtasche und nickt Jenny zu: »Also, wenn was ist, dann weißt du ja, wie du uns erreichen kannst.« Sie drückt ihre halbgerauchte Zigarette aus und steht auf. Fred sieht am trägen Schwung ihrer Handtasche, daß die ziemlich schwer sein muß. Da ist bestimmt ein größeres Kaliber als eine kleine Walther PPK drin.

»Na gut«, sagt Ramon später, »jetzt wissen wir, wie das mit den Doubletten geht, aber wie man ein Auto klaut, wissen wir immer noch nicht. Außerdem glaub ich nicht, daß wir uns groß mit Papieren rumschlagen müssen, wenn wir die Karren nur zum Abhauen für ein kurzes Stück brauchen.«

Jenny überlegt laut: »Im Krimi machen sie das immer mit nem Draht, den sie durch die Fensterdichtung schieben. Und dann wird die Karre kurzgeschlossen mit irgendwelchen Drähten unterm Armaturenbrett.« Sie schlägt vor: »Wir können das ja an meinem R4 mal ausprobieren.«

»Ich weiß nicht«, meint Fred, »ein R4 ist ja nicht grad das ideale Fluchtauto, und das Aufmachen und Kurzschließen geht wahrscheinlich bei jedem Typ anders.«

»Dann brauchen wir einen, der uns das beibringt«, entscheidet Ramon, »einen Autoknacker!« Es kennt aber niemand einen.

Fred sagt schließlich zögernd: »Ich weiß zwar nicht, wie man Autos knackt, aber geklaut hab ich trotzdem mal welche, zweimal hintereinander. Das ist aber schon ein paar Jahre her, außerdem auf eine Art, die wahrscheinlich für uns nicht in Frage kommt. War nämlich ziemlich umständlich. Andererseits, wo ich so dran denk, hätte es auch gewisse Vorteile.«

Ramon zieht die Augenbrauen hoch: »Na los, dann erzähl mal!«

»Ich weiß nicht«, sagt Fred achselzuckend, »wie gesagt, mit Knacken hatte das nichts zu tun. Es war nur so, daß wir an die Schlüssel rangekommen sind.«

Zweimal war er mit Limbo in Österreich Autos, Morris Mini Cooper, holengegangen. Morris deshalb, weil Österreich in der EFTA, der European Free Trade Association, war und deshalb britische Autos importierte. Die hatten sie dann über die grüne Grenze nach Bayern gefahren. Limbo hatte das rausgebracht, er wußte wo, und er wußte auch wie. Da ging was mit österreichischen Zulassungen.

»Hör mal«, sagt Jenny, »du warst ja ein richtiger Krimineller!«

Fred schüttelt verlegen den Kopf: »Ach wo, das war doch bloß zum Spaß!«

Die Möglichkeit, die geklauten Autos zu verkaufen, hatte weder Limbo noch ihn interessiert. Kriminell war diese ›Privatschieberei‹ zwar auch, schädigte aber eigentlich niemanden, denn die stehengelassenen Wagen wurden ja von der Polizei den Österreichern wieder zurückgegeben. Beschädigt hatten sie auch nie einen, denn die Minis stammten von einem Bahntransport-Sammelplatz, und die Schlüssel waren jeweils innerhalb der vorderen Stoßstange versteckt. Der Spaß kostete nicht viel, war ein Abenteuer, und sie hatten jeder mal ne schicke Karre für zwei, drei Wochen, danach ließen sie die Eimer irgendwo stehen. Länger war zu riskant.

Damals ging es ihnen darum, daß man geklaute neue Morris Mini Cooper mit Heckladetüren in Österreich als LKWs zulassen konnte, und zwar gegen ganz wenig Kfz-Steuer im Jahr, irgendwas so um die 20 Mark rum. Natürlich konnte man auch die PKW-Ausführung zulassen, das kostete aber erheblich mehr. Entscheidend aber war, daß man mit der Zulassung ein österreichisches Nummernschild bekam, ohne daß man das Auto vorfahren mußte. Das Kennzeichen schraubten sie an die Karre ran, und dann fuhren sie über die Grüne Grenze nach Deutschland. Dort konnten sie eine Weile sicher rumfahren und bekamen auch nie Strafzettel, höchstens mal eine freundliche Ermahnung für Ausländer ans Auto, zum Beispiel: ›Lieber Besucher der Landeshauptstadt München, Sie haben in einer Parkverbotszone geparkt. Bitte beachten Sie beim nächstenmal blahblah usw.‹

Da die österreichische Polizei nur die Fahrgestellnummern der geklauten Autos erfuhr, diese aber nicht im Zusammenhang mit den Kennzeichen auftauchten, konnte nach den Wagen auch nicht effektiv gefahndet werden.

Mittwochnachmittag fahren sie mit dem Daimler zu dritt nach Salzburg, Fred, Jenny und Ramon. Die Unkosten, Zulassungsgebühren, Benzin für Hin- und Rückfahrt, mindestens zwei Hotelzimmer für voraussichtlich drei oder vier Nächte, Garagenmiete in München, schätzt Fred vorsichtig auf 500 bis 600 Mark. Viel Geld. Das muß die Bank wieder reinbringen. Das und noch eine ganze Menge mehr.

Fred ist ziemlich nervös. Jetzt machen sie also eine richtige Aktion auf seinen Tip hin. Wer weiß, ob das noch funktioniert, ob es dieses Autolager überhaupt noch gibt? Eigentlich wäre es schlauer gewesen, er wäre erst einmal allein hingefahren, um alles auszuchecken. Das haben sie auch diskutiert, aber Jenny und Ramon waren irgendwie ungeduldig und hatten wohl auch Lust auf einen Ausflug, ob das nun was bringt oder nicht. Nur Sandra wollte nicht mit und hält in München die Stellung.

Den einsam an einem Anschlußgleis gelegenen Autoverladeplatz nördlich von Salzburg findet er ziemlich leicht wieder. Donnerstagfrüh, bei Sonnenaufgang, sind sie auf dem Posten und beobachten das Lager aus einem Versteck. Auf dem umzäunten Gelände am Waldrand stehen tatsächlich mehrere hundert Mini Cooper in allen Farben und warten auf ihre Bahnverladung. Kurz vor acht tauchen die Leute auf, die dort arbeiten. Eine halbe Stunde später bringt eine grüne Diesellokomotive der ÖBB einen langen, leeren Autozug und holt einen beladenen ab. Über eine Rampe wird der leere Zug jetzt mit Autos beladen. Das dauert ungefähr drei Stunden. Wieder kommt die Lokomotive, bringt leere Wagen und holt die beladenen. Gegen sechs machen die Leute Feierabend und verschließen die Bürobaracke und das Tor. Als der letzte mit seinem Auto verschwunden ist und sich Stille ausbreitet, klettert Fred über den Zaun und schaut sich den nächstbesten Mini an. Er findet die Schlüssel immer noch in der vorderen Stoßstange, der Kfz-Brief liegt nach wie vor im Handschuhfach, einfacher gehts kaum.

»Alles wie vor ein paar Jahren«, freut sich Fred, »nur der Zaun ist neu, den gabs vorher nicht.«

»Ich hätts ja nicht gedacht«, sagt Jenny. Sie strahlt ihn an: »Schade, daß wir nicht gleich mehr mitnehmen können!«

»Ja«, meint Fred, »wenn wir jetzt zwei rausholen, is wahrscheinlich ne ganze Weile Sense hier, wenn nicht überhaupt.«

»Und wenn wirs jetzt sein lassen und später mit ein paar Genossen zurückkommen, dann könnten wir gleich sechs oder sieben von den Dingern klauen«, überlegt Ramon, aber Jenny schüttelt den Kopf: »Besser nicht, das erregt bloß Aufsehen. Wir brauchen ja bloß zwei für die Bank, und außerdem sind wir keine Autodiebe. Und die Dinger verkaufen wär viel zu riskant!«

Sie fahren nach Salzburg zurück und übernachten dort, zur Sicherheit getrennt, Fred und Jenny in einem, Ramon in einem anderen Hotel.

Freitagvormittag bezahlen sie in Salzburg die PKW-Steuer und bekommen dafür die Zulassung, mit der sie sich das Nummernschild prägen lassen. Niemand verlangt einen Ausweis. Den Rest des Tages verbringen sie in der Stadt, und abends, als Kulturprogramm, gehen sie Salzburger Nockerl essen.

Samstag beobachten sie das Lager weiter, vom Wald aus, einmal als Spaziergänger, die meiste Zeit aber aus einem Versteck. Zwei Züge mit neuen Wagen kommen an, die Autos, ausnahmslos Minis, werden ausgeladen und auf ihre Stellplätze gefahren. Es scheint, als würden die englischen PKWs hier nur umgeladen, von einem Zug auf den anderen. Der Zug, der sie bringt, kommt wohl aus England oder eher von einem der französischen Kanalhäfen. Die Züge, auf die sie hier umgeladen werden, bringen sie dann zu den österreichischen Abnehmern oder vielleicht auch nach Italien. Mittags, pünktlich um ein Uhr, macht der Laden dicht.

Den ganzen Tag im Wald, das ist ein komisches Gefühl. Irgendwie wird die Welt unwirklich. Vögel piepsen und tschirpen, Mücken tanzen in den schrägen Lichtbalken der Augustsonne, und es duftet nach trockenem Gras und nach Harz. Die Luft ist heiß und macht träge, das Zeitgefühl kommt durcheinander. Sie picknicken auf einer Lichtung im Sonnenschein, belegte Brote und Apfelsaft, es ist wie Urlaub, nichts zu tun, kein Telefon. Einmal hören sie Stimmen, ein paar Spaziergänger, sie ziehen sich tiefer ins Unterholz zurück, bis die Leute nicht mehr zu hören sind. Die Sonne geht unter, und schweigend schauen sie zu, wie es im Wald allmählich dunkel wird. Das Licht zwischen den ragenden schwarzen Stämmen der Tannen wird blau, die Vogelstimmen verstummen. Nur ein Kuckuck ruft noch, tief drinnen im Wald, aber nur viermal, dann schweigt auch er. Im Unterholz raschelt und huscht es. Bald ist es stockdunkel, Schwärze und Stille ringsumher. Fred und Ramon schlafen im Moos neben dem Auto, Jenny hat sich auf dem Rücksitz zusammengerollt.

Sonntagmorgen gegen halb fünf, bald nach Sonnenaufgang, schlagen sie zu. Mit etwas Glück wird der Diebstahl vor Montagfrüh nicht entdeckt werden. Mit der kräftigen Drahtschere schneiden sie ein Loch in den Drahtzaun, da, wo sich gut rausfahren läßt und auch der Waldweg erreicht werden kann. Das Schnippen der Schere ist kaum zu hören, so laut singen und zwitschern die Vögel. Sie nehmen einen blauen und einen dunkelgrünen Mini und passen von vornherein auf, keinen einzigen Fingerabdruck zu hinterlassen. Die kleinen Autos sind mit irgendeinem fettigen Zeug überzogen, das muß erst mal von den Scheiben abgewischt werden, dazu haben sie Benzin und Spiritus besorgt. In den Tanks ist nur ein bißchen Sprit, grad soviel, daß es zur Verladung reicht. Ohne weiteres lassen sich die Wagen durch die Lücke fahren. In einem ausgekundschafteten Versteck, ein paar hundert Meter weiter am Waldrand, waschen sie das Fettzeugs ganz ab, schrauben die neuen Nummernschilder an und gießen Benzin aus den mitgebrachten Kanistern in die Tanks. Eine Stunde später sind sie an dem ›grünen‹ Grenzübergang. Eine schmale, aber asphaltierte Straße führt in Windungen durch dichten Wald über die Grenze, die damals, als Fred mit Limbo da war, unbesetzt war. Fred fährt mit dem Daimler voraus, Ramon und Jenny folgen mit den kleinen Flitzern in größerem Abstand. Sie haben abgemacht, daß, falls der Grenzposten besetzt ist, Fred vorher anhält und mehrmals die Bremslichter zeigt. Jenny und Ramon können dann noch rechtzeitig in einen Seitenweg abbiegen und wieder von der Grenze wegfahren. Er würde normal durchfahren, sich kontrollieren lassen und dann woanders ›offiziell‹ wieder einreisen. Anschließend würden sie das Spiel an einem zweiten Grünen Übergang wiederholen.

Der Posten ist aber unbesetzt und der Schlagbaum oben, kurz nach acht sind sie drüben. Auf der kleinen Straße überholt ihn Jenny, fährt ausgelassen Zickzack und tanzt so eine Art Straßenwalzer mit ihrem grünen Mini. Als das erste Dorf auftaucht, fällt sie wieder brav zurück. Die Autobahn Salzburg – München meiden sie, Fred führt die kleine Kolonne auf Landstraßen über Traunstein und Wasserburg nach München. Um halb zwölf stehen sie in der Garage, zwei nagelneue Minis mit echten Papieren und Kennzeichen. Jetzt müssen noch Radios rein, mit denen man den Bullenfunk abhören kann, dann haben sie zwei hübsche Fluchtwagen, zwar klein, keine Viertürer und ein seltener Typ, aber schnell und wendig; und sie brauchen sie ja nur einmal.

Oben in der Wohnung fassen sie sich an den Händen und tanzen fröhlich im Kreis herum, die Aktion ist perfekt gelungen, und auch Sandra strahlt, sie hat sich bestimmt Sorgen gemacht. Allmählich wirds konkret, ein komisches Gefühl, denkt Fred, während er den Kaffee aus der Küche holt, und bald wird es zu spät sein zum Neinsagen. Wenn ich ehrlich bin, habe ich Angst. Ob das den andern genauso geht? Anzusehen ist keinem was. Da sitzen sie zusammen und planen: Was fehlt noch? Mindestens eine Pistole, möglichst größer und bedrohlicher als die Walther, am eindrucksvollsten wäre eine Schrotflinte, nur für einen Warnschuß in die Decke, falls einer Zicken macht. Verkleidung wird gebraucht, unauffällig und tarnend: Perücken, Mützen, Brillen, falsche Bärte, verändernde Kleidung. Keine auffälligen Masken, die Verkleidung darf auf den ersten Blick nicht als solche erkennbar sein. Plastiktüten oder billige Reisetaschen für den Schotter. Fluchtwege checken wegen Baustellen, Müllabfuhr und sonstigen möglichen Behinderungen. Und, und, und.

Rollenverteilung: Wer macht den Fahrer? Der Fahrer wartet vor der Bank, mit laufendem Motor, hört Bullenfunk und hupt, wenn Alarm gegeben wird. Das gilt als der harmloseste Teil, es wär was für Sandra. Sandra kann zwar fahren, nur ist sie nicht besonders geübt. Jenny fährt gut, aber Jenny will unbedingt mit rein. Bleibt Fred. Fred soll den Fahrer machen.

Dann braucht es einen Türwächter, überlegen sie sich. Drinnen muß einer aufpassen, daß kein Kunde einfach rausgeht, und eventuelle Ankömmlinge reinziehen, damit die nicht umdrehen und schreiend davonlaufen. Da eignet sich nur Ramon, er ist der Größte und Stärkste von ihnen.

Bleiben Jenny und Sandra. Eine packt das Geld ein, und zwar selbst, damit der Kassierer sie nicht bescheißen kann, die andere sichert mit der Pistole und paßt auf. Jenny traut sich das zu, also soll Sandra einpacken. Sandra macht ein zweifelndes Gesicht, aber besser läßt sich die Geschichte nicht einteilen.

Ramon, der bisher nicht viel gesagt hat, gibt zu bedenken: »Wenn die Bank da in Aubing so klein ist, meint ihr, da ist auch wirklich Geld drin? Das wär doch bescheuert, wenn da nur 2000 Mark oder so drin wären!« Daran haben weder Fred noch Jenny bisher gedacht. »Natürlich«, sagt Jenny, »das müssen wir noch rauskriegen, wann am meisten Geld drin ist. Zahltag von irgendeiner Firma oder so was oder ob es einen Supermarkt gibt, der seine Einnahmen abliefert, und wann das ist!«

Ich sollte mir keine solchen Sorgen machen, versucht Fred sich selbst zu beruhigen. Wahrscheinlich geht alles glatt über die Bühne, es wird ja keine Sponti-Aktion im Hopplahopp-Stil, sondern alles ist sorgfältig geplant. Trotzdem hofft er, daß irgendwas dazwischenkommt.

Gibt es noch jemanden, der mitmachen könnte? Vier sind ja genug, aber sie sind alle Anfänger. Ob es nicht besser wäre, wenn wer dabei wär, der so was schon gemacht hat? Jemand bei der RAF leihen oder bei den Berlinern? Nein, lieber nicht. Vielleicht noch mal mit Franz reden? Und wann? Wenn die zweite und vielleicht eine dritte Bank ausgelotet sind, wenn klar ist, ob sie vier oder fünf sind, wenn eine zweite Waffe da ist. Eine Menge Wenns. Fred schätzt, daß vor Mitte September nichts laufen wird, eher später. »Warum warten wir nicht gleich bis in die Vorweihnachtszeit«, fragt er, »da ist doch mehr Geld im Umlauf?«

»Das stimmt«, sagt Jenny, »das is ne Überlegung wert.«

Eine Gnadenfrist, denkt Fred und verbirgt seine Erleichterung.

NACHRICHTEN

FAST DREI MONATE NACH BEGINN DES BAADER-MEINHOF-PROZESSES WIRD AM 19. AUGUST 1975 DIE ANKLAGESCHRIFT VERLESEN. DEN HAUPTANGEKLAGTEN WERDEN VIERFACHER MORD UND VIERUNDFÜNFZIGFACHER MORDVERSUCH, MEHRERE SPRENGSTOFFANSCHLÄGE SOWIE DIE BILDUNG EINER KRIMINELLEN VEREINIGUNG ZUR LAST GELEGT.

20. AUGUST 1975: DER VORSITZENDE DER JÜDISCHEN GEMEINDE IN WEST-BERLIN, HEINZ GALINSKI, ENTGEHT UNVERLETZT EINEM SPRENGSTOFFANSCHLAG. EIN BEKENNERSCHREIBEN DER RAF GEHT EINIGE TAGE SPÄTER EIN. DARIN HEISST ES, GALINSKI SEI ›EIN AGENT DES ZIONISTEN-REGIMES, DAS TÄGLICH TONNENWEISE BOMBEN ÜBER PALÄSTINENSISCHEN FLÜCHTLINGSLAGERN ABWIRFT‹.

ALARMTAUCHEN

Anfang September kommt Jenny bei Fred vorbei, um sich zu verabschieden, denn sie will nach Berlin fahren, und zwar allein. Sie gibt ihm einen kleinen Schlüssel. »Du«, sagt sie, »ich hab Melanie, weißt schon, die Freundin von Sandra, nen kleinen Koffer von mir gegeben. Da sind ein paar Sachen drin, die die Bullen nicht finden sollen. Nur falls mal ne Hausdurchsuchung is, während ich grad weg bin.«

Fred schaut auf den kleinen Schlüssel in seiner Handfläche und fragt: »Ja, und?«

Jenny sagt zögernd: »Na ja, wenn was is, ich meine, falls, also falls sie mich schnappen oder so was, kannste dann den Koffer von ihr holen und irgendwo verbunkern, wo ihn keiner findet? Es is auch wegen Melanie«, sagt sie und probiert es mit einem treuherzigen Blick, »die Bullen, die wissen ja, daß sie mit uns bekannt ist. Nicht daß sie bei der auch einreiten und den Koffer da finden, das wär blöd.«

»Wieso«, will Fred wissen, »was is denn drin in dem Koffer?«

»Nix«, sagt sie, »das heißt, schon was, Sachen, die die Bullen nix angehn.« Sie geht mit dem Mund ganz dicht an sein Ohr und flüstert: »Es sind Papiere drin, verstehst schon, von den Berlinern und so. Außerdem doch die Wumme, die Walther.«

»Ach so«, nickt Fred, »okay. Aber warum glaubst du denn, daß du geschnappt wirst?«

»Das glaub ich nicht«, sagt sie ungeduldig, »es is doch nur für den Fall!«

Fred zuckt die Achseln: »Na gut«, und steckt den Schlüssel ein.

Jenny umarmt ihn und sagt: »Mir passiert schon nix, Fred, mach dir keine Sorgen! Ich meins doch wirklich bloß vorsichtshalber!«

Fred hält sie fest. »Mir wärs lieber, wir könnten zusammen fahren«, sagt er, »ich hab irgendwie ein blödes Gefühl! Sag mir doch wenigstens, warum du da rauf fährst?«

Sie macht sich von ihm los, eine unmutige Falte zwischen den Augenbrauen. »Warum? Weil ich Lust hab, deswegen! Mann, Fred, mach doch kein Theater!«

Das trifft ihn. »Dann mach doch, was du willst!« murmelt er und wendet sich ab.

»Mach ich auch!« faucht sie zornig, knallt die Tür zu und

trappelt die Treppen runter. Er sieht ihr aus dem Fenster zu, wie sie mit ihrem kleinen R4 ausparkt und losfährt. Er schaut ihr nach, bis sie rechts in die Kurfürstenstraße abbiegt, und schämt sich, weil er versucht hat, sie zu bedrängen. Eine Weile beobachtet er die Straße noch, ob ihr wer nachfährt, aber er sieht nichts Auffälliges. Er macht das Fenster zu, steckt sich eine Zigarette in den Mund und kramt das Feuerzeug aus der Jeanstasche. Er zündet den Glimmstengel an und merkt dabei, daß seine Hand bebt vor Ärger über sie und über sich. Aber schon tut es weh, sie haben sich doch noch nie gestritten! Hoffentlich ruft sie ihn wenigstens aus Berlin an, dann sagt er ihr, daß es ihm leid tut.

Dienstagabend um elf klingelt das Telefon. Es ist der 9. September, und Fred ist allein zu Hause, Ramon und Sandra sind ins Kino. Hoffentlich ist es Jenny! Sie ist schon eine ganze Woche weg und hat bis jetzt nichts von sich hören lassen. Er hebt ab und sagt: »Ja, Hallo?«

»Hier is Karl«, sagt eine dumpftönende Stimme am anderen Ende, »paß uff, es is wegen Klara.«

Fred fährt der Schreck in die Glieder, gleichzeitig wird er hellwach. Klara ist Jennys Deckname, den sie in Berlin ausgemacht haben. »Was is los«, fragt er, »is was passiert?«

Die Stimme erwidert: »Klara hammse gegriffen, is erst ein paar Stunden her! Klara is hops und noch zwei oder drei andre ooch. Weißt Bescheid! Wenn ick du wär, würd ick verduften, wa. Tschüs, muß Schluß machen!« Klick.

Die Bullen haben Jenny festgenommen! Wieso? Bei was? Was heißt hops? Wieso verduften? Raus, drängt es in ihm, nix wie raus, kann sein, daß die Bullen gleich anrücken, also bloß nicht trödeln, raus und weg, dann ist immer noch Zeit zum Rumrätseln! Halt! Wie war das mit dem Koffer von ihr? Er findet den kleinen Kofferschlüssel nicht, den Jenny ihm gegeben hat, und wird fast verrückt. Schweiß bricht ihm aus, die Kehle ist ihm wie zugeschnürt, er muß ein paarmal tief Luft holen. Endlich findet er den Schlüssel, in den Jeans von letzter Woche im Wäschekorb, wo sonst. In aller Hast kratzt er ein paar Sachen zusammen und stopft sie in die Jackentaschen: Paß, sein Geld aus der Schublade, Zigaretten, Feuerzeug. Die Handschuhe, wegen dem Koffer! Wenns was Ernstes is, können die Bullen jeden Augenblick hiersein, verflucht, jetzt bloß nichts Wichtiges vergessen! Den Anorak, klar, nicht bloß die Lederjacke, und das graue Sakko, natürlich! Autoschlüssel, Papiere! Wo bleiben Sandra und Ramon? Blick auf die Uhr: Die sind mindestens noch ne Stunde weg. Soll er einen Zettel schreiben? Er kritzelt in aller Hast auf einen Briefumschlag: *Bin paar Tage weg, werd mal anrufen.* Er zögert, den Kugelschreiber überm Papier, nein, lieber nichts von Jenny hinschreiben, falls eine Hausdurchsuchung kommt, bevor sie daheim sind. Schluß, raus jetzt! Höchste Eisenbahn!

Er knallt die Tür zu und rennt die Treppen runter, die Jacken überm Arm. Geht dann langsam aus der Haustür, als wär nichts, späht aber scharf nach verdächtigen Typen aus oder Autos, wo welche drinsitzen. Er sieht nichts Auffälliges, schließt den Daimler auf, läßt ihn vorglühen und startet. Er fährt los und schaut in den Rückspiegel, schlägt einen Haken durch Seitenstraßen. Keiner folgt ihm.

Melanie ist zu Hause, wenigstens etwas, und holt ihm den Koffer. Sie scheint von Jennys Festnahme nichts zu wissen. »Jenny hat schon gesagt, daß du ihn vielleicht holst«, lächelt sie. Fred nickt nur. Er hat einen Kloß im Hals. Ausgerechnet wie sie sich zum letztenmal gesehen haben, haben sie sich gestritten.

Der Koffer ist klein, aber schwer. Fred wirft ihn in den Kofferraum und fährt Hals über Kopf los. Es ist zehn Uhr abends, und er hat keine Ahnung wohin, nur erst mal schnell aus der Stadt raus, falls nach ihm und dem Auto schon gefahndet wird. Er fährt Richtung Westen und auf die Stuttgarter Autobahn. Auf dem erstbesten Rastplatz öffnet er den Koffer. Es ist dunkel, und Fred tastet herum: Glatter Stoff, Knöpfe, scheinbar ein Plastikregenmantel. Darunter fühlt er ein paar in Papier eingepackte Sachen und eine Schachtel. Ich hätte eine Taschenlampe mitnehmen sollen, denkt er, erst dann fällt ihm sein Feuerzeug ein. Es ist das alte, verbeulte Freedom-Fighter-Zippo aus Vietnam, das ihm Mr. Joe geschenkt hat, acht Jahre schleppt er das jetzt schon mit sich herum. Im Schein des flackernden Flämmchens findet er zwei Pistolen, nicht nur die kleine Walther PPK, mit der sie in der Kiesgrube geschossen haben, sondern auch eine große SIG-Sauer, eine Riesenwumme! Dazu je zwei Schachteln Munition, eine Art Korkenzieher, von dem Fred annimmt, daß es ein Schloßausdreher ist, und die Schachtel mit Papieren. Er macht sie auf und sieht Führerscheine. Blanko-Führerscheine, keine Fotos drin. Und da sind Blechplatten in einem Kuvert, und da ist eine große und ungewöhnliche Zange, eine Nietenzange. Er schnippt das Feuerzeug zu und steckt es in die Jacke. Sein Herz klopft. Auf einen so heißen Inhalt war er nicht gefaßt. Er steht und überlegt. Autoscheinwerfer streichen über ihn hin, da fährt einer auf den Parkplatz! Er klappt den Koffer wieder zu und den Kofferraum noch schneller.

Warum hat sie mir nicht gesagt, was da alles drin ist, ärgert er sich, während er in den dritten Gang schaltet, Gaspedal ganz durchgedrückt, ist doch klar, daß ich reinschaue, oder nicht? Na ja, sie wird nicht damit gerechnet haben, daß die Bullen sie abgreifen und ich den Koffer holen muß. Da ist ja eine richtige Grundausstattung für eine Stadtguerillazelle drin! Muß sie von den Berlinern haben, das Zeug. Oder aus dem Laden für Stadtguerillabedarf. Volksbewaffnungs-Supermarkt. Das Schweizer Militärbuch fällt ihm ein, das ihm Kutte gezeigt hat: DER TOTALE WIDERSTAND. KLEINKRIEGSANLEITUNG FÜR JEDERMANN. Ein Geheimtip. Ein Buch voll praktischer Ratschläge, wie man ungebetene Gäste los wird, und zwar durch Mord und Totschlag. Entstanden schien es aus Schweizer Ängsten, die NATO und insbesondere Deutschland könnten im Verteidigungsfall nicht in der Lage sein, die Russen aufzuhalten. Einmal siegreich, würde der Iwan auch vor der Schweiz nicht haltmachen und das Land in ein Arbeiter- und Bauernparadies verwandeln wollen. Dann, so der Autor Major von Dach, müsse sich das Schweizervolk gegen die Invasoren zur Wehr setzen, mit allen Mitteln des Guerillakrieges. Er kannte eine Menge Mittel und beschrieb sie in großer Ausführlichkeit. In Deutschland war das Buch verboten, die Polizei beschlagnahmte es, wo immer es ihr in die Hände fiel.

Freds Gedanken kreiseln wirr. Was soll er jetzt mit dem ganzen Zeug anfangen? Verbuddeln? Irgendwo ins Wasser schmeißen? Sich die Kanonen in den Gürtel schieben und eine Bank nach der anderen machen?

Unaufhörlich flitzen die weißen Streifen aus der Nacht auf ihn zu, der Kühler frißt die Autobahn. Die Tachonadel zittert in der Gegend von 120. Gegenverkehrsscheinwerfer blenden. Fernlicht aus, Fernlicht an.

Als er tankt, ist es schon elf vorbei. Nach Mitternacht wird er müde und fährt auf einen Autobahnparkplatz irgendwo hinter Stuttgart. Er verriegelt die Türen und setzt sich so bequem zurecht, wie es geht. Er will hinterm Steuer bleiben, für alle Fälle.

Fred wacht auf, als ihm eine Taschenlampe ins Gesicht leuchtet. Geblendet, sieht er nur einen dunklen Umriß mit Schirmmütze, darauf blinkt ein Polizeistern. Vor Schreck zuckt er zusammen, aber er läßt sich weiter nichts anmerken, gähnt und blinzelt ungehalten ins Licht. Es geht noch mal gut, die Bullen glotzen nur, gehen weiter zum nächsten Auto und leuchten hinein. Schließlich steigen sie in ihren Streifenwagen und verduften.

Der Schreck hat ihn wach gemacht. Er wartet ein paar Minuten, bis er schätzt, daß der Streifenwagen genug Abstand hat, und fährt dann los. Gleich auf dem nächsten Rastplatz, nachdem er sich überzeugt hat, daß die Bullen da nicht sind, versteckt er Jennys Koffer, so gut es geht, im Kofferraum, legt den Regenmantel drüber und das Reserverad. Danach fährt er an Stuttgart vorbei weiter bis Karlsruhe und biegt dann auf die Autobahn nach Süden ab. Inzwischen ist es halb drei, und er ist todmüde. Er hatte höchstens eine oder eineinhalb Stunden geschlafen, als ihn die Bullen auf dem Rastplatz aufgeweckt haben. Bei der nächsten Ausfahrt fährt er raus und irrt dann eine Weile auf dunklen, schmalen Landstraßen herum, durch Wälder und Wiesen, durch schlafende Dörfer, in denen nur Straßenlampen brennen, sonst sieht er nirgendwo ein Licht.

Im Morgengrauen ist er auf einer kleinen Landstraße nicht weit vom Rhein und sucht einen Waldweg, in dem er sich verbergen könnte, um ein paar Stunden zu schlafen. Er kann kaum mehr die Augen offenhalten und fährt an einem vorbei, der ihm geeignet erscheint. Er stößt zurück und will wenden, dabei rutscht ihm der Daimler mit den Hinterrädern in den zugewachsenen Straßengraben. Fred versucht es ein paarmal im ersten Gang, aber die Hinterräder treiben nicht, wahrscheinlich sitzt er mit dem Unterboden auf. Dann rutscht der Wagen auch noch zur Seite, schnell nimmt er den Fuß vom Gas, bevor die Karre breitseits im Graben landet und womöglich umkippt.

So eine Scheiße, und das mit dem heißen Zeug im Wagen! Er sieht sich um. Weit und breit kein Haus, nur der Waldrand, Nebelschleier über nassen Wiesen, ein früher Storch bei der Froschfahndung. Die Vögel fangen eben an zu singen. Gut, sagt er sich vor, bloß nicht durchdrehen, keine Panik! Erst mal muß der Koffer weg, zumindest im Gebüsch verstecken, falls jetzt zufällig Bullen vorbeikämen. Er klappt den Kofferraum auf und will ihn unter dem Reservereifen hervorholen, gottseidank ist es kein großer Koffer, sondern mehr ein Köfferchen, das läßt sich schon verstecken oder vergraben. Da hört er etwas, ein Auto? Ja, ein schwerer Motor heult in einem niedrigen Gang und kommt schnell näher! Mit einem Satz ist er im Gebüsch am Waldrand und läßt den Koffer da fallen, kickt ihn mit dem Fuß ins Unterholz, überzeugt sich, daß er von der Straße aus nicht zu sehen ist, und geht schnell zum Auto zurück. Von da, wo die Landstraße, noch von Nebelschwaden verhangen, im Wald verschwindet, kommt ein Militärjeep angebrummt mit einer langen Antenne, an der ein blauer Wimpel flattert. Gleich dahinter kommt mit röhrendem Motor ein Spähpanzer auf Rädern, im Turmluk steht stolz ein behelmter und bebrillter Soldat, stützt sich mit beiden

Armen auf die Turmdecke. Fred spürt, wie ihm die Knie weich werden. Soll er davonlaufen? Stehenbleiben? Sie anhalten und um Hilfe bitten? Er steht wie gelähmt. Der Jeep hält abrupt neben ihm, so abrupt, daß alle drei Insassen nach vorn knicken. Auf dem Beifahrersitz ein Offizier, auf dem Kopf ein typisches Franzosenképi, runde Schachtel mit Schirm. Auch der Panzer bleibt stehen und tuckert laut im Leerlauf. Dahinter kommt noch ein Jeep, der hält auch an. Fred sieht blauweißrote Markierungen, eine französische Militärpatrouille, klar, es ist nicht weit vom Rhein, und das hier ist die französische Zone. Fred nickt mit dem Kopf zu seinem Daimler hin, der die Nase aus dem Graben reckt, und macht eine Geste der Ratlosigkeit.

Der junge Offizier lacht, an eine Kontrolle denkt er nicht. Er sagt nur: »Petit malheur, kein problème, Monsieur, wir zie'en Sie 'eraus im Nu!« Er gibt einen Befehl auf französisch, und einer der Soldaten hakt ein Stahlseil vom Jeep los. Der Jeep ist stark genug, den Daimler aus dem Graben zu zerren. Währenddessen steht der Panzer breit wie eine grüne Schildkröte mitten auf der Straße und blubbert mit dem Motor. Fred bedankt sich, der Offizier klopft ihm auf die Schulter und dem Daimler auf den Kotflügel und sagt: »Keine Ürsache, deutsch-fransösische Freundschaft, nischt wahr! Mercedes Benz, serr schöne Automobile! Adieu!«

Mit Gebrumm fährt die kleine Kavalkade ab. Wenn jetzt noch die Marseillaise spielen würde, denkt Fred, wäre ich reif für die Klapsmühle! Der Ausdruck übersetzt sich ganz von selbst: Moulin du Klaps. Blödsinn, murmelt er, wo hab ich das bloß aufgeschnappt? Mit bebenden Fingern zündet er sich eine Zigarette an und wartet, bis die freundlichen Franzosen außer Sicht sind. Keine Spur mehr von Müdigkeit, er ist geradezu klirrend wach. Nur die Zähne klappern ihm.

Er holt den Koffer, wirft ihn auf die Rückbank und biegt in den Waldweg ein, in den er ursprünglich wollte. Nach 200 Metern Geholper durch tiefe Fahrspuren und über Grasbuckel endet der Weg an einem Waldrand, an den sich Felder und Wiesen anschließen. Da duckt sich ein alter Westwallbunker in Tannenschatten und Unterholz, ein mächtiger graugrüner Betonklotz, von Brombeerranken umwuchert, blind glotzt die leere Kanonenscharte durchs Gebüsch aufs Feld. Soll er den Koffer in dem Bunker verstecken? Nein, da könnte ihn doch einer finden, lieber vergraben, er hat ja einen Klappspaten im Kofferraum. Fred zieht seine Handschuhe an, schließt den Koffer auf, nimmt die größere der beiden Pistolen heraus und steckt sie ein. Mit den Papieren ist nichts anzufangen, nichts dabei, was auf ihn paßt. Den Koffer wikkelt er in den Plastikregenmantel und beginnt, zwischen zwei markanten Tannen zu graben. Das geht schwerer, als er dachte, Wurzeln sind im Weg, er sticht und hackt mit dem kleinen Spaten, bis ihm der Schweiß von der Stirn rinnt. Schließlich ist das Loch tief genug, er packt den Koffer hinein, kratzt die herausgeschaufelte Erde darüber und trampelt sie fest. Scharrt Tannennadeln und Zweige drüber, Steine und abgefallenes Laub, packt noch ein paar Mooskissen drauf, bis sich die Stelle nicht mehr vom übrigen Waldboden unterscheidet. Aufatmend wischt er den Spaten sauber, hackt damit noch eine Markierung in die Rinde der Bäume und legt ihn in den Kofferraum zurück. Er fährt im Rückwärtsgang auf die Straße zurück und schaut sich noch einmal genau an, wo der Waldweg einmündet, damit er ihn wiederfindet.

Nachmittags kauft er sich an einem Kleinstadtbahnhof Zigaretten und eine Lokalzeitung. Was passiert ist, steht als kleine Meldung auf der Titelseite unten rechts:

LORENZ-ENTFÜHRER VERHAFTET?

Berlin-Steglitz: Vier mutmaßliche Terroristen, ein Mann und drei Frauen, wurden gestern, am 9. September, in einer Ladenwohnung verhaftet. Die Festgenommenen sind nach Polizeiangaben der Bewegung 2. Juni zuzurechnen und sollen an der Entführung des CDU-Politikers Peter Lorenz im Februar beteiligt gewesen sein.

Er läßt die Zeitung sinken und starrt blicklos durch die Scheibe. Wenn das die Aktion war, bei der Jenny verhaftet wurde, dann ist das alles viel schlimmer, als er es sich vorgestellt hat. Er tastet nach seinen Zigaretten, findet sie nicht und vergißt sie wieder. Du lieber Himmel, denkt er, das ist doch hoffentlich nicht wahr.

Fred hat im Auto geschlafen, auf der Rückbank, wo er sich nicht dauernd am Lenkrad stößt. Draußen zwitschern die Vögel, es wird schon hell. Er dehnt und reckt sich, er ist ganz steif und krummgelegen. Im Wald ist es grau, kalt und unheimlich. Er fröstelt. Kein Kaffee, kein Frühstück, der Magen knurrt. Er läßt den Motor an, fährt vorsichtig aus dem Waldweg auf die Landstraße und dann ziellos in der Gegend herum. Es ist fünf Uhr, wenig los, ein VW saust vorbei, ein Traktor steht mit leerem Anhänger am Feldrand, der Bauer pinkelt an das große Hinterrad, er schaut sich nicht nach ihm um.

Die Sonne geht auf, und er rollt auf einer langen, geraden Landstraße dahin, durch Wiesen, die voller kleiner Obstbäume stehen, Zwetschgenbäume werden das sein. Vor ihm ein Kirchturm, zwei Fabrikschornsteine, eine kleine Stadt. Ein Bahnübergang, die Schranken zeigen in den Himmel, sonnenvergoldet. Er parkt am Bahnhof, das kommt ihm am unauffälligsten vor. In ein Café zu gehen und dort zu frühstücken wagt er nicht, er kauft beim Bäcker Milch und Croissants und eine Zeitung. Die liest er im Auto. Die Festnahmen in Berlin sind auf die zweite Seite gerückt:

> Bei den am 9. September 1975 in Berlin Festgenommenen soll es sich um folgende Personen handeln: Ralf R. (27), Inge V. (31), Juliane P. (23) sowie Jenny K. (23). Wie berichtet, werden sie der Teilnahme an der Entführung des CDU-Politikers Peter Lorenz im Februar verdächtigt. Die Fahndung nach weiteren Mittätern und Sympathisanten ist in vollem Gange.

Fred zweifelt nicht daran, daß auch er damit gemeint ist.

RUINENPARADIES

Freitag, 12. September 1975

Fred sucht Jenny. Sie muß doch irgendwo da unten sein! Er starrt in die dunkle Höhle, die sich unter einem Ziegelbogen auftut, ganz versteckt unter Büschen und wuchernden Brennesseln. Ein niedriger Gang, halb mit Erde und Schutt angefüllt, führt da in die Dunkelheit hinunter.

Er muß sich ducken, es gibt nicht genug Platz, um aufrecht zu gehen, er stützt sich mit den Händen ab. Jetzt geht es um eine Ecke und weiter abwärts. Da unten ist es stockfinster, nicht der kleinste Lichtschimmer. Fred lauscht in die undurchdringliche Dunkelheit, er hört Wasser glucksen und das helle Plitschplatsch fallender Tropfen. Er hat die Vorstellung von einem gigantischen, unterirdischen und überfluteten Labyrinth.

»Jenny«, ruft er, und das Wort verhallt und klingt als fernes Echo wieder und wieder. Es kommt keine Antwort. Vielleicht ist sie beleidigt und will nichts mehr von ihm wissen? Er tastet mit der Fußspitze vor sich und trifft auf Wasser, nein, da kommt er nicht weiter, besser er geht wieder raus. Er wendet sich um, aber da ist kein Schimmer von Tageslicht, nur tiefe, tiefe Schwärze. Hier ging es doch irgendwo nach links um eine Ecke? Oder war es rechts? Seine tastenden Hände treffen überall auf feuchte, bröckelige Ziegelmauern. Klebrige Spinnweben. Von oben rieseln Staub und Steinchen. Jäh springt ihn Angst an, würgt ihn, mit einem erstickten Schrei fährt er hoch und stößt sich den Kopf an der Armstütze. Er liegt im Auto auf der Rückbank, und draußen ist morgengrauer Wald, die Scheiben sind beschlagen.

Fred öffnet die Tür und steigt aus, noch benommen von dem Traum. Er pinkelt ins Gras und sieht sich um. Der Daimler steht auf einem engen Forstweg, nah am Waldrand, aber im Unterholz verborgen. Nebel dampfen draußen auf dem Feld, von den Blättern tropft es leise. Noch ist kein Vogel zu hören.

Ein dunkler Hügel entpuppt sich als Bunker, ganz zugewachsen, rostige Steigeisen führen auf die Decke hinauf. Hinter

Brennesselstauden, halb im Boden versunken, gähnt ein Eingang. Fred schaudert. Das ist fast wie in dem Traum. Aber er weiß, daß er nicht von dem Bunker geträumt hat, sondern von der Ruine mit dem Wasserfall.

Die Ruine mit dem Wasserfall stand in Pasing, im Münchner Westen. Das Haus war nur noch ein Schutthügel, von Gebüsch und Brennesseln überwuchert, ein toller Spielplatz. Ganz hinten war ein schmaler Mauerrest geblieben, ein Stück Hausecke, das aber bis zum ursprünglichen zweiten Stock hinaufreichte. Und dort, ganz oben und unerreichbar, hing ein einsames gußeisernes Waschbecken, das seit den Bombennächten überlief, weil nachher niemand das Wasser abgestellt hatte. Es plätscherte unaufhörlich und sorgte für üppiges Wachstum auf dem Ziegelschutt. Da wo vielleicht einmal der Hausflur oder das Treppenhaus war, führte, unter Brennesseln verborgen und von keinem Erwachsenen entdeckt, ein niedriger, kaum abgestützter Gang in ein finsteres, halbverschüttetes Kellergewölbe hinab, das knöcheltief unter Wasser stand und in dem sich Schätze fanden: eine leere Gasmaskenbüchse, ein verrosteter Spaten, ein Schneebesen.

Fred hat etwas für Ruinen übrig. Er ist Anfang 1948 geboren, ein gutes Jahr vor Gründung der Bundesrepublik, und hat noch die Reichsmarke auf der Geburtsurkunde; ist in München aufgewachsen, in der Amerikanisch Besetzten Zone, in einer allmählich wieder heil werdenden Welt, in der die Ruinen aus dem großen Krieg, die herrlichen Jagdgründe seiner Kindheit, nach und nach verschwanden.

Er kann sich noch gut erinnern, wie er als kleiner Bub in Lederhosen in der blauweißen Trambahn fuhr, von Pasing nach München hinein, mit der Mutter, mit bloßen Knien auf der blanken Holzbank, die Nase an die Fensterscheibe gedrückt. Es gab immer eine Menge zu sehen. Die Tram rumpelte an ausgebesserten Häusern vorbei, dazwischen Ruinengrundstücke wie Zahnlücken. In der engen Kurve zwischen Lautensackstraße und Landsbergerstraße, bei der alten Globus-Fabrik JOHANN

Roth. sel. Wwe., allgemein als Rotzelwitwe bekannt, sprang regelmäßig der Rollenstromabnehmer aus der Oberleitung, und die Tram blieb stehen. Die Schaffnerin, damals waren Männer noch Mangelware, mußte aussteigen und mit einer Schnur die Laufrolle der Stromabnehmerstange wieder unter den Draht bringen. Dann ging es weiter, mit Geratter und Geklingel. Zwischen Donnersberger Brücke und Hackerbrücke standen in langen Reihen ausgemusterte und verrostete Dampflokomotiven, Gebüsch wuchs aus leeren Tendern, dahinter erhob sich die durchlöcherte Kuppel der ehemaligen Reichsbahndirektion. Phantastische Ausblicke überall, mit der Tram durch ein Abenteuerland!

In der Stadt wurde überall gebaut, aber die Spuren des großen Krieges waren noch allerorten zu sehen. Noch gab es Ruinen in fast jeder Straße, bizarre Fassaden mit leeren Fensterhöhlen, durch die der blaue Himmel schien, Unkraut wucherte auf rußgeschwärzten Simsen, mit Brettern vernagelte Hauseingänge, Einsturzgefahr! darauf gepinselt. An manchen Häusern, meist oberhalb des ersten Stockwerks, stand noch in mannshohen Lettern LSR – Luftschutzraum hieß das –, und darunter wiesen lange weiße Pfeile auf die Kellerfenster, für den Fall, daß diese verschüttet wurden. In rechteckigen Löchern, die einmal Schaufenster gewesen waren, ringelte sich ausgeglühtes und grotesk verdrehtes Eisen, verrostete Gitter, verdrillte Streben von Werbetafeln mit geschmolzenen Glastropfen in einer Dschungelwunderwelt aus Brennesseln, Goldregen und Fliederbüschen.

Fred war da nicht älter als fünf oder sechs, also mag das so um 1953 oder '54 gewesen sein. Damals soll er immer Urinen gesagt haben statt Ruinen. Mit den Jahren wurden sie weniger und seltener, er wurde größer, und der Reiz der romantischen und gefährlichen Spielplätze verging.

Aber jetzt fährt er auf einer schmalen Landstraße zum Rhein, der brave Daimler brummt beruhigend. An einem kleinen Bach hält er an und rasiert sich im Rückspiegel, ohne Seife und Schaum, die hat er bei seiner überstürzten Flucht zu Hause vergessen. Es ist eine schmerzhafte Prozedur. Die Oberlippe rasiert er nicht, er will sich einen Schnurrbart stehen lassen, damit er nicht erkannt wird. Das wird natürlich dauern.

Hier in der Gegend war er als Kind auch ein paarmal, meist in den Sommerferien, beim Onkel auf dem Bauernhof. Auf dem Land gab es keine Ruinen, dafür die alten, gruseligen Bunker, die zum Westwall gehörten, der ursprünglich einmal ein Spiegelbild der französischen Maginotlinie war und so wie diese eine Art in Beton gegossene Einreiseverweigerung darstellte. Durch diese Landschaften war er als Bub schon gefahren, in den kleinen roten Triebwagen der MEG, der Mittelbadischen Eisenbahn-Gesellschaft, durch Laubwald und über blühende Wiesen, längs der Landstraßen vorbei an Obstbäumen, auf schmalen Brücken über schwarze Bäche und Mühlgräben und mit Pfeifen und Tuten mitten durch die Dörfer mit ihren Fachwerkhäusern, Scherzheim, Lichtenau, Schwarzach. Braungelbe Tabakbündel hingen zum Trocknen unter den Dächern und über den Scheunentoren, und es roch noch nach Pferden und Misthaufen. Und jedes Dorf hatte sein Storchennest, wenn nicht zwei.

Er kauft wieder eine Zeitung, die Wochenendausgabe, und liest sie von vorn bis hinten durch, findet aber nichts von Belang. Beim Durchblättern ist er darauf gefaßt, auf sein Foto zu stoßen, doch dieser Schock bleibt ihm erspart.

Am Montag aber springt ihm gleich eine Schlagzeile auf der Titelseite ins Auge:

Fritz Teufel in Berlin gefasst!

Offenbar Panik bei den Anarchisten / Bombe in Hamburg

Von unseren Korrespondenten

Berlin, 14. September (FR). Mit der Verhaftung des steckbrieflich gesuchten Fritz Teufel, der der Beteiligung an der Entführung des Westberliner CDU-Landesvorsitzenden Peter Lorenz verdächtigt wird, gelang der Polizei am Wochenende ein neuer Erfolg in der ›Anarchistenszene‹. Die Festnahme, die erst am Sonntag bekannt wurde, erfolgte bereits am Samstag etwa zur gleichen Zeit, als in Hamburg ein möglicherweise von Anarchisten gelegter Sprengkörper detonierte. Mehrere Menschen wurden dabei verletzt.

Berlin. Die Fahndungserfolge der Westberliner Polizei haben unter den Mitgliedern der ›Bewegung 2. Juni‹ offenbar eine Art Panik ausgelöst. Nachdem in der vorigen Woche die zum Kern der Gruppe gezählten Ralf Reinders, Inge Viett und Juliane Plambeck sowie fünf zu den Helfern gerechnete Personen verhaftet wurden, wurde am Samstag auch der steckbrieflich gesuchte 32jährige Fritz Teufel in Berlin-Wedding durch Angehörige der Spezialeinheiten zur Terroristenbekämpfung festgenommen. Gegen ihn wurde am Sonntag Haftbefehl wegen dringenden Verdachts der Beteiligung an der Entführung des Westberliner CDU-Landesvorsitzenden Peter Lorenz im Frühjahr erlassen. Gegen die in seiner Begleitung festgenommene 25jährige Studentin Gabriele Rollnik wurde Haftbefehl wegen Unterstützung einer kriminellen Vereinigung erlassen.

Diesmal wird Jenny nicht namentlich erwähnt, anscheinend wird sie jetzt zu den erwähnten fünf Helfern gerechnet. Ist das ein Hoffnungsschimmer oder nur ein Irrtum der Zeitungsfritzen? In Haft ist sie jedenfalls. Und was war das mit dem Sprengkörper in Hamburg? Dazu findet sich auch ein kurzes Artikelchen weiter unten:

BAHNHOFBOMBE WAR RACHEAKT!

Bei der Explosion eines mit Sprengstoff gefüllten Koffers in einem Schließfach im Hamburger Hauptbahnhof waren am vergangenen 13. September elf Menschen verletzt worden, es entstand erheblicher Sachschaden. Die Polizei geht davon aus, daß der Anschlag von Anarchisten verübt wurde, möglicherweise als Racheakt für die jüngsten Festnahmen in Berlin. Ein Bekennerschreiben sei eingegangen, über dessen Inhalt und Herkunft man aber vorerst keine Angaben machen wolle.

Fred schüttelt den Kopf. Anarchisten? Das glaubt er nicht, nie im Leben. Keiner, nicht mal die RAF, würde einfach eine Bombe mitten in einem Bahnhof losgehen lassen, wo es lauter unbeteiligte Menschen erwischen muß. So was stinkt meilenweit nach Geheimdiensten oder Faschisten, nach Politik und Angstmache. Die schrecklichen Bombenanschläge von 1969 und 1970 fallen ihm ein, in Mailand, in Rom und sogar auf fahrende Personenzüge. Die hat man auch sofort den Anarchisten in die Schuhe geschoben, und in Mailand haben die Bullen deswegen den anarchistischen Eisenbahner Giuseppe Pinelli aus dem vierten Stock der Questura geworfen. Inzwischen wird aber immer mehr der Verdacht laut, daß hinter diesen Anschlägen in Wirklichkeit eine Verschwörung aus Christdemokraten, Militärs, Geheimdiensten, Mafia und Neofaschisten steckte. Angst und Panik sollten dafür sorgen, daß die Bevölkerung in die richtige Richtung wählt, nämlich nach rechts.

Freds Acht-Tage-Schnurrbart ist längst nicht kräftig genug, um sein Gesicht zu verändern. In einer Kleinstadtdrogerie kauft er außer Rasierseife auch Wimperntusche und färbt die hellblonden Schnurrbartstoppeln damit braun. Da er ziemlich dunkelblond ist, geht das einigermaßen. Die Haare kämmt er nach hinten und bindet sie zu einem Pferdeschwanz zusammen. So sieht er, von weitem wenigstens, nicht gleich wie ein Langhaariger aus. Dazu tarnt er sich mit der Brille, die schon ewig im Handschuhfach liegt. Zu blöd, daß er kein Geld hat. Die beste Tarnung wären natürlich ein Haarschnitt und ein neuer Anzug. Aber die Haare schneiden, das kommt ihm wie Selbstverstümmelung vor, wie klein beigeben. »Feigheit vor dem Feind«, murmelt er vor sich hin.

Er wagt nicht, Sandra anzurufen, weil er davon ausgehen muß, daß das Telefon abgehört wird. Es gelingt ihm aber nach mehreren vergeblichen Versuchen, Limbo in der Druckerei zu erreichen. Der verspricht ihm, bei Sandra vorbeizugehen und ihr Bescheid zu sagen, daß sie übermorgen, genau um 14 Uhr, bei ihrer Freundin Melanie auf seinen Anruf warten soll. Limbo will wissen, was los ist, aber das kann er ihm am Telefon nicht sagen. Er sagt ihm nur, daß es furchtbar wichtig ist und legt schnell wieder auf.

Die Verbindung mit Sandra klappt. Sandra weint fast. Ramon ist auch weg, vorsichtshalber, sagt sie, ohne den Namen zu nennen. In der RH versuchen sie noch rauszukriegen, was genau los ist und wen es alles betrifft, aber bis jetzt weiß sie nicht mehr, als in der Zeitung steht. »Du hast Glück, daß du mich noch erwischt hast«, sagt sie, »ich will nämlich gleich los, für eine Woche zu meinen Eltern. Du könntest mich ja dort anrufen, aber von da aus kann ich nix machen.«

»Eine Woche ist viel zu lang«, beschwert er sich, »ich hab ja gar nichts, grad noch vierzig Mark, davon muß ich mindestens die Hälfte für Sprit oder ne Fahrkarte aufheben, irgendwer muß sich möglichst bald mit mir treffen!« Sandra sagt: »Ja, schon klar, warte mal« und berät sich mit Melanie, dann sagt sie: »Gut, dann bleib ich nicht so lang. Ruf in vier Tagen noch mal hier an, am Sonntag, aber erst abends, nach sechs. Vielleicht kann ich bis dahin irgendwas organisieren.«

Tagelanges Warten. Im Auto, neben dem Auto. Das Auto immer in Sichtweite. Ausgerechnet ein Daimler! Ein VW wär jetzt unauffälliger, irgendein 08/15-Auto, längst nicht so bequem allerdings. Und er hat noch nicht mal falsche Nummernschilder! Ob es in einer Großsstadt nicht zehnmal leichter wäre, sich zu verstecken? Aber wo dort unterkriechen? Bei Bekannten ist zu riskant, etwas mieten ist zu teuer. Jetzt versteht er das mit den Banken schon besser, ohne Geld sieht es einfach beschissen aus. Wie soll das weitergehen? Verhaftung und Gefängnis? Er verdrängt den Gedanken. Kampf im Untergrund? Oder bleibt er einfach hängen, von der Polizei gesucht, ohne Papiere, ohne Geld, ohne Arbeit, ohne Wohnung? Ist die Bewegung zu schwach, um ihn zu unterstützen oder aufzunehmen? Was soll er dann machen? Banken überfallen? Allein? Er sitzt auf dem Beifahrersitz und starrt auf die schwere Pistole, den blanken, blauschwarz brünierten Stahl. Es ist eine SIG-Sauer P220, 9mm Luger Para. Schweizer Fabrikat, kostet bestimmt ein Vermögen. Er zieht seine Handschuhe an, entlädt die Pistole, nimmt sie auseinander und fängt an, alle Teile mit einem Tuch gründlich abzureiben. Er will sicher sein, daß nirgendwo Fingerabdrücke von ihm zu finden sind. Er wischt jede Patrone einzeln ab, cleant das Magazin, Griffstück, Lauf und Schlitten. Dann setzt er alles wieder zusammen, lädt das Magazin voll, schiebt es in den Griff und sichert.

Die Nächte im Auto sind kein Vergnügen. Fred wacht alle halbe Stunde auf, mal vor Kälte, mal mit schmerzendem Nacken, mal vor Schreck, weil er glaubt, etwas gehört zu haben.

Auf der Autouhr ist es halb drei. Fred öffnet vorsichtig die Tür und lauscht hinaus. Alles ruhig. Die Luft ist mild, es ist nicht so kalt wie gestern. Diesmal hat er sich in einem Laubwald verkrochen, ganz nah an einem Baggersee. Er steigt aus und geht ein paar Schritte bis ans Ufer. Der See liegt still, ein fast voller Mond spiegelt sich auf seiner Oberfläche, kleine Wellen glucksen sacht an den Kiesstrand. Gegenüber, auf der anderen Seite, der dunkle Klotz eines Kieswerks, er kann das filigrane Gitterwerk von Förderbändern sehen. Bis auf ein weit entferntes Flugzeug ist nichts zu hören. Lange steht er da und schaut, die Gedanken zerfließen zwischen Wachsein und Schlaf. Der Anblick des Sees tut ihm gut, der weiche Geruch des Wassers, die Stille, das Blinken des Mondlichts.

Als er Sonntagabend wie verabredet bei Melanie anruft, ist Sandra nicht da, dafür hat Melanie eine Telefonnummer für ihn, die soll er übermorgen mittag anrufen, genau um zwölf und von einer Zelle aus, und sagen, daß er Charlie heißt. Die Nummer ist sicher, fügt sie hinzu, bestimmt keiner in der Leitung. Er setzt sich ins Auto und denkt: Jetzt bin ich schon elf Tage abgetaucht. In München wird es allmählich auffallen, bei den Leuten, und die Eltern werden es auch bald merken und sich Sorgen machen.

Und Jenny? Wie geht es ihr? Wie hält sie es im Gefängnis aus? Er versucht, sie sich in ihrer Zelle vorzustellen. Ist das so eine glatte, moderne, ohne Fenster, wie die im LKA, in der er mal eine Dreiviertelstunde saß? Oder hat man sie in einen alten Backsteinknast aus Kaisers Zeiten gesperrt, mit vergittertem Fenster? Ob sie wohl an ihn denkt oder ob sie noch immer sauer auf ihn ist? Es war doch nur ein ganz kurzer, unwichtiger Streit, als sie sich in München von ihm verabschiedet hat, aber der Gedanke daran schmerzt wie eine offene Wunde.

Dienstagmittag holt er sich in Lahr am Bahnhof eine Zeitung. Das Datum ist der 23. September 1975. Der 13. Tag im Untergrund. Es steht nichts richtig Interessantes drin: Die Bundestagsfraktionen wollen 1976 auf Erhöhung der Diäten verzichten; die Post will ab 1977 die Gebühr für Ortsgespräche nach Zeiteinheiten staffeln; in San Francisco hat gestern eine Hausfrau auf Präsident Gerald Ford geschossen, ihn aber nicht getroffen.

Von einer Telefonzelle vor dem Bahnhof ruft er die Nummer an, die ihm Melanie gestern gegeben hat. Gegenüber lungern Halbstarke vor einem Café herum, bewundern eine knallrote Zündapp und ihren stolzen Besitzer, einen zu spät gckommenen James Dean mit Kippe im Mundwinkel.

Hoffentlich ist wer da! Das klingelt jetzt schon zum vierten Mal dort. Endlich meldet sich eine Frauenstimme: »Ja, hallo?« Sie klingt außer Atem und ziemlich jung.

Fred sagt: »Äh, hier ist Charlie.«

»Ah ja, hallo Charlie«, sagt die Stimme im Hörer, »sag mal, kannst du nächste Woche, am 30., das ist ein Dienstag, nach Freiburg kommen? Freiburg im Breisgau? Halb sieben am Münsterplatz, abends, vor dem Haupteingang zum Münster, das ist so ein großer Dom, weißt schon. Okay? Schau nach einer Frau, die eine lange rote Rose dabeihat.«

Fred fährt noch einmal zum Rhein, läßt das Auto unten an der Straße stehen und steigt auf den Deich hinauf. Er setzt sich ins Gras und schaut über den breiten, ruhig fließenden Strom.

Schiffe ziehen vorbei, schwer beladen und tief im Wasser liegend. Freiburg ist nicht weit. Er ist im Lauf der Tage immer wieder ein Stück Richtung Süden gefahren, damit er nicht zu lang in derselben Gegend ist und auffällt. Jetzt hat er kaum mehr Geld und immer noch keine Papiere. Jeden Tag kann er in eine Kontrolle geraten. Was dann? Er sollte die schwere Pistole nicht mit sich herumschleppen. Er zieht sie aus dem Gürtel, wiegt sie in der Hand und überlegt, ob er sie ins Wasser schmeißen soll. Wenn sie ihn erwischen, will er ohnehin nicht schießen; aber vielleicht gibt ihm das Ding ja auch eine Chance, sich aus einer blöden Situation rauszubluffen. Besser wärs gewesen, er hätte die kleine Walther genommen. Andererseits wäre die längst nicht so respekteinflößend wie die hier. Er steckt die Pistole wieder ein und zündet sich eine Zigarette an. Drüben auf der französischen Seite stehen hohe Bäume. Weiter ist nichts zu sehen.

Wenn er wenigstens einen falschen Paß hätte! Dann könnte er sich über einen der kleineren Grenzübergänge wagen. Da drüben würde er sich sicherer fühlen. Wahrscheinlich aber fahnden sie in ganz Europa.

In der Sonntagszeitung liest er, daß gestern, am 27. September, in Spanien fünf militante Franco-Gegner wegen Polizistenmordes durch Erschießen hingerichtet wurden, ungeachtet weltweiter Proteste.

Dann steht da noch, daß Monika Berberich für die Gefangenen der RAF erklärt hat, daß Horst Mahler aus der RAF rausgeworfen wurde. Mahler, das war der, der bei der Lorenz-Kiste nicht aus dem Knast wollte. Die RAF will nichts mehr von ihm wissen, heißt es, weil er sich kürzlich der maoistischen KPD angeschlossen hat.

Endlich ist es Dienstag, der 30. September. 20 Tage ist es jetzt her, daß er aus München abgehauen ist. Fred ist frühmorgens schon losgefahren, der Daimler sprang ohne Mucken an, guter alter Diesel! Er läßt sich Zeit und bummelt über die Landstraßen.

Trotzdem ist es erst zehn, als er nach Freiburg reinfährt und das Auto abstellt. Er treibt sich in der Stadt herum, bis es sechs ist, dann macht er sich auf zum Münster. Es ist ein schöner, sonniger Herbstabend. Ein paar Marktfrauen verkaufen hier Blumen, auch Geschirr und Eingemachtes, ein richtiger Markt ist es aber nicht. Trotzdem laufen eine Menge Leute herum. Fred sieht auch wirklich eine junge Frau mit einer langstieligen Rose, sie kramt in einer Einkaufstüte. Ihr Blick begegnet seinem, sie sehen sich einen Moment an und wissen Bescheid. Sie hat ein hübsches Gesicht, von langen dunkelbraunen Haaren eingerahmt, braune Augen, ein paar Sommersprossen um die Nase. Fred schätzt sie vorsichtig auf unter 25. Er spricht sie an: »Hallo! Haben wir letzte Woche miteinander telefoniert?« Und sie antwortet: »Kann schon sein. Wie heißt du denn?«

Sie ist vorsichtig, das ist gut. Fred sagt erleichtert: »Ich bin Charlie!«

Sie hält ihm die Hand hin: »Hallo Charlie! Ich bin Christina!«

Er hört keinen Dialekt heraus, wahrscheinlich kommt sie woanders her und studiert hier nur. Sie hakt sich bei ihm ein: »Komm, wir bummeln ein bißchen rum!« Zusammen gehen sie durch den kleinen Stadtgarten, ein Steg führt da im Bogen über einen kleinen Teich, drüben steckt sie die lange Rose ins Schilf und sagt: »Das war vielleicht blöd! Keines von den Marktweibern hatte eine lange Rose, nur so kurze! Gottseidank war ich früh genug da, da bin ich noch mal schnell zur Uni und hab dort im Blumengeschäft eine gekauft!« Sie lacht ihn an, drückt seinen Arm, und Fred fühlt eine ganz verrückte Sehnsucht nach ihr in sich aufsteigen.

Vom hinteren Ausgang gehen sie Arm in Arm einen Zickzackweg auf den Schloßberg hinauf. Der Abend ist lind und schön. Weiter oben, an einem Platz, von dem aus sie den Weg hier herauf gut beobachten können, setzen sie sich auf eine Bank. Es wird dunkel, gerade gehen die Laternen an. Die Pistole im Hosenbund hat er nach hinten geschoben, damit sie die nicht sieht, jetzt drückt sie ihm schmerzhaft ins Kreuz. Er hätte sie innen in die Jacke stecken sollen.

Die junge Frau kramt in ihrer Handtasche, zieht einen dicken Briefumschlag heraus und drückt ihm den in die Hand. »Also, hier ist erst mal Kohle«, sagt sie, »250 Mark soll ich dir geben, und da ist auch eine Adresse in Freiburg drin, dort kannst auf jeden Fall mal eine Woche pennen. Zwei Studifrauen wohnen da, Marlene und Corinna, bedienen beide in einem Café und sind abends nicht da. Die haben ein Gästezimmer oder so was, und sie wissen Bescheid, daß du kommst.« Ihr Blick sucht seinen: »Sag nur, du bist ein Freund von Elvira ...« Sie stockt, dann lacht sie: »Ist das doof! Elvira, also so heiß ich eigentlich wirklich!« Sie bemerkt seine Verwunderung und sagt: »Na ja, falls die dich was fragen über mich und so, da wärs ja blöd.« Sie klingt ganz verlegen und greift nach seiner Hand: »Also, ich bin Elvira, sorry, Charlie!« Fred muß lachen: »Ich heiß auch nicht Charlie. Ich heiß Fred. Aber sags nicht weiter!«

Da, wo er schlafen kann, erzählt sie weiter, ist ein Telefon, da soll er jeden Abend zwischen sieben und acht da sein, damit sie ihn erreichen kann. Er soll aber nur abnehmen, wenn es zum zweitenmal klingelt. Daß er Papiere braucht, wird sie weitersagen. »Du«, sagt sie, »noch was, ich soll dir ausrichten, es ist gar nicht so sicher, daß nach dir gefahndet wird. Solang das nicht feststeht, sollst du auf keinen Fall was machen. Nix Illegales oder so.« Ihr Blick sucht in seinen Augen, so als könne sie dort sehen, was für illegale Sachen er machen könnte.

»Was heißt: nicht sicher?« fragt Fred.

Elvira zuckt die Achseln: »Wird noch gecheckt, so genau weiß ichs auch nicht. Soll ich nur ausrichten und daß du aber erst mal lieber unten bleiben sollst.«

Fred nickt vor sich hin. Unten bleiben. Weiter unten geht kaum. Sein Zimmer in der Georgenstraße, ob er es jemals wiedersehen wird? Es wird kühl, spürt er, und Elvira neben ihm fröstelt, schiebt die Hände in die Taschen.

Sie schaut ihn an und sagt: »Du, ich muß los, nen Gruß von einem Ramon soll ich dir noch bestellen! Er wird dich da wahrscheinlich auch mal anrufen!«

Fred spürt ein fast verzweifeltes Verlangen, sie in die Arme zu nehmen. Er unterdrückt es. Es ist nur die Verlassenheit, die Angst, allein zu bleiben, die Sehnsucht nach Jenny. Und wegen Jenny geht das auch nicht.

Er schaut Elvira nach, wie sie den schwach beleuchteten Weg hinabgeht, bis sie in der Dunkelheit verschwindet. Jetzt friert er auch. Er steht auf, langsam wie ein alter Mann, und macht sich auf zu der Adresse, die sie ihm gegeben hat.

Marlene und Corinna sind nett. Sie zeigen ihm das Zimmerchen unterm Dach, geben ihm einen Schlüssel und stellen keine Fragen. Die beiden schlafen bis elf oder zwölf, sind nachmittags meistens in der Uni, kommen dann zum Abendessen heim und kochen sich ein bißchen was. Abends um sieben verziehen sie sich wieder für ihren Job im Café und kommen erst nachts um halb drei nach Hause. Sie fragen ihn jeden Abend, ob er was mitessen will, das will er natürlich und ist dankbar dafür, er hat ja drei Wochen lang nur von Keksen und gelegentlich mal einem Wurstbrot gelebt. Beim Essen plaudern sie ein bißchen, Marlene und Corinna studieren an der Freiburger Albert-Ludwigs-Universität, und zwar Provinzialrömische Archäologie, alle beide. Limes, Römerstraßen, um so was gehts da, um frührömische Truppenlager und spätrömische Festungen am Oberrhein, Bäder und Siedlungen. Die beiden interessieren sich hauptsächlich für Handel und Wirtschaft in der Römerzeit: Silberfunde und reliefverzierte Sigillatakeramik, Glas und Bronzewaren. Fred findet das eigentlich ziemlich spannend, er wußte gar nicht, daß die Römer hier in Südbaden so aktiv waren. Aber so ganz drauf konzentrieren kann er sich auch nicht, es geht ihm einfach zu viel im Kopf herum.

Samstagabend klingelt das Telefon zweimal und hört wieder auf. Nach einer halben Minute klingelt es wieder. Ramon ist dran: »Na Alter, gehts und stehts?« Er wartet nicht auf eine Antwort, sondern fährt fort: »Paß uff, Alter, ich hab mich mal lieber verzogen.«

»Hab schon gehört«, antwortet Fred, einen Kloß im Hals.

»Aber du«, sagt Ramon, »du brauchst nicht hier im Teich rumzuhängen, von dir wollnse nämlich nüscht!«

Fred traut seinen Ohren nicht: »Was? Wirklich?«

»Stimmt schon. Hab mit Jürgen geredet, nicht direkt, verstehst schon, sollst dich möglichst bald bei ihm blicken lassen. Keine Gefahr, ne Vernehmung, wenns hoch kommt!« Ramon hat es eilig, er spricht schnell. »Noch was, die Kleine, die Sympibraut, von derste das Zimmer hast, die sollste morgen vormittag noch mal treffen, um elfe, gleicher Ort wie schon mal. Nicht vergessen! Und ich soll dir noch nen Gruß aus Berlin ausrichten, tralala, du weißt schon von wem. So, muß Schluß machen, tschau, tschüs, mach gut, Alter!« Klick, und weg ist er.

Ein Gruß von Jenny! Fred atmet erleichtert auf, jetzt geht es ihm schon ein bißchen besser, wenn auch nicht viel. Aber gleich meldet sich wieder das Mißtrauen: Ramon hat das vielleicht bloß so dahingesagt. Jenny sitzt schließlich im Knast, wie sollte sie ihm da einen Gruß an ihn, Fred, zukommen lassen? Vielleicht über einen Anwalt?

Elvira taucht pünktlich auf, eine zuverlässige Genossin. Sie will den Koffer von Jenny holen, hat ihren Opel um ein paar Ekken geparkt, und Fred soll vor ihr herfahren. Er freut sich, sie wiederzusehen, und sie sagt: »Schön, daß du wieder zurückkannst! Freut mich für dich! Muß doch ein ganz schreckliches Gefühl sein, wenn die Bullen hinter einem her sind, ich meine, so richtig, mit RAF-Fahndung und so.« Sie schaut ihn mit großen Augen an.

»Was machst du eigentlich,« fragt er sie, »du bist keine Illegale, oder?«

Sie schüttelt den Kopf: »Nein, gottseidank, ich bin bloß ne Randfigur aus dem Sympathisantensumpf.« Sie lacht ganz vergnügt und kriegt richtig Schlitzaugen dabei.

Weiterzufragen verbietet die klandestine Etikette.

Fred findet die Stelle leicht wieder, ist schließlich nicht lang her, und gräbt den Koffer aus. Die Pistole, die er sich rausgenommen hat, wischt er noch einmal sorgfältig ab und gibt sie ihr, erleichtert, daß er das Ding los ist. Sie packt sie mit in den Koffer, streift sich den schmutzigen Handschuh ab und hält ihm die Hand hin. »Tschau«, sagt sie, »viel Glück!«

»Dir auch«, sagt er, »laß dich nicht erwischen mit dem Zeug da!«

Sie sagt: »Keine Bange, ich paß schon auf!« Sie sehen sich einen langen Augenblick an, dann gibt sie ihm ein schnelles Küßchen auf den Mund, dreht sich um und marschiert zu ihrem Auto. Fred schaut zu, wie ihr Opel über den Waldweg schlingert und schließlich in die Landstraße einbiegt und verschwindet. Er läßt den Motor an und fährt langsam hinterher. Zur Freiburger Frauenwohnung fährt er nicht mehr zurück, sondern direkt auf die Autobahn. 23 Tage war er untergetaucht.

AUFTAUCHEN

Samstag, 4. Oktober 1975

Fred rasiert sich den Schnurrbart ab und macht sich dran, sein legales Leben wieder aufzunehmen. Es gibt tatsächlich keinen Haftbefehl gegen ihn, keine Fahndung ist ausgeschrieben, nur eine Vorladung vom LKA für Montag ist da. Ramon, so hört er, wird aber wirklich von den Bullen gesucht, die wollen ihm das große Ding in Berlin mit anhängen, die Lorenz-Kiste. Auch Henry ist auf Tauchstation gegangen, freiwillig heißt es, von dem wollen die Bullen zwar nichts, aber Henry hat die Faxen dicke. Soll er wenigstens gesagt haben. Ein paar Briefe warten zu Hause auf ihn, aber nichts von Jenny. Auch Sandra hat nichts von ihr gehört, auch nicht von Ramon, und so schauen sie sich voller Kummer an.

Jürgen, der Linksanwalt, geht Montag früh mit ihm ins LKA, pünktlich um 9 Uhr, wie auf der Vorladung verlangt. Einer polizeilichen Vorladung bräuchte er eigentlich keine Folge zu leisten, aber Jürgen hat ihm dazu geraten, angesichts seiner dreiwöchigen Unauffindbarkeit. Fluchtverdacht kann einen Haftbefehl zur Folge haben. Ein grauhaariger Kriminalkommissar nimmt seine Personalien auf, liest ihm ein paar Fragen vor und will wissen, ob er dazu Aussagen machen möchte. Fred verneint. Das wars schon. Gerade als sie aufstehen, um zu gehen, kommt Hausinger rein, einen Aktendeckel in der Hand. »Ja da schau her«, tut er überrascht, »der Herr Richter! Wollns schon wieder gehen?«

Die Bank ist abgeblasen und die Mini-Cooper müssen verschwinden, auch die Garage wird nicht mehr gebraucht. An einem Regentag, nachdem er sich überzeugt hat, daß sie nicht beobachtet werden, fährt er mit Sandra die beiden Autos in die Nähe von Starnberg und stellt sie auf einem einsam gelegenen und unbewachten Parkplatz für Ausflügler ab. Die Schlüssel lassen sie drin stecken. Fred schraubt die Nummernschilder ab und verstaut sie mit den Kfz-Scheinen in einer Plastiktüte, alles schön mit Handschuhen, dann klopft er dem blauen Mini auf die Motorhaube und sagt: »Sei nicht traurig, kleines Auto, bald bist du wieder zu Hause.« Sandra und er wandern im Regen durch wunderschönen Herbstwald zum Bahnhof Mühltal und fahren mit dem Zug nach München zurück. Dort wirft Fred die Nummernschilder und die Scheine in verschiedene Abfalleimer. Die Garage kündigt er unter demselben falschen Namen, unter dem sie gemietet wurde, und verzichtet auf die zuviel bezahlte Miete.

Fred kann Sandra gerade noch seinen Mietanteil geben, dann ist er völlig pleite. Es wird richtig eng, denn Ramon zahlt ja auch nichts mehr dazu. Fred muß seinen Daimler verkaufen und kriegt immerhin noch 500 Mark dafür. Dann knöpft er sich die Stellenangebote vor.

Schon nach ein paar Tagen hat er eine Stelle als Stadtfahrer für die Buchhandelsauslieferung W. Ferchl im Münchner Norden. Da muß er zwar früh um sieben anfangen, einladen und losfahren, aber dafür ist um vier Feierabend. Wenn er schon arbeiten muß, dann am liebsten als Stadtfahrer, da läßt sich nebenbei immer alles mögliche erledigen oder besorgen, und alleine im Auto kann er sich halbwegs frei fühlen.

Tagsüber kurvt er mit dem weißen Ford Transit in München herum, fährt von Buchladen zu Buchladen und liefert Bücherpakete, Zeitschriften und Werbematerial aus. So vergehen zwei Wochen, er hört nichts von Jenny und von Ramon auch nicht. Es ist, als wären sie nicht mehr auf der Welt, und ohne daß es ihm auffällt, verlernt er das Lachen.

NACHRICHTEN

AM 12. NOVEMBER 1975 WERDEN WALTRAUD SIEPERT UND CHRISTIANE DOEMELAND VERHAFTET. DIE FESTNAHMEN STEHEN IM ZUSAMMENHANG MIT DER FAHNDUNG NACH WEITEREN BETEILIGTEN AN DER LORENZ-ENTFÜHRUNG, SAGT DER NACHRICHTENSPRECHER.

AM 14. NOVEMBER 1975 ENTDECKT DIE POLIZEI IM KELLER EINES KREUZBERGER TRÖDELLADENS IN DER SCHENKENDORFFSTRASSE DAS ›VOLKSGEFÄNGNIS‹, IN DEM PETER LORENZ GEFANGENGEHALTEN WURDE.

IN MÜNCHEN WIRD AM 24. NOVEMBER 1975 DAS BUCH WIE ALLES ANFING BESCHLAGNAHMT. DER AUTOR, MICHAEL (BOMMI) BAUMANN, BESCHREIBT DARIN AUS SEINER SICHT DIE ENTSTEHUNG DER BEWEGUNG 2. JUNI UND FORDERT SEINE VORMALIGEN GENOSSEN AUF: FREUNDE, SCHMEISST DIE KNARRE WEG! UNGEACHTET DESSEN WIRD DIE BAYERISCHE ZENSURAKTION DAMIT BEGRÜNDET, DASS DAS BUCH GEWALT VERHERRLICHE UND VERHARMLOSE.

ZWISCHEN DEM 16. UND DEM 24. DEZEMBER 1975 WIRD VON POLIZEI UND STAATSANWALTSCHAFT EINE BUNDESWEITE AKTION GEGEN POLITISCHE BUCHLÄDEN, VERlage, Druckereien und Wohngemeinschaften durchgeführt. Als Begründung dient der Paragraph 131, Verherrlichung von Gewalt. In naher Zukunft könne man noch schärfer gegen Sympathisanten vorgehen, heisst es, sobald nämlich die §§ 130a, Anleitung zu Straftaten, und 88a, verfassungsfeindliche Befürwortung von Straftaten, endlich in Kraft seien.

Am 21. Dezember 1975 kommt in den Nachrichten, dass ein palästinensisches Kommando die OPEC-Konferenz in Wien überfallen hat. Es kam zu einer Schiesserei, bei der es drei Tote gab. Das Kommando erzwang die Ausreise mit den OPEC-Ministern als Geiseln. Anführer soll ein gewisser Carlos gewesen sein, der in Wirklichkeit einen russisch-spanischen Namen tragen soll: Iljitsch Ramirez Sanchez.

Zu Weihnachten 1975 wird Margit Czenki, die sogenannte ›Banklady‹, die 1971 eine Filiale der Bayerischen Hypotheken- und Wechselbank in München überfallen hatte, auf Bewährung aus der Haft entlassen.

1976

Fred macht seinen Fahrerjob auch im neuen Jahr. Fast jeden Abend sitzt er mit Sandra vor dem Fernseher, und sie ziehen sich die Nachrichten rein. Hauptthema ist zur Zeit immer wieder der Baader-Meinhof-Prozeß:

Rechtsanwalt Azzola, der Verteidiger Ulrike Meinhofs, hat in Stammheim den Antrag gestellt, die Angeklagten als Kriegsgefangene anzuerkennen und das Verfahren abzubrechen. Die RAF-Gefangenen Andreas Baader, Gudrun Ensslin, Ulrike Meinhof und Jan Raspe haben eine gut 200 Seiten lange ›Erklärung zur Sache‹ verlesen.

Am 20. Januar 1976 lehnt das Stuttgarter Gericht den Antrag der Verteidigung ab, RAF-Häftlinge als Kriegsgefangene zu behandeln.

Anfang Februar, an einem Samstag, macht Fred mit Sandra einen Spaziergang im Englischen Garten, bißchen frische Luft schnappen, obwohl das Wetter nicht besonders einladend ist. Es liegt kein Schnee, aber sie bleiben auf den Wegen, denn die Wiesen sind verschlammt und voller Pfützen. Sie steigen zum Monopteroshügelchen hinauf, dort ist niemand außer ihnen. Grau ist der Himmel, grau liegt die Stadt hinter kahlen Bäumen.

Fred fragt: »Warum ist Ramon eigentlich abgetaucht?«

Sandra zieht ihre Jacke fester um sich und sagt: »Weil die Bullen da waren, sechs Mann hoch, mit nem Haftbefehl für ihn, gleich am Morgen, nachdem du weg bist! Er war aber grad rausgegangen, ne Viertelstunde, bevor sie geklingelt haben, weil er sich mit Franz im Höflinger verabredet hat, der hatte am Abend vorher angerufen wegen nem Komparsenjob, den sie kriegen könnten. 50 oder sogar 100 Mark für jeden!« Sie zuckt die Achseln. »Ich hab die Bullen nicht reingelassen, aber die sind draußen stehengeblieben, und ich hab im Höflinger angerufen und hab Ramon dort auch drangekriegt, gottseidank.«

»Dann ist er erst gar nicht heimgekommen?« fragt Fred.

Sandra sucht nach ihren Zigaretten. Sie steckt sich eine an und bläst den Rauch in die graue Luft. »Nein«, sagt sie, »natürlich nicht. Jürgen sagt, der Haftbefehl ist allgemein, wegen Unterstützung und so weiter, und sie könnten ihm da eigentlich nix richtiges anhängen, aber er sagt auch, daß ihm auf jeden Fall endlos U-Haft blüht, so wie die das heute machen.« Sie nimmt noch einen Zug und schnippt die kaum gerauchte Zigarette ins nasse Gras. »Ich kanns ihm nicht verdenken«, meint sie, »ich würd mich auch nicht da reinhocken und dran glauben, daß irgendwann die Gerechtigkeit siegt.«

Nachrichten

Am 16. März 1976 werden in Hamburg Irmgard Möller zu zehn und Gerhard Müller zu viereinhalb Jahren verurteilt. Müller, der wegen Polizistenmordes vor Gericht stand, erhält damit für seine Zusammenarbeit mit den Anklagebehörden erheblichen Strafnachlass.

Am 26. März 1976 meldet die Berliner Polizei die Festnahme von Eberhard Dreher und Andreas Vogel wegen Unterstützung und Mitgliedschaft in der Bewegung 2. Juni.

KNASTBESUCH

Vier Monate hat Fred als Stadtfahrer gearbeitet. Ende März 1976 hat er keine Lust mehr und schmeißt den Job hin. Für 1.000 Mark kauft er sich wieder einen Daimler, gebraucht natürlich, mit einem Jahr TÜV, diesmal in dunkelgrün und mit Schiebedach.

Bis jetzt hat er Jenny fünfmal geschrieben, aber nur einen Brief von ihr bekommen, in dem nicht viel stand. Nur der Schlußsatz war tröstend: *Ich umarm dich, Jenny.* Trotzdem quält ihn noch immer der Gedanke, sie hätte ihm den Streit beim Abschied nicht verziehen. Es hilft gar nichts, wenn er sich vorsagt, daß es gar kein richtiger Streit war.

Er telefoniert mit Dr. Philipp, ihrem Berliner Anwalt, und erfährt, daß mindestens zwei seiner Briefe beschlagnahmt worden sind: zu den Akten genommen, wie das offiziell heißt. Er kann sich nicht denken, warum. Es muß Schikane sein, denn er hat natürlich mit größter Vorsicht geschrieben, wohl wissend, daß die Briefe von Polizei und Staatsanwaltschaft gelesen werden.

Briefe in den Knast zu schreiben, ist eine Qual. Nicht nur, weil es aufzupassen gilt, daß nichts verraten oder erwähnt wird, das den Bullen irgendwelche Hinweise geben könnte. Sein Untertauch-Abenteuer ist natürlich auch tabu. Er wagt auch nicht, Namen zu nennen, schon gar nicht im Zusammenhang mit der RH und ähnliches. Was bleibt, ist relativ belangloses Zeug. Schlimm ist die Grübelei beim Schreiben: Was kann ich ihr schreiben, das sie ein bißchen aufmuntert in ihrer Zelle, mit der schrecklichen Ungewißheit, ob und wann sie je wieder herauskommt? Was immer er hinschreibt, es kommt ihm sofort hohl vor, leere Phrasen, durchschaubare Floskeln: Bleib stark. Laß den Kopf nicht hängen.

Fred hat über Dr. Philipp bereits dreimal Besuchserlaubnis für Jenny in der JVA Lehrter Straße, dem Berliner Frauengefängnis beantragt, aber die zuständigen Berliner Staatsanwälte Möllenbrock und Przytarski haben jedesmal abschlägig beschieden. Sein vierter Besuchsantrag aber, den er schon ganz ohne Hoffnung gestellt hat, wird auf einmal genehmigt.

Fred fährt allein nach Berlin. In Rudolphstein tankt er noch einmal voll, dann fährt er durch die Grenzkontrollstelle Hirschberg in die DDR. Es ist Ende April und ein ungewöhnlich sonniger und heißer Tag, vor ihm schimmern die Betonplatten der Transitautobahn wie Wasser, und darüber flimmert die Luft. Die alte Autobahn aus der Vorkriegszeit ist nie richtig ausgebessert worden, ist voller Schlaglöcher und Verwerfungen. Fred kann kaum schneller als 80 fahren, obwohl 100 erlaubt wären, und die einsame Fahrt will kein Ende nehmen. Endlich geht es über die Elbe und vorbei an dem markanten Steinturm mit der Aufschrift PLASTE UND ELASTE AUS SCHKOPAU. Nun ist es nicht mehr weit bis Berlin, vielleicht eine Stunde bis zur Grenze. Noch 20 Minuten im Stau vor dem DDR-Übergang Drewitz, dann vorbei an dem Russenpanzer, der auf seinem absurd hohen Denkmalsockel das Kanonenrohr in den Himmel reckt, aufatmend ab auf die Avus und Vollgas. Eine halbe Stunde später ist er in Kreuzberg bei Kutte und Lili, die vor der ausgeschalteten Glotze auf dem Bauch liegen und Monopoly spielen.

Die Frauenhaftanstalt Lehrter Straße ist ein alter Backsteinbau, auf der Krone der hohen Ziegelmauer ringelt sich rostiger Stacheldraht. Über der Eingangspforte wacht eine klobige Kamera. Mittwochmorgen, Punkt neun, sitzt Fred als einziger im Besucherraum, in dem es nach kaltem Zigarettenrauch stinkt. Er hat nichts im Magen, kein Frühstück runtergebracht, nur Kaffee. Jetzt ist ihm schlecht, und er spürt Schweiß auf seiner Oberlippe. Während er wartet, vergeht die Übelkeit langsam, aber es ist ihm irgendwie zittrig. Nervosität und zuviel Kaffee, denkt er, und wie wird das sein, wenn wir uns gleich wiedersehen? Er wartet, die Hände im Schoß. Wenn er nicht das Gefühl hätte, beobachtet zu werden, durch eine versteckte Kamera oder durch die Gucklöcher in den Türen, würde er auf- und ablaufen. Endlich wird er aufgerufen.

Jenny ist dünn und blaß, aber das war sie vorher auch schon. Sie hat ein blaues, knielanges Leinenkleid an, das nach Knast aussieht. Sie lächelt. Eine Weile sehen sie sich nur stumm durch die Trennscheibe an. Jenny tippt mit dem Finger dagegen und sagt: »Die ist ganz neu! Erst vor vier Wochen eingebaut! Schön, nicht wahr?« Ihre Stimme kommt nur leise und dumpf durch winzige Schallöcher. »Wie gehts Sandra?« will sie wissen, nach Ramon oder Henry fragt sie nicht, also weiß sie, daß die untergetaucht sind. Über Ramon hat sie ihm ja nen Gruß ausrichten lassen, also weiß sie wohl auch von seinem dreiwöchigen Untertauch-Abenteuer. Fred wüßte gern, ob Jenny wirklich an der Lorenz-Entführung beteiligt war, er kann sie aber unmöglich danach fragen, nicht hier im Besucherraum. Er kann sie auch nicht fragen, ob sie ihm ihre kurze Auseinandersetzung noch nachträgt. Er kann ihr nicht einmal sagen, daß er sie liebt, denn eine uniformierte Schließerin steht dabei und ist ganz Ohr. Ihr Gespräch wird bestimmt mitgeschnitten, die Post auf jeden Fall geöffnet. Vielleicht liest Jenny die Fragen in seinen Augen, denn sie grinst auf einmal und sagt: »Mach dir keine Sorgen, Fred, wird schon alles werden!« Danach schauen sie sich eine ganze Weile nur stumm an, Fred weiß nicht, was er sagen soll, und sie anscheinend auch nicht.

»Ende der Besuchszeit!« schneidet die Stimme der Schließerin in ihr Schweigen, die 20 Minuten sind um.

Jenny ist schon fast durch die Tür, da dreht sie sich noch einmal um und ruft: »Vergiß mich nicht!« Fred schießen die Tränen in die Augen. Schnell wendet er sich ab.

Draußen steigt er ins Auto, kämpft mit zusammengebissenen Zähnen um Fassung und fährt schließlich los. Schon nach ein paar Minuten merkt er, daß er observiert wird. Ein dunkelblauer BMW, typisch für Zivilbullen, bleibt unentwegt im Rückspiegel und fährt ihm bis Kreuzberg nach. Fred ärgert sich und fährt einmal rund um einen Häuserblock. Der BMW bleibt stur hinter ihm. Er fährt weiter ums Karree, zweimal, dreimal, ein viertes Mal. Erst als er neun- oder zehnmal immer um den selben Block herumgefahren ist, reicht es den Kerlen im BMW, und sie verduften. Auf dem Weg zu Kuttes Wohnung sieht er keine Spur mehr von ihnen. Es ist eigentlich egal. Wo er hier pennt, wissen sie bestimmt schon, Kutte ist auch kein unbeschriebenes Blatt, von wegen Schwarze Hilfe und so, also was solls. Er rechnet damit, daß der BMW bei Kutte vor der Tür steht, aber dem ist nicht so. Kutte lacht, als er hört, wie Fred den BMW losgeworden ist: »Isset den Kerlen schwindlich jeworden, wa!« Lili fragt: »Wie wars im Knast? Wie gehts Jenny?« Fred zuckt die Achseln, und beißt sich auf die Lippe, da nimmt sie ihn schweigend in den Arm.

Abends ziehen Kutte und Lili um die Häuser, sie wollen ihn mitnehmen, aber Fred hat keine Lust. Er kann allerdings auch ewig nicht einschlafen. Hat Jenny nun da mitgemacht bei der Lorenz-Kiste oder nicht? Und wenn, können sie es ihr beweisen? Dr. Philipp wußte auch nichts Genaues. »Die Staatsanwaltschaft mauert«, hat er gesagt, »Akteneinsicht wird verzögert, und alles mögliche wird vorenthalten«, und mit schiefem Lachen: »Um die Ermittlungen nicht zu gefährden! Anwälte gelten ja heutzutage praktisch schon als Komplizen!«

Fred steht auf und tappt im Dunkeln in das ›Küchenabteil‹. Er holt sich ein Glas Wasser und stellt sich vor eins der riesigen Fabrikfenster, starrt hinaus auf mondbeschienene Hinterhoffassaden und kahle Brandmauern. Ich liebe dich doch, denkt er, und da sitzt du jetzt im Bau, weiß Gott für wie lang, vielleicht sogar fürs ganze Leben? Ich kann dich doch nicht einfach vergessen und sitzenlassen! Wenn du verurteilt wirst, muß ich hierher ziehen, und dann sehen wir uns nur noch bei kurzen Knastbesuchen. Schöne Aussichten.

Er trinkt das Glas leer, kämpft den Impuls nieder, es einfach durch die Scheibe nach draußen zu feuern, und stellt es statt dessen sanft auf dem Fensterbrett ab. Auf dem Dach gegenüber sitzt bewegungslos eine Katze. Der Mond ist nicht zu sehen, der steht wohl direkt überm Haus. Morgen will er zurück nach München, zehn Stunden Fahrt. Da er kein Verwandter von Jenny ist, ist die nächste Besuchsmöglichkeit frühestens in einem Monat, immer vorausgesetzt, er kriegt eine Erlaubnis.

NACHRICHTEN

9. MAI 1976: ULRIKE MEINHOF WIRD IN IHRER ZELLE ERHÄNGT AUFGEFUNDEN. IM IN- UND AUSLAND ENTSTEHT DER VERDACHT, DASS ES SICH NICHT UM SELBSTMORD HANDLE. DIESEN VERDACHT ÄUSSERN AUCH DIE ANWÄLTE VON ULRIKE MEINHOF. NOCH AM ABEND KOMMT ES ZU PROTESTKUNDGEBUNGEN UND DEMONSTRATIONEN, IN BERLIN UND FRANKFURT ZU STRASSENSCHLACHTEN. IN DEN FOLGENDEN TAGEN WERDEN ANSCHLÄGE AUF DEUTSCHE EINRICHTUNGEN IN FRANKREICH, SPANIEN UND ITALIEN VERÜBT.
NACH DER OBDUKTION VERLAUTBART, ES WÄREN KEINE SPUREN VON FREMDEINWIRKUNG GEFUNDEN WORDEN. ULRIKE MEINHOF WIRD AM 15. MAI 1976 IN WESTBERLIN BEIGESETZT.

18. JUNI 1976: BEI EINEM BRANDANSCHLAG IN HAMBURG AUF DAS BÜRO DES ZWANGSVERTEIDIGERS VON MARGIT SCHILLER, KLAUS JÜRGEN LANGER, WIRD DESSEN SEKRETÄRIN JOHANNA KELLER GETÖTET.

24. Juni 1976: Der Bundestag verabschiedet die ersten Anti-Terror-Gesetze. Von nun an kann der Schriftverkehr zwischen den Gefangenen und ihren Anwälten überwacht werden. Ausserdem wird die sogenannte Mehrfachverteidigung unterbunden. Mit dem § 129a wird der Straftatbestand der Bildung und/oder Mitgliedschaft in einer terroristischen Vereinigung geschaffen.

27. Juni 1976: Ein französisches Verkehrsflugzeug mit 248 Passagieren an Bord, darunter 70 Israelis, wird von einem ›Kommando der Volksfront zur Befreiung Palästinas‹ entführt und zur Landung auf dem ugandischen Flughafen von Entebbe gezwungen. Die Entführer, unter denen sich auch Mitglieder der Revolutionären Zellen befinden, verlangen die Freilassung von 53 politischen Gefangenen. Auf der Liste stehen auch 6 in der BRD einsitzende Häftlinge: Werner Hoppe, Jan-Carl Raspe, Ralf Reinders, Ingrid Schubert, Fritz Teufel und Inge Viett. Bei Nichterfüllung wird mit der Erschiessung der Geiseln gedroht.
Im Lauf der Verhandlungen lassen die Entführer 147 Geiseln frei. Am 4. Juli 1976, kurz vor Ablauf des Ultimatums, überfällt eine israelische Militäreinheit den Flughafen von Entebbe und zerstört alle Jagdflugzeuge der ugandischen Luftwaffe. Danach stürmen die Israelis das Flugzeug, befreien die Geiseln und töten die 7 Kommandomitglieder, darunter Wilfried Böse und Brigitte Kuhlmann von den RZ. Insgesamt kommen bei der blutigen und wegen der Verletzung der ugandischen Souveränität umstrittenen Militäraktion 31 Menschen ums Leben: 20 Ugander, 3 Geiseln, 7 Entführer und ein israelischer Offizier.

JAILBREAK

Mai und Juni sind vergangen, und Fred hat keine weitere Besuchserlaubnis erhalten. Er arbeitet seit sechs Wochen im Neubau eines Bürohochhauses im Münchner Norden, Teppichböden verlegen und allerlei Hilfsarbeiten. Er verdient nicht schlecht, aber abends ist er so erschöpft, daß er meist todmüde ins Bett fällt. Er schreibt drei Briefe an Jenny und erhält keine einzige Antwort. Seit dem Tod von Ulrike Meinhof quält ihn die Angst, auch Jenny könnte da drin etwas zustoßen, oder sie würde es nicht mehr verkraften und sich was antun.

Da brechen am 7. Juli 1976 vier Frauen aus der Frauenhaftanstalt Lehrter Straße in Westberlin aus. Die vier sind Monika Berberich, Juliane Plambeck, Gabriele Rollnik und Inge Viett. Monika Berberich soll zur RAF gehören, die anderen drei werden dem 2. Juni zugerechnet. Den Frauen soll es nachts gelungen sein, mit Hilfe von Nachschlüsseln ihre Zellen zu verlassen. Sie überwältigten zwei Aufseherinnen, verschafften sich mit deren Schlüsseln Zugang zur Gefängnisbibliothek und gelangten dort durch ein Oberlicht auf das Dach, von dem sie sich mit Hilfe zusammengeknoteter Bettücher auf die Straße abseilten. Dort erwartete sie ein Wagen, von einer Frau gefahren; soviel wird dazu bekannt. Der Ausbruch verursacht einen ungeheuren Aufruhr in der Presse, im Fernsehen fallen die Politiker übereinander her und beschuldigen sich gegenseitig, das wenigstens ist amüsant.

Nur eine Woche später gelingt Jenny die Flucht. Fred traut seinen Augen nicht, als er es morgens in der Zeitung liest. Wie um Himmels willen hat sie das geschafft? Jetzt, wo sie in allen Knästen vor Aufregung im Kreis rumrennen, wo es auf den Berliner Straßen vor Bullen nur so wimmelt? Abends kommt es auch in der TAGESSCHAU. Die übliche Großfahndung wird losgetreten, sie zeigen ihr Bild in der Glotze. Einzelheiten zu den Umständen der Flucht will die Polizei vorerst nicht bekanntgeben. Die billigen Hetzblätter keilen am nächsten Morgen nach beiden Seiten aus wie Maulesel: AUSBRUCH DER TERRORMÄDCHEN TEIL 2, und darunter: FLUCHT WAR EIN KINDERSPIEL und: WIE SICHER SIND WIR NOCH VOR VERBRECHERN, HERR JUSTIZSENATOR? Einzelheiten zum ›Fluchthergang‹ stehen aber auch nicht drin. Er trifft sich mit Sandra. Es tut gut, mit ihr zu reden. Sandra weiß, wie es ist. Ob sich Jenny und Ramon im Untergrund treffen? Wer weiß. Es gibt keine Möglichkeit, das rauszukriegen.

Montag ist eine Vorladung zum LKA im Briefkasten. »Geh ruhig hin«, sagt der Anwalt, »hör dir an, was die wollen, und sag nichts. Du hast keine DDR-Transit-Stempel im Paß für die fragliche Zeit, geflogen bist du auch nicht, also können sie eigentlich nichts machen. Ruf an, wenn du wieder zu Hause bist. Falls sie dich doch dabehalten wollen, natürlich auch. Kann ich mir aber nicht vorstellen.«

Im LKA sitzt Fred seinen alten Bekannten Holzmann und Hausinger gegenüber. Wieder spielen sie Schreibtischbulle und Wandbulle. Aber diesmal ist auch ein Berliner dabei:

»Sie hamm doch bei der Flucht geholfen, wa, machense uns doch nüscht vor, Mensch, det könnwa uns doch an die Finger abzählen!« Er blättert in Freds Paß herum, dann wirft er ihn auf den Tisch. »Detse nachm 21. 4. keenen Stempel drinhamm, det sacht jarnüscht, jarnüscht sacht det, mein Liewa! Jibt imma Mittel un Weje«, philosophiert er, »un won Wille is, is oochn Weg, wa.«

Holzmann und Hausinger, inzwischen als HaHa in der RH-Szene bekannt, lassen den Berliner machen. Der bohrt hartnäkkig weiter, aber Fred schweigt sich aus, das Beste ist immer, überhaupt nichts zu sagen. Außerdem weiß er ja nichts, aber auch das geht die Bullen nichts an.

Holzmann sagt schließlich nach fast eineinhalb ergebnislosen Stunden: »Lassmas gut sein, Herr Kollege, aus dem kriegns eh nix raus. Gehma lieber was essen!«

Fred ist entlassen und darf heimgehen. Seine Gefühle sind zwiespältig. Er freut sich natürlich, daß Jenny die Flucht gelungen ist, und bewundert sie auch dafür. Aber zum erstenmal verspürt er richtige Angst um sie. Jetzt wird es endgültig vorbei sein mit dem Spaß, jetzt fängt der Ernst des Lebens an.

Der Berliner LKA-Mann hat es angedeutet: »Die kriejen wa schon, da könnse sich druff valassen, wa, und denn is awa jute Nacht, gnä Frau!«

Was wäre wohl passiert, wenn er geantwortet hätte: Werds ausrichten?

Das Blatt hat inzwischen ein Stadtbuch für München herausgebracht, ein dickes, kleines Büchlein: Tips, Adressen und was so läuft. Fred sieht es morgens beim Einkaufen im Zeitschriftenladen und kauft es für 5 Mark. Auf dem rotgelben Umschlag ist eine Seyfried-Zeichnung vom Monopteros, der kleine Hügel wimmelt von Freaks und Hippies, von Kiffern und Blatt-Lesern. Fred entdeckt mehrere bekannte Gesichter, darunter Anatol vom Blatt und Fat Freddy. Im Gebüsch versteckt ein Bulle, im Hintergrund düster und dunkel die Stadt mit qualmenden Fabrikschloten. Es ist das erste Stadtbuch, das wir machen, heißt es im Vorwort, und in Klammern steht gleich dahinter: Man merkts, man merkts!

Zu Hause angekommen, findet er einen Brief im Kasten. Es ist der letzte Brief, den er an Jenny geschrieben hat, nur ein paar Tage vor ihrem Ausbruch. Der Brief ist unbeschädigt, anscheinend nicht geöffnet worden. Unter der Anschrift *Fr. Jenny Konrad, JVA Lehrter Straße, Berlin* ist ein Stempelabdruck: Adressat unbekannt verzogen. Zurück an Absender.

Nachrichten

Am 10. Juli 1976 tritt der Berliner Justizsenator Hermann Oxfort (FDP) im Zusammenhang mit den Gefängnisausbrüchen zurück.

Vierzehn Tage nach ihrer Flucht aus der JVA Lehrter Strasse am 7. Juli 1976 wird Monika Berberich auf dem Kurfürstendamm festgenommen.

Am 21. Juli wird Rolf Pohle, einer der Gefangenen, die durch die Lorenz-Entführung freikamen, in Athen verhaftet.

18. August 1976: In mehreren deutschen Städten werden nach den neuen Maulkorbparagraphen 88a, Verfassungsfeindliche Befürwortung von Straftaten, und 130a, Anleitung zu Straftaten, Buchläden und Verlage durchsucht, Bücher und Geschäftsunterlagen beschlagnahmt. Eine Person wird verhaftet.
Am gleichen Tag wird das ›Anti-Terrorismus-Gesetz‹ verabschiedet. Die ›Bildung terroristischer Vereinigungen‹ wird ein Straftatbestand.

1. Oktober 1976: Nach anfänglichem Zögern und nach mehreren Beschwerden der deutschen Bundesregierung stimmt das höchste griechische Gericht der Auslieferung Rolf Pohles zu.

VIERTE FESTNAHME

Im Oktober fährt Fred noch einmal nach Berlin. Warum, weiß er eigentlich nicht, es treibt ihn so ein vages Gefühl, er wäre dort Jenny näher. Er will gar nicht versuchen, Kontakt zu ihr zu bekommen, falls sie wirklich noch da sein sollte, das wäre einfach zu riskant. Außerdem hat er nicht die geringste Ahnung, wo sie in der riesigen Stadt sein könnte. Er fährt einfach spazieren und wird dabei immer trauriger. Noch immer schwirren die Bullen wie aufgescheuchte Hornissen herum wegen den Ausbrüchen aus dem Frauenknast in der Lehrter, weswegen ja auch der Justizsenator Hermann Oxfort seinen Hut nehmen mußte. Sie fühlen sich wohl persönlich beleidigt.

Es erwischt Fred gleich am zweiten Tag, am Großen Stern:

Quietschende Bremsen, Blaulicht, fünf, sechs Autos umstellen seinen Daimler, ein aufgeregter junger Polizist hält Fred durchs dummerweise offene Fenster die Pistole an die Schläfe und schreit: »Ich schieße bei der kleinsten Bewegung!«, während ein zweiter Polizist auf der Beifahrerseite dagegen schreit: »Aussteigen und Hände über den Kopf!« Fred bleibt lieber bewegungslos sitzen. Die Pistolenmündung drückt schmerzhaft an seine Schläfe, der junge Bulle ist käseweiß im Gesicht. Ein älterer Zivilbulle beruhigt die Situation. Sie schauen in den Kofferraum, ob Jenny da drinhockt oder Carlos, sie tasten ihn nach Waffen ab und blättern seinen Paß durch, dann sagt der Zivilbulle: »Haunse ab!«

Er wundert sich über diese Kurzfestnahme. Beschatten sie ihn denn nicht in der Hoffnung, er würde sie zu Jenny führen? Dazu müßten sie ihn doch in Sicherheit wiegen, statt ihn immer wieder hopszunehmen und damit erst richtig vorsichtig zu machen! Oder wollen sie ihn auch in den Untergrund drängen? Vielleicht war es ja ein Versehen oder Kompetenzgerangel. Er kann sich vorstellen, daß die LKA- oder BKA-Leute auf ihm drauf sind und sich jetzt wegen der übereifrigen Polizeiaktion schwarzärgern.

Zweimal sieht er auf der Straße junge Frauen, die Jenny von weitem ähnlich sehen, jedesmal durchzuckt ihn ein richtiger Schreck, seltsam gemischt mit Freude. Natürlich war sie es beide Male nicht. Zum letztenmal hat er sie im Knast gesehen, Ende April, das ist jetzt fast ein halbes Jahr her. Fred bleibt fünf Tage in der geteilten Stadt, dann fährt er zurück nach München.

NACHRICHTEN

AM 13. UND 14. NOVEMBER 1976 RÄUMT DIE POLIZEI UNTER EINSATZ EXZESSIVER GEWALT DEN VON VIERZIGTAUSEND MENSCHEN BESETZTEN AKW-BAUPLATZ BROKDORF. DABEI WERDEN MEHRERE HUNDERT DEMONSTRANTEN VERLETZT, EINIGE VON IHNEN SCHWER.

Mittwoch, der 17. November ist Buß- und Bettag und ein trüber, grauer Tag. Fred fährt mit Sandra raus aus der Stadt, frische Luft schnappen. Wohin ist egal, es ist überall neblig. Sie gondeln gemächlich über leere Landstraßen, links und rechts verlieren sich Wiesen und Stoppelfelder im Grau. Irgendwo im Dachauer Moos lassen sie den Daimler auf einem Feldweg stehen und gehen unter laublosen Bäumen an einem schnurgeraden Bach mit schwarzem Wasser entlang. Außer dem grünen Gras am Bach und dem braunen, schimmelnden Laub auf dem schlammigen Weg gibt es ringsum keine Farben, es ist fast wie in einem Schwarzweißfilm. Abgemähte, schlammgraue Felder im grauen Nebeldunst, dunkle Mooswiesen, von Gräben durchzogen, mißtrauisch schielende Krähen und ihr heiseres Gekrächze.

Sandra fragt, wie es Jenny gelungen ist, aus der Lehrter Straße zu fliehen, aber Fred weiß es auch nicht. Darüber hinaus reden sie wenig miteinander. Jenny untergetaucht, Ramon untergetaucht, nach beiden wird gefahndet, was gibt es da noch viel zu sagen. Wer weiß, ob sie sie je wiedersehen. Fred erzählt Sandra aber, daß er sich vorgestern mit Irmgard getroffen hat. Irmgard hat wohl um mehrere Ecken indirekten Kontakt mit Jenny gehabt und hat ihr eine Pappe, einen Paß, organisiert. Den soll er abholen und wo hinbringen, wohin, weiß er noch nicht. Aber vielleicht ist es eine Chance, Jenny zu sehen, und möglicherweise erfährt er von ihr auch etwas über Ramon.

»Meinst du«, fragt Sandra, »Irmgard könnte irgendwie an Ramon rankommen, daß ich ihn mal treffen kann?«

Fred wiegt den Kopf. »Ich hab sie das auch schon gefragt, ob da was geht mit Ramon, und mit Jenny natürlich auch, aber Irmgard hat ja keine direkte Verbindung, kanns auch nur ausrichten über irgendwelche geheimen Kanäle oder Mittelsmänner. Sie hat gesagt, sie wills versuchen, aber ob was zurückkommt, steht in den Sternen.«

»Ich möcht Ramon unbedingt treffen«, sagt Sandra, »aber es

ist halt auch furchtbar gefährlich. Lieber verzichte ich drauf, als daß ich ihn in Gefahr bringe! Die Bullen haben uns ja alle beide auf dem Kieker. Gestern sind sie wieder vorm Haus gestanden, hast du ja auch gesehen.«

»Frag mich bloß, warum sie uns heut nicht nachgefahren sind«, wundert sich Fred. Eine Weile schauen sie stumm in den grauen Dunst hinaus und lauschen, aber von Verfolgern ist weder etwas zu sehen noch zu hören. Es ist, als wären sie ganz allein auf der Welt.

Der Pappenlieferant wohnt in einem Arbeiterblock aus den Zwanzigerjahren, im zweiten Stock. Das Treppenhaus ist düster. Fred steigt gewachste knarrende Holzstiegen hinauf, vorbei an Emaille-Schildern: BETTELN UND HAUSIEREN VERBOTEN und FRISCH GEBOHNERT! Es riecht nach Kohl und Langeweile.

Er klingelt Ho-Ho-Ho-Tschi-Minh: Zweimal lang, dreimal kurz. Ein etwa elfjähriger blonder Bub macht auf und fragt: »Ja?«

»Äh, servus«, sagt Fred, »ich wollt zu Erwin, ist das dein Vater?«

Der Bub ruft über die Schulter: »Papa! Kundschaft!«

Erwin ist ein kleiner, unauffälliger Mann um die Dreißig, mit schütteren, aschblonden Haaren: »Ja bitte? Um was gehts denn?«

Fred stellt sich vor: »Servus, ich bin Fred, ich wollt nur mal vorbeischaun und einen schönen Gruß ausrichten von der Irmgard.«

»Aha«, sagt Erwin, »des is nett! Komm nur herein!« Seinem Buben gibt er einen Klaps aufs Hinterteil und sagt: »Marsch, mach deine Hausaufgaben und laß uns in Ruh, gell!«

Der Bub mault: »Bin doch scho fertig mit die Hausaufgaben, Papa!«

»Dann geh und spiel oder mach sonst was, aber verzupf di!« sagt der Papa energisch.

Fred folgt ihm in ein kleines Wohnzimmer.

»So, von der Irmgard«, meint Erwin, »dann gehts wahrscheinlich um Papierkrieg, hab i recht?« Seine kurzsichtigen blauen Augen zwinkern verschmitzt.

Fred nickt: »Ja, ich möcht was abholen.« Irmgard hat ihm nicht gesagt, was Erwin eigentlich macht. Macht er die Ausweise selber, als Fälscher, oder gibt er sie nur weiter, ist er bloß ein Lieferant oder Kontaktmann? Hier im Zimmer ist jedenfalls nichts zu sehen, was man so für einschlägiges Werkzeug hält, keine Lupenbrille, keine Reprokamera, keine zum Trocknen aufgehängten Paßbilder.

Erwin zieht eine Kommodenschublade auf und sucht darin herum. »Hamma gleich«, sagt er, »is alles fix und fertig, Firma liefert pünktlich!«

Er wühlt in der Schublade und schüttelt den Kopf. »Ja wo is denn jetzt des Scheißkuvert?« murmelt er. Er zieht eine weitere Schublade auf und dann die dritte und findet nicht, was er sucht. »Kruzifix Hallelujah«, flucht er, »des gibts doch net!«

Er knallt die Schublade zu, richtet sich auf und ruft: »Pauli, komm einmal her!« und als der Bub vorsichtig um die Ecke schaut: »Du, hast du da ein Kuvert rausgnommen, aus der Schubladen da?«

Pauli sagt: »Naa, hab i net.«

Erwin sagt drohend: »Pauli, tu net lügen!«

Der Bub gibt zu: »Versteckt hab ichs, Papa!«

»Und wo hast des versteckt?«

»Sag i net«, grinst der Bub.

»Himmelherrgottnochmal«, flucht der Vater, »sagst du mir jetzt sofort, wo du des Kuvert hinhast?« Er macht einen drohenden Schritt auf seinen Sohn zu. Der flüchtet hinter den Tisch. Erwin versucht, ihn zu erwischen, aber der Bub weicht aus. Hintereinanderher rennen sie um den Tisch herum, dreimal, viermal. Fred steht dabei und traut seinen Augen nicht.

Endlich erwischt der Vater seinen Sprößling und schüttelt ihn wütend: »Gibst du jetzt sofort des Kuvert her, sonst setzts was!«

»Laß mi los«, schreit der Bub, »sonst sag ichs der Mama!«

Der Vater schaltet runter: »Also gut, Pauli. Paß auf: Du bringst mir jetzt des Kuvert, und dann kriegst du von mir eine Mark!«

Pauli schüttelt den Kopf: »Nein. Des is jetzt mein Kuvert.« Er schnieft trotzig. Erwin, seinen Sprößling fest am Arm, wirft Fred einen verzweifelten Blick zu.

Fred räuspert sich: »Pauli, wir brauchen des Kuvert doch, da is was ganz Wichtiges drin! Sei lieb und hols!«

»Bloß wenn ich von dir auch a Mark krieg«, sagt der kleine Rotzlöffel.

Fred nickt: »Versprochen!«, und der Vater läßt den Buben los. Der saust wie der Blitz aus dem Zimmer. Fred hört eine Tür zuknallen und das Umdrehen eines Schlüssels im Schloß. Erwin flitzt hinterher und rüttelt an der Tür: »Machst du auf, du Saubua, du greißlicher, paß bloß auf, wenn ich des der Mutti sag, wie du dich wieder aufgführt hast!« Er schaut Fred an, Schweißperlen stehen ihm auf der Oberlippe.

Fred kann nicht anders, er muß lachen. »Reg dich nicht auf, Erwin«, sagt er, »ich hab ja Zeit!« Aber Erwin hat schon einen Plan. Er legt den Zeigefinger an die Lippen, stellt sich neben die Tür und bedeutet Fred, sich auf die andere Seite zu stellen. Da stehen sie nun und lauschen. Es ist ganz still in der Wohnung, bis auf das Ticken einer Uhr. Zwei Minuten verstreichen, eine dritte. Hinter der Tür sagt der Bub: »Papa?« Erwin legt noch einmal den Zeigefinger an den Mund. Fred nickt und wartet schweigend. »Papa?« Keine Antwort. Jetzt dreht sich der Schlüssel im Schloß, ganz leise. Dann senkt sich die Klinke und ganz, ganz langsam geht die Tür einen Spalt auf. Fred und Erwin rühren sich nicht. Pauli steckt den Kopf hindurch, und Erwin erwischt ihn am Ohr und zieht ihn in den Flur. Der Bub schreit: »Au! Aua!«, aber er hat das Kuvert in der Hand.

»Gottseidank«, seufzt Erwin, »wenigstens hat ers net aufgmacht!« Er schubst seinen Stammhalter aus dem Zimmer, gibt Fred den Umschlag und sagt: »Mei, so eine Aufregung! Nix als Ärger hat ma mit dem Buben!« und: »Schau lieber rein, ob alles so is, wies sein soll!«

Drinnen sind noch ein kleinerer Umschlag und ein grüner Reisepaß. Der Paß ist nicht ganz neu, ein wenig abgegriffen. Fred blättert ihn rasch durch. Da ist Jennys Paßbild, mit dem Prägestempel der Landeshauptstadt München drauf; alles richtig und passend ausgefüllt. »Alles okay«, sagt er zu Erwin, »danke!« Dann fällt ihm ein: »Kriegst du denn kein Geld dafür?«

Erwin schüttelt den Kopf: »Bloß die Unkosten, aber des wird andersrum erledigt, da brauchst dich nicht drum zu kümmern. In dem kleinen Umschlag sind übrigens drei Führerscheine drin, schon gestempelt, aber sonst blanko. Die sollst du auch mitnehmen, hats gheißen.«

»Wie geht so was«, fragt Fred, »ich mein, wie kommt man denn an so einen Paß? Oder ist das ein Geheimnis?«

Erwin lacht: »Ach woher, des is kein großes Geheimnis mehr. Geheim is bloß, *wer* so was macht!« Blankopapiere sind ganz selten, erklärt er Fred, dazu braucht es einen Einbruch in ein Landratsamt oder so was. Manchmal werden Pässe oder Führerscheine von Unterstützern hergegeben, aber meistens werden sie irgendwo geklaut. Geschlecht, Größe, Alter, Augenfarbe müssen ungefähr auf den neuen ›Inhaber‹ passen, es dürfen auch keine besonderen Kennzeichen vermerkt sein. Man braucht dann nur das Paßbild auszutauschen, durch vorsichtiges Abfeilen der ringförmigen Nieten, die das alte Bild halten. Das neue Bild bekommt einen nachgemachten Prägestempel verpaßt, der sich mit dem Abdruck auf der darunterliegenden Paßseite decken muß. Neue Nieten rein mit der Nietenzange, die übrigens nicht leicht zu beschaffen ist, und fertig ist ein neuer Mensch.

Der Zug hält. BASEL, BADISCHER BAHNHOF steht auf den Bahnsteigschildern, und darunter stehen grün uniformierte Zollbeamte und Polizisten mit Maschinenpistolen. Fred hat nichts anderes erwartet, aber jetzt verstärkt sich das mulmige Gefühl im Magen doch. Er hat sein graues Sakko an, das hellblaue Hemd und hat sich eine Krawatte umgebunden, die ihn die ganze Fahrt lang beinahe stranguliert hat. Sein Regenmantel hängt am Haken. Außerdem hat er eine Reisetasche dabei mit ein bißchen Wäsche, Waschzeug und einem Pullover.

Mit ihm im Abteil sitzen eine alte Dame und ein junges Paar, das er für Studenten hält, unterhalten hat er sich mit niemandem. Er hört die Grenzer im Nachbarabteil, das Aufschieben der Tür, das laute »Grüß Gott!« Er steckt den Zeigefinger in den Kragen und versucht, ihn ein wenig zu lockern. Diese verdammte Krawatte! Es ist auch viel zu warm im Abteil, Stirn und Oberlippe sind feucht vom Schweiß. Jetzt ist es soweit, mit forschem Ruck wird die Tür aufgeschoben: »Grüß Gott, Paß- und Zollkontrolle, die Ausweise bitte!« Einer tritt ins Abteil und schaut sich die Ausweise an, ein zweiter folgt ihm, im Gang zwei Polizisten. Nun hat der Grenzer seinen Paß, blättert darin, schaut ihn scharf an. Fred fühlt sich scheußlich, jetzt schwitzt er richtig, verflucht noch mal. Er erwidert den Blick des Zollbeamten, weicht seinen Augen nicht aus, gibt sich so arglos, wie nur möglich. Der Zöllner klappt seinen Paß zu, aber er reicht ihn nicht zurück, sondern nickt zum Gepäcknetz hin und sagt: »Ihre Tasche? Machen Sie die mal auf!«

Fred holt die Reisetasche herunter und zieht den Reißverschluß auf. Der Beamte schaut hinein, hebt mit dem Zeigefinger den Pullover an, aber darunter sind nur Socken und Unterhosen. Er schaut in die Seitenfächer und findet auch da nichts. »Gut, danke«, sagt er endlich, reicht Fred den Paß zurück und fragt mit einem Blick auf seine nasse Stirn: »Gehts Ihnen nicht gut?«

»Doch, doch«, antwortet Fred heiser, »ich bin bloß noch ein bißchen erkältet.«

»Aha«, sagt der Grenzer, »na, dann gute Besserung!«

Fred lehnt sich erleichtert zurück, als der Zug anruckt und losfährt. Der deutsche Zoll wäre überstanden. Eine Viertelstunde später steigt er im Basler SBB-Bahnhof um in den Zug nach Bern, das Kuvert mit den Papieren sicher und unentdeckt im Mantelfutter. Die Schweizer haben nur einen kurzen Blick in seinen Ausweis geworfen und ihm freundlich gute Fahrt gewünscht.

»Das ist natürlich nicht von mir«, hat Irmgard gesagt, als sie ihm ein Kuvert mit 400 DM zugesteckt hat für Fahrt und Übernachtung, »das ist von du weißt schon wem.« Sie haben sich im Kaufhof getroffen, ganz klammheimlich, in der Spielwarenabteilung.

Im Kuvert war auch eine Wegbeschreibung für den Tag nach der Ankunft. Auswendig lernen und verbrennen: Zuerst soll er mit der kurzen Standseilbahn vom Berner Bundeshaus nach Marzili runterfahren. Von dort soll er zu Fuß über die Dalmazibrücke gehen und durch genau bezeichnete Straßen hinauflaufen zum Historischen Museum am Helvetiaplatz. Der Weg soll leicht zu finden und nicht sehr weit sein. Vom Museum soll er auf der hohen Kirchenfeldbrücke noch einmal die Aare überqueren, einfach den Tramschienen nach, und weiter zum Kornhausplatz. Direkt vor der Kornhausbrücke wird er rechts an einer abwärtsführenden Gasse ein Denkmal mit Bären sehen, dort wird ihn wer abholen.

Fred hat im Zug schon einen Stadtplan von Bern studiert, jetzt hält er sich genau an diese Vorschriften, wandert durch steil berganführende Sträßchen mit Villen hinauf zum Bernischen Historischen Museum, ein burgartiges Ensemble mit spitzen Turmhelmen und steilen Dächern. Wahrscheinlich dient dieser Fußweg dazu zu checken, ob ich verfolgt werde, denkt Fred unbehaglich, aber so sehr er auch aufpaßt, er sieht weder Verfolger noch Leute, die nach solchen Ausschau halten. Geparkte Autos sind leer, die wenigen Passanten unverdächtig, mal ein Radfahrer, mal ein paar Schulkinder. Die Bäume haben ihr Laub schon verloren, tiefhängende Wolken verdecken, was immer es an Hügeln oder Bergen in der Umgebung geben mag, und dazu fällt ein leichter Nieselregen. Spionagefilmwetter, denkt er, oder jedenfalls so eine Stimmung. Unterwegs in geheimer Mission!

Er geht über die hohe Brücke, tief unten die Aare, dunkelgrün auf eine graue Art, links vor ihm auf der Altstadtseite das mächtige Bundeshaus, rechts das Casino und noch weiter rechts das Münster mit dem markanten Turm. Eine schmalgeschnittene grünweiße Tram rumpelt ihm entgegen. Casino-Platz, Theater-Platz und Kornhaus-Platz bilden von Brücke zu Brücke eine Schneise quer durch die Altstadt, hier sind ordentlich Fußgänger unterwegs, dazu Autos, Fahrräder, eine Straßenbahn nach der anderen. Die Häuser könnten auch in irgendeiner mittelalterlichen württembergischen Altstadt stehen, bis auf die steilen, weit überkragenden Dächer. Man rechnet hier wohl mit größeren Schneemassen als oben in Deutschland.

Fred merkt, daß er hastet, und verlangsamt seinen Schritt, paßt sich dem allgemeinen Tempo an, das trotz des unfreundlichen Wetters gemächlicher ist als das in München. Da und dort wirft er einen Blick in ein Schaufenster, interessiert sich etwas länger für Feuerzeuge und Pfeifen in einem schräggestellten Schaukasten, in dessen Glas sich die Passanten hinter ihm spiegeln. Keiner dabei, der stehen bleibt, sich vielleicht eine Zigarette anzündet und darauf wartet, daß er weitergeht.

Er glaubt eigentlich nicht, daß er Jenny treffen wird, das wär zu schön, um wahr zu sein. Es wird irgendwer anders sein, ein Legaler, ein Sympie, der als Kontaktmann dazwischengeschaltet ist, kann natürlich auch eine Frau sein. Oder es ist irgendeiner von den Untergetauchten, einer von denen auf den Fahndungsplakaten, der sich vielleicht hier in der Schweiz versteckt oder durchreist oder was immer. Ob er nach Jenny fragen kann? Wo sie steckt, wies ihr geht, ob er sie mal treffen kann? Wo sie ist, kann ich ganz bestimmt nicht fragen, weist er sich zurecht, soviel steht fest. Aber derjenige, den ich jetzt treffe, könnte ihr doch bestimmt ausrichten, daß ich sie sehen möchte oder besser: unbedingt mal sprechen muß. Sie und Ramon natürlich auch. So grübelt er, bis er an den Treffpunkt kommt.

Das Denkmal ist eine Art gotischer Katafalk, mit gepanzertem Reiter in Lebensgröße obendrauf, vier eiserne Bären zu Füßen, grau unter grauem Himmel in der grauen, alten und schönen Stadt. Fred wartet. Er schlendert um das Denkmal herum, gibt sich den Anschein des Interessierten. Auf schwarzer gotischer Eisentafel steht zu lesen:

•

Rudolf von Erlach
Sieger bei Laupen
den 21. Brachmonat 1339

•

Das ist echt lange her, was immer da war, bei Laupen. Der Name sagt ihm nichts. Und was, zum Teufel, ist der Brachmonat? Er forscht in seinem Gedächtnis. Der Juli? Nein, Juli war der Heumonat. Es muß der Juni sein. Er geht noch einmal anders herum um das Denkmal und hält dabei Ausschau. Niemand kommt, nur oben am Kornhausplatz laufen Leute und fahren Autos. Eine Straßenbahn klingelt. Fred wird kalt in seinem Regenmantel, und er wünscht, er hätte eine Mütze mitgenommen. Seine Haare sind naß, und allmählich mischen sich Schneeflocken in den feinen Regen. Hoffentlich werden die Papiere im Mantelfutter nicht feucht!

Da kommt jemand in einem grünen Parka unter einem roten Regenschirm mit großen weißen Punkten, ist das Jenny? Nein, es ist bloß irgendein Schweizer, ein jüngerer Mensch mit Bart und Brille. Vielleicht ist es sein Kontakt? Nein, der Typ geht achtlos vorbei. Und der Fliegenpilz-Schirm ist auch viel zu auffällig für ein dezentes Treffen. Fred schaut ihm nach und denkt: Bald wird das komisch aussehen, wie ich da so im Regen rumstehe, wenn ich Pech habe, kommt eine Polizeistreife vorbei. Ich weiß nicht mal, wie die Bullen hier aussehen. Graue Uniformen, Franzosenképis? Weiß der Teufel! Vielleicht geh ich besser über die Straße zu dem großen Haus mit den Arkaden und stelle mich da unter.

Er macht ein paar Schritte, da kommt einer mit dem Fahrrad auf ihn zu, der fährt ihn fast über den Haufen und bremst gerade noch, irgendsoein junger Depp in Anorak und Kapuze. »Hey«, sagt es aus der Kapuze, »da biste ja!«

Die Erleichterung ist so groß, daß Fred am liebsten laut gelacht hätte. Er bringt kein Wort heraus und nickt nur. Jenny schiebt das Rad, und er geht neben ihr her. Links ziehen sich blattlose Bäume in die Aareschlucht hinunter, rechts türmen sich Häuser empor, ein verschachteltes Agglomerat aus Anbauten, Erkern, Dachgärtchen, Balkonen, Loggias und Kaminen. Alles da außer Beton: gelbe Ziegel, hölzerne Schindeln, gelber Putz und grauer Putz, Fachwerk, Blechverkleidung, schmiedeeiserne Ziergitter, Fensterläden, ausgebleichte Markisen. Nicht ein Fenster gleicht dem anderen. Auf einem blauen Straßenschild steht GRABENPROMENADE, darunter ist ein großes A im Kreis gesprüht.

»Hier gibts also auch ne Anarchoszene«, kommentiert Fred, und Jenny nickt: »Logo!«

Sie steuert auf ein grünes Tor zu, durch einen dunklen Gang geht es in einen engen Hof, da lehnt sie das Rad an die Wand. Eine Außentreppe hoch, dann in ein handtuchschmales Gebäude. Dunkle, ausgetretene Stufen hinauf, zweiter Stock, dritter Stock. Jenny sperrt auf, durch einen langen schmalen Korridor in eine düstere Wohnung.

»So«, sagt sie, »da sind wir!« Sie macht das Licht an, zieht den nassen Anorak aus und hängt ihn mit Freds Mantel an einen Haken: »So ein Mistwetter! Ich mach uns erst mal Tee, okay?« Sie zögert, und sie sehen sich an, dann fällt sie ihm um den Hals und sagt: »Ach Fred! Das ist toll, daß du da bist!«

Die kleine Wohnung gehört einem Schriftsteller, der für ein paar Monate verreist ist, erklärt Jenny, während sie den Tee aufgießt. Ihre Haare sind anders, immer noch schulterlang, aber glatt und rotbraun, tizianrot oder wie man das nennt. Sie lacht, als Fred ihr sagt, daß sein letzter Brief an sie als ›unbekannt verzogen‹ zurückkam. Er fragt sie, wie sie aus dem Knast rausgekommen ist. Sie erzählt ihm, ihre Flucht sei leicht gewesen, so leicht, daß ihr zuerst der Verdacht kam, man hätte sie laufen lassen, damit die Bullen sie observieren können in der Hoffnung, sie würde sie zu den anderen Ausbrecherinnen führen. Wie es genau ging, sagt sie ihm nicht, aber sie ist mit dem Wäschereiauto rausgekommen, jedenfalls war es ein Zufall, und die Bullen hätten das unmöglich vorher so planen können. Den Wäschereifahrer haben sie festgenommen, dabei konnte der gar nichts dafür. Nach der Flucht haben ihr erst mal zwei Leute geholfen, sie hat sich in Berlin versteckt, wochenlang, die beiden haben sie versorgt.

Jenny hat gerüchteweise gehört, daß die anderen Frauen, die kurz vor ihr ausgebrochen sind, über Ostberlin nach Bagdad sind und von da weiter in den Südjemen. Sie vermutet, daß sie dort in ein palästinensisches Ausbildungscamp wollten.

Abends erzählt sie ihm dann doch, wie sie rausgekommen ist. »Es war so«, sagt sie, »die Schließerin hat mich vormittags zum Einzelhofgang geholt. Wir mußten aber im Gang vor der Gittertür warten, weil sie dahinter noch am Wäscheverladen waren, das ist immer durch die Hoftür gemacht worden. Durchs Gitter konnt ich zusehen, wie sie die Säcke ins Wäscheauto gepackt haben. Als sie damit fertig waren, hat die Schließerin das Gitter aufgeschlossen, da gings dann durch nen kurzen Gang an der Wäschekammer vorbei, und dahinter war die Tür zum Hof. Die Aufsicht war noch dabei, die abzuschließen, da wollte der Fahrer noch mal rein, hat sein Auftragsbuch liegen lassen. Die Schließerin hat mich zurückgeschubst, wieder durchs Gitter, und hat es zugeknallt.«

Sie steckt sich eine Zigarette an und nimmt einen tiefen Zug, bevor sie leise weiterspricht: »Vor der Gittertür ist sie stehen geblieben und wollte warten, bis der Fahrer wieder draußen ist und die Hoftür abgeschlossen. Die dürfen ja immer nur dann eine Tür aufmachen, wenn die nächste verschlossen ist. Weil sie davor gewartet hat, hat sie die Gittertür nicht zugesperrt. Der Fahrer kam aber nicht raus, da ist die Alte in den Wäscheraum, nachsehen. Ich hab sie drin mit den Waschweibern und dem Fahrer quatschen hören. Die Gittertür hat sie vergessen. Ich bin durch, hab sie hinter mir leise angelehnt und bin einfach an der Wäschekammer vorbei zur Hoftür gegangen. Die war zu, aber nicht abgeschlossen, und niemand war zu sehen. Ich bin durchgeschlüpft, hab hinter mir zugemacht und bin in den Lieferwagen rein, hab mich ganz hinten unter den Säcken versteckt. Hab kaum Luft gekriegt da drin, stank ziemlich übel nach alten Socken. Na ja, kaum war ich zugedeckt, kam der Fahrer zurück, hat die Türen zugeknallt und ist eingestiegen, dann gings los. Ich konnte mir nicht vorstellen, daß das gutgeht, die ganze Zeit war ich drauf gefaßt, daß es Alarm gibt und daß sie das Auto anhalten. Wie ich gemerkt habe, daß wir durchs Tor und auf der

Straße waren, bin ich vor Freude fast verrückt geworden. Ich hatte nur noch Angst, daß mich der Fahrer erwischt und festhält. Hinten waren keine Fenster, ich hab versucht, die Ladetür von innen aufzumachen, gottseidank war die nicht versperrt. Wie er zum zweitenmal gehalten hat, an einer Ampel, bin ich einfach hinten raus und hab die Tür wieder zugemacht. Die hamm vielleicht geglotzt in dem Auto, das direkt dahinter stand, aber gemacht haben sie nix. Ich bin zwischen den Autos durch, in die nächste Toreinfahrt, durch ein paar Höfe und kam dann in einer Seitenstraße raus. Ich war in Moabit, am hellichten Tag, in den Scheißanstaltsklamotten! Das ist aber niemand aufgefallen. Ich bin dann mit dem Bus nach Charlottenburg, ohne irgendwelche Probleme, und dort zu, na ja, zu den beiden, die mich dann versteckt haben.«

Fred schüttelt den Kopf: »Unglaublich, echt! Nur eine Woche nachdem die anderen vier aus dem gleichen Knast raus sind! Haben die denn nicht ihre Sicherheitsmaßnahmen verschärft?«

»Doch«, sagt Jenny und drückt ihre Zigarette aus, »sie haben tagelang Zellendurchsuchungen gemacht, die Nachtwachen verstärkt, sie haben jedes einzelne Fenstergitter untersucht, und das Oberlicht, durch das die anderen raus sind, haben sie zugeschweißt. Aber an den Wäschegang zum Hof haben sie nicht gedacht.«

Fred bleibt über Nacht. Sie schlafen im gleichen Bett, aneinandergekuschelt. Am Morgen ist es Zeit, Abschied zu nehmen. Fred fragt, ob sie nicht noch einen Tag länger zusammenbleiben können, aber Jenny schüttelt den Kopf: »Nein, das geht nicht. Ich muß weg, wohin, kann ich nicht sagen. So ist es einfach sicherer, wenn du das nicht weißt.« Sie drückt ihn an sich: »Wir sehen uns wieder, ganz bestimmt! Irmgard wird dir Bescheid sagen, wenn es soweit ist.« Ihre Stimme klingt ganz ruhig, aber ihre Augen stehen voller Tränen. Da weint er auch.

SCOTLAND YARD

Das Flugzeug schaukelt. Fred schaut aus dem zerkratzten Fenster und sieht nur Grau, keinen Himmel, keine Konturen, nur die schwankende, ebenfalls graue Tragfläche. Es ist erst der dritte Flug in seinem Leben, und das Fliegen macht ihn noch immer nervös. Ping: Da geht das Anschnallzeichen an und das Rauchverbot-Symbol. Irgendwo unter seinem Sitz das singende und quengelige Surren von Servomotoren, träge schieben sich die Landeklappen aus der Tragfläche, und die Maschine wird beinahe mit einem Ruck langsamer. Nichts zu sehen in der dicken Milchsuppe da draußen. Die Piloten müssen sich auf ihre Instrumente verlassen und er sich auf sie. Jetzt poltert das Fahrwerk heraus, noch ein Ruck, noch langsamer wird die Maschine, viel zu langsam für sein Gefühl. Sie schwankt jetzt auch stärker. Er beißt die Zähne zusammen und schielt zu Sandra hinüber. Die ist in ihr Buch vertieft oder tut zumindest so. Er merkt, daß er die Armlehnen umkrampft und lockert seinen Griff. Draußen ist noch immer nichts zu sehen außer vorbeihuschendem Grau. Wird schon gutgehen, jetzt landen sie ja gleich! Freu dich auf London, befiehlt er sich.

Die Reise hat nichts mit Jenny oder Ramon zu tun. Sie müssen mal raus aus München, alle beide. Nicht nur er, auch Sandra ist deprimiert, wegen Ramon, der schon so lange im Untergrund ist, und wegen der Angst und alldem. Sie haben beide keine Ahnung, wo die beiden sind und wie es ihnen geht. Sie können von sich aus auch keinen Kontakt aufnehmen, sondern müssen warten, ob sie ›angesprochen‹ werden. Und ein Treffen ist natürlich eine riskante Angelegenheit. Sandra hat genau wie Fred Angst, die Bullen könnten ihr trotz aller Tricks auf den Fersen bleiben. Undenkbar, wenn Ramon oder Jenny durch ihre Schuld verhaftet oder gar erschossen würden! »Ich glaub nicht, daß ich das überleben würde«, hat sie gesagt, und Fred versteht es nur zu gut.

Das Flugzeug kippt nach links, und Fred erhascht einen Blick zwischen Wolkenfetzen auf Dächer und Straßen, Autos, ein roter Bus, sie sind schon ziemlich weit unten. Die Tragfläche schwingt wieder hoch, zeigt in den grauen Himmel. Fred schluckt und stemmt die Füße gegen den Boden. Er kennt Leute in Islington, eine linke Wohngemeinschaft, da können sie eine Woche bleiben. Vier Jahre ist es her, daß er dort war, zu Besuch bei seiner Cousine Lore und ihrem Freund John. Lore hatte John bei irgendeinem Konzert in Frankfurt kennengelernt, hatte sich in ihn verliebt und war schnurstracks nach London gezogen. Sie wohnen zu viert dort, mit Carol und Tony und immer noch im gleichen Haus in der Mercers Road mit dem Gästekämmerchen unterm Dach. London war spannend gewesen, er erinnert sich gern daran. Gab eine Menge zu sehen: Themse und Towerbridge, Portobello Road, Madame Tussauds Menschen aus Wachs, die romantischen Kanäle und Schleusen in Camden, das gekachelte Labyrinth der LONDON UNDERGROUND tief unter der Stadt; ein blinder Bluesmusiker in Archway Station, wie ein Verdammter im Orkus. Fred hatte gestaunt, wieviele alternative Cafés und Healthfood-shops es gab. Und er war am Grab von Karl Marx gewesen, auf dem Friedhof von Highgate, und hatte sich einen der grünen Glassteine eingesteckt, mit denen die Grabstelle bestreut war.

Am Morgen nach der Ankunft gehen sie beide los, was fürs Frühstück einkaufen. Lore hat ihnen den Weg erklärt. Es hat in der Nacht ein bißchen geschneit, und es ist kalt. Fred hat eine Tüte mit Milch und etwas Brötchenähnliches im Arm. Sie biegen aus der Junction Road in die Tufnell Park Road ein, eine lange, typische Londoner Straße, von kahlen Bäumen gesäumt, links und rechts reihen sich identische Reihenhäuser aus dunklen, braunvioletten Backsteinen, alle mit Erkerfenstern und den kleinen Vorgärtchen, in die grade mal zwei Mülltonnen und ein möglichst kleiner Busch passen. Die komischen englischen Schornsteine mit ihren aufgesetzten Röhren sind rauchlos, geheizt wird hier nur noch elektrisch, wegen dem Smog.

Auf dem Gehweg kommen ihnen drei Männer entgegen, schnellen Schrittes, mit wehenden Mänteln, der eine hält eine

Karte oder so was in der erhobenen Hand. Was ist denn mit dem, wundert sich Fred. Der ist ganz weiß im Gesicht, die Karte zittert in seiner Hand, und jetzt ruft er: »Halt! You are under arrest!« Bullen! Hinter jedem geparkten Auto und aus jedem Vorgarten tauchen plötzlich Leute auf, Uniformierte und Zivile. Die Tüte fällt in den Matsch und platzt, Fred und Sandra heben die Arme.

Man lädt sie in einen schwarzen Polizeibus ohne Fenster und schafft sie zur Hackney Police Station, wo sie durchsucht und erkennungsdienstlich behandelt werden. Als man keine Waffen bei ihnen findet und feststellt, daß sie nicht zur internationalen Fahndung ausgeschrieben sind, macht sich bei den Engländern Erleichterung breit, sie tauen spürbar auf. Es gibt eine Tasse Tee für jeden. Einer der Zivilen stellt sich als Detective Superintendent Godwin vor, Metropolitan Police. Eine kleine Verhör-Plauderei auf Englisch folgt, ob sie vorher schon mal in London waren, weswegen sie hier sind? »Nur mal so? Well, why not!« Ein Uniformierter fragt: »Wie gefällt es Ihnen hier?« Fred zuckt die Achseln. Der Superintendent antwortet für ihn: »Sie sind gut! Kaum angekommen, schon verhaftet, wie würde Ihnen das gefallen?« Allgemeines Schmunzeln: »Ja, das war eine dumme Frage!«

Sandra, die bisher geschwiegen hat, fragt auf einmal: »Warum haben Sie uns verhaftet?« Superintendent Godwin sagt höflich: »Mrs. Petermann, wir haben Sie beide festgenommen, weil das deutsche Bundeskriminalamt uns darum gebeten hat. Sie können sich nicht zufällig denken, warum?« Fred und Sandra schütteln die Köpfe: »Nein, keine Ahnung.«

Der Superintendent verzieht den Mund zu einem schiefen Grinsen und sagt: »Das habe ich mir fast schon gedacht! Aber wie auch immer, ich sehe keinen Grund, Sie noch länger festzuhalten, denn es gibt keinen Haftbefehl gegen Sie.« Er steht auf und sagt grimmig: »Man hat sich in Wiesbaden nicht die Mühe gemacht, uns zu sagen, warum wir Sie eigentlich festhalten sollen. Also habe ich angerufen. Da wollte man mir nichts weiter sagen, als daß Sie gefährlich sind.« Er schaut sie über den Rand seiner Brille hinweg an und fragt: »Sind Sie gefährlich?« Fred schüttelt den Kopf, aber Sandra muß lachen und sagt: »Sehen wir denn gefährlich aus?« Superintendent Godwin erwidert: »Oh, nach dem Aussehen gehe ich schon lange nicht mehr. Wenigstens tragen Sie keine Waffen. Das würden wir hier in Großbritannien sehr übelnehmen.«

Die uniformierten Polizisten rücken bis auf die Besatzung der Wache wieder ab, die Zivilen und ihr Chef, der Superintendent, ziehen ihre Mäntel an. Der Scotland-Yard-Mann ist schon auf dem Weg zur Tür, da macht er plötzlich kehrt und hält Fred ein Formular hin. »Sehen Sie selbst«, sagt er nur. Es ist ein Fernschreiben vom Wiesbadener BKA in englischer Sprache, adressiert an die Metropolitan Police, Special Branch, New Scotland Yard, und lautet:

›Ersuchen um Festnahme der deutschen Staatsbürger Richter, Fred, und Petermann, Sandra, bei Ankunft in London. Warnung: Richter und Petermann sind mit hoher Wahrscheinlichkeit bewaffnet und machen rücksichtslos von der Schußwaffe Gebrauch!‹

Fred ist sprachlos. Das ist ein glatter Mordversuch, denkt er, diese gottverfluchten Säue! Er schaut auf und begegnet dem Blick des Engländers. Der hebt die Augenbrauen, nimmt ihm das Fernschreiben wieder weg und sagt schmallippig: »Netter Versuch, nicht wahr! Die Heinis in Wiesbaden werden sich gedacht haben, dann sind wir sie los und so weiter! Nur, wir schießen hier nicht einfach Leute über den Haufen, what!« Seine Stimme bleibt gelassen, aber Fred spürt trotzdem, daß der Mann stinkwütend auf das BKA ist. Das Telex, den Beweis, gibt er natürlich nicht her.

»Verglichen mit der deutschen ist die englische Polizei doch korrekt«, sagt Fred beim Abendessen in der WG, »keiner von denen hatte ne Knarre in der Hand!«

»Oh ja«, erwidert John, der Deutsch kann, »very korrekt indeed, solange du nicht bist kein Irishman. Oder ein Neger.«

Die Wohngemeinschaft ist nicht durchsucht worden. Fred und Sandra werden nicht einmal ausgewiesen, verbringen eine schöne Woche im kalten London und werden nicht mehr belästigt und, wie es scheint, auch nicht beobachtet. »Eine Ohrfeige fürs BKA von Scotland Yard«, sagt Fred zu Sandra.

Mit dem Flugzeug zurück nach München. Niemand erwartet sie am Flughafen Riem, Holzmann und Hausinger haben sich nicht die Mühe gemacht, sie abzuholen. »Vielleicht sind sie beleidigt in ihrem LKA«, überlegt Fred im Bus, »wir sind ja jetzt ein BKA-Fall!«

Es schneit, weiße Weihnachten stehn vor der Tür.

1977

Fred richtet sich ein, stapelt Bücher in sein Obstkistenregal, das Klau Mich, den Bakunin, Huxleys Schöne Neue Welt. Seine neue Bude ist eine Zweieinhalbzimmer-Altbauwohnung in der Melanchthonstraße in Berlin-Moabit. Kutte hat sie für ihn aufgetrieben. Er hat ein Schlafzimmer, ein Wohn- und Arbeitszimmer, Küche und Bad, 60 Quadratmeter zusammen, ganz für sich allein. Die Miete ist nicht einmal halb so hoch, wie sie für eine vergleichbare Wohnung in München wäre.

Die Georgenstraße in München haben sie zum 31. Januar aufgegeben, Sandra ist allein in eine kleinere Wohnung in der Elisabethstraße gezogen. Fred hat sie bekniet, mit nach Berlin zu kommen, aber sie wollte nicht aus München weg; er umgekehrt nicht in München bleiben.

Kutte und Lili haben ihm am Einzugstag geholfen, haben ihm ein italienisches Espressokännchen und Blumen mitgebracht und ihn abends mit in die Osteria gezerrt.

Alle Gedanken an Uni und Abitur hat er erst einmal von sich geschoben, zur Zeit ist es ihm unmöglich, sich irgendeine berufliche Zukunft vorzustellen.

Er meldet sich an, auf so etwas muß er in seiner Situation achten, fehlender fester Wohnsitz kann leicht ein Haftgrund werden. So oft er kann, geht er raus und schaut sich seine neue Umgebung an. Moabit ist ein Bullenviertel, die richtige Gegend für den Paranoiker. Polizei ist hier überall und ständig präsent, Streifen in VW-Bullies und zu Fuß, im Tiergarten sogar zu Pferde. Das ist wegen dem Knast und dem Kriminalgericht in der Turmstraße, aber auch wegen Bellevue, dem Schloß, in dem der Bundespräsident übernachtet, wenn er zu Besuch nach Westberlin kommt.

Bald blickt er einigermaßen durch, kennt die berühmte alte Haftanstalt aus gelben Klinkersteinen, die ihre modernen Betonmauern überragt, und kennt auch die Kneipe im kriegsgeschwärzten Eckhaus gegenüber, die ZUM PERSILKARTON heißt und ein ziemlicher Alkiladen ist. Hinter dem Knast liegt das Kriminalgericht, wilhelminisches Felsgestein, schwarz und düster, und noch ein Stück weiter der Lehrter Frauenknast. Auch den neuen, mit allen möglichen Antennen gespickten Polizeikomplex zwischen Invalidenstraße und Alt Moabit hat er gesehen, dort sind außerdem die Jugendarrestanstalt und das Leichenschauhaus. Gleich dahinter, beim Lehrter Stadtbahnhof, bildet der Humboldthafen die Grenze zu Ostberlin. Fred sucht seine nächstgelegenen U-Bahnhöfe auf, Turmstraße und Hansaplatz. Auch die S-Bahn ist ganz in der Nähe, eine Fußgängerbrücke führt über die Spree zum Bahnhof Bellevue. Zum Tiergarten sind es grade mal fünf Minuten zu Fuß, und zum Einkaufen gibt es, außer einem Edeka drei Ecken weiter, die Arminius-Markthalle hinter der Turmstraße. Fred ist sich der Polizeipräsenz sehr bewußt und hat deshalb immer seinen Ausweis dabei. Doch obwohl er es gerade hier erwartet hätte, wird er nie angehalten. Wahrscheinlich fällt er nicht auf, Typen wie ihn mit Jeans, langen Haaren, Lederjacke, gibt es hier überall. Und, denkt er, Holzmann und Hausinger bin ich ziemlich sicher los, hab ihren Zuständigkeitsbereich verlassen.

Jetzt ist er schon eine Woche in Berlin, und die Kohle wird verdammt knapp. Im Moment lebt er von seinem Sparbuch, aber länger als drei Monate wird das Geld nicht mehr reichen. Es wird Zeit, daß er sich einen Job sucht. Jobs solls hier genug geben. »Kriegste nachgeschmissen«, hat Kutte gesagt.

NACHRICHTEN

(DER VERDACHT HEILIGT DIE MITTEL 1)

9. FEBRUAR 1977: AN DIESEM DIENSTAG WIRD DIE RECHTSANWALTSKANZLEI ELFFERDING UND LIEDER IN KREUZBERG VON BEAMTEN DER POLITISCHEN ABTEILUNG DER STAATSANWALTSCHAFT BEIM LANDGERICHT BERLIN DURCHSUCHT. DAS AUFGEBOT BESTEHT AUS DEN STAATSANWÄLTEN MÜLLENBROCK, PRZYTARSKI UND FILIPIAK SOWIE SECHS ZIVILEN STAATSSCHUTZBEAMTEN UND ACHT UNIFORMIERTEN. ANGEGEBENER ANLASS IST EIN ERMITTLUNGSVERFAHREN GEGEN RECHTSANWALT ELFFERDING WEGEN VERDACHTS DER FALSCHAUSSAGE, SEINE PRIVATWOHNUNG WIRD ZUR GLEICHEN ZEIT AUFGEBROCHEN UND DURCHSUCHT. VERTEIDIGUNGSUNTERLAGEN WERDEN GESICHTET UND ZUM TEIL BESCHLAGNAHMT, EIN UNERHÖRTER VORGANG. HERR ELFFERDING VERTEIDIGT UNTER ANDEREM GABRIELE ROLLNIK IN SACHEN LORENZ-ENTFÜHRUNG.

NUR EINE WOCHE SPÄTER, AM 16. FEBRUAR, WIRD DIE KANZLEI ELFFERDING UND LIEDER EIN WEITERES MAL DURCHSUCHT, EINSCHLIESSLICH DER PRIVATWOHNUNGEN ALLER DORT BESCHÄFTIGTEN, SOGAR DER BÜROGEHILFIN. ALS GRUND WIRD DIESMAL ANGEGEBEN: VERDACHT AUF GRÜNDUNG EINER KRIMINELLEN VEREINIGUNG UND VERDACHT AUF AUFBAU EINER INFOZENTRALE.

OSTBERLIN

Am Samstagabend zerren Kutte und Lili Fred mit auf eine Fete in der Nähe vom Olivaer Platz. Das Fest ist in einer dieser großartigen Berliner Beletage-Wohnungen, üppig Platz, vier Meter hohe Räume, Jugendstil-Stuck, Erker und grüngekachelter Wintergarten mit kleinem Wandspringbrunnen. Irgendwer hat Geburtstag. Es sind eine Menge Leute da, in einem Zimmer wird getanzt, im nächsten gequasselt und im übernächsten gekifft. Fred kennt niemand. Er schiebt sich durch die Leute in die Küche und erwischt ein Glas Orangensaft. Damit wandert er herum, das Glas in der Hand, und schaut sich die Leute an. Lili tanzt im Tanzzimmer, und Kutte hat irgendeinen Typen an die Wand gequetscht und redet auf ihn ein. Fred landet schließlich im Kiffzimmer, ein Eckchen ist auf dem Sofa noch frei, da setzt er sich hin und kriegt auch gleich den ersten herumwandernden Joint ab. LEGALIZE IT, singt Peter Tosh hier drin, DON'T CRITICIZE IT!

Eine Braut in Jeans setzt sich neben ihn auf die Sofalehne, und er reicht ihr den Joint. Sie zieht und gibt ihn dann mit ausgestrecktem Arm irgendwohin weiter, aber dabei schaut sie Fred an und fragt: »Haste Ina irgendwo gesehn?« Sie hat lange glatte Haare, ganz helles Hennarot, fast Karottengelb.

»Kenn ich nicht«, sagt Fred, »wohnt die hier?«

»Nee«, sagt die Frau, »Ina wohnt nich hier. Wo bistn du her? Bist aus Bayern, wa?«

Fred nickt, von links stupft ihn einer an, da kommt der nächste Joint, der Filter sieht schon reichlich weichgelutscht aus, und Fred zieht durch die geschlossene Faust, damit er das nasse Mundstück nicht an die Lippen bekommt. Er reicht die Tüte an die Hennabraut weiter, die nimmt sie und berührt dabei mit den Fingerspitzen seine Hand, blickt ihn mit grünen Augen an und schaut kokett wieder weg. Sie bleibt aber sitzen, und ihre Jeanshüfte berührt Freds Arm. Das verwirrt ihn, er tut aber, als merke er nichts, und schaut sich um. Mindestens 20 Leute sitzen hier im blauen Kiffqualm auf Sofas oder auf dem Boden und plaudern, draußen im Flur stehen sie dichtgedrängt, Musik und Stimmengewirr fließen zu einer seltsam pochenden Geräuschkulisse zusammen. Im Türrahmen zum Tanzzimmer steht jetzt eine junge Frau mit glänzenden blauen Haaren, so eine Karnevalsperücke aus Plastik muß das sein. Irgendwas an ihr kommt ihm bekannt vor, und er schaut noch einmal genauer hin. Da begegnen sich ihre Blicke, und er erkennt Jenny. Er zuckt fast zusammen vor Schreck. Sie schaut ihn mit großen Augen an, kommt herein, geht aber schnell an ihm vorbei Richtung Flur. Fast draußen, dreht sie sich noch einmal um und sieht zu ihm her, so als solle er ihr nachgehen, dann drängelt sie sich zwischen die Leute und taucht im Gewühl unter. Fred steht auf und folgt ihr. Sie wartet am Ende des Flurs auf ihn und zischt: »Was machst du denn hier?«

Fred zuckt die Achseln: »Bin vor drei Wochen nach Berlin gezogen. Hier auf dem Fest bin ich mit Kutte und Lili.« Er will sie eine Menge fragen, aber sie schneidet ihm das Wort ab und sagt: »Keine Zeit, ich muß gleich weg! Sag bloß niemand, daß du mich hier gesehen hast!«

»Ist doch klar«, gibt Fred zurück, »ich bin doch nicht blöd!«

Jenny faßt nach seiner Hand: »Ich meins doch nicht so, tut mir leid, Fred!« Sie schaut sich um und sagt dann hastig: »Paß auf«, legt ihm die Arme um den Hals und geht mit dem Mund ganz dicht an sein Ohr und flüstert: »Komm Montag ins KaDeWe, um eins, ganz oben in der Lebensmittelabteilung, irgendwo beim Obst!« Sie schaut ihn beschwörend an: »Komm aber ganz bestimmt, hörst du!« Sie schlängelt sich Richtung Ausgang und verschwindet. Fred dreht sich um und stößt beinahe mit der Hennafrau zusammen, die vorhin bei ihm auf dem Sofa saß.

»War die da deine Freundin?« fragt sie ihn.

»Nein«, sagt Fred mürrisch, »meine Großnichte.« Er drängelt sich an ihr vorbei und geht, ohne sich von Kutte und Lili zu verabschieden. Ich sollte mich doch freuen, denkt er, warum bin ich jetzt so komisch drauf? Er geht den ganzen weiten Weg nach Moabit zu Fuß, trotz der Kälte.

Montag treibt er sich oben im KaDeWe in der Obstabteilung herum, in der ein ganz schönes Gedränge herrscht. Er ist sich sicher, daß er keine Verfolger draufhat, ist mit der U-Bahn hin- und hergefahren, ist kreuz und quer durchs Europa-Center. Jenny sieht er nirgends, so sehr er auch aufpaßt. Ein junger Kerl rempelt ihn an und sagt: »Verzeihung, tut mir leid«, und dann ganz schnell und leise: »Gruß von der mit den blauen Haaren: Morgen nachmittag um fünf im Bahnhof Alexanderplatz, auf dem Bahnsteig Richtung Hauptbahnhof!« Schon ist er im Gewühl verschwunden. Fred ist erst erleichtert, aber gleich wird er mißtrauisch: Wenn Jenny den Typ geschickt hat, wie hat der ihn dann erkannt? Trägt sie etwa ein Foto von ihm mit sich herum? Hoffentlich nicht! Nein, beruhigt er sich selber, sie wird mich eben beschrieben haben: lange Haare, dunkelblond, blaue Augen, so versucht er es selbst, Jeans und Lederjacke. Was noch? Geht ein bißchen krumm, schlechte Haltung. Viel mehr fällt ihm nicht ein, so sehr er auch überlegt. Zum Teufel mit der Selbstbeschreibung.

Fred fährt also Dienstagnachmittag mit der S-Bahn nach Ostberlin hinüber. Es ist windig, graues Gewölk treibt über den Himmel. Zwei Stunden geht er spazieren und schaut sich nach eventuellen Verfolgern um, dann macht er sich auf zum Bahnhof Alexanderplatz. Die Bahnsteige sind voller dichtgedrängter Menschen, Berufsverkehr à la Ostberlin. Jenny ist da, mit Kopftuch und in einem grauen Anorak. Zusammen fahren sie mit der S-Bahn bis Warschauer Straße. Weil die Bahn so voll ist, reden sie kaum miteinander, bis sie aussteigen. Dann erzählt sie ihm, daß sie auf der Fete war, um Ausweise zu klauen, sie war auch nicht allein dort. Fred fragt: »Wie lebst du eigentlich? Du hast doch keine feste Wohnung, oder?« Sie schüttelt den Kopf: »Nein, natürlich nicht. Ich bin mal da, mal dort. Mal in ner sicheren Wohnung oder mal bei jemand, der verreist ist. Aber immer nur kurz, besser in Bewegung bleiben. Bin auch nicht dauernd in Berlin.« Sie lacht ein bißchen schief: »Immer auf Reisen! So hab ich mir das als Kind gewünscht!«

Sie biegen in die Karl-Marx-Allee ein und gehen in Richtung Fernsehturm am Alexanderplatz. Die Allee ist eine mächtig breite Straße, gesäumt von sechsstöckigen Wohnbauten im klotzig-sozialistischen Stil, ein wenig aufgelockert mit Erkern und Balustraden, verkleidet mit hellen Steinplatten.

»Hier siehts aus wie in Moskau«, findet Jenny.

»Warst du da?« fragt Fred überrascht.

»Nein«, Jenny lacht, »ist nur so ein Eindruck, den ich aus dem Fernsehen hab!«

Und was tut sich so? Die Frauen, die aus der Lehrter ausgebrochen sind, sollen wieder aus dem Jemen zurücksein, sagt sie, sie hat inzwischen mal eine von ihnen getroffen, die sind jetzt dabei, sich neu zu organisieren. Rolf Pohle sitzt jetzt in Deutschland, will nichts mehr mit dem bewaffneten Kampf zu tun haben; Rolf Heissler, der 1971 in München die Bank gemacht hat, und Verena Becker sollen zur RAF übergewechselt sein.

»Sag mal«, will Fred wissen, »die Berliner, weißt schon, die wir mal getroffen haben, was ist eigentlich mit denen?«

Jenny sagt leise: »Die hammse inzwischen alle! Hast du das nicht mitgekriegt?«

Fred schüttelt den Kopf: »Nein. Ich wußte ja nie, wer die sind. Das heißt, bis auf die Frau. Von der war mal ein Foto in der Zeitung, da stand der Name dabei.«

»Die sitzt auch«, sagt Jenny. Aber Ramon gehts okay, sie hat ihn vor ein paar Tagen gesehen. »Wenn du ihn treffen willst, kann ich das organisieren«, sagt sie mit gedämpfter Stimme, »jetzt wo du hier wohnst, ist das viel einfacher. Grüß Sandra von ihm, irgendwie wird sie schon von ihm hören. Und grüß sie natürlich von mir auch, mit aller Vorsicht, ihr Telefon wird nämlich ganz bestimmt abgehört.« Sie bleibt stehen: »Ach so, bevor wirs vergessen: Wir müssen irgendein Codewort ausmachen, wenn wir uns treffen wollen, kann ich dich ja nicht einfach anrufen und du mich auch nicht. In dem Fall wird dich irgendwer anhauen, vielleicht inner Kneipe oder beim Einkaufen, oder was in den Briefkasten werfen. Derjenige oder diejenige muß das Codewort wissen, damit du weißt, daß der Kontakt wirklich von mir kommt!«

Fred nickt: »Ist klar! Und was nehmen wir für ein Wort?«

Sie flüstert es ihm ins Ohr: »Bonassola!«

»Okay«, murmelt Fred, und Jenny bindet sich das Kopftuch ab und schüttelt ihre Haare im Wind aus, ganz hellblond hat sie die gefärbt, sie sind auch viel kürzer als vorher, grad mal bis über die Ohren, und aus ihren normalen Locken sind lauter kleine Ringellöckchen geworden. »Wie findste das mit den Haaren?« fragt sie, »ich find, das sieht echt furchtbar aus, aber ich muß mich ja dauernd verändern!« Sie zieht eine Locke zwischen den Fingern lang und schielt darauf: »Außerdem gehn die total kaputt mit dem dauernden Färben und so. Schau mal, die Spitzen spalten sich schon wieder, dabei sind sie grade erst geschnitten!«

»Ich hab dich trotzdem lieb«, sagt Fred und muß grinsen. »Blöder Kerl!« schimpft sie mit gespielter Empörung und tritt nach ihm, aber dann lächelt sie: »Ich hab dich auch lieb!«

Sie nimmt seine Hand, und so gehen sie weiter, wie ein normales Liebespaar.

Nachrichten
(Der Verdacht heiligt die Mittel 2)

Der Spiegel berichtet über einen Abhörskandal: Am 26. Februar 1976 sind Verfassungsschutz-Beamte in das Haus des Atomphysikers Dr. Klaus Robert Traube eingebrochen und haben dort eine oder mehrere Wanzen eingebaut. Das Bundesamt für Verfassungsschutz suchte Beweise für angebliche Verbindungen des Chefs der Siemens-Tochter Interatom zur RAF-Szene und hatte durch eine offene Anfrage provoziert, dass Traube entlassen wurde. Der Verdacht konnte durch die Lauschaktion nicht erhärtet werden. Bundesinnenminister Werner Maihofer (FDP) musste sich öffentlich bei Dr. Traube entschuldigen und in der Folge sogar zurücktreten. Der Fall löst heftige Debatten über die legalen Grenzen der Geheimdienstarbeit im Inland aus.

HARRY

Fred hat endlich Arbeit, und noch dazu eine, die auszuhalten ist. Vier Tage in der Woche als Aushilfe in der Amerika-Gedenkbibliothek, Bücher einsortieren und Kartei führen. Es war höchste Zeit, auf seinem Sparbuch sind noch 115 Mark, grade mal die halbe Miete.

Im März fährt er zum zweitenmal nach Ostberlin und muß diesmal 10 Mark bezahlen, die neu eingeführte Einreisegebühr. Drüben läuft er am Alexanderplatz rum, dem einzigen Ort in Ostberlin, an dem es bei schönem Wetter ein Menschengewühl gibt, läßt sich treiben, schaut zum Fernsehturm hinauf, dessen silbergraue Kugel scheinbar durch die Wolken segelt, geht durchs große Kaufhaus mit dem kleinen Angebot, fährt die Rolltreppen rauf und runter, Beschatter abhängen, falls es wirklich einem oder mehreren Bullen gelungen sein sollte, mit rüberzukommen. Sie können ja mit ihrer Knarre nicht durch und müssen wahrscheinlich auch die Bullenausweise im Wagen lassen, damit sie überhaupt über die Grenze kommen. Darum ist es immer gut, so überraschend wie möglich ›rüberzumachen‹, damit sie sich nicht vorbereiten können, oder schon vorher ›Touristen‹ rüberschicken, die dann am Grenzübergang auf ihn warten. Als er sicher ist, daß ihm keiner drauf ist, steigt er am Marx-Engels-Platz in die S-Bahn und fährt die drei Stationen zum Hauptbahnhof, der im Weststadtplan Ostbahnhof heißt, aber früher mal der Schlesische Bahnhof war.

Dort wartet Ramon auf ihn. Ramon mit ganz kurzen Haaren, in ostigen Klamotten, nichtssagendes Zeug, beige Jacke und graue Hose von der ganz langen Stange. Er ist nicht allein, bei ihm ist ein Typ, der sich einfach als Harry vorstellt, Harry mit A, deutsch ausgesprochen. Der hat zwar eine Lederjacke an, aber eine aus Plastik, und dazu graue Hosen mit Bügelfalten. Fred kommt sich komisch vor in seinen schwarzen Jeans und seiner Lederjacke. Es ist die schweineteure, die er mit, oder besser gesagt wegen Jenny geklaut hat, damals, vor hundert Jahren in München. Wenigstens sieht sie nicht mehr nagelneu aus. Nur, wer hat im Osten schon so eine Jacke? Fred macht eine Bemerkung dazu, aber Harry meint: »Macht nüscht. Kriegst höchstens ein paar Heiratsanträge ab.« Er saugt an seiner Zigarette und ergänzt: »Falls du aber mal nicht willst, daß dir hier die Kinder nachlaufen und Wessi, Wessi schreien, dann fährste doch mit unserer Art Klamotte besser!« Dabei grinst er Fred an und kneift ein Auge zu. Harry ist ein langer, dünner Mensch mit einem hageren Gesicht, ein bißchen hervorquellenden Augen, großer Nase mit scharfem Rücken, längeren Haaren, so mit kurzen Stirnfransen, hinten über den Kragen fallend, dazu Koteletten.

Sie fahren mit der Straßenbahn zum Ernst-Thälmann-Park und gehen dort spazieren. Grade vor ein paar Tagen haben Baden-Württembergs Innenminister Schieß und Justizminister Traugott Bender zugegeben, daß seit 1975 im Gefängnis Stammheim Gespräche zwischen Anwälten und Häftlingen abgehört werden, darüber unterhalten sie sich eine Weile. »Kann man sich ja denken, daß die so was machen«, sagt Ramon, und Harry findet: »Gesetze gelten eben nicht für alle.«

Ramon will jetzt wissen, wie es Sandra geht und was sie so macht, und Fred weiß nicht so recht, was er da sagen soll: »Ach, na ja, geht ihr ganz okay. Wohnt ja jetzt alleine, seit ich nach Berlin bin. Fehlst ihr halt.« Dazu schweigen sie dann eine Zeitlang und schlendern unter den kahlen Bäumen hin. Harry hält sich taktvoll ein paar Schritte abseits. Weiße und gelbe Krokusse spitzen da und dort aus dem Gras.

»Sandra«, sagt Fred leise, »möchte dich unbedingt treffen. Läßt sich da irgendwas organisieren?«

»Klar«, sagt Ramon, »das will ich ja auch. Mal sehn, wie wir das machen.«

Fred schaut ihn von der Seite an: »Vielleicht über Melanie? So hab ich Kontakt mit ihr gekriegt, wie ich untergetaucht war.«

Ramon nickt und macht: »Hmh.«

»Noch was«, fährt Fred fort, »kann ich Sandra was andeuten, daß du irgendwas organisierst, wegen nem Treffen? Sie hängt echt durch, so ohne Ahnung, was los ist.«

»Ja«, sagt Ramon, »auf jeden Fall, gib ihr nen Tip! Und grüß sie von mir. Und sie soll sich keine Sorgen machen.«

Wieder schweigen sie minutenlang.

»Tja«, räuspert sich Ramon schließlich, »nun hats uns in alle Winde verstreut, noch bevors richtig losging. Nix mehr Tupamaros München. Sandra und du, ihr werdet ja wohl kaum allein weitermachen, oder was meinste, Alter?«

Fred nickt nachdenklich. Ohne Jenny und ohne Ramon, das hat keinen Sinn. Er glaubt nicht, daß er das Zeug hat, eine neue Gruppe aufzubauen, und Sandra erst recht nicht, die wahrscheinlich eh nur wegen Ramon so weit mitgegangen ist. Und er ja auch wegen Jenny, wenn er ehrlich ist. Aber er kann Ramon und Jenny natürlich nicht hängenlassen.

Harry kommt langsam wieder näher, und nach einer Weile geraten sie ins Reden über die Unterstützerarbeit der Legalen und wie groß die Gefahr ist, daß einer mal Bullen zu einem konspirativen Treffen mitschleppt. Harry hat ein paar Ratschläge zum Thema parat: »Darfste dir nie anmerken lassen, daß du eine Observation erkannt hast! Wenn deine Beschatter das Gefühl haben, du merkst nüscht, denn halten sie dich für einen Trottel und werden leichter achtlos. Das gibt dir bessere Chancen, sie abzuhängen. Abhängen darfst du sie aber nur, wenn es unbedingt notwendig ist, Fred, niemals aus Prinzip! Damit machst du sie nur richtig scharf! Laß sie immer schön in dem Gefühl, daß du keene Ahnung von nüscht hast!«

Harry steckt sich eine Kippe in den Mund und zündet sie an. »Kann man viel aus Krimis lernen, Spionagegeschichten und so was«, sagt er, »aber entscheidend ist die eigene Phantasie! Starre Regeln nützen dir im Ernstfall gar nüscht. Mach von deinem Verstand Gebrauch, dann fällt dir immer irgendein Trick ein!«

Soll wohl so eine Art lockere Schulung sein, denkt sich Fred, oder ist es eine Prüfung? Oder ist der Typ einfach ein Schwätzer? Fred kann sich nicht denken, wer Harry sein könnte, er scheint auf keine der 2.-Juni-Größen auf den Fahndungsplakaten zu passen. Nach RAF sieht er auch nicht aus, obwohl die

RAF natürlich schön blöd wär, wenn sie nach RAF aussähe. Der Typ ist auch älter als er oder Ramon, vielleicht 35 oder so, schwer zu sagen. Fred war nie besonders gut darin, jemandes Alter zu schätzen. Ramon ist auch komisch, bleibt ganz still und stumm und sagt kaum was. Vielleicht will er ihn so warnen, daß Harry nicht allzuviel mitkriegen soll? Wieso ist der Typ überhaupt dabei?

NACHRICHTEN
AM 1. APRIL 1977 NIMMT DIE SCHWEDISCHE POLIZEI DREISSIG MUTMASSLICHE TERRORISTEN FEST. DABEI SIND DIE DEUTSCHEN NORBERT KRÖCHER UND MANFRED ADOMEIT. BEIDE WERDEN DREI TAGE SPÄTER, AM 4. APRIL, AN DIE BRD AUSGELIEFERT.

TRICKS

Mitte April, an seinem freien Tag, trifft sich Fred noch einmal mit Ramon und Harry, ebenfalls im schönen Osten, diesmal ist auch eine unbekannte junge Frau dabei, Tanja genannt. Tanja sagt nicht viel. Sie ist klein, hat kurze, fransig gestutzte Haare, schwarz und vermutlich gefärbt, kühle Augen, einen kirschrot geschminkten Mund, eine Art Baskenmütze auf, dazu einen blauen Anorak und einen kurzen Rock.

»Tanja war erstesmal auch mit«, sagt Harry, »hast sie bloß nicht gesehen. Sie hat gecheckt, ob welche an dir dran sind, warst aber sauber.« Er sagt es wie ein hohes Lob. Tanja sagt nichts dazu, und Ramon grinst. Ramon ist immer noch komisch, irgendwie anders, Fred kann nicht sagen wie, aber da ist so ein desperadohafter Zug an ihm, trotz braver Frisur und den Spießerklamotten.

Vom Alexanderplatz weg, wo sie sich getroffen haben, sind sie ein Stück die Prenzlauer Straße nach Norden gegangen. Sie reden über den Mord an Buback, dem Generalbundesanwalt, der am 7. April in Karlsruhe von einem Motorrad aus erschossen worden war, zusammen mit seinem Fahrer und einem Polizisten. Die Verantwortung hatte ein ›RAF-Kommando Ulrike Meinhof‹ übernommen, als Täter verdächtigt werden Leute aus dem Umfeld von Rechtsanwalt Siegfried Haag, der im November 1976 verhaftet worden war.

Natürlich ist deswegen der Teufel los. Die Polizei läuft Amok, die Presse schäumt, die Politiker äußern ihr übliches ›fassungsloses Entsetzen über den feigen Anschlag‹ und verlangen im gleichen Atemzug eine Ausweitung der polizeilichen Vollmachten und schärfere Gesetze. Natürlich ist auch immer einer dabei, der unbedingt die Bundeswehr im Inneren einsetzen will.

Sie reden auch über den Hungerstreik der RAF-Gefangenen, der jetzt schon 13 Tage dauert, und sie reden endlich, wie schon letztesmal, über Observation und wie man die Verfolger erkennen und mit welchen Tricks man sie irreführen kann. ›Tricks‹ stammt offenbar aus Harrys Lieblingswortschatztruhe. Er weiß alle möglichen Tricks, weiß, wie man tote Briefkästen anlegt und leert, wie und warum man Sicherheitszeichen anbringt, hat Ratschläge zum sicheren Telefongebrauch parat, zur Tarnung und zum Spurenvermeiden. »Sicherheitszeichen?« erwidert er auf Freds Frage, »na ja, also wenn du einen toten Briefkasten hast, sagen wir mal nen Papierkorb neben ner Parkbank, nur mal als Beispiel, ist ja ein uralter Trick mit Bart, da steckst du also ne Zigarettenschachtel mit deiner Nachricht rein. Wenn du dich überzeugt hast, daß die Gegend sauber ist und niemand die Stelle beobachtet, dann machst du woanders, sagen wir mal am Parkeingang, einen Kreidestrich. Derjenige, der jetzt den toten Briefkasten leeren will, der geht zuerst am Parktor vorbei und checkt, ob der Kreidestrich da ist. Fehlt er, stimmt was nicht, und er wird sich hüten, dem Papierkorb zu nahe zu kommen.«

Er holt ein Taschentuch hervor, schneuzt sich herzhaft und sagt: »Tschuldigung! Also das könnte auch so ein Zeichen sein, Schneuzen beispielsweise! Wenn du weißt, der Kollege hat dich im Blickfeld, dann könnte es ne Warnung sein: Vorsicht, ansteckend oder so. Kann man natürlich alles endlos variieren, da sind der Phantasie keine Grenzen gesetzt. Außerdem könnte man bestimmte Abholzeiten festlegen, hat auch gewisse Vorteile. Natürlich muß man beim Papierkorb-Beispiel auch aufpassen, daß der nicht auf einmal geleert wird. Und es kann nicht schaden, wenn Zeichen verabredet werden für ›Briefkasten voll‹ oder ›Briefkasten geleert‹. Ihr seht, da gibts ne ganze Menge zu beachten, und je mehr man mitdenkt, desto besser!«

Fred fängt einen Blick von Ramon auf, und der dreht die Augen himmelwärts, als wolle er sagen, dem sein Geplauder geht mir langsam auf die Nerven. Harrys Mitteilungsdrang ist noch längst nicht erschöpft. Er weiß auch über Observationstechniken Bescheid, die Polizei oder Verfassungsschutz in Westdeutschland anwenden könnten. »Also«, sagt er, »ne Beschattung, das darfst du dir nicht so vorstellen, daß die einfach hinter dir her spazieren. Das machen sie im Kino. Im echten Leben fahren sie eine ›Glocke‹, so heißt das. Dabei spielt es keine Rolle, ob du zu Fuß oder mit dem Auto oder mit Öffentlichen unterwegs bist.«

Inzwischen sind sie in einem ziemlich grauen und typischen Berliner Arbeiterwohnviertel, die Bäume noch kahl, und Fred merkt sich die Straßennamen, damit er zu Hause auf dem Stadtplan nachschauen kann, wo er war: Straßburger Straße, Ecke Belforter Straße. Hier sind nicht viele Leute unterwegs, und es gäbe jede Menge Parkplätze. Er schaut sich um, ob irgendein Auto hinter ihnen herschleicht, ein großer Wolga vielleicht oder ein kleiner Trabant, aber dem ist nicht so.

»Zwar ist schon jemand hinter dir«, erzählt Harry weiter, »zu Fuß oder im Auto, je nachdem, aber der Witz ist, sie sind auch vor dir und links und rechts in den Seitenstraßen. Du bist immer eingekreist, wie ne übergestülpte Glocke eben. Deine Verfolger halten Verbindung über Funk. So können sie auf jede Richtungsänderung von dir reagieren, und so müssen sie auch nicht dicht hinter dir herlatschen. Wenns wichtig ist und genug Kräfte zur Verfügung stehen, wird das alles verdoppelt, sorgt für

Abwechslung im Straßenbild. Dann wirds wirklich schwer zu merken, daß du verfolgt wirst. So«, sagt er, bleibt stehen und schaut Fred an: »Quizfrage: Wie merkste, was los is, und wie kommste aus soner Glocke raus?«

»Na ja, ich denke mal, das kommt drauf an.«

Harry nickt: »Das ist klar. Aber wie merkste, daß du beobachtet wirst? In erster Linie durch Aufmerksamkeit! Immer so, daß die Verfolger nicht merken, daß du einen Verdacht hast, darüber haben wir ja schon geredet. Also: Nie umsehen, höchstens mal einem seltenen Auto nachschauen oder einem Mädchen, also wenns plausibel ist. Nach hinten sichern durch Blicke in Schaufenster, die Spiegelung ausnützen. Immer normal wirken, nie paranoid, immer der ganz normale Otto, wie er auf der Straße rumlatscht und an nichts Böses denkt. Aber«, sagt Harry und hebt einen Zeigefinger, »wenn die Leute gut sind, merkst du vielleicht überhaupt nichts! Dann muß dir der Verdacht oder dein Gefühl genügen, und du mußt entsprechend vorsichtig sein.«

»Und wie komm ich aus so einer Glocke raus?« will Fred wissen.

»Wenn du Pech hast, gar nicht«, meint Harry, »da gibts auch keine festen Regeln. Da mußt du dich darauf verlassen, daß dir im rechten Augenblick der richtige Trick einfällt!«

Fred schiebt die Unterlippe vor und nickt, aber beeindruckt ist er nicht von dieser Antwort.

So um fünf lädt Harry sie alle, auch Tanja, zum Eisessen ins Palasthotel Café ein, unten im mächtigen Hotelklotz zwischen Dom und Fernsehturm. Beim Eis, das gar nicht schlecht ist, plaudern sie noch über alles mögliche, über Klamotten und warum es in der DDR so wenig zu kaufen gibt und auch ein bißchen über die NATO und die Ost-West-Beziehungen und wie es damit weitergehen soll. Harry reicht seine Zigaretten herum, CLUB FILTER in einer schwarzweißen Packung, jeder nimmt höflich eine und läßt sich von ihm Feuer geben. »Na, Kinder, wie wärs mit nem

Kognak?« fragt er, aber da schütteln sie alle drei die Köpfe und sagen gleichzeitig: »Nein, lieber nicht, vielen Dank!« Harry lacht, und sie lachen auch, weil es so nach Kinderchor klang. Nach einer Weile entschuldigt er sich und verschwindet in Richtung Toiletten. Fred will die Gelegenheit nützen und Ramon fragen, wer Harry eigentlich ist, aber Ramon schüttelt ganz unmerklich den Kopf, da sagt er nichts. Tanja hat das beobachtet, aber sie sagt auch nichts, nur ihr kühler Blick wandert von Fred zu Ramon und wieder zurück. Sie hat dunkle, fast schwarze Augen, wie eine Asiatin, aber ihre Gesicht ist ganz und gar europäisch.

Fred wundert sich. Heißt das, Ramon traut Tanja nicht? Oder heißt das, er traut der ganzen Umgebung nicht? Können sie hier drin abgehört werden? Ist ein Mikrophon in dem Plasteblumenstrauß da auf dem Tisch versteckt? Oder in der Deckenverkleidung dort oben? Er für seinen Teil traut eher Harry nicht. Er ist sich inzwischen sicher, daß das kein Genosse aus Westdeutschland ist, dazu ist er zu anders, irgendwie zu onkelhaft oder wohlwollend. Bewegt sich auch so selbstsicher hier. Was macht er so lang auf dem Klo? Trifft er da jemand? Wechselt die Kassette im Mini-Recorder?

Aber Harry kommt schon zurück und zahlt für sie alle. Draußen verabschiedet er sich: »Also tschüs, Genossen, machts gut, wa, macht nüscht, was ich nicht auch machen würde!« und lacht über seinen eigenen Witz. Er schlendert davon, Hände in den Hosentaschen, und schaut sich nicht mehr um.

Fred sieht ihm nach und fragt Ramon: »Was ist der für einer?«

»Ach, Harry ist ganz in Ordnung«, sagt Ramon, »hilft uns ein bißchen.«

»Ist der von hier?« bohrt Fred.

Ramon wechselt einen Blick mit Tanja und nickt: »Ja.« Dann rafft er sich aber doch auf und sagt: »Soll wohl ein bißchen auf uns aufpassen. Im Auge behalten. Daß wir hier keinen Scheiß bauen und so.«

Tanja sagt zum erstenmal etwas: »Dafür lassen sie uns eben

hier rumlaufen und decken uns auch ab gegen die Westbullen.«

»So«, murmelt Fred und weiß nicht, was er davon halten soll. Er zögert, und sagt schließlich: »Na ja, dann machts mal gut, Leute. Ich fahr wieder rüber in den goldenen Westen.«

Ramon drückt ihm fest die Hand: »Ja, machs auch gut, Alter, und grüß Sandra!« Tanja gibt ihm auch die Hand: »Tschüs, Fred! Lass dich nicht erwischen!«

Fred bummelt die Linden lang aufs Brandenburger Tor zu und biegt dann rechts in die Friedrichstraße ein zum S-Bahnhof. Er grübelt, während die Bahn von Ostberlin nach Westberlin zum Bahnhof Bellevue rumpelt. Was ist diese Tanja für eine? Eine Juni-Braut oder eine von der RAF? Und Harry ist dann also Stasi? Wie heißt die offiziell? MfS, Ministerium für Staatssicherheit. Klingt nach Orwell. So richtig Spaßguerrilla ist das längst nicht mehr, okay, aber jetzt wird es doch seltsam professionell. Soll er Gehalt und Pension verlangen oder besser aussteigen? Und Ramon? Wieso ist der so seltsam? Er würde ihn gern noch mal ganz allein treffen, irgendwie kann man sich ja gar nicht normal unterhalten mit den beiden Fremden dabei. Er muß unbedingt mal mit Jenny über all das reden, gleich bei nächster Gelegenheit. Wenn es noch eine gibt.

Von einer Telefonzelle aus telefoniert er mit Sandra. Plaudert ein bißchen über belangloses Zeug und fragt dann: »Erinnerst du dich noch an die Frau, die bei Hertie arbeitet?« Er hofft, sie versteht, daß er Ramons Mutter meint. Sandra zögert nur einen Moment, bevor sie antwortet: »Bei Hertie? Ach so, ja, jetzt weiß ichs wieder!«

Fred sagt: »Hab ihren Sohn getroffen, den kennst du auch, glaub ich. Ich hab vergessen, wie er heißt, aber er läßt dich jedenfalls grüßen!«

»Ja, ich erinner mich«, sagt Sandra, »wie gehts dem?«

»Ganz gut«, erwidert Fred, »kann sein, daß er dich mal anruft.«

Sie schweigen eine Weile, im Hörer knistert es leise.

»Wie gehts dir denn, Fred?« fragt sie schließlich, und er antwortet: »So lala. Hab nen Job in der Bibliothek. Und du?«

»Ach«, sagt sie, »ich geh wieder auf die Uni, bloß damit ich nicht verblöde. Sonst hab ichs auch mit Büchern zu tun, hab ne Halbtagsstelle in der Uni-Buchhandlung, die gleiche, die Jenny früher hatte.«

Nachrichten

Am 28. April 1977 werden Andreas Baader, Jan-Carl Raspe und Gudrun Ensslin zu lebenslanger Haft verurteilt.

Am 3. Mai 1977 wird Günther Sonnenberg bei einer Schiesserei mit der Polizei lebensgefährlich verletzt und mit Verena Becker verhaftet.

Am 4. Mai 1977 erscheint in einer Göttinger Studentenzeitung unter der Überschrift Buback – ein Nachruf, eine deutliche Kritik an der Stadtguerilla. Dennoch hat der Artikel eine Welle von Ermittlungsverfahren und Repressionen zur Folge, und zwar wegen des darin enthaltenen Satzes eines ›Göttinger Mescalero‹:
»Meine unmittelbare Reaktion, meine ›Betroffenheit‹ nach dem Abschuss von Buback ist schnell geschildert: ich konnte und wollte (und will) eine klammheimliche Freude nicht verhehlen. Ich habe diesen Typ oft hetzen hören, ich weiss, dass er bei der Verfolgung, Kriminalisierung, Folterung von Linken eine herausragende Rolle spielte. Wer sich in den letzten Tagen nur einmal genau sein Konterfei angesehen hat, der kann erkennen, welche Züge dieser Rechtsstaat trägt, den er in so hervorragender Weise verkörperte.«
Ein Germanistik-Student wird dafür zu sechs Monaten Gefängnis verurteilt.

8. Mai 1977: OPEC-Attentäter Hans-Joachim Klein sagt sich in einem Brief an den Spiegel vom Terrorismus los.

Am 21. und 22. Mai 1977 veranstaltet die Bundesanwaltschaft eine Gegenüberstellung von Fritz Teufel und acht weiteren Untersuchungsgefangenen vor 140 Zeugen. Ohne deren Anwälte zu verständigen und unter Gewaltanwendung werden die Gefangenen so hergerichtet, dass sie den Beschuldigten ähnlich sehen, und mit Knebelketten gefesselt vorgeführt. Amnesty International bezeichnet diese Vorführung als ›ernstzunehmende Form der Misshandlung‹, die ›unter allen Umständen als unannehmbar gelten‹ muss.

TIERGARTENTRIP

Fred sitzt zu Hause, obwohl es ein schöner Maitag ist mit Sonne, grünen Blattspitzen und blühenden Bäumen. Er kann nichts rechtes mit sich anfangen. Er versucht zu lesen, aber seine Gedanken schweifen ständig ab. Er merkt, daß er den selben Satz schon zum sechsten oder siebten Mal liest, und gibt es schließlich auf, zieht seine Jacke an, um rauszugehen, und läßt es dann doch, zieht die Jacke wieder aus. Er stellt sich ans Fenster und starrt hinaus, ohne etwas zu sehen. Die Einsamkeit drückt ihn nieder. Jenny und Ramon im Untergrund und gleichzeitig auf der Flucht, Sandra weit weg in München. Sie waren fast so was wie eine Familie; sogar besser, ohne familiäre Zwänge. Schwermut will ihn überwältigen, er merkt, daß er den Tränen nahe ist. Er zieht die Jacke wieder an und geht raus, läuft zur U-Bahn Hansaplatz und fährt die eine Station zum Zoo. Zwei Stunden lang läuft er in der City herum, um sich abzulenken, aber es gelingt ihm lange nicht. Er stellt sich vor, wie ihn die Bullen beschatten, die vom Berliner LKA oder gar welche vom BKA, dazu noch der Verfassungsschutz, womöglich sogar alle drei, ohne was voneinander zu wissen. Eventuell auch noch der MAD oder gar der BND, obwohl der eigentlich seine lange Nase nicht in innere Angelegenheiten stecken sollte. Ein Rattenschwanz von Verfolgern käme da zusammen, ein richtiges Observatorium! Und dazu vielleicht noch Harry oder einer seiner Genossen Kollegen vom Ministerium für Stasiangelegenheiten! Es kribbelt Fred im Nacken bei dieser Gedankenspielerei, aber er weigert sich, sie ernstzunehmen, wirft keinen Blick über die Schulter, wendet keine Schaufensterspiegeltricks an. Sollen sie ihm doch nachlatschen, die Idioten! Am Savignyplatz setzt er sich auf eine Bank, müde vom vielen Laufen, und steckt sich eine Zigarette an. »Ihr habts gut«, sagt er zu den Tauben auf dem Kiesweg, die ihn besorgt beäugen, »ihr könnt einfach davonfliegen, wenn euch einer was will.«

Kaum ist er wieder zu Hause, klingelt das Telefon. Limbo ist dran, sein alter Freund aus München. Limbo will ihn besuchen, will ein paar Tage in Berlin bleiben, was erleben. Ob er bei ihm pennen kann?

Fred freut sich und schüttelt seinen Blues ab. Limbo kommt gleich am nächsten Tag an. Er hatte schon immer eine Stirnersche Ader und scheint ein richtiger Einzelgänger geworden zu sein, so eine Art lokalpatriotischer Anarcho; er hat den Freiheitsgeist der Bayern entdeckt, weit hinten in der Geschichte, und redet vom Jennerwein, dem unbotsamen Wildschütz und vom Räuber Kneißl und seiner Bande. Limbo macht ein Ingenieursstudium, aber irgendwie unlustig. Eine Freundin hat er auch keine, mit der Leoni is Schluß, mei, wies halt so geht. Den hat auch die Einsamkeit am Wickel, denkt Fred, er hat sich schon gewundert, wieso er auf einmal nach Berlin kommt, wo er doch nie viel von den ›Preißen‹ hielt.

Limbo ist mit dem Auto gekommen, einem VW-Bus. »Komm, fahr ma a bisserl rum«, schlägt er vor. Der Bus ist blau und alt, noch so einer mit dem V vorn und dem großen runden VW-Zeichen. Unter die geteilte Windschutzscheibe hat er mit knallgelben Buchstaben gepinselt: EINE EINZIGE ATOMBOMBE KANN DIR DEN GANZEN TAG VERSAUEN!

Sie drehen ein paar Runden durch die Stadt, sightseeingmäßig, Fred zeigt ihm dies und das, Brandenburger Tor und Russendenkmal, Reichstag, Mauer und so weiter.

Abends ziehen sie los nach Kreuzberg, um die Häuser. Stehen eine Weile eingequetscht in der Mikrothek herum. Limbo kauft zwei Trips, die schmeißen sie bei Fred zu Hause ein, so gegen Mitternacht. »LSD tut niemand weh«, reimt Limbo, und Fred denkt, nen Trip nehmen, das ist garantiert das allerletzte, was ich jetzt tun sollte, und schiebt ihn unter die Zunge, wo er sich langsam auflösen kann. »Immer wenn ma irgendwo hinkommt, wo ma vorher noch net war, sollt ma an Trip schmeißen«, erklärt Limbo etwas unklar, »wegen der Sicht auf die Dinge, moanst net?«

Sie ziehen los, im Tiergarten rumbummeln, is ja gleich um die Ecke. Es ist eine linde und wunderschöne Maiennacht, mit Mondlicht und Sternenhimmel und knutschenden Pärchen auf jeder dritten Bank. Nahe an der Mauer, nicht weit vom Brandenburger Tor, ist der Tiergarten vernachlässigt, verwildert und ungepflegt. Hier stoßen sie auf das Amazonendenkmal, eine halb barbusige Amazone mit Streitaxt auf stehendem Pferd. Auf dem Sockel steht *Denk mal*, und es riecht nach Sprühdosenfarbe. Daneben das Frauenzeichen, Faust im Kreis mit Kreuz oben drauf. Hinter dem Denkmal stehen zwei Bräute, jede mit einer brennenden Kerze in der Hand. Fred schaut weg und wieder hin. Die Bräute stehen da immer noch, alle beide. Das ist ganz schön seltsam.

»Komisch«, sagt er zu Limbo, im selben Moment, wie der ihn anstößt und flüstert: »Ui! Jetzt wirkts erst richtig! Engel mit Kerzen!« Fred lacht. Es hört sich viel zu laut an.

Die eine Braut sagt: »He, ihr da, seid ihr besoffen, ihr Typen?«

Typen, das sind wir, denkt Fred und antwortet: »Nein, wir sind nicht besoffen, wir sind bloß auf Trip«, und schaut zu, wie seine Antwort wie ein Schleier hinüberweht zu den Bräuten.

»Ach so«, kichert die Braut, und die andere kichert auch. Die eine hat so Hippieklamotten an, ein langes Hemdkleid oder Kleiderhemd, die andere Jeans und einen Pulli. Die grinst ihn an mit großkalibrigen Pupillen, und Fred sagt: »Ich wette, ihr seid auch drauf!«

»Kann schon sein«, sagt sie, »kann aber auch nich sein.« Ihre Stimme hallt von allen Seiten wieder, als wären Lautsprecher in jedem Busch versteckt. Die mit dem Hemd sagt: »Wo ist der Unterschied?« Fred hat keine Ahnung, wo der sein könnte. Er schaut ihr zu, wie sie Wachs auf eine Ecke des Denkmalsockels tropft und ihre Kerze draufklebt. Die Pullibraut macht es ihr nach. Aus den Kerzenflammen schießen blitzende Lichtstrahlen in funkelnden Juwelenfarben, werfen smaragdgrüne und kobaltblaue Nordlichtbänder auf den bronzenen Bauch des geduldigen Pferdes, entzünden die Doppelaxt in der Amazonenfaust vor dem samtschwarzen Nachthimmel. Sie schauen alle vier, stumm, während Pferd und Reiterin ein flackerndes Scheinleben leben, zwischen heißem Kerzenlicht und kaltem Mondschein.

Irgendwann sind sie plötzlich woanders, wahrscheinlich ist die Zeit verrutscht. Zu viert irren sie herum und fahren auf die Sterne ab und die flammenden Regenbogenhalos um die Laternen, bis schließlich die Sonne aufgeht. Limbo gähnt und steckt die Bräute an, und da muß Fred auch gähnen. Das LSD zerrt an ihm, halb todmüde, halb knallwach, das Gehör reicht kilometerweit: Vogelgezwitscher und Kirchenglocken, frühes Verkehrsrauschen, Martinshorn der Feuerwehr, ein Flugzeug. Am Rand des Sehfeldes flimmert es bunt. Die Bräute verabschieden sich, tschü-hüs und winke-winke.

Zeit, heimzugehn, nen Beruhigungsjoint und dann eine Runde schlafen oder vielleicht was frühstücken. »Frühstükken!« sagt Limbo. »Frühstücken ist unser gutes Recht!«

Jetzt geht sichs ganz heiter, so im Frühsonnenschein, der Trip ist noch voll da, aber anders, sonniger eben. Frühlingsbäume, Maiengrün, da und dort blüht was im Gebüsch, grün und weiß, und ist ein BULLENAUTO! Eisiger Schreck! Ein grünweißer VW-Bulli lauert im Gebüsch auf sie, obendrauf sitzt das Blaulicht wie ein gefrorener Wackelpudding!

Jetzt bloß nicht umkehren, sonst machen sie sich erst recht verdächtig! Sie gehen vorbei, so harmlos, wie es nur geht, aber es geht nicht richtig harmlos, warum laufen sie bloß mit so ekkigen, zackigen Bewegungen? Furchtbar auffällig, die Bullen müssen denken, sie kommen frisch aus der Klapse! Oder kommt es ihm nur so vor? Schwer zu sagen, alle Eindrücke sind so seltsam verzerrt, verzogen oder eher verbogen? Jetzt sind sie fast vorbei, da sieht Fred, die beiden Polizisten da drin schlafen, er hört sie sogar schnarchen! Drücken sich vorm Dienst! Die Erleichterung fühlt sich an wie kalte Limonade, über den Kopf gegossen; Limbo grinst ihn an wie ein amerikanischer Straßenkreuzer, Chromzähne von Scheinwerfer zu Scheinwerfer. Auf Zehenspitzen verschwinden sie in den Büschen, leise, leise, husch, husch, und dann schnell weg! Weiterwandern, immer weiter, weg von den bösen Bullen, hinein in den frischen Morgen und hin zur Freiheit, bis zu einer kleinen Lichtung mit ein paar Bänken und einem Sandkasten in der Mitte. Da steht ein lebensgroßes Wildschwein aus Bronze auf einem niedrigen Sockel. Darauf sitzt eine Krähe. Mit der unterhalten sie sich eine Viertelstunde lang. Schließlich hat die Krähe genug von dem Quatsch und flattert davon.

JUGOSLAWIENMOND

Auf dem Kudamm ist nicht viel los um halb vier Uhr morgens, nur noch vereinzelte Nachtbummler, ein Bus, ein paar Autos. Ecke Uhland fährt Fred an den Straßenrand und hält an. Er schüttelt die Sprühdose, bis die Kugeln drinnen nicht mehr klappern, steigt aus, schaut, ob nicht gerade ein Polizeiauto daherkommt, und geht zu dem hohen Eckhaus, das auch das Café Möhring beherbergt. Das hat um diese Zeit längst zu, die Fenster sind dunkel, aber die Leuchtreklame strahlt noch hell. An die hohen Säulen neben dem Café sprüht er, so groß wie nur möglich, den schwarzen Stern und in seine Mitte die Buchstaben TM. Hier in Berlin gabs mal die Tupamaros Westberlin, die haben allerdings mit TW signiert. Vielleicht kommt Jenny ja zufällig hier vorbei, denkt er sich, und es fällt ihr auf. Natürlich wär es ein unwahrscheinlicher Zufall, da macht er sich nichts vor. Berlin ist riesengroß, ob sie überhaupt noch hier ist, weiß er auch nicht, und außerdem wird der Stern spätestens übermorgen wieder weggeputzt sein. Hier am Kudamm haben sie bestimmt nicht viel für Graffiti übrig. Immerhin, er hat in dieser Nacht gut und gern zwölf solche Sterne gesprüht: Am Savignyplatz, in der Wilmersdorfer und mindestens fünf in Kreuzberg, immer schön auf helle Wände, wo sie gut auffallen. Für heute ist es genug, das war Nummer 13 und der letzte Stern. Schicksal nicht herausfordern: Schluß machen, bevor sie ihn doch noch dabei erwischen.

Macht nicht viel Spaß, denkt er auf der Heimfahrt, so ganz allein, und erinnert sich wehmütig an die Aktionen mit Jenny in München.

Im Politischen Buchladen an der Lietzenburger spricht ihn eine Frau an. »Hallo«, sagt sie, »du bist Fred, nicht wahr?« Fred schaut sie mißtrauisch an. »Ich bin Franziska«, stellt sie sich vor, »du kennst mich nicht, aber ich soll dir einen Gruß ausrichten, aus Bonassola!«

Ein freudiger Schreck durchzuckt ihn wie ein leichter Stromstoß. »Ah ja«, sagt er, »okay, danke!« Jetzt faßt er sie genauer ins Auge. Sie wird irgendwas zwischen 25 und 30 sein, ist dünn, hat lange, dunkelbraune, fast schwarze Haare, große, braune Augen und ein Grübchen im Kinn.

»Wollt dich mal fragen, ob du eine längere Reise machen kannst? Wär so etwa in drei Wochen, also Anfang Juli, die Reise selber könnte eine ganze Woche dauern.« Sie sieht ihn fragend an.

Fred zuckt die Achseln: »Kein Problem!« Er schaut sich um, aber sie sind allein im Laden, bis auf Christoph Lutz, der zum Buchladenkollektiv gehört. Der brütet neben der Kasse mit gerunzelter Stirn über einer Kladde und kann bestimmt nicht hören, was sie da reden. Sie sprechen sowieso leise, vielleicht ist der Laden ja verwanzt.

Um was es genau geht, weiß sie nicht. »Auf jeden Fall«, so erklärt sie ihm, »mußt du dir Transitvisa besorgen, ohne daß die Bullen es mitkriegen. Du brauchst Durchreise-Visa für die ČSSR, Ungarn und Jugoslawien!« Dazu muß er ein weiteres Mal nach Ostberlin, denn da sind die zuständigen Botschaften, und zwar möglichst bald, falls irgendwas nicht gleich klappt. Da steht ihm ein öder Tag bevor, ahnt er, mit Formulareausfüllen, mit Rumsitzen und Warten.

Diesmal läßt er sich auch gleich die Haare kurz schneiden, kurz vor der Fahrt würde es die Bullen zu aufmerksam machen. Der Anblick im Spiegel danach ist ein Schock. Fast zehn Jahre mit langen Haaren sind vorbei. Es fällt ihm ein, wie er Jenny wegen ihrer Haarsorgen verspottet hat: Ich hab dich *trotzdem* lieb! Jetzt kann sie es ihm heimzahlen, falls es wirklich Jenny ist, die er treffen soll.

Drei Tage bevor es losgeht, läßt er sich krankschreiben und entschuldigt sich in der Bücherei. Als es dann soweit ist, geht er mit einer leeren Plastiktüte einkaufen, so wie er es immer macht, auch so um die gleiche Zeit, gegen drei. Er hat nur Jeans und T-Shirt an, es ist ohnehin knallwarm, und er nimmt natürlich kein Gepäck mit, das Beobachtern seine Absicht verraten würde. Nach Beschattern hält er nicht Ausschau, auch das könnte verräterisch sein. Ganz unbekümmert, als wolle er nur noch einen kleinen Spaziergang machen, geht er an dem kleinen Supermarkt vorbei und direkt zum S-Bahnhof Bellevue. Die S-Bahn nach Ostberlin kommt, ein paar alte Leute auf dem Bahnsteig, niemand Verdächtiges zu sehen. Fred wartet, als wolle er jemand abholen, und schaut den Zug entlang. »Zurückbleiben!« krächzen die Lautsprecher, die Türen schließen sich, Fred springt im letzten Moment in den Wagen.

Letzte Chance für Verfolger ist der Lehrter Stadtbahnhof, aber außer einer gebrechlichen Oma mit Plastiktüten steigt da niemand ein, soweit klappt also alles. Sieht aus, als hätte er einen der wenigen Tage erwischt, an denen sie ihn nicht beschatten oder zumindest nicht aufpassen. Hundertprozentig sicher ist das alles natürlich nicht. Er kann nicht ausschließen, daß der Verfassungsschutz oder der BND drüben Agenten hat, die von hier aus alarmiert werden und dann hinter dem Grenzübergang auf ihn warten.

Die alte Vorkriegs-S-Bahn mit ihren Holzbänken rumpelt und quietscht über den Humboldthafen weg und längs der Mauer durchs Niemandsland unterm Eisernen Vorhang durch. Bahnhof Friedrichstraße: Rein in die neonverstrahlte Kachelwelt mit ihrer Gefängnisatmosphäre und dem Gestank nach scharfen Desinfektionsmitteln, dazu die Uniformen und blanken Stiefel. Es hat Fred immer schon irritiert, daß Volksarmee und Grenztruppen einfach die Uniformen der alten Wehrmacht übernommen und nur die Kokarden geändert haben. So sieht immer alles aus, wie es im Dritten Reich ausgesehen haben muß, bloß ohne Hakenkreuze auf den roten Fahnen. Er passiert die Grenzkontrollen und wandert hinaus in die Hauptstadt der DDR.

Er treibt sich ein paar Stunden rum, sieht aber niemanden, der ein Beschatter sein könnte. Auch keinen Harry. Anscheinend ist ihm niemand drauf, weder die Stasi noch irgendwelche Westagenten. Also macht er sich auf zum Bahnhof und kauft seine Fahrkarte, einfach, ohne Rückfahrt. Er nimmt den Nachtzug Berlin–Prag–Wien–Budapest, von dort wird es weitergehen über Zagreb nach Rijeka.

Er hat nicht mal etwas zu lesen dabei und hat auch versäumt, sich etwas zu essen zu besorgen. Im Zug gibt es nichts. Irgendwann schläft er dann ein und wacht nur zu den Paßkontrollen auf. In Jugoslawien scheint schon die Sonne, und er schaut aus dem Fenster, in die Ecke gelehnt, ohne etwas zu sehen. In ihm streiten sich die Gefühle, einmal Freude, Jenny wiederzusehen, andererseits die nagende Angst, Beschatter mitzuschleppen und sie zu gefährden, womöglich durch Unachtsamkeit schuld an ihrer Gefangennahme oder gar an ihrem Tod zu werden. Gleichzeitig ist da immer noch Spaß am Abenteuer, es könnte alles gut aus einem Spionagethriller sein, aber den Spaß versalzt die Furcht vor dem Abgrund, der sich auftut, wenn seine Gedanken in Richtung Zukunft schweifen. In der Gegenwart bleiben, ermahnt er sich, aufpassen! Bloß keinen Fehler machen!

Franziska ist eine Legale, eine Sympathisantin, wie sie in der Presse immer schreiben. Er hat sich ein paar Tage vor der Fahrt noch mal mit ihr getroffen, und sie hat ihm die Details des Treffens erklärt, das in Jugoslawien stattfinden wird: In Rijeka soll er vom Bahnhof einen Bus nach Opatija nehmen, das sind 15 oder 20 km auf der Uferstraße. Dort soll er in einem bestimmten Café warten.

Es stellt sich heraus, daß Opatija kein Dorf ist, wie er gedacht hat, sondern eine Stadt, ein morsches altes Seebad. Es gibt große Hotels aus der Belle Époque, Palmen und Zypressen, Feigenbäume. Die Sonne knallt, Fred sitzt eine ganze Stunde unter einer Markise vor dem Café, raucht eine Zigarette nach der anderen und schaut auf eine gepflegte Anlage mit Rasensprenger und blutrot blühenden Blumen. Es ist aber nicht viel los, kaum Touristen, nur auf der Hauptstraße braust der Verkehr, Busse und PKWs, kleine Lieferwagen, Laster. Dahinter glitzert das blaue Meer.

Ob sie überhaupt kommt? Alles mögliche kann bei einem solchen Treffen dazwischenkommen! Er wirft einen Blick auf die Uhr. Noch eine halbe Stunde, dann ist das Treffen geplatzt. Dann erst morgen wieder, eine Stunde früher als jetzt, aber in Rijeka, in der Nähe des Bahnhofs. Davor hat er Angst. Hier in irgendeinem billigen Hotelzimmer liegen und nicht wissen, was los ist, eine garantiert schlaflose Nacht. Und was, wenn sie morgen auch nicht kommt? Zurück nach Berlin, die endlose Fahrt im Zug, übermüdet, von Angst und Ungewißheit gequält. Ist was passiert? Haben sie sie erwischt? Erschossen wie schon einige? Mit Anstrengung schiebt er diese Gedanken beiseite, zwingt sich, die Umgebung im Auge zu behalten. Es ist aber kaum was los, außer dem Verkehr auf der Straße. Keine ziellos bummelnden Passanten, keine geparkten Autos mit zwei Insassen, keine ständig wiederkehrenden Mopedfahrer, kein verdächtiges Fernglasblitzen in irgendeinem Hotelfenster.

Ein gelber Fiat 500 fährt mit flottem Schwung an den Straßenrand und hupt. Er erschrickt, als hätte er schon damit gerechnet, daß sie gar nicht mehr kommt. Am Lenkrad sitzt Jenny mit Kopftuch und Sonnenbrille, Schiebedach offen.

»Sieht ganz schön verdächtig aus«, sagt Fred, darum bemüht, gelassen zu wirken, dabei fühlt er sich beinahe beschwipst vor Freude und Erleichterung.

»Ach wo«, sagt Jenny, »hier laufen die meisten Frauen so rum.« Sie zischt los und fädelt sich in den Verkehr ein. Dann nimmt sie die dunkle Brille ab und strahlt ihn an: »Schön, daß du da bist!«

Sie fahren nach Rijeka zurück, dort kauft er sich ein Hemd und Zahnputzzeug, denn außer Geld hat er ja nichts dabei, Jenny hat vorher schon Proviant und Zigaretten besorgt. Von Rijeka bringt eine kleine Autofähre sie zur Insel Cres.

»Es geht um nix besonderes, bloß so«, sagt Jenny. Sie stehen an der Reling und schauen übers tiefblaue Meer. Die Insel ist ein dunstiger Berg im sonnengleißenden Wasser.

»Da ist nichts los«, erklärt sie, »kein Schwein fährt da rüber.«

»Warum bis du hier in Jugoslawien«, will Fred wissen, »macht ihr hier irgendwas?«

Jenny schüttelt den Kopf: »Nein, hier machen wir nix. Ist nur so ne Art Rückzugsgebiet. Mal erholen von dem Druck«, fährt sie fort, »wie isses mit dir? Hastn bißchen Zeit, ein paar Tage?« Sie schaut ihn forschend an. Ihr Gesicht kommt ihm schmaler vor, und in ihren Augen ist etwas wie Müdigkeit. Ihre Haare sind immer noch kurz, aber nicht mehr lockig, sondern schwarzgefärbt und fransig.

In Merag, einem Fischerdorf, verlassen sie die Fähre. Anscheinend sind sie die einzigen Touristen, nur zwei dreirädrige Lieferwagen waren noch mit auf dem Schiff. Auf einer steilen Serpentinenstraße fahren sie über den Inselrücken und drüben wieder hinunter zur kleinen Hauptstadt Cres, die sich um eine halbkreisförmige Bucht schmiegt. Hier ist die einzige Tankstelle auf der Insel, Jenny weiß jedenfalls keine andere. Fred spürt, daß eine gewisse Scheu zwischen ihnen liegt, es ist lange her, daß sie sich gesehen haben, und noch viel länger, daß sie sich berührt haben.

Sie fahren nach Valun weiter, dort in der Nähe hat Jenny ein kleines Häuschen gemietet, das als schlichte Ferienwohnung eingerichtet ist. Langsam rollen sie durch das Fischerdorf, das an den Hang gebaut ist und auf eine wunderschöne Bucht blickt. Valun ist winzig und schläft mit geschlossenen Fensterläden in der Sonne. Sie sehen nur ein paar alte Frauen, schwarz verhüllt, ein Hund bellt ihnen nach. Kein anderes Auto, an einer Hauswand lehnt ein Moped. Auf der vertrockneten Insel ist wirklich nichts los, trotz Sommer begegnen sie keinem einzigen Touristen. Vielleicht gibt es noch nicht mal Polizisten auf der Insel, sie sehen jedenfalls keinen.

Ihr Häuschen ist ein niedriger Bau aus zusammengemörtelten Feldsteinen, ganz einsam gelegen, ringsum nur Gras und kleine Olivenbäume. Innen hat es zwei Zimmerchen, in einem davon ein großes altes Bettgestell aus Holz, mit zwei dicken Federbetten darauf. Das Bettzeug ist weiß und sauber. Hinter dem Häuschen ein Plumpsklo, Wasser liefert eine Handpumpe vor dem Haus, eine Gießkanne dient als Dusche. Da steht auch eine kleine Bank, und der Boden ist mit flachen Steinplatten sauber ausgelegt. »Isses nicht putzig?« fragt Jenny.

Sie macht auf einem Spirituskocher Kaffee und zeigt ihm ihren falschen Paß, darin heißt sie Carola Mengersheim und ist aus Aschaffenburg. Es ist nicht derselbe, den er damals bei Franz abgeholt hat. »Darfst du eigentlich gar nicht sehen«, sagt sie und schaut ihn an. Fred zuckt die Achseln. »Schon vergessen«, murmelt er. Eine Waffe hat Jenny hier in Jugoslawien nicht dabei. Sie hat auch kein Gepäck, nur eine größere Handtasche. »Mobilität«, sagt sie, »ganz entscheidend!« Der kleine Fiat stammt aus Italien und hat falsche Nummerschilder. Den wird sie nachher irgendwo in Jugoslawien stehenlassen, nicht auf der Insel und auch nicht in der Nähe. Daß ihn die Polizei irgendwann findet, hält sie für ziemlich unwahrscheinlich. »Den reißt sich irgendeiner unter den Nagel«, meint sie, »die Leute hier sind doch nicht auf den Kopf gefallen.«

Sie macht Tomatensalat, nur Essig und Öl, ein bißchen Salz, frisch gepflückten Thymian. Dazu das weiche, weiße Brot und einen harten, parmesanartigen Käse, Weißwein, mit lauem Wasser verdünnt. Sie essen draußen, auf dem niedrigen Mäuerchen, über das sie das weiße Tischtuch von drinnen gebreitet hat, und lauschen dem Konzert der Zikaden, das erst verstummt, als die Sonne untergeht. Fred erzählt ihr von den Ostberliner Treffen mit Ramon, Harry und Tanja. »Wer ist diese Tanja?« fragt er sie. »Ist die auch von der Stasi?« Jenny wirft ihm einen schrägen Blick zu. »Nö«, sagt sie, »die Frau is nicht von drüben, ich glaub, ich weiß, wer das ist. Echt«, wiederholt sie, »die ist okay. Ich sag dir aber nicht, wers ist. Nur was der Typ will, kann ich mir nicht denken. Stasi, meinst du?« Sie denkt nach, die Unterlippe zwischen den Zähnen. Aber sie sagt nichts mehr dazu.

Sie können zusammen in dem großen Bett schlafen, aber bis weit nach Mitternacht ist es einfach zu warm dazu. Auf Cres herrschen sengende Hitze und Wasserknappheit, im einzigen Laden in Valun gibt es kaum etwas zu kaufen, nur Néscafe, Brot und Käse, manchmal Tomaten, natürlich nichts zu kiffen, aber immerhin guten Weißwein. Die Landschaft ist mittelmeerisch, mit vertrocknetem Gras bewachsene Hänge, Olivenbäume und duftende Thymianbüsche, niedrige Steinmäuerchen. Die einzigen Tiere, von ein paar Vögeln abgesehen, sind Schafe.

Mit dem kleinen Cinquecento fahren sie nachts über die langgestreckte Insel, auf der mondbeschienenen schmalen Asphaltstraße, die auf dem Kamm des Bergrückens entlangführt, das nächtliche Meer zu beiden Seiten. Sie fahren hinunter bis Osor und zurück, ohne einem einzigen Auto zu begegnen. Mitten auf der Insel liegt in einer Senke der Vrana-See. Das Wasser des Sees soll zweischichtig sein, oben Süßwasser, darunter Salzwasser, wegen einer unterirdischen Verbindung zum Meer. »Woher weißt du das«, fragt Fred, den Kopf halb aus dem Fenster gelehnt, wegen dem schönen Fahrtwind. »Reiseführer Jugoslawien«, ruft sie, »woher sonst.«

Vormittags laufen sie zum Meer hinunter, auf einem schmalen, gewundenen Pfad durch hüfthohes graugrünes Gestrüpp, und finden nach einigem Klettern über Felsbrocken eine schöne Stelle zum Schwimmen. Es ist ein wenig schwierig, in das herrlich klare Wasser zu kommen, denn es gibt eine Menge kleiner schwarzer Seeigel, auf die man besser nicht tritt.

In der Mittagshitze kehren sie zum Haus zurück, drinnen kommt es ihnen dagegen richtig kühl vor.

»Wie kommst du überhaupt über die Grenzen«, fragt Fred, »ist das nicht riskant?«

Jenny zuckt die Achseln: »Riskant ist eh alles. Aber die Papiere sind ganz gut, die ich hab. Und irgendwie machen sie uns im Ostblock keine Scherereien. Manchmal hab ich schon das Gefühl, daß die genau wissen, wer ich bin, aber bis jetzt bin ich immer glatt rübergekommen.«

Fred denkt an Harry und runzelt die Stirn: »Was haben die für ein Interesse daran, uns zu helfen?«

»Gute Frage«, sagt Jenny.

Als die Sonne untergeht, essen sie ihr karges Abendbrot und trinken verdünnten Wein dazu. Nachdem die Sonne endgültig versunken ist, wird die Temperatur ein wenig erträglicher. Sie bummeln nebeneinander über die schmalen, steinigen Wege zwischen den Feldsteinmauern. Oben auf der flachen Kuppe setzen sie sich auf ein Mäuerchen, zerzupfen Thymianzweige und staunen schweigend in die wunderschöne Nacht. Vor ihnen senkt sich die karge Landschaft zum Meer, und darüber hängt riesig groß und gelb der aufgehende Vollmond. Allmählich steigt der Mond höher und wird kleiner, aber gleichzeitig heller. Nach Mitternacht, als sie zum Haus zurückkommen, ist alles in kalkig-blaues Licht getaucht. Sie holen Laken und Decken aus dem Haus und breiten sie auf den warmen Steinplatten vor dem Haus aus. Jenny schlüpft aus ihrem Ringelhemd, sie hat ihr schwarzes Sternchen um den Hals hängen und an derselben Kette das kleine silberne A im Kreis, das er ihr mal geschenkt hat. Sie greift nach seiner Hand und zieht ihn zu sich, und sie lieben sich im hellen Mondschein.

Irgendwann morgens kommt ein Nachtwind auf, erst fein, kaum spürbar, dann weht er beständig, und es wird endlich ein wenig kühler.

Weit weg in der BRD eskaliert der bewaffnete Kampf.

NACHRICHTEN

AM 30. JULI 1977 WIRD DER BANKIER UND VORSTANDSVORSITZENDE DER DRESDNER BANK JÜRGEN PONTO IN SEINEM HAUS IN OBERURSEL ERSCHOSSEN. DIE TÄTER GELANGTEN MIT HILFE VON SUSANNE ALBRECHT, TOCHTER EINER BEFREUNDETEN FAMILIE, INS HAUS; MÖGLICHERWEISE WAR URSPRÜNGLICH EINE ENTFÜHRUNG GEPLANT GEWESEN.

IN MALVILLE, FRANKREICH, DEMONSTRIEREN AM 31. JULI 1977 ÜBER 100.000 MENSCHEN GEGEN DEN SCHNELLEN BRÜTER ›SUPERPHENIX‹. DIE CRS-TRUPPEN DES INNENMINISTERIUMS FEUERN SCHARFE GEWEHRGRANATEN IN DIE MENGE. DER AKW-GEGNER MICHEL VITALON KOMMT UMS LEBEN, VIELE DEMONSTRANTEN WERDEN DURCH DIE EXPLOSIONEN SCHWER VERLETZT UND VERSTÜMMELT.

25. AUGUST 1977: DIE POLIZEI ENTDECKT IN KARLSRUHE EINEN RAKETENSCHUSSAPPARAT, MIT DEM VERMUTLICH EIN RAKETEN-ANSCHLAG AUF DEN AMTSITZ DES GENERALBUNDESANWALTS VERÜBT WERDEN SOLLTE.

Am 5. September 1977 entführt das RAF-Kommando Siegfried Hausner in Köln den Arbeitgeberpräsidenten Hanns-Martin Schleyer und erschiesst dabei Schleyers Fahrer und drei Polizeibeamte. Das Kommando fordert die Freilassung von elf RAF-Gefangenen.

Am 7. September 1977 wird das Kontaktsperre-Gesetz als Eilgesetz durchgepaukt. Es besteht aus den Paragraphen 31 bis 38. Der § 31 lautet abgekürzt: Besteht eine gegenwärtige Gefahr für Leben, Leib oder Freiheit einer Person und begründen bestimmte Tatsachen den Verdacht, dass die Gefahr von einer terroristischen Vereinigung ausgeht, und ist zur Abwehr dieser Gefahr geboten, jedwede Verbindung von Gefangenen untereinander und mit der Aussenwelt einschliesslich des schriftlichen und mündlichen Verkehrs mit dem Verteidiger zu unterbrechen, so kann eine entsprechende Feststellung getroffen werden.

SCHLEYER

Die Schleyer-Entführung beherrscht alle Nachrichten. Die Polizei löst eine Großfahndung aus, wie es sie in diesem Umfang noch nie gegeben hat. Fred bleibt zu Hause und grübelt. Die RAF macht Stadtguerilla mit erschreckender Konsequenz. Vier Tote! Es muß denen doch klar sein, daß sie durch solche Brutalität das letzte bißchen Unterstützung verlieren, das sie noch haben! Er stellt sich ans Fenster und schaut hinaus, sucht halb unbewußt nach besetzten Autos, nach verdächtigen Lieferwagen. Aber die Melanchthonstraße ist wie immer links und rechts vollgeparkt, er sieht nichts Auffälliges. Die Blätter an den Straßenbäumen färben sich allmählich gelb.

Er denkt zurück an ihre Gewaltdiskussionen, damals in München, es scheint unendlich lange her zu sein. Gewalt gegen Sachen, nie gegen Menschen! Dimpfhuber, der rechte Erzhalunke, dem sie das Auto angezündet haben, das war ihre einzige nennenswerte Guerilla-Aktion gewesen, und die konnte er vor seinem Gewissen vertreten. Ungestraft hatte der verantwortungslose Kerl im Fernsehen in aller Öffentlichkeit von ›rotem Gesindel‹ reden können, Volksverhetzung, die nach Verfassung und Gesetz strafbar war und leicht irgendeinen labilen Charakter dazu verführen könnte, zum Revolver zu greifen und auf den nächstbesten Linken oder Langhaarigen loszuballern. Auch die Bild-Zeitung wäre 1968 nach dem Dutschke-Attentat ungestraft davongekommen, wenn sie nicht alle das Gesetz in die eigenen Hände genommen hätten. Noch heute freut er sich darüber; ob es auf lange Sicht viel genützt hat, steht auf einem anderen Blatt.

Fred hat niemanden mehr, mit dem er sich austauschen kann, er ist von der heftigen Diskussion, die in der Linken ausbricht, so gut wie abgeschnitten. Er hat auch gar keine Lust dazu. Zur Schwarzen Hilfe oder zu sonstigen Treffen geht er nicht, er will sich heraushalten, nicht mehr auffallen, nicht mehr als Aktivist gelten. Die Bullen sollen denken, er hätte die Schnauze voll und hielte sich aus allem raus.

Es geht natürlich um die heimlichen Kontakte zu Jenny und Ramon. Ihm ist klar, daß er nach wie vor unter Beobachtung steht, aber er will seine Situation nicht noch unnötig komplizieren.

NACHRICHTEN

AM 23. UND 24. SEPTEMBER 1977 KOMMT ES ANLÄSSLICH DER DEMONSTRATIONEN GEGEN DEN SCHNELLEN BRÜTER IN KALKAR ZUM MASSIVSTEN POLIZEIEINSATZ IN DER GESCHICHTE DER BUNDESREPUBLIK. MIT POLIZEISPERREN AN BUNDESSTRASSEN UND AUTOBAHNAUSFAHRTEN WIRD VERSUCHT, DEMONSTRANTEN AM BESUCH DES KUNDGEBUNGSORTES ZU HINDERN, HUBSCHRAUBER des Bundesgrenzschutzes stoppen Züge auf offener Strecke und bringen die Reisenden in Gefahr, Panzer und Abertausende von vermummten Polizisten sollen von der Ausübung des in der Verfassung garantierten Demonstrationsrechtes abschrecken. 50.000 Demonstranten gelingt es, bis zum Bauzaun vorzudringen, etwa 20.000 werden von Polizeitruppen daran gehindert, in die Nähe zu kommen. Vorausgegangen war eine bundesweite Kampagne in der Presse gegen Atomkraftgegner, die als Fortschrittsfeinde, Drogensüchtige und Terroristen hingestellt wurden.

MOGADISCHU

Es regnet, und die Gehwege sind rutschig vom abgefallenen Laub. Fred ist auf dem Weg zur Moabiter Arminius-Markthalle, einkaufen. Vor dem Kriminalgericht parken mehr als 20 Mannschaftswagen der Polizei, Wannen heißen die hier in Berlin. Streifenpolizisten mit Maschinenpistolen gehen auf und ab, ein Hubschrauber kreist tief über den Gebäuden und überschüttet das ganze Viertel mit unerträglichem Dauerlärm. Die Passanten haben genervte, böse Gesichter und gehen, so schnell sie können.

Der entführte Arbeitgeberpräsident Hanns-Martin Schleyer ist seit fast fünf Wochen verschwunden, die Gefangenen sind noch immer nicht frei. Schleyers Sohn hatte versucht, die Regierung durch eine einstweilige Verfügung des Bundesverfassungsgerichts zu zwingen, die Forderungen der Entführer zu erfüllen, um das Leben seines Vaters zu retten, aber das Gericht hatte abgelehnt oder ablehnen müssen. Letzte Woche war eine Lufthansamaschine mit sechsundachtzig Passagieren nach Somalia entführt worden, offenbar im Zusammenhang mit der Schleyer-Entführung, und um der Forderung nach Freilassung der Gefangenen Nachdruck zu verleihen. Vorgestern hatten die

Entführer den Flugkapitän erschossen und aus der Maschine aufs Rollfeld geworfen.

Am Zeitungsstand springen Fred Schlagzeilen ins Auge: BAADER, ENSSLIN, RASPE TOT! Er kauft sich die FRANKFURTER RUNDSCHAU und liest:

GEISELN FREI – SELBSTMORDE IN STAMMHEIM

BAADER, ENSSLIN UND RASPE SIND TOT/

BLITZAKTION DER GSG 9 IN MOGADISCHU ERFOLGREICH

Frankfurt a. M. Mit einem erfolgreichen Blitzangriff befreiten Angehörige der Grenzschutzsondergruppe 9 in der Nacht zum Dienstag die 82 Passagiere und 4 Besatzungsmitglieder der nach Somalia entführten Lufthansa-Maschine. Die somalische Regierung hatte ihre Zustimmung zum Eingreifen der BGS-Gruppe gegeben. Die Bundesregierung bedankte sich am Dienstag offiziell bei der Regierung in Mogadischu für die Zusammenarbeit.

Die Spezialeinheit begann den Sturm auf die entführte Maschine am Dienstag um 0 Uhr. Nach wenigen Minuten waren die Geiseln frei. Drei der vier Entführer kamen ums Leben. Die meisten der befreiten Geiseln trafen am Dienstag kurz vor 14 Uhr mit einer Sondermaschine auf dem Frankfurter Flughafen ein, wo sie vom hessischen Ministerpräsidenten Holger Börner und mehreren Ministern empfangen wurden. Auf dem Köln-Bonner Flughafen hieß Bundesinnenminister Werner Maihofer die GSG-9-Truppe sowie Staatsminister Wischnewski willkommen und würdigte ihren mutigen Einsatz.

Offenbar unter dem Eindruck des Fehlschlags der Geiselnahme in der Lufthansa-Maschine begingen die in Stuttgart-Stammheim einsitzenden Häftlinge Andreas Baader, Gudrun Ensslin und Jan-Carl Raspe in ihren Zellen Selbstmord. Baader und Raspe erschossen sich mit Pistolen, die in ihren Zellen gefunden wurden. Gudrun Ensslin erhängte sich. Auch die in Stammheim inhaftierte Irmgard Möller versuchte, sich umzubringen. Sie konnte jedoch gerettet werden.

Abends in den Fernsehnachrichten wird mit der gleichen glatten Selbstverständlichkeit von Selbstmord gesprochen, eine andere Möglichkeit wird gar nicht erst in Betracht gezogen, dabei können die Untersuchungen doch noch gar nicht abgeschlossen sein. Was ist da in Stammheim wirklich passiert, fragt Fred sich, in diesem schrecklichen Hochsicherheitsgrab? War es tatsächlich Selbstmord, oder hat man die Gefangenen umgebracht? Fred findet das eine so wahrscheinlich wie das andere. Er traut dem Staat ohne weiteres Mord zu, genauso wie er sich vorstellen kann, daß die Gefangenen sich aus endgültiger Hoffnungslosigkeit umgebracht haben. Elf Tote bis jetzt in der Schleyer-Geschichte, denkt er, mein Gott, das wird ja immer furchtbarer!

Am folgenden Tag, dem 20. Oktober 1977, steht in der Frankfurter Rundschau:

Hanns-Martin Schleyer ist tot

Leiche in einem Auto im Elsass entdeckt / RAF erklärt sich für verantwortlich

Frankfurt a. M./Mülhausen. Der vor sechs Wochen bei einem blutigen Überfall in Köln entführte Präsident der deutschen Arbeitgeberverbände, Hanns-Martin Schleyer, ist tot. Seine Leiche wurde am Mittwochabend im Kofferraum eines Audi 100 mit deutschem Kennzeichen gefunden, der in der 130 Kilometer südlich von Straßburg gelegenen Stadt Mülhausen abgestellt worden war.

Rund eineinhalb Stunden nach der ersten Todesnachricht gab das Bundeskriminalamt die Namen von 16 Personen bekannt, die es der Täterschaft oder der Mittäterschaft verdächtigt.

Gegen alle liegt Haftbefehl vor. Sie sollen am Buback-Mord, am Überfall auf Jürgen Ponto, dem mißlungenen Raketenanschlag auf die Bundesanwaltschaft, den Morden von Köln, der Entführung der Lufthansa-Maschine ›Landshut‹ und der Ermordung Schleyers teilgenommen haben. Acht von ihnen waren nach Erkenntnissen des BKA in die Entführungsfälle Schleyer und Lufthansa-Maschine direkt verwickelt.

Die Polizei hat bisher im Zusammenhang mit den Entführungsfällen Schleyer und Lufthansa-Maschine acht konspirative Wohnungen, 13 Kraftfahrzeuge und zahlreiche weitere Beweismittel sichergestellt. Das Bundeskriminalamt kündigte noch am Mittwochabend an, daß Fotos, Fahndungsplakate und Faltblätter mit Beschreibungen der 16 Gesuchten veröffentlicht werden.
Angeblich wurden bei der ersten Durchsuchung in Stammheim Zellenpapiere gefunden, in denen der Satz steht: ›Wenn wir tot sein sollten, sind wir ermordet worden.‹ Im Norddeutschen Rundfunk sagte Regierungssprecher Klaus Bölling am Mittwoch: ›Wir alle können nicht begreifen, wie es möglich gewesen ist, daß die in Stammheim Einsitzenden zu Waffen gekommen sind. Das geht einfach nicht in den Kopf.‹

Fred wirft die Zeitung auf den Tisch. Sie rutscht über die Kante und fällt auf den Boden, und er tritt ärgerlich nach ihr. Da klingelt das Telefon. Kutte ist dran: »Die Bullen warn bei uns«, sagt er, »warn sie bei dir auch?« Fred verneint. »Toben in der Stadt herum«, warnt ihn Kutte, »führn sich uff wie die Wildsäue! Drück dir die Daumen, det se dir auslassen. Mach jut, Gruß von Lili, wa, tschüs, Alter.«

Fred telefoniert mit Sandra. »Hier sind auch überall Hausdurchsuchungen«, sagt sie, »bei mir warn sie aber nicht.« Sie reden sonst nichts Konkretes am Telefon.

Abends hört er im Radio, daß die amtliche Selbstmordversion zum Tod der Häftlinge Andreas Baader, Jan-Carl Raspe und Gudrun Ensslin in vielen Ländern angezweifelt wird. In Spanien, Italien, den Niederlanden, Frankreich und Griechenland ist es zu Protestdemonstrationen gekommen, in Italien wurden Anschläge mit Brandflaschen gegen deutsche Firmen, Konsulatsgebäude und Reisebusse verübt. Ähnliche Anschläge gab es auch in Frankreich und Griechenland.

STECKBRIEF

Menschenjagdatmosphäre: bundesweite Großfahndungsaktionen, Razzien, Straßensperren, Durchsuchungen und Festnahmen, begleitet von einer Anklagewelle gegen Spontiblätter wie das INFO-BUG, gegen kritische Stadtzeitungen und Schülerzeitungen, gegen die Agit-Drucker. Wer dagegen protestiert und von Zensur spricht, muß mit einer Anzeige wegen Verunglimpfung des Staates rechnen. Die Bevölkerung wird offen zu Denunziation und Spitzeldiensten aufgerufen. Dazu machen sich konservative Politiker mit Vorschlägen wichtig, die oft pure Idiotie sind. So soll etwa das Netz der ABC- und Luftwarnsirenen dazu benutzt werden, nach Terroranschlägen durch einen Heulton im gesamten Land Alarm zu geben! Auch der Ruf nach Bundeswehreinsatz im Inneren wird wieder laut.

In jeder Stadt hängen neue Fahndungsplakate, in Rathäusern, Bahnhöfen, Postämtern, an Straßenbahnhaltestellen, Litfaßsäulen, Plakatwänden und Bauzäunen. Fred schaut sich eins im Postamt am Marheinekeplatz genauer an:

DRINGEND GESUCHTE TERRORISTEN

800 000 DM BELOHNUNG

Im Zusammenhang mit dem

- dreifachen Mord an Generalbundesanwalt Buback und zwei seiner Begleiter am 7. 4. 1977 in Karlsruhe
- Mord an Jürgen Ponto am 30. 7. 1977 in Oberursel
- vierfachen Mord und der Entführung von Hanns-Martin Schleyer am 5. 9. 1977 in Köln
- Mord an Hanns-Martin Schleyer

werden gesucht:

(Hier folgen die 16 Fahndungsfotos. Sie zeigen sechs Männer und zehn Frauen, darunter Jenny.)

Für Hinweise, die zur Ergreifung einer dieser Personen führen, sind 50 000 DM Belohnung ausgesetzt.
Hinweise, die auf Wunsch vertraulich behandelt werden, nehmen das Bundeskriminalamt in Bad Godesberg, Tel. 02221/35 20 41, und jede andere Polizeidienststelle entgegen.

Der Steckbrief ist ›überarbeitet‹ worden: Aus dem Wort *Terroristen* in der Überschrift hat jemand mit einem dicken Filzstift *Terroristinnen* gemacht. Nicht zu unrecht, es sind ja viel mehr Frauen als Männer. Und unter das Plakat hat wer auf die Wand geschrieben:

BUBACK, PONTO, SCHLEYER – DER NÄCHSTE IST EIN BAYER!

DORTMUND-BLUES

In Dortmund regnet es. Fred kommt mittags mit dem Zug an, und beim Aussteigen fällt sein Blick als erstes auf das Fahndungsplakat. Mindestens drei Doppelstreifen Polizisten sieht er, während er sich durch die von Menschen wimmelnde Bahnhofshalle drängelt. Er kann in dem Gewühl nicht feststellen, ob er verfolgt wird, und versucht es auch gar nicht erst, aber Vorsicht ist geboten, die Bullen sind überall auf hundertachtzig.

Das Wetter ist ekelhaft, richtiges Novemberwetter, auch wenn der Monat gerade erst anfängt. Eisigkalt stechen die Regentropfen, alles ist grau, Himmel, Häuser, Gesichter. In der Fußgängerzone geht er in ein Kaufhaus, zwängt sich durch die Menschenmassen. Es ist auch hier zu voll, um eventuelle Verfolger auszumachen, daher verkneift er sich den Blick zurück von der Rolltreppe aus und macht sich lieber klein in der Menge. Er bezweifelt auch, daß man ihm ins Kaufhaus folgen würde, für viel wahrscheinlicher hält er es, daß man, sobald er es betreten hat, alle Ausgänge bewacht, um ihn beim Verlassen wieder aufzugreifen. Ganz oben beim Erfrischungsraum geht er auf die Herrentoilette und vergewissert sich, daß er alleine ist. In einer Klokabine zieht er schnell den dunkelblauen Anorak aus und dreht ihn um, die feuchte Seite nach innen. Die jetzige Außenseite ist moosgrün und viel heller. Die kleine leere Plastikreisetasche, die er dabei hatte, stopft er in den Abfalleimer und deckt sie mit zerknüllten Papierhandtüchern zu. Brille auf der Nase, Mütze auf dem Kopf, so fährt er die Rolltreppen wieder hinunter, jemand ganz anderes. Er sucht einen anderen Ausgang, sieht eine Frau mit Kinderwagen, die sich anschickt, das Haus zu verlassen, und geht ein paar Meter so neben ihr her, als würden sie zusammengehören. Er ist nun in einer Einbahnstraße, geht bis zur nächsten Ecke, wartet einen Moment und läuft dann gegen die Fahrtrichtung zurück. Verfolger zu Fuß müßten ihm jetzt entgegenkommen, aber er sieht nichts Auffälliges, nur ein altes Ehepaar, ein paar Schulkinder, drei laut streitende Jugoslawen. Es ist Zeit, er macht sich auf Richtung Hansaplatz, die Mütze ins Gesicht gezogen, den Kragen hochgeschlagen, denn es regnet nach wie vor.

Er findet das Café, es ist voll und laut da drin, von Zigarettenrauch vernebelt, Musik plärrt. Er holt ein englisches Taschenbuch aus der Anoraktasche und legt es vor sich auf die Theke. Das Paperback, TINKER, TAILOR, SOLDIER, SPY von Le Carré ist das Erkennungszeichen. Der Titel bezieht sich auf einen englischen Abzählvers, den er in London mal gehört hat: *Tinker, tailor, soldier, sailor – rich man, poor man, beggar man, thief.* Er bestellt sich einen Cappuccino und zahlt gleich. Eine junge Frau reicht kurz danach ein leeres Glas an ihm vorbei über die Theke und sagt ihm dabei ins Ohr: »Geh da raus, wo die Toiletten sind, in ein paar Minuten; wart im Gang auf mich!« Sie kommt gleich nach, nickt ihm zu und eilt an ihm vorbei. Das Café hat eine Hintertür, er folgt ihr auf eine enge Seitenstraße, gegenüber durch einen Hausflur und über einen Hof auf eine weitere kleine Straße. Niemand zu sehen bei dem Sauwetter, sie steigen in ein Auto, einen lachsfarbenen Opel Kadett City mit Schrägheck. Sie fährt eine Viertelstunde kreuz und quer durch die Stadt, die Augen immer am Rückspiegel. Fährt endlich flott in eine Einfahrt und hält in einem Hof. Ins Hinterhaus, zwei Treppen rauf, sie drückt zweimal auf die Klingel und schließt auf. Jenny ist da, und sie umarmen sich stumm.

Die Frau, die ihn hergefahren hat, zieht ihre Jacke aus und lacht ihn an. Bisher hat sie kein Wort gesprochen außer dem Satz in der Kneipe. Jetzt sagt sie: »Hallo, ich bin Lucy!« Sie hat eine großkalibrige Pistole in einem Gürtelholster, das hakt sie los und legt es samt der Pistole auf den Tisch. Fred schaut sich um, ein kleines Wohnzimmer, sparsam und nichtssagend möbliert, Couch, Tisch, Sessel, ein kleiner Fernseher, sonst nichts. Er packt seine Mitbringsel aus, zwei Stempel. Einer davon ist für ein paar Blankoführerscheine bestimmt, die Jenny jetzt aus einer Reisetasche holt. Das ist schon alles, Job erledigt. Jetzt wird er noch eine halbe Stunde hier rumhängen und für diese lächerliche Zeitspanne das Risiko der beiden Frauen teilen, die immer gegenwärtige Drohung des plötzlichen Polizeiüberfalls: Crash durch Fenster und Türen, Blendgranaten und Adrenalinschock, Gebrüll und entsicherte Schußwaffen.

Lucy hat Kaffee gemacht und stellt drei Tassen auf den Tisch. Ihr Gesicht hat Fred auf dem Fahndungsplakat nicht gesehen.

»Du bist auf dem Steckbrief«, sagt er zu Jenny, »weißt du das?«

Jenny rührt eine Menge Zucker in ihren Kaffee und antwortet: »Ja, weiß ich, auf dem 800 000-Mark-Wisch!«

Lucy streicht eine blonde Strähne aus dem Gesicht und erläutert: »Soviel gibts nur für alle 16 zusammen. Pro Kopf sinds 50 000.«

Was ist das für ein Gefühl, wenn sie soviel Kopfgeld auf dich aussetzen, will Fred fragen, aber er läßt es sein. Irgendwie ist es eine blöde Frage. Er kann es sich außerdem ganz gut vorstellen, hat ja mit seiner Drei-Wochen-Flucht einen kleinen Vorgeschmack bekommen.

»Ich weiß nicht mehr wo, aber ich hab mal gelesen oder gehört, daß sie noch nie Belohnungen ausgezahlt haben«, meint Jenny, »meint ihr, das stimmt?«

Fred weiß es nicht: »Keine Ahnung. Vielleicht ist es ja ein Beschiß, wundern würd es mich nicht.«

Lucy blickt sinnend in ihren Kaffee: »Is letztlich auch egal. Hauptsache, es erkennt einen keiner.«

Sie reden über die Welle von Durchsuchungen und Festnahmen, die die Bullen gegen die Spontiblätter, INFO-BUG, die Agit-Drucker losgelassen haben. Und dann über die Mogadischu-Katastrophe, über die toten RAF-Genossen in Stammheim, über Schleyer.

»So darf das doch nicht laufen«, sagt Fred, »das ist doch furchtbar, soviel Tote!«

»So ist es aber gelaufen«, antwortet Lucy, »schließlich ist es ein Kampf, kein Kinderspiel.«

Jenny lenkt ein: »Das ist eben die RAF. Die sind einfach anders drauf.«

Er schaut Jenny an, aber sie weicht seinem Blick aus. Lucy zuckt die Achseln. Das Gespräch würgt sich selbst ab.

Fred gibt sich Mühe, nirgends Fingerabdrücke zu hinterlassen. Lucy umarmt ihn zum Abschied, Jenny zieht sich eine dicke Regenjacke an und steckt eine Pistole ein, sie fährt und setzt ihn nahe beim Bahnhof ab. Ein Kuß im Auto, ein langer Blick in die Augen, während der Regen aufs Dach trommelt und die Wischer klicken und klacken.

Um Mitternacht ist er wieder in Berlin und zu Hause. Auf dem Plattenspieler liegt HIRTH FROM EARTH, die läßt er laufen und legt sich aufs Bett. Die Arme unter dem Kopf verschränkt liegt er da, starrt an die Decke, und Hirth Martinez singt I DON'T KNOW WHY THE HELL.

NACHRICHTEN

AM 10. NOVEMBER 1977 WERDEN DIE MUTMASSLICHEN RAF-MITGLIEDER CHRISTOPH WACKERNAGEL UND GERD RICHARD SCHNEIDER IN AMSTERDAM FESTGENOMMEN.

12. November 1977: Ingrid Schubert wird erhängt in ihrer Zelle in der JVA Stadelheim aufgefunden.

Am 9. November 1977 wird in Wien der österreichische Industrielle Walter Michael Palmers entführt und nach drei Tagen gegen ein Lösegeld von 31 Millionen Schilling freigelassen. Zwei Wochen später, am 24. November, werden zwei der Entführer im Schweizer Grenzort Chiasso verhaftet; der dritte Mann wird bald danach in Wien gefasst. Bei den Tätern soll es sich um österreichische Studenten handeln, Sympathisanten der deutschen Rote Armee Fraktion. Das Lösegeld wurde nicht gefunden.

Am 20. Dezember 1977 werden Gabriele Kröcher-Tiedemann und Christian Möller in der Schweiz festgenommen. Knut Folkerts wird in den Niederlanden wegen Polizistenmordes zu zwanzig Jahren verurteilt.

WINTERDEPRESSION

Die Spontis sind schwer mit der Vorbereitung des TUNIX-Kongresses beschäftigt, der im Januar in Berlin stattfinden soll unter dem Motto ›Flüchten oder standhalten?‹ Es soll darum gehen, wie sich die Linke aus ihrer Zersplitterung befreien und wieder Schritte nach vorn machen kann.

Fred interessiert sich nicht dafür. Er hängt herum. Ohne Jenny, ohne Ramon, ohne Sandra. Er ist deprimiert und mit sich selbst nicht im reinen. Am liebsten würde er überhaupt niemanden sehen und sich irgendwohin abseilen, wo ihn niemand kennt. Auf der anderen Seite ist er froh um jede Begegnung mit Freunden und Bekannten, die ihn von seinem Kummer ablenken kann.

Die schönen Tage in Jugoslawien kommen ihm immer unwirklicher vor. Berlin ist grau und dreckig, der Winterdepri hat die Leute am Wickel, aber fast jedes Wochenende gibt es irgendwo eine Fete, gelegentlich geht er mal auf eine, langweilt sich aber meistens. Unten warten seine Beschatter im Auto, wahrscheinlich sind sie froh, wenn ich mal wohin gehe, denkt Fred. Er ist nach wie vor unter Verdacht, den 2. Juni zu unterstützen, und unterliegt dauernder Observation. Es gibt ein neues Schema darin: Eine Woche wird er ganz offensichtlich beschattet, mit Nachlatschen und Nebenherfahren, absolut unübersehbar, einmal sind sie sogar mit dem Auto langsam neben ihm hergefahren und haben ihn aus dem offenen Fenster gefilmt. Da ist er sauer geworden, hat ihnen einen Vogel gezeigt, hat sich auf dem Absatz umgedreht und ist in die andere Richtung gegangen. Auf solch unverhohlene Beschattung folgen aber immer ein paar Tage, wo er scheinbar in Ruhe gelassen wird, das soll ihn wohl dazu verleiten, sich dann unbeobachtet zu fühlen. Natürlich sind sie trotzdem da und geben sich nur richtig Mühe, nicht entdeckt zu werden. Darauf fällt er nicht herein, er wird schon zum alten Hasen. Nur das Rumfahren und Sternesprühen hat er aufgegeben, es ist einfach zu mühsam, jedesmal die Beschatter abzuschütteln. Es wird auch immer schwieriger, denn die Kerle lernen natürlich dazu.

Hin und wieder kommt er ins Grübeln über den Sinn des ganzen, aber wenn er sich dabei ertappt, beißt er die Zähne zusammen und verscheucht alle Gedanken daran, weil er auch so weiß, daß die Chancen nicht gut stehen. Er sieht keinen Ausweg, und ein Rückzug ins normale Leben ist auch nicht mehr möglich. Vielleicht für ihn, aber bestimmt nicht für Jenny.

1978

Im Januar 1978 findet in der Technischen Universität Berlin der TUNIX-Kongreß der Sponti-Linken statt. Unter anderem wird dort das Projekt TAGESZEITUNG diskutiert. Fred kriegt es so am

Rande mit. Er bleibt zu Hause, kifft sich die Rübe voll und liest, hauptsächlich Spionageromane und Krimis. Grau und regnerisch bleibt es den ganzen Februar über.

An einem kühlen, aber sonnigen Märztag trifft er sich mit Jenny in Ostberlin. Ost-Kaffee und Ost-Torte im Café im Tierpark Friedrichsfelde. Sie raucht sogar Ost-Glimmstengel, DUETT heißen die Dinger. Jenny schiebt ihm Geld zu, in einer Zeitung verborgen, 500 D-Mark für Reisekosten. Im Tierpark gibt es kaum Besucher, sie sind allein auf der Caféterrasse, bis auf ein auffällig unauffälliges Paar drei Tische weiter. Jenny zuckt die Achseln ohne hinzusehen. »Aufpasser, Beobachter, Bewacher, je nachdem. Solang sie uns machen lassen.« Ihre Augen schweifen ab. Fred sieht, daß sie eine große Pistole unter der Jacke trägt. Hier im Osten!

»Die wissen hier also alle Bescheid?« fragt er sie.

Jenny schießt einen Blick zu dem unauffälligen Paar hinüber und murmelt: »Na ja, nicht über alles.« Sie malt mit dem Zeigefinger Kreise auf die Tischplatte: »So kommen wenigstens die BKA-Bullen nicht an uns ran.«

Fred bewegt unbehaglich die Schultern: »Da wär ich mir nicht so sicher.«

Der Mann und die Frau drei Tische weiter unterhalten sich. Nur hin und wieder werfen sie einen Blick in ihre Richtung.

Jenny beugt sich vor und faßt nach seiner Hand: »Fahr nicht wieder zurück, Fred! Bleib da, mach richtig mit!«

Fred spürt einen Schauer zwischen den Schulterblättern. Untertauchen? Er schüttelt ganz langsam den Kopf. Es fällt ihm furchtbar schwer, das zu sagen, aber es muß sein: »Nein, lieber nicht.« Er beißt sich auf die Unterlippe und schaut sie an, sucht nach Verständnis in ihren Augen.

»Ist schon okay«, sagt sie leise, »du hast ja recht. Es ist schon viel zu spät.«

Fred starrt aus dem Fenster, während die S-Bahn hoch über den Autos über die Straße des 17. Juni rattert. Mit zusammengebissenen Zähnen versucht er, die Tränen zurückzuhalten. Es ist wegen Jennys Bitte, er solle dableiben und mitmachen. Was sie gemeint hat, war natürlich: Laß mich nicht allein. Jetzt bereut er sein Nein und bereut es bitterlich, obwohl er weiß, daß es die einzig richtige und ehrliche Antwort war. Aber sie wären dann wenigstens zusammen, und wenns nur für eine kurze Zeit wäre, bis zum unvermeidlichen Ende. Er erinnert sich, wie sie nebeneinander im Kino saßen und sich an der Hand hielten, so fest, daß es schmerzte, während auf der Leinwand Faye Dunaway und Warren Beatty als Bonnie und Clyde im Kugelhagel der Bullen starben.

NACHRICHTEN

16. MÄRZ 1978: IN ITALIEN ENTFÜHRT EIN KOMMANDO DER BRIGATE ROSSE DEN EHEMALIGEN MINISTERPRÄSIDENTEN UND VORSITZENDEN DER DEMOCRAZIA CRISTIANA ALDO MORO. DAS AUS ZWEI MÄNNERN UND EINER FRAU BESTEHENDE KOMMANDO ERSCHIESST DABEI DIE FÜNF LEIBWÄCHTER MOROS.

AM 10. APRIL 1978 BEGINNT VOR DEM BERLINER KAMMERGERICHT DER LORENZ-DRENKMANN-PROZESS GEGEN RONALD FRITZSCH, GERALD KLÖPPER, TILL MEYER, RALF REINDERS, FRITZ TEUFEL UND ANDREAS VOGEL. DEN VORSITZ FÜHRT RICHTER FRIEDRICH GEUS. RICHTER GEUS HATTE DEN KRIMINALBEAMTEN KARL-HEINZ KURRAS FREIGESPROCHEN, DER 1967 BENNO OHNESORG GRUNDLOS AUF OFFENER STRASSE IN DEN HINTERKOPF GESCHOSSEN HAT. DIE VERHANDLUNG WIRD VON AUSEINANDERSETZUNGEN ÜBER DIE VON DEN ANGEKLAGTEN ABGELEHNTEN ZWANGSVERTEIDIGER BESTIMMT. DIE RZ ÜBERNEHMEN DIE VERANTWORTUNG FÜR ZWEI AKTIONEN GEGEN DIE ZWANGSVERTEIDIGER: EINEM WURDE INS BEIN GESCHOSSEN, EIN ZWEITER FAND EINE BOMBE UNTERM AUTO.

27. Mai 1978: Till Meyer, der seit Februar im Zusammenhang mit der Lorenz-Entführung vor Gericht steht, wird von zwei bewaffneten Frauen, die sich als Rechtsanwältinnen ausgeben, aus der Untersuchungshaftanstalt Moabit befreit. Ein Gefängnisbeamter wird dabei durch einen Schuss ins Bein verletzt.

9. Mai 1978: Der von den Brigate Rosse entführte Vorsitzende der Democrazia Cristiana, Aldo Moro, wird in Rom tot aufgefunden. Die italienische Regierung und die Democrazia Cristiana hatten sich geweigert, auf die Forderung der Roten Brigaden nach Freilassung inhaftierter Genossen einzugehen und statt dessen eine Grossfahndung ausgelöst, an der 50 000 Polizisten beteiligt waren.

Am 21. Juni 1978 wird Till Meyer, der nur knapp einen Monat in Freiheit war, zusammen mit Gabriele Rollnick, Gudrun Stürmer und Angelika Goder in Bulgarien festgenommen und an die BRD ausgeliefert. Nicht verhaftet werden Inge Viett, Regina Nicolai, Ingrid Siepmann, die allerdings in Prag festgenommen werden. Kurze Zeit später lässt man sie wieder frei. Sie gelangen, vermutlich mit Hilfe des MfS, in die DDR, wo sich ihre Spur verliert.

SO 36

Fred zieht Anfang Juni nach Kreuzberg um, nach SO 36, eine Halbinsel, an drei Seiten von der Mauer umzingelt, fast aufgegebenes Gebiet. Er hat eine vergammelte Wohnung im ersten Stock in der Wrangelstraße gemietet; nicht weit vom Mariannenplatz, den sich bei schönem Wetter die Freaks mit den Hunden teilen und der nach Berliner Sitte einfach M-Platz genannt wird, von den Kiffern auch manchmal Marihuannenplatz. Fred wandert durch den Kiez, über den Heinrichplatz mit der achteckigen wilhelminischen Pissoirbude, durch die düster verfallene Naunynstraße. Fünfstöckige Mietskasernen, die ehemals reichverzierten Fassaden grau und schwarz, noch vom Krieg her verrußt, zernarbt von Einschüssen und Bombensplittern. Armut und Verfall, da hilft auch kein Sonnenschein. Blicke in Toreinfahrten, Hof reiht sich hinter Hof. Im Eckhaus an der Mariannen als einziger Farbfleck ein Türkenladen; zwischen Halbmondflagge und Schwarzrotgold steht ›Şark Yildizi‹, was immer das heißt. Zur Mauer hin Ruinen, mit Brettern vernagelt, eine geschlossene Apotheke mit Schachteln und Schildern aus den Nachkriegsjahren im Schaufenster, verblaßt und voller Spinnweben.

Und doch, bei aller Tristesse, findet er hier Reste verlorener Heimat wieder, Dinge, die ihn an die Kindheit erinnern, und nicht nur Ruinenfassaden: Kopfsteinpflasterstraßen, von Bäumen gesäumt, alte Pumpbrunnen am Gehwegrand, vor hundert und mehr Jahren gegossen, liebevoll mit Fröschen und Nymphen verziert. Litfaßsäulen, echte alte Gaslaternen und ihr trübes, aber warmes Licht. Dinge, die man in München mit rücksichtslosem Eifer ausradiert hat: Kopfsteinpflaster wurde zubetoniert, lauschige Winkel erfroren im kalten Glanz der Neonlampen, schöne alte Gebäude, die die Bomben überstanden hatten, wurden abgerissen und durch die eisigen Würfel gläserner Bürobauten ersetzt. Weg mit der Vergangenheit, ohne Rücksicht auf Verluste!

Fred streunt an der Mauer entlang. Die steht auf der Straße, grade mal einen Meter vom Randstein entfernt, Gras wuchert an ihrem Fuß. Die Mauer ist bemalt und vollgekritzelt, LOVE POTION No. 666 liest er, BULLEN VERPISST EUCH, und ein paar Meter weiter: MENE, MENE, TEKEL, UPHARSIN. Die Granitplatten auf dem Gehweg zeigen noch Narben vom Fliegerbeschuß.

Hinter der Thomaskirche am Mariannenplatz stößt er auf ein hölzernes Gerüst an der Mauer, da kann man in den Osten rüberschauen. Es ist schon komisch: ein breiter Streifen hinter der Mauer, geharkter Patrouillenweg, Gras, die Betonhöcker der Panzersperren, doppelter Drahtzaun, Stacheldraht, hohe Lampenmasten. Alle paar hundert Meter ein vierkantiger Wachtturm mit Scheinwerfer obendrauf. Dahinter geht Berlin einfach weiter, die gleichen tristen Mietskasernen, die gleichen Straßenlaternen und spitzen Kirchtürme. Nur sind kaum Autos zu sehen und keine Reklame. Man sieht auch kaum je Leute laufen. Er steht und schaut hinüber in den grauen Osten, ins Paradies der Werktätigen, und denkt, wenn Jenny hier wär, würden wir jetzt Witze drüber machen.

NACHRICHTEN

AM 25. JULI 1978 SPRENGEN UNBEKANNTE TÄTER EIN LOCH IN DIE MAUER DER CELLER JVA. LAUT ANGABEN DES NIEDERSÄCHSISCHEN INNENMINISTERIUMS WAR VERSUCHT WORDEN, DEN GEFANGENEN SIGURD DEBUS ZU BEFREIEN. OBWOHL DEBUS NICHTS MIT DER ROTEN ARMEE FRAKTION ZU TUN HATTE, WIRD VON EINEM ZUSAMMENHANG MIT DER RAF AUSGEGANGEN.

RAMON

Ramon ist bei einer Verkehrskontrolle in Westdeutschland festgenommen worden. In der Zeitung ist ein grobkörniges Foto, wie er vor einem Auto auf dem Bauch liegt, die Hände auf den Rücken gefesselt, ein Bulle zielt mit der MP auf ihn. Sein Gesicht ist nicht zu sehen, einen Moment lang denkt Fred, es sei vielleicht eine Verwechslung, aber nein, da steht ganz deutlich: Ramon M. (31).

Darüber die Schlagzeile RAF-TERRORIST VERHAFTET! Ramon wird sich schwarzärgern. Er hat mit der RAF nichts zu tun, Ramon ist Anarcho und hat für Marxisten-Leninisten überhaupt nichts übrig, aber der Spießerpresse sind solche Unterschiede egal.

Samstagabend kommt Sandra zu Besuch, mit dem Taxi vom Bahnhof Zoo. Sie will ein paar Tage bleiben: »Ich halt es zu Hause nicht aus, ich brauch jemand, mit dem ich über den ganzen Mist reden kann.« Ramon sitzt vorläufig in Darmstadt in U-Haft. Sie wollte ihn dort besuchen, ihr Antrag ist aber abgelehnt worden. »Versteh ich nicht«, sagt sie, »die sollten doch eigentlich Interesse an Besuchen haben und hoffen, daß sie dabei was erfahren, oder?«

»Reine Schikane«, erwidert Fred, »miese kleine Machtspielchen. Beamtenwillkür. Kann mir jedenfalls keinen anderen Grund vorstellen!«

Sandra schaut ihn an: »Weißt du, was ich komisch finde? Daß die Bullen nicht angetanzt sind, bei mir nicht und bei dir nicht!« Ramons Festnahme ist schon fast eine Woche her.

»Sie observieren uns«, meint Fred, »sie lassen uns in Ruhe, damit wir uns unbeobachtet glauben. Hoffen, daß wir sie zu Jenny führen oder welchen von den anderen.«

Er steht am Fenster und schaut auf die trüb beleuchtete Wrangelstraße hinunter. Auf dem Bürgersteig gegenüber schiebt eine vermummte Türkin einen Kinderwagen, Kinder malen mit Kreide was an einen Stromkasten. Ein Langhaariger schlurft vorbei, ein Typ wie aus einem Robert-Crumb-Comic. Freds Blick wandert über die geparkten Autos. Ein Taunus, eine Ente, zwei Käfer und ein VW-Bus, noch eine Ente, ein alter BMW, ein Mercedes-Benz, ein R4. Alles dunkel. Nur in dem einen Käfer glimmt ganz kurz ein rötlicher Schein auf. Da sitzt einer drin und raucht. Das muß nichts heißen.

Fred sagt über die Schulter und meint es scherzhaft: »Besser, Ramon wär legal geblieben und ich statt dessen untergetaucht, dann könnten wir wenigstens als Pärchen zusammensein!«

Sandra schüttelt den Kopf: »Nein«, sagt sie, »das wär gar nicht besser. Besser wärs, wenn Jenny und Ramon nicht untergetaucht wären.«

Fred schlägt vor: »Noch besser, wenn die Bullen sie nicht abgegriffen hätten!«

»Am besten«, sagt Sandra, »wenn die ganze Scheiße überhaupt nicht angefangen hätte.« Sie lacht, dabei stehen ihr die Tränen in den Augen: »Nein, das mein ich nicht so. Wir haben ja nicht angefangen, sondern die, mit ihrer Hetze, mit ihrem Drauflosknüppeln, mit Leute-über-den-Haufen-Schießen, Ohnesorg und Dutschke. Aber wie es nun kommt, ach Mensch!«

Sie hat sich schon wieder gefaßt und kramt nach ihren Zigaretten. Bleicher und stiller als früher wirkt sie auf Fred. Sie macht den kleinen Fernseher an, als Geräuschkulisse, und erzählt Fred flüsternd, daß sie sich zweimal mit Ramon getroffen hat, während er untergetaucht war, letzten Herbst und dieses Jahr im Januar. »Er hat sich verändert«, findet sie, und Fred nickt: »Ja, das hat er. Und Jenny auch.«

Sie rückt ein wenig näher, damit sie noch leiser sprechen kann: »Das letztemal, wie ich mich mit ihm getroffen hab«, wispert sie, »hat er gesagt, vom 2. Juni sei nicht mehr viel übrig, und weitermachen ging eigentlich nur noch mit der RAF, das wolle er aber auf keinen Fall. Er hat überlegt, ob er aussteigt. Eigentlich hat er ja kaum was gemacht oder jedenfalls niemand umgebracht, aber sich stellen wär nicht gegangen: Einmal wär er sich schäbig dabei vorgekommen, und dann haben ihm die Bullen ja alles mit angehängt, was überhaupt passiert ist, sogar Lorenz und den Drenkmann-Mord, dabei war er da doch mit uns zusammen in München, als der passiert ist! Jenny übrigens auch!«

»Ja«, sagt Fred achselzuckend, »wir könntens bezeugen, aber ich wette, daß es die Bullen einen Dreck interessiert.«

»Und Jenny?« fragt Sandra. »Wie sieht sie das?«

Fred murmelt: »Na ja, schwierig, mit ihr da drüber zu reden. Sie tut so, als wolle sie weitermachen, aber ich glaube, in Wahrheit sucht sie auch einen Ausweg.« Er zündet sich eine Zigarette an, nimmt einen Zug. »Einfach aufgeben kann sie ja auch nicht«, sagt er beim Ausatmen, »die Bullen schießen sie entweder gleich über den Haufen, oder sie verschwindet für alle Zeit im Knast. So wies aussieht, muß sie untergetaucht bleiben, wahrscheinlich für immer, oder sie schafft es in ein Land, wo sie nicht ausgeliefert wird. Ich überleg ja immer, ob die DDR da mitmachen würde.«

»Die DDR? Oh je!« sagt Sandra.

NACHRICHTEN

7. AUGUST 1978: DER BADEN-WÜRTTEMBERGISCHE MINISTERPRÄSIDENT HANS FILBINGER, CDU, MUSS NACH ZWÖLFJÄHRIGER AMTSZEIT ZURÜCKTRETEN. DER VON ROLF HOCHHUTH IN DER ZEIT ALS ›SCHRECKLICHER JURIST‹ BEZEICHNETE EHEMALIGE MARINESTABSRICHTER HATTE UNTER ANDEREM AUCH NACH HITLERS SELBSTMORD AN TODESURTEILEN FÜR DESERTEURE MITGEWIRKT. NOCH IM MAI HATTE IHN DER SPIEGEL MIT DEN WORTEN ZITIERT: ›WAS DAMALS RECHTENS WAR, DAS KANN HEUTE NICHT UNRECHT SEIN.‹

AM 6. SEPTEMBER 1978 WIRD WILLI PETER STOLL (RAF) BEIM FESTNAHMEVERSUCH IN EINEM DÜSSELDORFER LOKAL VON DER POLIZEI ERSCHOSSEN.

AM 15. SEPTEMBER 1978 WIRD ASTRID PROLL (RAF) IN LONDON FESTGENOMMEN. SIE SOLL DORT SEIT 1974 IM UNTERGRUND GELEBT HABEN UND HATTE SICH VOM TERRORISMUS DISTANZIERT.

AM 24. SEPTEMBER 1978 KOMMT ES ZU EINER SCHIESSEREI IM WALD BEI DORTMUND ZWISCHEN POLIZEI UND RAF. MICHAEL KNOLL WIRD ERSCHOSSEN, ANGELIKA SPEITEL VERHAFTET. WERNER LOTZE ERSCHIESST EINEN POLIZEIBEAMTEN UND FLIEHT.

1. November 1978: Rolf Heissler und Adelheid Schulz erschiessen im holländischen Kerkrade zwei niederländische Zollbeamte, ein weiterer wird schwer verletzt. Die beiden RAF-Leute können entkommen.

VENEZIA

Sandra ist wieder in München, und von Ramon kommt ein erster Brief aus dem Knast: Zehn kleine Negerlein, schreibt er, da warens nur noch zwei. Die Zahlen stimmen nicht ganz, das Schema leider schon.

Ramon wurde nach Berlin überstellt und sitzt jetzt in Moabit in U-Haft. Dr. Philipp hat seine Verteidigung übernommen. Bisher ist noch keine Anklage erhoben worden, der Haftbefehl lautet auf Mitgliedschaft in einer terroristischen Vereinigung und Waffenbesitz. Die Polizei verdächtigt ihn, an praktisch allen Anschlägen in den letzten vier Jahren teilgenommen zu haben.

»Sie haben Schwierigkeiten, einzelne Ereignisse bestimmten Verdächtigen zuzuordnen«, sagt Dr. Philipp zu Fred, »also hängen sie erst mal jedem alles an. Ich kann mir nicht vorstellen, wie das in einen ordentlichen Prozeß führen soll: Aussagen der Inhaftierten sind nicht zu erwarten, die Ermittlungen sind einseitig und werden zum Teil sogar schlampig geführt, und ich bin fast sicher, daß auf die Ermittler ein außerordentlich starker politischer Druck ausgeübt wird. Na ja. Es ist jedenfalls zu befürchten, daß jemand wie Ramon Meier jahrelang in Haft bleibt, bis ein Prozeß stattfindet, und daß es dann zu Bausch-und-Bogen-Verurteilungen kommen wird, mit Hilfe von Indizien und diesen dehnbaren Mitgliedsparagraphen.«

Dr. Philipp fährt sich mit beiden Händen durch die Haare, er sieht müde aus. Wer wird ihn eigentlich bezahlen, wenn er Ramon verteidigt, wundert sich Fred, der hat doch nichts. Greift da das Armenrecht, und der Verteidiger wird vom Staat bezahlt?

Der Rechtsanwalt klappt den Aktendeckel zu und sagt: »Ob

es überhaupt zu einer Verurteilung kommen wird, vermag ich nicht zu sagen. Es wird von der bis dahin entstandenen Beweislage abhängen. Bis zum Prozeß wird Ramon auf jeden Fall in Haft bleiben, und es kann nicht schaden, wenn man sich darauf gefaßt macht, daß das ein, zwei, vielleicht sogar mehr Jahre dauern kann.«

Anfang November macht Fred eine Kurierfahrt mit dem Nachtzug Ostberlin–Prag–Wien. Von dort will er weiter nach Venedig. Wieder muß er vorher Transitvisa in Ostberlin besorgen. Das ist ihm bei den Fahrten am unheimlichsten. Er glaubt nicht, daß die Konsulate ›dicht‹ sind.

Das Konsulat der Tschechoslowakei ist in einer großen alten Villa untergebracht, die vor dem Krieg bestimmt einmal schön und luxuriös war. Jetzt ist sie in ein schnödes Verwaltungsgebäude verwandelt und arg heruntergekommen. Fred wartet in einem ehemaligen Salon auf Holzbänken, oben eine verrauchte Decke mit Jugendstil-Stuck, unten zerkratztes, stumpfes Parkett, an den Wänden brutaler Ölfarbenanstrich bis auf Schulterhöhe. Mehr als 20 Leute warten schweigend mit ihm, mit Gesichtern so trist wie der Raum.

Er hat schon drei Stunden Fahrt hinter sich, als der Zug nachts um 1 Uhr 35 den Dresdener Hauptbahnhof verläßt und sich schwankend und klirrend seinen Weg durch das ausgedehnte, mit zahllosen funzelartigen Weichenlaternen übersäte Gleisvorfeld sucht. Hin und wieder tauchen Schienen, Schwellen und Schotter im kalkigen Lichtkreis ostdeutscher Stahlhelmlampen auf, Signallaternen glühen rot und gelb im Dunkel. Die Lichter der Stadt bleiben zurück, der Zug wird schneller.

Fred ist müde und hungrig. Im Zug gibt es nichts zu essen, wieder reist er ohne Gepäck und hat auch sonst nichts dabei. Er soll etwas abholen, hat nicht erfahren was, aber vermutlich ist es Geld, das an irgendwelche Projekte weitergegeben werden soll. Die Guerilla finanziert sich meist und unter anderem mit Banküberfällen, gönnt sich aber mit den Überschüssen keinen Luxus, sondern gibt davon an die legale Bewegung ab, die ja stets unter Geldmangel leidet, finanziert Projekte, Aufklärungsarbeit und ähnliches. So jedenfalls der Idealfall, aber inzwischen geht das ja alles vor die Hunde. Auch andere Zweifel nagen an ihm: Ist diese ganze Kurierfahrerei wirklich notwendig? Ist das nur ein Jenny-&-Fred-Spiel, weil sie eigentlich doch nicht voneinander lassen können? Bringen sie sich so nicht nur selbst in Gefahr? Fred starrt aus dem Fenster in die Dunkelheit, bis er einschläft.

Er wacht auf, als der Zug anhält. Auf seiner Armbanduhr, im Dämmerlicht kaum lesbar, ist es 6 Uhr 15. Er schaut aus dem Fenster, keine Lichter, kein Bahnhof, der Zug steht auf freier Strecke, weit und breit keine Stadt. Die Leute auf der Sitzbank gegenüber sind nur kurz aufgewacht, jetzt schlafen sie schon wieder, aneinandergelehnt, mit offenen Mündern. Draußen graut der Morgen, und im Feld steht eine lange Reihe Soldaten mit Maschinenpistolen, dunkle Gestalten, die Gesichter helle Flecken unter Helmen, Blickrichtung zum Zug. Türenschlagen, laute Stimmen im Gang, Getrampel. Uniformierte kommen ins Abteil, barsch werden die Pässe verlangt, eine ausgestreckte Hand, ungeduldiges Fingerschnippen. Ein Ausweis nach dem anderen wird genau geprüft, die Fotos mit den Gesichtern verglichen. Jetzt ist Freds Paß an der Reihe. Prüfender Blick, dann: »Bitte kommen Sie mit!« Fred wird aus dem Zug geholt, niemand sonst. Man führt ihn zu einer Gruppe von vier Männern, zwei Zivilisten in Mänteln, zwei Offiziere. Der eine Offizier blättert in seinem Paß. Der lange Zug steht im grauen Zwielicht der Morgendämmerung, bleiche, unausgeschlafene Gesichter an den Fenstern. Soldaten und Morgengrauen, das öde Feld, wie bei einer Exekution. Angst schleicht ihm ins Genick, und er muß seine ganze Kraft zusammennehmen, um sie zu beherrschen. Ihn fröstelt. Der Offizier sagt etwas zu ihm, aber er hat nicht verstanden, was, und fragt: »Wie bitte?«

Der Offizier wiederholt: »Ihre Fahrkarte, bitte! Wohin fahren Sie?«

Fred gibt ihm die Fahrkarte und sagt: »Nach Wien.« Der Offizier prüft sie, dann legt er sie in Freds Paß und klappt ihn zu.

»Was ist der Grund Ihrer Reise?« wird er gefragt.

Fred antwortet: »Ich mache nur eine kleine Urlaubsfahrt.«

Verdammt noch mal, denkt Fred und beißt sich auf die Unterlippe, ich hätte mir vorher eine glaubhafte Story, eine Legende ausdenken müssen. Kleine Urlaubsfahrt, du lieber Himmel! Er hat keine Ahnung, ob er noch in der ČSSR oder schon in Österreich ist, er sieht keine Abzeichen an den Uniformen, die einen Rückschluß zulassen, man klärt ihn auch nicht auf. Der Offizier spricht mit leichtem Akzent deutsch, aber Fred kann ihn nicht einordnen. Tschechisch? Österreichisch? Böhmisch? Jetzt macht der Mann ein paar Schritte außer Hörweite und palavert mit den beiden Zivilisten in Hut und Mantel. Fred schaut die Soldaten an. Die Soldaten schauen ihn an. Ihrer Gesichter sind jung und müde. Sie verraten ihm überhaupt nichts. Was sind das für Helme, österreichische oder tschechische? Und überhaupt, wieso Soldaten? Was immer sich hier abspielt, ist doch eine Polizeiangelegenheit oder vielleicht noch Zoll, wenn sie in der Nähe der Grenze sind. Es ist heller geworden, aber der Himmel ist immer noch grau. Der Offizier winkt ihn heran, gibt ihm seinen Paß zurück und sagt: »Sie können wieder einsteigen.« Sonst nichts.

Der Zug fährt weiter. Fred ist fassungslos, er kann sich nicht erklären, was gerade geschehen ist. Die Mitreisenden im Abteil starren ihn an, als wäre er ein Marsmensch. Die ganze Fahrt lang grübelt er über diese Geschichte nach. Verflucht, was war das bloß? Und nachher sind keine österreichischen Grenzer in den Zug gekommen. Waren es also die Österreicher? Heißt das, daß jetzt alle Bescheid wissen, daß er hier im Zug sitzt?

Als er in Wien ankommt, ist ihm schlecht vor Hunger. Als erstes kauft er sich am Reiseproviant-Kiosk ein Sandwich, eine Flasche Wasser und Zigaretten. Dann besorgt er sich eine Fahrkarte nach Udine und sucht sich einen Platz im Schnellzug nach Venedig. Udine liegt im norditalienischen Friaul, von dort aus sind es nur noch etwas mehr als 100 Kilometer nach Venedig. Er steigt in Udine aus, aber erst im letzten Moment, als der Zug bereits wieder anfährt. Niemand versucht, nach ihm den Zug zu verlassen, stellt er erleichtert fest. Hier müßte er nun zwei Stunden auf den Anschluß nach Venedig warten, aber das ist ihm zu riskant, wer weiß, ob die Polizei nicht durch den Bahnhof streift und Herumlungernde überprüft, wie sie das in Deutschland machen. Besser ist es, in Bewegung zu bleiben, beschäftigt zu wirken, also macht er sich auf in Richtung Zentrum, bummelt die Via Roma entlang und weiter in eine Via Dante und versucht zu erkennen, ob er etwa doch beschattet wird. Schließlich hätten eventuelle Verfolger in Wien leicht herausbekommen können, wohin er seine Fahrkarte gelöst hat. Er biegt zweimal in Seitengassen ab und kehrt dann jäh um, versucht zu erkennen, ob unter den vielen Menschen, die unterwegs sind, jemand stutzt oder zögert oder durch irgendein Zeichen verrät, daß er ihm folgt. Er bemerkt aber nichts Auffallendes, hat auch kein komisches Gefühl, trotz der mysteriösen Geschichte morgens im Zug, und so geht er schließlich zum Bahnhof zurück. Der Eilzug nach Venedig hat eine halbe Stunde Verspätung, nun muß er doch warten und denkt: Ich hätte mir eine Reisetasche oder so was kaufen sollen, damit ich hier nicht ohne Gepäck herumstehe. Es lassen sich aber keine Polizisten blicken, und auch sonst kommt ihm niemand auf dem Bahnsteig verdächtig vor.

Als der Zug endlich einläuft, tut Fred so, als wolle er jemand abholen und wandert suchend die Wagenschlange entlang. Es sind lange graue Waggons, von den Italienern Centoporte genannt, weil jedes Abteil seine eigene Tür hat. Er wartet bis zum Abfahrtspfiff; erst als der Zug anfährt, springt er auf ein Trittbrett und steigt ein, nachdem er sich überzeugt hat, daß niemand nach ihm aufgesprungen ist. Jedenfalls nicht auf der Seite, die er übersehen kann.

Er soll Jenny in Venedig treffen, und zwar am Markusplatz. In Berlin hat man ihm diese mündliche Beschreibung des Treffpunktes gegeben:

›Wenn du da mit dem Rücken zum Wasser stehst, also wo die Gondeln und das ganze Zeugs sind, dann siehst du gradeaus vor dir die Sankt Markus Basilika, so ein alter Bau mit lauter Kuppeln und Kreuzen obendrauf. Rechts davon steht ein hoher Turm, weiß nicht, wie der heißt, ist jedenfalls hoch und oben spitz. Davor rechts ist der Dogenpalast, der hat außenrum so Arkaden oder Wandelgänge mit lauter Andenkenläden drin. Da in dem Gang, der auf der Markusplatzseite ist, da lauf einfach rum.‹

Fred bummelt also unter den Arkaden herum und betrachtet die bunten Auslagen der Souvenirläden. Sonnenbrillen, Dias und Postkarten, Kitschteller, Flamingos aus buntem Glas, Fächer, Masken und Halskettchen, Püppchen in weißer und schwarzer Seide: Arlecchino und Pulcinella. Venezia-Kitschbilder, in Bonbonfarben auf schwarzen Samt gemalt, für 3.000 Lire. Er kauft ein paar Postkarten und behält sie in der Hand, dann sieht er eine ganz gute Sonnenbrille, die kauft er auch und setzt sie auf, aber dann kommt er sich damit selbst verdächtig vor, denn der Himmel ist verhangen und trübe. Er nimmt sie ab und steckt sie in die Hemdtasche. An der Ecke der Arkaden kehrt er um und wandert zurück. Er schaut sich die Entgegenkommenden an, viele sind es nicht, denn es sind kaum mehr Touristen in der Stadt, aber sie scheinen alle harmlos zu sein.

Er geht zum drittenmal an dem Fotogeschäft mit der gelben Kodakfahne vorbei, und da kommt Jenny aus der Tür. Fred erkennt sie sofort, trotz Kostüm und ganz veränderten Haaren, ein helles Rotbraun, vielleicht trägt sie eine Perücke. Schick sieht sie aus, hat eine Umhängetasche, irgend etwas Teures in Braun und Gold. Sie hängt sich ohne weiteres bei ihm ein, sie sind ein ganz normales Ehepaar, sie war nur mal eben einen neuen Farbfilm kaufen, die kleine Kamera baumelt am Handgelenk. Er spürt ihre Nähe, und zugleich ist sie wie eine Fremde. Soviel verlorene Zeit steht zwischen ihnen und soviele Erlebnisse, die nicht gemeinsam waren.

Sie schlendern herum, und Fred hat den Eindruck, daß sie in

ebenso melancholischer Stimmung ist wie er. Er bricht das Schweigen zuerst und erzählt ihr, was im Zug passiert ist. Sie kann sich das auch nicht richtig erklären: »Wahrscheinlich chekken sie jetzt nur besonders genau an den Grenzen«, meint sie, »aber komisch ist es schon, so auf freiem Feld.«

Sie überlegt eine Weile. »Daß die dich aus dem Zug geholt haben, kann eigentlich nur bedeuten, daß du auf irgendeiner Liste bist, Unterstützer oder so was. Bist du sicher, daß dir niemand drauf ist?« Sie schaut sich um, ein wenig zu nervös, wie ihm scheint.

»Ich hab alles mögliche gemacht«, erwidert Fred, »damit mir keiner draufbleibt, erst beim Umsteigen in Wien, dann in Udine, und jetzt hier.«

Jenny nickt: »Wahrscheinlich waren es doch Tschechen, das würde erklären, daß sie dich weiterfahren ließen.«

»Das hieße aber«, vermutet Fred, »daß ich bei denen auch auf einer Liste stehe.«

Jenny zuckt mit den Schultern: »Kann schon sein.«

Fred grübelt immer noch: »Und wenn es doch Österreicher waren? Wenn ich bei denen auch auf einer Liste stehe, haben die doch sicher die deutschen Bullen verständigt. Aber drauf war mir von Wien ab niemand, da bin ich mir sicher.«

Von einer Brücke starren sie ins dunkle, träg dahinfließende Wasser. Eine Menge Fragen, die er nicht aussprechen will, gehen Fred im Kopf herum: Was hat sie gemacht, seit ich sie zum letztenmal gesehen habe? War sie bei den 2.-Juni-Leuten dabei, die die Tschechen Ende Juni in Prag festgenommen haben, dann aber wieder laufen ließen? Und was macht sie jetzt in Venedig? Hat sie vielleicht was mit den Italienern zu tun, mit den Brigate Rosse, der Aldo-Moro-Entführung im März? Quatsch, im März hat er sich ja mit ihr in Ostberlin getroffen. Er schaut sie von der Seite an. Selbst in dieser Touristenverkleidung ist sie so hübsch, daß es ihn schmerzt, aber es ist ein neuer, harter Zug um ihren Mund, da wo früher die spöttischen Grübchen waren. Was hat sie alles erlebt?

Sie fahren ein wenig mit dem Vaporetto herum und gehen dann essen, in einem teuren Ristorante. Jenny hat eine italienische Zeitschrift dabei, die legt sie auf den Tisch. »Nimm die nachher mit«, sagt sie, »da ist ein Umschlag drin.«

Fred nickt stumm.

Sie beugt sich vor und sagt leise: »Ist bloß Geld drin, sonst nichts. 10 000 Mark. Stecks nachher einfach ein und gibs Franziska in Berlin, die leitets dann weiter. Okay?«

Ihre Unterhaltung will nicht recht in Gang kommen. »Was macht Sandra?« will sie wissen. »Wie gehts Ramon im Knast?« Fred sieht kein schwarzes Sternchen an ihr. Vielleicht hat sie eins umhängen, da unter der Blumenmusterbluse. Ob sie das Halskettchen mit dem A im Kreis noch hat? Sie rührt in ihrem Cappuccino herum, vergißt die Zigarette im Aschenbecher. »Die alten Leute sitzen ja«, sagt sie nachdenklich, »Fritz, Ralf, Gerald und Ronald, sind alle eingefahren. Ach so, die haben im Knast was geschrieben, die vier, das ist rausgekommen, so als Selberdruck-Broschüre glaub ich, schau mal, daß du eine erwischt. Die andern, die noch draußen sind, die sind jetzt anders drauf«, erklärt sie vage. Deutet sie da Kontakte mit der RAF an? Fred runzelt die Stirn, das gefällt ihm überhaupt nicht. Die RAF ist autoritär, skrupellos und soll inzwischen, gerüchteweise jedenfalls, in Abhängigkeit von den Palästinensern, der IRA, der ETA und allen möglichen Geheimdiensten geraten sein. Er fragt sie, ob das stimmt.

»Quatsch«, sagt Jenny dazu, aber sie gibt sich nicht viel Mühe, überzeugend zu klingen. Es ist keine Spur Begeisterung mehr in ihr. Auch ihre Stimme ist härter geworden.

»Jenny«, sagt er, »willst du da wirklich weiter mitmachen? Du weißt doch auch, daß es nicht mehr lang gutgehen kann.«

»Was soll ich denn sonst machen?« fragt sie zurück. »Soll ich mich vielleicht stellen und dann 20 Jahre im Knast hocken?«

Fred schüttelt den Kopf: »Nein, das nicht! Aber du könntest dich doch rausziehen, oder nicht? Wir könnten doch irgendwas finden, wo du bleiben kannst, irgendein Land.«

»Ach Fred«, seufzt sie, »so einfach ist das nicht, wie du dir das vorstellst. Wo soll ich denn hin? Irgendwo in den Nahen Osten, wo sie Frauen bloß zum Schuheputzen brauchen? Oder irgendwo in Südamerika rumhängen, wo ich kein Schwein kenne? Und wovon soll ich leben? Wo soll das Geld herkommen?«

»Wir könnten zusammen weg«, denkt Fred laut nach, »ich kann ja legal arbeiten und ...« Er unterbricht sich: »Nein, Blödsinn, so würden sie dich ja ganz leicht finden!«

»Eben«, sagt Jenny. »Und außerdem«, fügt sie noch an, »kann ich doch die andern nicht einfach hängen lassen. Im Untergrund sind doch alle aufeinander angewiesen, da kann ich doch nicht einfach auf so einen Egotrip gehen.«

Fred gibt noch nicht auf: »Und was is mit der DDR? Wenn die dich reinlassen, würden sie dich doch nicht ausliefern, oder? Habt ihr da mal was sondiert? Mit denen geredet?«

Jenny schüttelt den Kopf: »Soweit ich weiß nicht. Aber wenns dich beruhigt: Im Notfall ist das, glaub ich, die einzige Möglichkeit.«

Fred kehrt nach Wien zurück und kauft eine Fahrkarte nach Berlin, Hauptstadt der DDR, über Prag. Unterwegs wird er nicht noch mal aus dem Zug geholt. Dafür hat er eine seltsame Begegnung mit einem Mitreisenden im gleichen Abteil, der die ganze lange Fahrt über nur immer in einem dicken, zerfledderten Taschenbuch gelesen hat. Sie haben nicht ein Wort miteinander gewechselt. In Dresden steigt der Mann aus, zieht vorher seinen Hut und sagt höflich: »Auf Wiedersehen und gute Heimreise, Herr Richter!«

Fred verbirgt seine Überraschung und sagt das Erstbeste, was ihm einfällt: »Danke, kommen Sie gut nach Hause!« Vielleicht gibt das dem Mann auch was zum Grübeln.

War das die Stasi, das MfS, das sich ihm zu erkennen gab? Und wenn ja, warum? Hat der in Wien auf ihn gewartet, oder war er die ganze Zeit dabei, in Udine und in Venedig? Fred ist müde und gibt auf, darüber nachzudenken. In mir ist auch keine

Spur Begeisterung mehr, denkt er. Wie soll man aus dem Schlamassel bloß wieder rauskommen?

›Wenn du Pech hast, gar nicht‹, hört er Harrys Stimme aus vergangenen Tagen.

NACHRICHTEN

17. NOVEMBER 1978: JUGOSLAWIEN VERWEIGERT DIE AUSLIEFERUNG VON VIER DEUTSCHEN TERRORISTEN UND LÄSST SIE STATT DESSEN FREI: BRIGITTE MOHNHAUPT, SIEGLINDE HOFMANN, ROLF-CLEMENS WAGNER UND PETER JÜRGEN BOOCK, DER IM ZUSAMMENHANG MIT DEN MORDEN AN PONTO UND SCHLEYER GESUCHT WIRD. BELGRAD HATTE IHRE AUSLIEFERUNG VON DER AUSLIEFERUNG VON ACHT EXILJUGOSLAWEN AUS DER BRD ABHÄNGIG GEMACHT, DIE BUNDESREGIERUNG HATTE DAS ABGELEHNT.

1979

Der Jahreswechsel in Berlin ist gemein kalt, bis zu 20 Grad minus, dazu ist eine Unmenge Schnee gefallen. Über Neujahr muß deshalb sogar der Zugverkehr von und nach Berlin für zwei Tage eingestellt werden.

Zwei Pullover unterm gefütterten Parka, Schal, Mütze, Handschuhe, sogar eine verhaßte lange Unterhose unter den Jeans, so macht sich Fred auf den Weg zum Grenzübergang Oberbaumbrücke. Die Stadtreinigung kommt mit dem Räumen nicht mehr nach, die Seitenstraßen sind zugeschneit und unbefahrbar, Fred muß durch knietiefen, vereisten Schnee stapfen. Unter den Augen des Wachturms passiert er die Gittersperren, kommt auf die Fußgängerbrücke über die breite Spree. Hier ist ein schmaler Pfad freigetrampelt, rostbraune Ofenasche darauf verstreut. Bis auf eine schmale Rinne in der Mitte ist der Fluß zugefroren, das soll nur alle Jubeljahre einmal vorkommen.

Er muß nach Ostberlin, um sich mit jemandem treffen, mit wem weiß er nicht. Es war nicht das Bonassola-Codewort, sondern das andere, allgemeine, das zuletzt mit Ramon vereinbart war. Vielleicht ist es diese Tanja, Fred hatte den unbestimmten Eindruck, daß Ramon was mit ihr hatte. Vielleicht ist es auch Harry, der Staatssicherheitsmensch? Vielleicht ist es auch jemand, den er nicht kennt, jemand von der RAF? Geht ihn eigentlich alles nichts an. Er tut es auf die vage Chance hin, von Jenny zu hören. Eine Falle wird es kaum sein, nicht in Ostberlin.

Die Warschauer Straße hoch in der Kälte, die Zähne zusammengebissen, bis rauf zur Karl-Marx-Allee. Kaum Leute auf der Straße, Schneehügel am Straßenrand, vermutlich eingeschneite Trabis. Ab und zu blickt er über die Schulter: keine Verfolger. Kauft sich ein Billett und fährt vier Stationen mit der U-Bahn bis zum Bahnhof Alexanderplatz. Er wartet auf dem Bahnsteig wie verabredet und beobachtet durch den Dampf seines Atems, wie der Minutenzeiger der großen Uhr unendlich langsam, aber erbarmungslos über den vereinbarten Zeitpunkt ruckt. Fünf Minuten drüber. Länger als zehn Minuten über die Zeit soll man bei dieser Art Rendezvous nicht warten, wegen des Risikos, daß der Partner der Polizei in die Hände gefallen sein könnte, aber die Schneeverhältnisse machen heute eine Verspätung eher wahrscheinlich. Da unten am Alex kämpfen zwei Dutzend dick vermummte Männer und Frauen mit Schaufeln gegen die Schneemassen, eine Sisyphusarbeit auf dieser riesigen Fläche. Nirgendwo ist ein Schneepflug zu sehen, werden wahrscheinlich bei den Bonzen gebraucht. Fred wartet in der schneidenden Kälte, geht auf und ab, klappert mit den Zähnen und läßt eine S-Bahn nach der anderen vorbeifahren, aber die anonyme Verabredung taucht nicht auf. Schließlich, 20 Minuten über der vereinbarten Zeit und halb erfroren, hält er es nicht mehr aus, steigt in den nächsten Zug und fährt zurück zum S-Bahnhof Warschauer Straße. Betritt die graue Baracke der Schleuse zwischen den Welten, zeigt seinen Paß, wird starren Blicks mit seinem Foto verglichen, dann darf er auf die Brücke. Der Übergang wird auch von der Westseite her unter ständiger Beobachtung gehalten, soviel weiß er inzwischen, offiziell von einer Polizeistreife, heimlich von angrenzenden Wohnhäusern aus. Auch ein dunkler Mercedes steht heute hier, mit laufendem Motor und beschlagenen Scheiben. Fred schlägt einen Umweg ein, in die nicht geräumte Oppelner Straße, nur schmale Trampelpfade durch brusthohe Schneeverwehungen. Niemand folgt ihm, auch der Mercedes nicht. Der wird etwas anderes vorhaben, wartet vielleicht auf einen Spion, der aus der Kälte kommt. Beunruhigt stapft er nach Hause. Was wohl dazwischengekommen ist? Gottseidank war es keine Verabredung, die auf das Jenny-Codewort zurückging, sonst würde er sich jetzt vor Sorge verrückt machen. Vorsichtig nähert er sich seinem Haus, scharf beobachtend, die verschneiten Autos am Straßenrand eins nach dem anderen ins Visier nehmend und bereit, beim geringsten Verdacht ganz unbeteiligt weiterzugehen. Es scheint aber alles in Ordnung. Weder im Treppenhaus noch in der Wohnung lauern Bullen auf ihn, da schält er sich erleichtert aus den Klamotten und lehnt sich mit dem Rücken an den immer noch heißen Kachelofen.

Sandra besucht ihn ein paar Tage später, da hat er den schlimmsten Schnupfen schon hinter sich. Sie hat eine Besuchserlaubnis für Ramon in Moabit erhalten und will außerdem mit seinem Anwalt sprechen. Sie bringt ihm aus München die Broschüre mit, von der Jenny in Venedig gesprochen hat: DIE UNBEUGSAMEN VON DER SPREE. Erschienen im Selbstverlag, sagt sie, von Fritz Teufel, Ralf Reinders, Gerald Klöpper und Ronald Fritzsch, alle vier im Knast. Sollte wohl im STERN rauskommen, ist aber nicht. Es soll Streit im 2. Juni geben, wegen des Textes. Sie hat auch einen weiteren Brief von Ramon bekommen, aus dem mindestens zehn Zeilen mit einer Schere einfach herausgeschnitten worden sind. Aber der vorletzte Satz war nicht zensiert worden: ›In gewissen Gegenden soll ja jetzt die RAFgier ausgebrochen sein, was man so hört.‹

Eine Zeitung hat sie auch mitgebracht, da steht drin, daß das

BKA eine illegale Kartei führt, in der 4 000 in Wohngemeinschaften lebende Bundesbürger aufgelistet sind. Für die Bundeskriminaler sind die alle potentielle Terrorunterstützer.

»Wenn die könnten, wie sie wollten, würden sie die allesamt in Vorbeugehaft stecken«, kommentiert Sandra.

NACHRICHTEN

12. JANUAR 1979: DIE RECHTSRADIKALE WEHRSPORTGRUPPE HOFFMANN HÄLT IN BAYERN EINE DREITÄGIGE SOGENANNTE WEHRÜBUNG AB. DER BAYERISCHE INNENMINISTER GEROLD TANDLER (CSU) ERKLÄRT DAZU, DARAN SEI NICHTS STRAFBAR, SOFERN DABEI DIE EINHALTUNG GESETZLICHER BESTIMMUNGEN, ZUM BEISPIEL DER STRASSENVERKEHRSORDNUNG, GEWÄHRLEISTET SEI.

16. FEBRUAR 1979: RECHTSANWALT KLAUS CROISSANT WIRD VOM LANDGERICHT STUTTGART WEGEN ANGEBLICHER UNTERSTÜTZUNG DER ROTEN ARMEE FRAKTION ZU ZWEIEINHALB JAHREN GEFÄNGNIS OHNE BEWÄHRUNG UND VIERJÄHRIGEM BERUFSVERBOT VERURTEILT.

20. APRIL 1979: IM SIEBTEN KOLLEKTIVEN HUNGERSTREIK FORDERN ÜBER 70 POLITISCHE GEFANGENE DIE ABSCHAFFUNG DER ISOLATIONSHAFT, DIE ANWENDUNG DER MINDESTGARANTIEN DER GENFER KONVENTION, DIE ZUSAMMENLEGUNG DER GEFANGENEN IN INTERAKTIONSFÄHIGE GRUPPEN SOWIE DIE FREILASSUNG DES HAFTUNFÄHIGEN GÜNTER SONNENBERG.

24. APRIL 1979: AUS EINER REPRÄSENTATIVEN UMFRAGE GEHT HERVOR, DASS EIN DRITTEL ALLER DEUTSCHEN BEAMTEN NOCH NIE DAS GRUNDGESETZ GELESEN HAT.

25. APRIL 1979: BUNDESINNENMINISTER GERHART BAUM (FDP) MUSS ZUGEBEN, DASS DAS BUNDESKRIMINALAMT

in Wiesbaden unter seinem Präsidenten Horst Herold persönliche Daten von 3 Millionen Bundesbürgern erfasst hat, und verspricht, diese Datensammlung zu begrenzen.

HAKENKREUZBERG

Ein Sonntagmorgen Ende April. Schwarz stehen die beiden Bleistift-Türme des Kunstamts Bethanien vor der aufgehenden Sonne. Fred war um halb fünf wach und konnte nicht mehr einschlafen, darum schlendert er jetzt durch die noch leere Muskauer Straße zum Mariannenplatz. Trotz der frühen Stunde ist ein Hauch von Frühling in der Luft, und er wünscht sich, er könnte sich wieder verlieben, in irgendeine ganz normale junge Frau. Da flattert ihm etwas vors Gesicht wie ein weißer Schmetterling, und auf einmal schneit es rings um ihn, Papierstückchen schweben herab, ein bißchen zu groß für Konfetti. Er schnappt eins aus der Luft und sieht, es ist ein kleines Hakenkreuz, aus kariertem Schreibpapier ausgeschnitten, es mißt etwa 2 x 2 cm. Fred blickt auf, eine ganze Wolke aus kleinen Swastikas schneit da herunter. Er sucht die graue Fassade ab, die vielen Fenster, sieht aber niemand, der das getan haben könnte. Ganz verdutzt schüttelt er den Kopf: Wer kippt denn da so früh am Morgen Hakenkreuze aus dem Fenster? Es muß eine ganze Salatschüssel voll gewesen sein! Im Weitergehen malt er sich einen verbitterten alten Nazi aus, einen Rentner, der sich langsam zu Tode langweilt und tagaus, tagein kleine Hakenkreuzchen ausschnippelt. Aber daß er ausgerechnet gewartet hat, bis er, Fred, des Weges kam? Er fährt sich mit den Fingern durch die Haare, und tatsächlich stecken da noch zwei von den verdammten Dingern.

Nachmittags fährt er ins sogenannte obere Kreuzberg und parkt auf der Rückseite der Marheinekehalle. In einem Café trinkt er einen Espresso und liest Zeitung. Als er zu seinem Daimler zurückkommt und gerade aufschließen will, wird er von hinten angesprungen und zu Boden gerissen. Es geht so schnell und überraschend, daß er zu keiner Gegenwehr kommt. Einer kniet auf ihm, biegt ihm die Hände auf den Rücken, ein zweiter legt ihm Handschellen an. Sie zerren ihn hoch und durchsuchen seine Taschen, nehmen seinen Ausweis und die Autoschlüssel. Noch zwei kommen dazu, Zivile in Jeans und Lederjacken, grimmige Visagen, einer hat eine Pistole in der Hand, die schiebt er jetzt umständlich ins Schulterhalfter zurück. »Was soll das?« will Fred wissen. »Halts Maul!« ist die Antwort. Zwei BMWs und ein Polizeibus halten jetzt am Straßenrand. Die Zivis stoßen ihn in den VW-Bus und eskortieren ihn zum Staatsschutz im Flughafengebäude am Tempelhofer Damm.

Man zerrt ihn in eins der Büros. Dort wird er erwartet. Ein Unbekannter am Schreibtisch, und am Fenster, gegen das Licht erst gar nicht erkennbar, zwei alte Bekannte: Holzmann und Hausinger. Die beiden Zivis, die ihn hereingebracht haben, nehmen ihm die Handschellen ab und drücken ihn auf einen Stuhl nieder. Dann bauen sie sich neben ihm auf. Der unbekannte Kriminaler verliert keine Zeit: »Sie waren im vergangenen November in Ostberlin, Herr Richter, und dieses Jahr noch mal, Anfang Januar. Was haben Sie dort gemacht, mit wem haben Sie sich dort getroffen?«

Fred sagt nichts. Wut sitzt ihm in der Kehle, heiße, zähneknirschende Wut, die er mühsam hinunterwürgt. Er reibt sich vorsichtig die Handgelenke, die noch rote Druckstellen von den Handschellen zeigen.

»Antworten Sie gefälligst!« fährt ihn der Kerl an. »Was haben Sie da in Ostberlin zu suchen gehabt? Leute getroffen, wie? Jenny Konrad und Konsorten, was?«

Fred preßt die Lippen zusammen, den Teufel wird er tun und dem Arschloch auch nur mit einer Silbe antworten. Gleichzeitig fühlt er sich erleichtert. Anscheinend wissen die Bullen nicht, daß er von Ostberlin nach Venedig weitergefahren ist. Auch von dem unheimlichen Aufenthalt unterwegs scheinen sie nichts mitgekriegt zu haben.

»Wenn Sie nichts aussagen, unterstellen wir Ihnen, daß Sie zum Zweck konspirativer Treffen in Ostberlin waren, Herr Richter, so einfach ist das«, sagt der Kriminaler leise und brüllt auf einmal so laut, daß Fred zusammenzuckt: »Haben Sie Kontakt mit dem MfS? Wer ist Ihr Kontakt dort drüben? Was ist beim letzten Treffen besprochen worden?« Der Bulle, der neben Fred steht, gibt ihm einen heftigen Stoß gegen den Oberarm: »Los, machs Maul auf!«

Fred beißt die Zähne fest aufeinander. Sagt nichts, bewegt sich nicht. Er sieht, wie Holzmanns dunkle Silhouette vor dem Fenster kaum merklich den Kopf schüttelt.

Der Kriminaler starrt ihn mit kalten Augen an, Fred muß an einen Hai denken.

»Passen Sie auf«, sagt der Kriminaler jetzt, »während wir hier sitzen und Sie uns die Bude vollschweigen, durchsuchen die Kollegen ihre Wohnung, und wenn ich sage *durchsuchen*, dann meine ich, sie lassen keinen verfickten Stein auf dem anderen! Wenn die auch nur die geringste Kleinigkeit finden, sind Sie geliefert, Herr Richter, dann gehts ab in den Bau, und ich werde persönlich dafür sorgen, daß Sie da so schnell nicht wieder rauskommen.« Er steht mit einem Ruck auf und wirft beinahe den Stuhl um. Fred fällt auf, daß er einen ausgesprochen schicken grauen Maßanzug mit Weste trägt. Bundeskriminalamt, denkt er sich, ich wette, der Typ ist vom BKA! Einer von den verdammten Schnöseln aus Wiesbaden, die den Scotland-Yard-Leuten nahegelegt haben, mich und Sandra über den Haufen zu schießen.

Der Schnöselbulle unterhält sich leise mit Holzmann und Hausinger in einer entfernten Ecke. Ab und zu werfen sie ihm Blicke zu. Fred wartet und schweigt, das süßliche Rasierwassergemisch der beiden Zivis in der Nase.

Eine Viertelstunde später schrillt das Telefon, der Maßangezogene schnappt sich den Hörer und bellt: »Ja?« Dann lauscht er eine Weile, sagt: »So. Na schön.« und bissig: »Bitte, wie Sie meinen!« und knallt den Hörer wieder auf die Gabel.

Er sieht Fred aus schmalen Augen an und sagt: »Sie können gehen, Herr Richter.« Sonst nichts.

Fred kommt auf die Straße und atmet tief durch. Die Durchsuchung bei ihm war also offensichtlich erfolglos. Das wundert ihn nicht, denn er hatte ja nichts Verbotenes und auch keine Adressen, Stadtpläne und dergleichen. Na, die werden eine schöne Verwüstung hinterlassen haben. Er spürt Zorn heiß wie Fieber hinter der Stirn, aber zugleich eine vage Dankbarkeit, daß sie ihn gehen ließen. Es wäre doch leicht gewesen, ihm in seiner Wohnung irgend etwas unterzujubeln.

»Dankbarkeit!« sagt er laut und tritt wütend gegen eine leere Blechdose. »Jawoll, verflucht noch mal, so weit kommts noch!«

Nachrichten

Am 2. Mai 1979 wird die 23jährige Arzthelferin Christine Kuby (RAF) vom Hanseatischen Oberlandesgericht in Hamburg wegen Mordversuchs zu lebenslanger Haft verurteilt.

4. Mai 1979: Beim Betreten einer konspirativen Wohnung in Nürnberg wird die als RAF-Terroristin von der Polizei gesuchte 28jährige Arzthelferin Elisabeth van Dyck von Kriminalbeamten erschossen.

14. Mai 1979: Auf Anordnung von Bundesinnenminister Gerhart Baum (FDP) muss der Bundesgrenzschutz eine Kartei mit den Daten von 100.000 Personen vernichten, die dieser als Amtshilfe für den Bundesnachrichtendienst angelegt hatte. Unter anderem waren die Pässe von Ostblockreisenden fotografiert worden.

31. Mai 1979: In Stuttgart wird die 31jährige Irmgard Möller (RAF) wegen Mord und Mordversuchs in mehreren Fällen zu lebenslanger Haft verurteilt.

LA SPEZIA

Frühmorgens heimlich, still und leise aus dem Haus und am Kotti in die U-Bahn. Nichts dabei, nur Zigaretten und 2000 Mark auf die Jackentaschen verteilt. Eine Station weiter, Prinzenstraße, steigen außer einem Rudel Kinder zwei Männer und eine Frau ein, lassen unbeteiligte Blicke schweifen. Bullen, kein Zweifel, und wegen ihm hier! Das riecht er sofort, ohne daß er sagen könnte wieso. Fred starrt aus dem Fenster, ignoriert sie. Hallesches Tor. Möckernbrücke. Die hohe Eisenbrücke über Landwehrkanal und Tempelhofer Ufer, dann Bahnhof Gleisdreieck. Von hier an senkt sich die U-Bahn, die bisher als Hochbahn fuhr, zwischen Gründerzeitfassaden abwärts und taucht in den Untergrund ein. Die drei sind immer noch im Wagen, Fred spürt ihre Aufmerksamkeit, obwohl sie nicht zu ihm hersehen. Kurfürstenstraße, der erste unterirdische Bahnhof. Eine Menge Leute steigen hier ein. Fred steht auf, macht einer alten Dame Platz. Der Zug nähert sich Nollendorfplatz, und er stellt sich an die Tür. Er steigt aus, geht den Einsteigenden aus dem Weg, klopft seine Taschen nach Zigaretten ab. Die Frau und einer der beiden Männer ist mit ausgestiegen, da gehen sie langsam Richtung Ausgang. Die Frau kann sich nicht beherrschen und schaut sich um, wo er bleibt. »Zuu-rückbleiben!« krächzt es aus den Lautsprechern, Druckluft zischt, Fred springt mit einem Satz in den Zug zurück, wird von den Türen eingequetscht, drängelt sich hindurch. Jetzt ist er im Wagen vor dem, den er grad verlassen hat. Zwei von denen ist er los, da stehen sie und schauen dem Zug nach. Im hinteren Wagen müßte noch der eine Bulle sein, der nicht mit raus ist. Fred überlegt fieberhaft, wie er den und die anderen abschütteln kann. Es ist bestimmt nicht bloß der Typ dahinten, gleichzeitig werden sie oben mit Autos unterwegs sein, Harrys sogenannte Glocke. Jetzt werden sie sich an den U-Bahn-Ausgängen aufbauen. Soll er gleich die nächste raus, am Wittenbergplatz, und ins KaDeWe flitzen? Lieber nicht, sie werden im Nu alle Ein- und Ausgänge besetzt haben, dann steckt er da drin fest. Aufgeben? Wieder nach Hause, die Fahrt sausen lassen? Nein. Das geht ihm gegen den Strich. Außerdem ist noch Zeit, sein Zug geht erst in zwei Stunden, es müßte doch zu schaffen sein, die Bullen loszuwerden. Zoo, beschließt er, da ist es am unübersichtlichsten. Er geht ganz ans andere Ende des Wagens, und als der Zug hält, springt er hinaus und rennt los, wie ein Irrer die Treppen hoch und raus, mitten hinein ins dichte Menschengedränge an der Fußgängerampel, um mit der Masse zu verschmelzen. Er bleibt im Haufen, zieht die Jacke aus, knüllt sie im Arm zusammen, Optik verändern. Ein warmer Junitag, eine Menge Menschen unterwegs, ein Glück! Deckt sich hinter einem langsam fahrenden Doppeldecker. Taucht in einen Touristenhaufen, schlurft mit und macht sich klein. So kommt er ins Europacenter, fährt die Rolltreppe hoch, späht von oben, aber anscheinend ist er seine Verfolger losgeworden. Er gibt 60 Mark für eine helle Leinenjacke aus und zieht sie gleich an, stopft die Lederjacke in die Plastiktüte. Noch mal 30 Mark für eine Sonnenbrille mit hellen Gläsern, die setzt er gleich auf. Dann hinten raus, durch die Passagen.

Der Zug rauscht aus dem Tunnel ins grelle Sonnenlicht, legt sich in die Kurve. Die Strecke führt durch eine gewundene Schlucht, steile Hänge, Gebüsch und Olivenbäume, Ziegen. Er blinzelt noch geblendet hinaus, da braust der Zug in den nächsten Tunnel. Wieder Schwärze hinter der Scheibe, im trüben Glimmen der Abteilbeleuchtung sieht er nur sein Spiegelbild und das dicke Ehepaar auf der Bank gegenüber, beide im Schlaf gegeneinandergesunken wie zwei nicht ganz volle Mehlsäcke.

Fred hat schon eine lange Reise hinter sich, zuerst im Interzonenzug von Berlin nach Frankfurt. Weitere Verfolger hatte er weder unterwegs noch in Frankfurt bemerkt. Wahrscheinlich hatten sie in Berlin tatsächlich seine Spur verloren, aber er gab sich in Frankfurt trotzdem alle erdenkliche Mühe, ging durch Kaufhäuser, fuhr Taxi, nur um sicherzugehen. Abends um zehn weiter mit dem Flugzeug nach Mailand, Zollkontrolle am Flughafen, dann Taxi ins Centro. Um zwei war er endlich in einem billigen Hotel in der Nähe der Porta Ticinese, dort hat er den Rest der Nacht verbracht. Heute morgen ist er in den Zug nach Genua gestiegen, in etwa einer halben Stunde müßte er da sein. Draußen ist es immer noch schwarz, der Tunnel ist endlos lang.

In Genua veranstaltet er noch einmal ein Verwirrzwischenspiel für eventuelle Verfolger. Von der Stazione Centrale läuft er los in Richtung Altstadt, den Hafen immer zur Rechten, gerät in eine Via De Prè und folgt ihr, bis er zu den alten Markthallen kommt mit ihren Glasdächern und gußeisernen Säulen. Er wandert in dichtem Menschengewühl ziellos durch die schmalen Gassen zwischen den Obstständen, beinahe betäubt vom lauten Stimmengewirr und dem schweren, süßen Duft von Orangen, Feigen, Weintrauben und Limonen. Wespen krabbeln überall. Die Markthallen sind ein wahres Labyrinth, und es dauert seine Zeit, bis er einen Ausgang findet. Er kommt in eine enge, gekrümmte Straße. Die schlendert er entlang, wirft ab und zu einen Blick in die kleinen staubigen Schaufenster von Antiquitätenhändlern, voll mit alten Büchern und Landkarten, und schaut auch, ob ihm wer folgt, aber es fällt ihm niemand auf. Eine Menge Menschen sind unterwegs, knatternde Vespas und Vespinos schlängeln sich hupend durch die Fußgänger, für Autos ist hier kaum Platz. Er biegt um eine Ecke und geht jetzt sehr schnell, wieder ums Eck; in ein unübersichtliches Gewirr von engen Gassen ist er hier geraten. Er ist sich längst sicher, daß er nicht oder jedenfalls nicht mehr verfolgt wird, kein Mensch hätte das fertiggebracht, durch die Markthallen und jetzt hier in diesem Irrgarten. Nun wird er ruhiger und versucht sich zu orientieren, aber es gelingt ihm nicht, und wo er den Hafen vermutet, findet er nichts als nur noch mehr enge Gassen, manche so schmal, daß kaum noch ein Fiat zwischen die Bordsteine passen würde. Muß mir einen Stadtplan kaufen, denkt er, aber nirgendwo ist ein Laden oder Kiosk zu sehen, der so etwas haben könnte. Dann stößt er aber doch auf eine breitere und längere Via Balbi. Er bastelt sich mit seinen paar Brocken Italienisch eine

Frage zusammen und hält eine dicke Frau an: »Prego, Signora, io cerco la Stazione Centrale?« Die Frau antwortet mit einem Wortschwall, von dem er nichts als Stazione versteht, aber sie zeigt die Straße lang und macht: »Sì, sì, sì!«, und nach nochmaligem Fragen findet er auch tatsächlich den Bahnhof wieder.

Schön ist die Bahnfahrt an der Ligurischen Küste entlang nach La Spezia, durchs Cinque Terre, ein Tunnel nach dem anderen, dazwischen immer wieder herrliche Ausblicke aufs blaue Meer, auf Fischerdörfer, wie Piratennester an die Felsen geklebt. Schöne Aussicht und wehmütige Erinnerungen. La Spezia, Ende der Reise, schräg gegenüber vom Bahnhof wächst noch immer der Orangenbaum aus der Hauswand heraus, daneben das kleine Café. Pünktlich um drei ist er dort.

Da kommt sie! Er erkennt sie eigentlich nur am Gang. Jenny hat ihre Haare kurzgeschnitten und schwarzgefärbt, hat eine teure Sonnenbrille auf und einen schicken pfirsichfarbenen Hosenanzug an. Verrückt, denkt er, jedesmal sieht sie völlig anders aus, jetzt wirkt sie ganz italienisch und gleichzeitig fremd. Und ich mit meinen kurzen Haaren, macht er sich klar, schwarze Jeans, weißes Polohemd und Jacke über der Schulter, steck auch nicht mehr in der alten RH-Uniform. Na, was solls.

Eine flüchtige Umarmung, dann bummeln sie herum, schweigen beide. Es ist Freitag, da ist Markt in der Viale Giuseppe Garibaldi, Stände unter Bäumen, Palmen und Oleander, eine Menge wassergefüllter Eimer mit einem Gewimmel winziger grüner Schildkröten darin. Hier waren sie auch im Juli 1974 mal, während ihrer schönen Sommerreise, als Ramon aus dem Knast gekommen war. Ist das wirklich schon fünf Jahre her? Jenny scheint nicht viel Lust zu haben, sich zu erinnern. Der harte Zug um ihren Mund ist noch da, aber sie ist anders als beim letztenmal in Venedig, sie ist so still. Er schaut sie forschend an, aber sie weicht seinem Blick aus.

Sie übernachten in einem außerhalb gelegenen Hotel, das Jenny ausgekundschaftet hat, eine äußerlich etwas heruntergekommene Villa in einem kleinen Park mit Statuetten. Getrennte

Zimmer, getrennte Sorgen, vergangener Zauber. Fred schläft erst ein, als es draußen hell wird.

Beim Frühstück wirkt Jenny unentschlossen: »Vielleicht schmeiß ichs wirklich hin und steig aus.« Sie stochert in ihrem Ei herum und sagt: »Aber es muß ja weitergehen, es geht gar nicht anders, und es ist auch richtig, weiterzumachen.«

»Ach Mensch«, sagt Fred, »das führt doch zu nichts mehr, schau bloß, wieviel Leute die Bullen abgeknallt haben und wieviel schon im Knast hocken.« Er holt tief Luft und weiß nicht mehr weiter.

»Eben drum«, sagt Jenny leise, »eben drum kann ich nicht aufhören.«

Fred schluckt hinunter, was er sagen wollte. Er wollte sagen: Das ist doch der glatte Todestrip.

Am frühen Nachmittag trennen sie sich. Sie geben sich die Hand, aber sie läßt seine nicht los, auf einmal hat sie die Augen voller Tränen und sagt leise: »Du kannst ja mal schauen, ob irgendwas geht, mit nem Land, mein ich, wo sie einen nicht ausliefern. Und Papiere. Wenn ich mich abseilen will, bräuchte ich nen guten Paß, der nicht über die RAF läuft. Nur für alle Fälle.«

»Ich mach das«, sagt Fred, plötzlich voll Hoffnung, und drückt ihre Hand. Jenny kramt in ihrer Handtasche und sucht ein Taschentuch. Sie haben beide keins. »Wenn alle Stricke reißen«, sagt sie und schnieft, »fahr ich einfach rüber in den Osten und frag, ob ich bleiben kann.« Sie versucht ein Lächeln, aber es gelingt nicht recht, und selbst die Grübchen wollen nicht mithelfen.

Die erste Stunde im Zug kämpft Fred mit den Tränen und beißt die Zähne zusammen, daß die Kiefermuskeln schmerzen. Er grübelt auf der ganzen langen Fahrt. Wo kann jemand wie sie hin? Wer nimmt sie auf und liefert sie nicht aus? Der Libanon? Da ist dauernd Bürgerkrieg. Libyen? Der Jemen? Was sind das für Länder? Wie soll sie da leben als Frau? Was ist mit Grenada, der Antilleninsel? Dort ist vor kurzem erst der fiese Diktator Eric

Gairy gestürzt worden, von einem linken Rechtsanwalt, wenn er das richtig mitgekriegt hat. Soll aber nur ein winziges Inselchen sein, und die Amis machen einen furchtbaren Aufstand deswegen, wie immer, wenn einer ihrer Lieblingstyrannen verjagt wird. Und Südamerika, Venezuela oder Argentinien? Alles furchtbar weit weg und schwierig, hinzukommen, schon wegen der Kontrollen an den Flughäfen. Könnte sie nicht einfach in dem kleinen Häuschen bleiben, wo sie mal waren, auf der Insel Cres? Da würde sie doch auch nie jemand finden, oder doch?

Nein, es bleibt eigentlich nur die DDR, zu der sie immer Däderä gesagt haben. Die zeigen wenigstens ein bißchen Sympathie, oder tun zumindest so. Das scheint ihm der einzige brauchbare Ausweg zu sein, und da wär sie wenigstens nicht so weit weg. Er wäre sogar bereit, mit ihr rüberzugehen, wenn sie ihn lassen.

Fred will über Nacht in München bleiben und morgen erst nach Berlin weiterfahren. Er ruft Sandra an, daß er später vorbeikommt, und macht sich auf zu Erwin, dessen Sohn mal das Kuvert mit dem gefälschten Paß versteckt hat, Pauli, richtig. Der müßte jetzt 13 oder 14 sein.

»Sag mal, Erwin, da gabs doch mal die alte England-Connection«, sagt er zu ihm, »geht da noch was?« In England, auf dem Land, konnte man sich auf den Friedhöfen einen Verstorbenen aussuchen, der das richtige Geschlecht und Alter hatte. Im Kirchenregister fand man den Geburtsort, ließ sich dort einen Auszug aus dem Geburtenregister machen und konnte damit in London einen neuen Paß beantragen. Natürlich mußte man dazu ausgezeichnet Englisch können oder einen englischen Strohmann haben beziehungsweise eine Strohfrau. Das hat ein paarmal ganz gut geklappt, es hat sich aber auch herumgesprochen.

Erwin schüttelt den Kopf. »Nein, des glaub ich net, daß des noch geht. Ich hab was ghört, daß die Engländer die Lücke dichtgmacht haben. Is jammerschad, weil des warn echte Pässe, hamm jeder Überprüfung standghalten!« Erwin schaut auf die Uhr und schlägt vor: »Weißt was, Fred, schau nächste Woch noch mal vorbei, bis dahin hab ich vielleicht was, was nicht aus der üblichen Ecke kommt.«

Fred schüttelt den Kopf: »Ich wohn ja jetzt in Berlin. Ich könnte frühestens in zwei Wochen noch mal kommen.« Er gibt Erwin seine Berliner Telefonnummer und sagt ihm, er solle von einer Zelle aus dort anrufen, wenn sich etwas ergeben hat, und nach irgend jemandem fragen.

»Versteh schon«, nickt Erwin, »ich frag dann, ob ich mit Herrn Dingsbums, äh, Obermaier sprechen kann, und du brauchst bloß sagen: Falsch verbunden und weißt Bescheid! Noch besser is vielleicht, wenn ich nach der Frau Obermaier frag, gell. Danach brauchen wir natürlich die Paßbilder, die reinsollen.«

Fred fährt zu Sandra und erzählt ihr das alles. »Das ist doch ein Hoffnungsschimmer!« sagt sie. »Ich drück die Daumen, daß es klappt!«

Am nächsten Morgen nimmt er den Zug zurück nach Berlin. Vor seinem Haus sitzen zwei in einem dunkelblauen BMW und schauen ihm ganz offen zu, wie er die Haustür aufschließt. Er ignoriert sie, und sie lassen ihn in Ruhe.

NACHRICHTEN

9. JUNI 1979: ROLF HEISSLER, DER AM 5. MÄRZ 1975 BEI DER LORENZ-ENTFÜHRUNG FREIGEKOMMEN WAR, WIRD IN EINER KONSPIRATIVEN WOHNUNG IN FRANKFURT AM MAIN GESTELLT UND BEI DER FESTNAHME DURCH EINEN KOPFSCHUSS SCHWER VERLETZT.

23. JUNI 1979: ASTRID PROLL, DIE 1978 IN LONDON VERHAFTET WORDEN WAR, WIRD AN DIE BUNDESREPUBLIK DEUTSCHLAND AUSGELIEFERT.

25. JUNI 1979: EIN SPRENGSTOFFANSCHLAG AUF NATO-GENERAL HAIG SCHEITERT; EIN RAF-KOMMANDO AN-

dreas Baader sowie die palästinensische PFLP und eine französische Gruppe übernehmen die Verantwortung.

26. Juni 1979: Die politischen Gefangenen beenden den siebten Hungerstreik.

MILANO

Es dauert neun Tage, bis Erwin anruft und tatsächlich nach Frau Obermaier fragt. Fred erwidert: »Obermaier? Hier heißt niemand so, da haben Sie sich bestimmt verwählt« und legt auf.

Jetzt gilt es, Jenny zu erreichen wegen dem Paß und weil er ein oder zwei Bilder braucht. Er meldet einen Kontaktwunsch an, wieder über Franziska, die immer noch zwischen legal und illegal vermittelt. Zwei Tage lang hört er nichts, dann verabredet sie sich mit ihm in der Eisenbahnmarkthalle. »Heut in einer Woche im Café Möhring«, raunt sie ihm am türkischen Gemüsestand zu, »geh Punkt drei rein, schau nach ner Frau mit kurzen grauen Haaren, die im Stern liest!«

Fred ist pünktlich dort. Die Frau wartet dort auf ihn, hat kurze, schon angegraute Haare, sieht ihn über die Brille hinweg an wie eine Bibliothekarin. Sie trinken einen Espresso zusammen, und sie sagt ihm, was er machen soll, das Stimmengewirr ist laut genug dafür. »Fährst du nach Milano«, sagt sie und schiebt ihm den Stern über den Tisch, »unde hier iste eine Busta, wie sagt man, eine Umschlag mit die Adresse drin, bei die kannst du was abgeben.« Sie spricht leise mit italienischem Akzent: »Iste eine Tabacchi-Laden, gehst du rein, fragst du nach Luigi! In die Umschlag iste eine Nummera, das iste eine Uhrzeit, sollst du in die Laden reingehn, aber zu keine andere Uhrzeit! Wenn du verpaßt die Ora, dann einfach nächste Tag unde so weiter. Immer nur ume die Zeit, wo da drin steht, capisce?«

Fred schaut, ob die Adresse lesbar ist, und nickt, Uhrzeit im

Kuvert, okay. Im Umschlag werden außerdem Jennys aktuelle Paßbilder sein.

»Alles klar«, sagt er und steht auf, »danke dir! Ciao!«

Draußen in der hellen Julisonne ist ihm, als falle ihm ein Stein vom Herzen. Ramon ist zwar im Knast, weiß Gott für wie lange, aber für Jenny ist jetzt wenigstens Hoffnung. Höchstens noch zwei Wochen, dann hat sie den neuen Paß, obwohl sie den nicht unbedingt brauchen wird, wenn sie wirklich nach Ostberlin rüberwill, von der Westseite aus wird man ja nicht kontrolliert, jedenfalls nicht normalerweise. Es kann natürlich sein, daß die Bullen heimlich alle Übergänge beobachten, um zu sehen, ob einer der Gesuchten auftaucht. Wär kein Wunder, wenn sie inzwischen mitgekriegt hätten, daß viele Reisen über Ostberlin laufen; wie anders soll man sonst ins Ausland kommen, ohne eine Überprüfung zu riskieren?

Schade, daß er Harry nicht erreichen kann. Jetzt würde er ihn gern fragen, ob sie Jenny ›drüben‹ aufnehmen würden. Aber Harry hat ihm keine Visitenkarte gegeben. Einfach rüberfahren und an der Grenze nach einem Offizier fragen? Eine unbehagliche Vorstellung. Möglicherweise erfährt Harry es auch ganz automatisch, wenn Fred oder irgendeiner von den Illegalen rüberfährt? Wie auch immer, es sieht jetzt endlich doch so aus, als würde Jenny wirklich aus der Geschichte rauswollen. Müßte doch mit dem Teufel zugehn, wenn sich das nicht hinkriegen ließe!

Drei Tage später ist Fred in München und schaut zu, wie Erwin das Bild in den ausgefüllten Paß nietet und den vorbereiteten Stempel draufprägt. Es dauert nicht lange. Erwin will nichts dafür. »Geschenk des Hauses«, brummt er, »und meine besten Wünsche.«

Fred fährt am nächsten Morgen mit dem Daimler nach Mailand und übernachtet dort im Auto. Am anderen Morgen macht er eine gründliche Abschüttelfahrt durch die Innenstadt. In dem unglaublichen Verkehrschaos kann das gar nicht schiefgehen. Er parkt in der Viale Bligny und macht sich zu Fuß auf zum

Corso San Gottardo, wo der Tabacchi-Laden sein soll. Die Sonne scheint heiß auf Smog und Dunst, es stinkt nach Abgasen. Der Corso ist mit Lieferwagen, mit Autos und Mopeds verstopft, die alle ununterbrochen zu hupen scheinen. Mitten durch die lärmende Blechflut schwankt eine altmodische orangefarbene Straßenbahn und trägt mit schrillem Geklingel zum allgemeinen Getöse bei. Auf den schmalen Gehwegen quirlen die Leute durcheinander. Fred tastet mit den Augen die Fassaden ab, sucht den Tabacchi-Laden und liest Reklamen: HOTEL, PELLICCERIA, ALBERGO VIGNETTA, CARROZZERIA FIORINI. Und da ist das gesuchte dunkelblaue Schild mit dem weißen T: SALE E TABACCHI, und drunter steht: NAZIONALI ESTERI. Die Uhrzeit im Kuvert war elf Uhr. Fred wirft einen Blick auf die Armbanduhr: Zwei Minuten vor elf, pünktlich wie ein Maurermeister! Er geht ein paar Meter weiter, schaut noch mal auf die Uhr, kehrt um und tritt ein, eine Glocke bimmelt, ein düsteres, enges Geschäft. Eine dicke Frau hinter der Theke, niemand sonst. Fred hält das verschlossene und unauffällig versiegelte Kuvert hoch und sagt seinen auswendig gelernten Satz: »Una lettera per Luigi, Signora, per favore!«

Zurück fährt Fred durch die Schweiz. Es ist ein herrlicher, wolkenloser Sommertag, und zum erstenmal seit langer Zeit fühlt er sich leicht, fast schon froh. Das nächstemal, wenn ich Jenny wiedersehe, denkt er, wird es hoffentlich in Ostberlin sein. In Ascona am Lago Maggiore macht er Pause. Er findet eine Telefonzelle an der Uferpromenade und wählt Sandras Nummer, er will ihr sagen, daß er in München vorbeikommt. Während er wartet, schaut er auf den blauen See hinaus. Schiefliegende Segelboote kreuzen im flimmernden Sonnenglanz, darüber erheben sich blaugrau die Berge, die Gipfel schneegekrönt.

Es klickt. »Ja?« hört er Sandras Stimme von fern.

»Sandra«, sagt er, »ich bins.«

Sandra ist lange still.

Er sagt: »Sandra?«

Sie sagt mit ganz leiser Stimme: »Fred, weißt du das noch

nicht? Jenny ist tot.«

Er steht wie erstarrt, den Hörer in der Hand. Eine lange, lange Minute vergeht. Von weit her hört er Sandra: »Soll bei einer Straßensperre passiert sein. Tödlich verunglückt beim Versuch, sich der Festnahme zu entziehen, haben sie in den Nachrichten gesagt.«

Ende

THANX

Ermutigend und lektorierend haben mir geholfen: Mathias Bröckers. Wolfgang Ferchl. Wolfgang Hörner. Roger Liggenstorfer. Norbert Michel. Susanne Plambeck. Ziska Riemann. Sylvia Seyfried.

NACHWORT

Statement:

Die Handlung ist frei erfunden, spielt aber vor dem Hintergrund wahrer Ereignisse in den 70er Jahren. Namen und Charaktere sind ebenfalls frei erfunden. Ähnlichkeiten sind unbeabsichtigt und höchstens blöde Zufälle.

Die Geschichte ist aus der Sicht der geschilderten Zeit geschrieben, also der 1970er Jahre. Damals war noch nicht bekannt, wie tief zum Beispiel der Berliner Verfassungsschutz in den Mordfall Schmücker verwickelt war; oder daß der Anschlag auf die JVA Celle, das sogenannte Celler Loch, von den niedersächsischen Verfassungsschutzbehörden mit Billigung der Landesregierung geplant und durchgeführt worden war (für beide Beispiele siehe: Glossar).

Zu ›politischer Korrektheit‹:

Man sagt heute nicht mehr *Negerküsse* oder *Mohrenköpfe*, was auch gut so ist, in den Siebzigern aber war es normaler Sprachgebrauch, und es gab keine ›politisch korrekte‹ Alternative. Ausdrücke wie diese wurden verwendet, um das Zeitbild nicht zu verfälschen.

Mann bezeichnet heute Frauen natürlich auch nicht mehr als Bräute, sondern als Tussen. Der Ausdruck Typen hat sich dagegen hartnäckig gehalten.

Zu ›juristischer Korrektheit‹:

Noch immer sind vier ehemalige RAF-Angehörige in Haft, zwei von ihnen seit mehr als 20 Jahren. Kein Beteiligter an Naziverbrechen hat jemals eine so lange Haftstrafe absitzen müssen.

Gerhard Seyfried, im März 2004.

GLOSSAR

Angegebene Web-Adressen sind eine Auswahl und erheben keinen Anspruch auf Vollständigkeit. Ihre Haltbarkeit kann begrenzt sein.

Für die Inhalte der angegebenen Links und Web-Adressen sind weder Autor noch Verlag zuständig oder verantwortlich. Dies gilt auch für als Quellen genannte oder zitierte Bücher, Filme, Songs oder Presseveröffentlichungen.

Agit 883: Berliner Anarchoblatt.
http://www.free.de/dada/dada-p/P0000921.HTM

Bakunin, Michail Aleksandrovic (1814–1876): Russischer Philosoph und Anarchist.
Werke u. a.: STAATLICHKEIT UND ANARCHIE (1873).

BfV: Bundesamt für Verfassungsschutz. Gegründet 1950, Sitz: Köln. Dem Verfassungsschutz obliegt die Sammlung und Auswertung von Informationen über Bestrebungen gegen die freiheitlich demokratische Grundordnung oder die Sicherheit des Bundes und über geheimdienstliche Tätigkeiten für eine fremde Macht, zum Beispiel extremistische Aktivitäten von Gruppierungen aus dem In- und Ausland, auch Spionageabwehr fremder Nachrichtendienste. Neu ist die Ausweitung der Befugnisse auf vermutete terroristische Vereinigungen nach dem 11. September 2001. Zur Erfüllung seiner Aufgaben kann das BfV auch nachrichtendienstliche Mittel anwenden.
http://www.verfassungsschutz.de/
http://www.geheimdienste.org/bfv.html

BKA: Bundeskriminalamt. Gegründet 1951, Sitz: Wiesbaden. Das BKA ist die deutsche Zentralstelle für polizeiliches Auskunfts- und Nachrichtenwesen, koordiniert die internationale polizeiliche Zusammenarbeit, beschützt Mitglieder der Verfassungsorgane des Bundes und in be-

sonderen Fällen Zeugen und kann in bestimmten Fällen auch selbst Ermittlungen und Strafverfolgung übernehmen. Das BKA führt umfangreiche Fahndungsdateien und Datenbanksysteme, allen voran das umstrittene System INPOL (Informationssystem der Polizei). Außerdem hat das Amt Zugriff auf das Schengener Informationssystem (SIS), das die Fahndungsarbeit im europäischen Raum erleichtern soll.
http://www.bka.de/
http://www.geheimdienste.org/bka.html

Blatt: Stadtzeitung für München.
http://www.free.de/dada/dada-p/P0000901.HTM

Blues, Der: Gesammelte Texte der Bewegung 2. Juni. 2 Bände. Verlag Schwarzer Stern, Hermannstr. 78, 44263 Dortmund; darin enthalten: Die Entführung aus unserer Sicht. o. O.: Selbstverlag, 1982.

BND: Bundesnachrichtendienst. Gegründet 1956, Sitz: Pullach b. München. Der BND untersteht dem Chef des Bundeskanzleramtes. Die Zentrale ist noch in Pullach bei München, wegen der Nähe zur politischen Führung ist jüngst eine große Außenstelle in Berlin hinzugekommen. Der BND sammelt und interpretiert Informationen, die zur Gewinnung von außen- und sicherheitspolitischen Erkenntnissen über das Ausland notwendig sind. Neben der Auslandsaufklärung beobachtet der BND zunehmend auch die international operierende Organisierte Kriminalität, besonders im Zusammenhang mit Waffen- und Technologietransfers, Geldwäsche, Menschenhandel und Rauschgiftschmuggel. In jüngerer Zeit hat die Aufklärung des internationalen Terrorismus erheblich an Bedeutung gewonnen.
http://www.bundesnachrichtendienst.de/index1.htm
http://www.geheimdienste.org/bnd.html

Carlos: Iljitsch Ramirez Sanchez, alias Carlos. Sogenannter ›Top-Terrorist‹ der 70er Jahre, bekanntgeworden u. a. durch den Überfall auf die Konferenz der OPEC-Länder in Wien 1975. 1994 in Karthum festgenommen und seither in französischer Haft.

Celler Loch: Das niedersächsische Landesamt für Verfassungsschutz hatte am 6. Februar 1978 mit Wissen der niedersächsischen Landesregierung ein Loch in die Mauer der JVA Celle gesprengt, um einen Befreiungsversuch des Gefangenen Sigurd Debus durch die RAF vorzutäuschen. Dazu wurde ein angebliches Fluchtauto mit gestohlenen und gefälschten Papieren auf Debus' Namen bereitgestellt. Debus, der ahnungslos war, wurde daraufhin in Isolationshaft genommen und verschiedenen Schikanen ausgesetzt. Er starb kurz vor seiner Haftentlassung. Dieser Hintergrund der bisher als RAF-Anschlag bekannten Aktion wurde erst 1986 bekannt. Die Aktion hätte einem Verfassungsschutz-Agenten eine glaubwürdige Legende verschaffen sollen. Beteiligt war auch der Privatagent Werner Mauss.
Quelle u. a.: Eckart Spoo: Die Staatsbombe. Wie Niedersachsens Regierungschef Ernst Albrecht den Terrorismus bekämpfte (a. a. O. S. 286–293).
http://www.norbertschnitzler.de/Surftipps/2001_05.htm#Celler%20Loch

Chile: Am 11. 9. 1973 putschte das Militär unter General Pinochet gegen die demokratisch gewählte sozialistische Regierung unter Salvador Allende (1970–1973). Maßgeblich beteiligt war neben der CIA das US-Unternehmen ITT. Auslösende Gründe waren neben der Nationalisierung der Schwerindustrie (Kupferbergbau) die Agrarreform sowie der von der Allende-Regierung erfolgte Aufbau neuer sozialer Strukturen (poder popular).
Die Farbwerke Hoechst kommentierten am 06. 12. 1973:
»Wir sind der Ansicht, daß das Vorgehen der Polizei und des Militärs nicht intelligenter geplant und koordiniert werden konnte und daß es sich um eine Aktion handelte, die bis ins letzte Detail vorbereitet war und glänzend ausgeführt wurde ... Die Regierung Allende hat das Ende gefunden, das sie verdiente ... Chile wird in Zukunft ein für Hoechster Produkte zunehmend interessanter Markt sein.«
Literatur u. a.: Franz-Josef Gaber, Brigitte Heinrich: Betrifft: Chile. Die ITT-Dokumente. US-Imperialismus in Lateinamerika. Frankfurt/M.: Mega-Press, 1974.

Literatur: CHILE NACHRICHTEN, Berlin 1973 ff.
http://www.neuer-weg.com/Politik/11.September1973.htm
http://www.uni-frankfurt.de/schule/asf/FB2/HistEcke/img/chile73.htm

CNT: Confederación Nacional de Trabajo (Gewerkschaft der Anarchisten in der spanischen Republik).

Counterinsurgency: Aufstandsbekämpfung [US-militärischer Begriff].

CRS: Compagnies Républicaines de Sécurité; die französische Bereitschaftspolizei, oft gegen Demonstrationen eingesetzt und wegen ihrer exzessiven Brutalität gefürchtet.

Dach, Major von: Autor von DER TOTALE WIDERSTAND – KLEINKRIEGSANLEITUNG FÜR JEDERMANN, Schweiz (3. Aufl. 1966).

DER KURZE SOMMER DER ANARCHIE: BUENAVENTURA DURRUTIS LEBEN UND TOD; von Hans Magnus Enzensberger. Frankfurt/M.: Suhrkamp, 1972.

DER UNSICHTBARE AUFSTAND: (ÉTAT DE SIEGE) F/I/D 1972. Regie: Constantin Costa-Gavras. Mit Yves Montand, O. E. Hasse.

Dinamiteros: Radikale und militante Anhänger der ›Propaganda der Tat‹.

Durruti, Buenaventura (1896–1936): Metallarbeiter und Anarchist, Kommandeur in der anarchistischen Miliz im Spanischen Bürgerkrieg 1936–1939. Quelle: Hans Magnus Enzensberger: DER KURZE SOMMER DER ANARCHIE. BUENAVENTURA DURRUTIS LEBEN UND TOD. Frankfurt/M.: Suhrkamp, 1972.

EFTA: European Free Trade Association bzw. Europäische Freihandelsvereinigung; gegründet 1960. Mitgliedsländer in den 70er Jahren:

Schweden, Finnland, Österreich, Island, Liechtenstein, Schweiz, Norwegen.
http://www.europa-digital.de/dschungelbuch/nicht_eu/efta/

FAI: Federación Anarquista Ibérica (Zusammenschluß der radikalen Anarchisten in der spanischen Republik).

Fat Freddy: Charakter aus den Freak Brothers Comics (siehe dort).

FDGO : Freiheitliche demokratische Grundordnung.

Freak Brothers: Weltweit bekannte Comics von Gilbert Shelton aus den 60er bis 80er Jahren (The Fabulous Furry Freakbrothers).
http://www.freaknet.org.uk/pages/home01.html
http://ourworld.compuserve.com/homepages/freakbros/

Garmisch: Die Vorfälle im Garmischer Olympiastadion am 14. September 1968 anlässlich des Kriegsopfertreffens haben sich wie geschildert abgespielt. Ein Bericht darüber erschien tags darauf in der Nullnummer der Münchner Boulevardzeitung TZ.

GSG 9: Grenzschutzgruppe 9. Sondereinheit des Bundesgrenzschutzes zur Terrorbekämpfung, gegründet 1972 nach dem Überfall auf die Olympischen Spiele in München.
http://www.sondereinheiten.de/gsg9/index.php

Haschrebellen: Auch: Zentralrat der umherschweifenden Haschrebellen. Politisierte Kifferbewegung in Berlin, entstanden aus Gegenwehr gegen Polizeirazzien und Schikanen; einer der Ursprünge der sogenannten Spaßguerilla. Erstmals 1969 auf Flugblättern erwähnt.
Literatur: Ralf Reinders/Roland Fritzsch: Die Bewegung 2. Juni. Gespräche über Haschrebellen, Lorenz-Entführung, Knast. ID-Verlag Berlin, 1999.
http://www.haschrebellen.de/blues-2juni-ratschlag.php

Heck, Bruno: Generalsekretär der CDU, äußerte nach seiner Rückkehr aus Chile am 18. 10. 1973:
»Soweit wir Einblick bekommen haben, bemüht sich die Militärregierung in optimalem Umfang um die Gefangenen. Die Verhafteten, die wir sprachen, haben sich nicht beklagt.«
Über die Lage der im Stadion von Santiago de Chile gefangenen und gefolterten Chilenen:
»Das Leben im Stadion ist bei sonnigem Wetter recht angenehm.«
(SÜDDEUTSCHE ZEITUNG, 18. 10. 1973)

Heckler & Koch: Hersteller der 1966 bei der deutschen Polizei eingeführten Maschinenpistole MP-5. Diese Waffe ziert das RAF-Sternsymbol.

Hölz, Max (1889–1933): Linksradikaler deutscher Revolutionär, hat mehrere Gefängnisstrafen abgesessen, ohne von seinen politischen Ideen abzurücken; 1929 Übersiedelung nach Moskau; 1933 vermutlich vom sowjetischen Geheimdienst ermordet.
Literatur: Max Hölz: VOM 'WEISSEN KREUZ' ZUR ROTEN FAHNE. JUGEND-, KAMPF- UND ZUCHTHAUSERLEBNISSE. Röderberg, Frankfurt/M., 1984.

ID: Informations-Dienst (Nachrichtenblatt der undogmatischen Linken), Erscheinungsort: Frankfurt/M.
http://www.free.de/dada/dada-p/P0000903.HTM

IDK: Internationale der Kriegsdienstgegner, gegründet 1921; heute Teil der Deutschen Friedensgesellschaft. Die DFG ist die älteste deutsche Friedensorganisation, 1892 von Bertha von Suttner gegründet.
http://www.dfg-idk.de/
http://www.dfg-vk.de/

INFO-BUG: Informationsblatt Berliner undogmatischer Gruppen.

i.S.d.: im Sinne des (Juristendeutsch)

JVA: Justizvollzugsanstalt.

K1: Die Berliner Kommune 1.

K-Gruppen (Auch KKK): Die drei K-Parteien: KPD/AO (Kommunistische Partei Deutschlands/Aufbauorganisation) bzw. KPD/KBW (Kommunistischer Bund Westdeutschlands); KPD/ML (Kommunistische Partei Deutschland/Marxisten-Leninisten).

Klau Mich: Rainer Langhans, Fritz Teufel: Klau Mich. Edition Voltaire 1968; Trikont 1977.

Kneißl, Mathias: Mit 18 zu Unrecht zu Gefängnis verurteilt, fand er nach der Entlassung keine Arbeit mehr und wurde zum Wilderer und Räuber. Durch seine spektakuläre Flucht vor der Polizei wurde er bald zum bayerischen Volkshelden. Am 21. Februar 1902, im Alter von 25 Jahren, in Augsburg auf dem Schafott hingerichtet.

Kronstädter Matrosen: Matrosen der russischen Baltischen Flotte standen ursprünglich als Speerspitze hinter der proletarischen Revolution von 1917. Sie wollten sich aber nicht mit der Diktatur der Kommunistischen Partei abfinden und forderten Selbstverwaltung und die Abschaffung des Staates. 1921 erhoben sie sich gegen die Partei. Ihr Aufstand verkörperte für viele Anarchisten die Hoffnung auf einen ›dritten Weg‹ zwischen Autokratie und Diktatur des Proletariats. Lenin und Trotzki ließen die Kronstädter Kommune zerschlagen, ihre Mitglieder wurden erschossen oder verbannt.
Literatur: Volin: Der Aufstand von Kronstadt. Herausgegeben von Jochen Knoblauch. Unrast-Verlag. ISBN: 3-89771-900-2.

Kropotkin, Pjotr Alexander, Fürst (1842–1921): Anarchistischer Philosoph und Vertreter des kommunitären Anarchismus.
Literatur: Peter Kropotkin: Gegenseitige Hilfe in der Tier- und Menschenwelt. Grafenau: Trotzdem-Verlag/BOD.
Peter Kropotkin: Der Anarchismus. Ursprung, Ideal und Philosophie. Grafenau: Trotzdem 1993.

LKA: Landeskriminalamt. Beispiel Bayern:
http://www.polizei.bayern.de/blka/

M 113 G: Vollkettenfahrzeug und Mannschaftstransportpanzer der Bundeswehr, ab 1960 für die US-Armee gebaut. Kastenförmige Bauweise; der 8 Kubikmeter große Nutzraum im Heck, durch eine große Heckrampe sowie eine Dachluke zugänglich, bietet Platz für elf Soldaten. Das G steht für Germany.

Machno, Nestor: Nestor Machno führte während der Russischen Revolution von 1917 bis 1922 eine autonome Volksbewegung in der Ukraine, Machnowstschina genannt. Trotz ständiger Angriffe durch die Konterrevolution und trotz Verrats durch die Bolschewisten konnte die Bewegung vier Jahre als Gemeinwesen ohne Parteien, ohne Ausbeutung und Unterdrückung überleben. Schließlich gelang es der Roten Armee unter Trotzki, die anarchistischen Kommunen und Agrarkollektive zu zerschlagen.
Literatur: Peter A. Arschinoff: GESCHICHTE DER MACHNO-BEWEGUNG. Unrast-Verlag.
ISBN 3-928300-68-7

MAD: Militärischer Abschirm-Dienst. Gegründet 1956, Sitz: Köln und andere Standorte. Inlandsnachrichtendienst der deutschen Streitkräfte, der in der Bundeswehr und für die Bundeswehr Aufgaben wahrnimmt, die außerhalb von den Verfassungsschutzämtern wahrgenommen werden. Der MAD untersteht dem Bundesministerium der Verteidigung, darf kein Informantennetz in der Bundeswehr unterhalten und ist nicht befugt, Zwang anzuwenden.
http://www.bundeswehr.de/forces/streitkraeftebasis/militaerischerabschirmdienst/struk_skb_hg_mad.php
http://www.net-lexikon.de/Militaerischer-Abschirmdienst.html
http://www.geheimdienste.org/mad.html

Meins, Holger : Abschiedsbrief (genaue Abschrift):
Wittlich, den 9. 3. 74

»Für den Fall, dass ich in Haft vom Leben in den Tod komme wars Mord – gleich was die Schweine behaupten werden. Nie werde ich mich selbst töten, nie werde ich ihnen einen Vorwand geben Ich bin kein Provo und kein Abenteurer. wenns heißt – und dafür gib's Anzeichen – »Selbstmord« »Schwere Krankheit« »Notwehr« »Auf der Flucht« glaubt den Lügen der Mörder nicht
Meins«
Quelle: Leipziger Festival für Dokumentar- und Animationsfilm.
Literatur: DOKUMENTE. HOLGER MEINS IST TOT. Selbstverlag, Stuttgart, 1975.
ZUM 3. HUNGERSTREIK UND ZUM TODE VON HOLGER MEINS. Beiträge in: DER KAMPF GEGEN DIE VERNICHTUNGSHAFT. Hrsg. von Komitees gegen Folter an politischen Gefangenen in der BRD. Selbstverlag, o. O., 1975.

MfS: Ministerium für Staatssicherheit (Stasi) der ehemaligen DDR. Gegründet 1950, Sitz: Berlin (Ost). Aufgaben des MfS waren Überwachung von Bestrebungen gegen die DDR und ihre Verbündeten, deren Aufdeckung und Bekämpfung, auch mit geheimdienstlichen Mitteln. Dabei ging es außer um Spionage und Politik auch um oppositionelle Bestrebungen im eigenen Land. Die Behörde hatte weitreichende Polizeibefugnisse, war zuständig für Geheimschutz und die Aufdeckung von Straftaten gegen die Staatsgrenze. Die Hauptverwaltung Aufklärung (HVA) des MfS war für die Nachrichtenbeschaffung im Ausland zuständig, die Abteilung XXII für Terrorabwehr.
http://www.geheimdienste.org/mfs.html
www.bstu.de

MLN: Movimiento de Liberación Nacional (Tupamaros Uruguay).

Möllenbrock: Staatsanwalt in der politischen Abteilung in Berlin; beteiligt an den Ermittlungen gegen die Bewegung 2. Juni. Später Staatssekretär beim Senator für Inneres und zuständig für den Berliner Verfassungsschutz.

Molotow-Cocktail: Auch: Molli. Mit einem Benzin-Öl-Gemisch gefüllte Flasche, als primitive Panzer-Abwehrwaffe verwendet. Benannt nach dem russischen Außenminister unter Stalin, Wjatscheslaw Michailowitsch Skrjabin, der sich Molotow (Hammer) nannte.

Most, Johann (1846–1906): Sozialdemokratischer Reichstagsabgeordneter, später radikaler Anarchist, in die USA ausgewandert. Autor u. a. von REVOLUTIONÄRE KRIEGSWISSENSCHAFT.

OPEC: Organization of Petroleum Exporting Countries (Organisation der Erdöl exportierenden Länder).

Pinelli, Giuseppe: Anarchistischer Eisenbahnarbeiter, im Zusammenhang mit den Bombenanschlägen von 1969 in Mailand und Rom verhaftet. Am 16. Dezember 1969 während des Verhörs durch den Commissario Luigi Calabresi aus dem vierten Stock des Mailänder Polizeipräsidiums ›gefallen‹, Ursache laut Richterspruch: Unwohlsein.
Die Serie schrecklicher Bombenattentate seit 1969 gipfelte 1980 im Anschlag auf den Hauptbahnhof von Bologna zur Hauptreisezeit, bei dem 85 Menschen ums Leben kamen. Italien erlebte eine beispiellose Hetzjagd auf Linke und Anarchisten. Nach 1980 stellte sich heraus, daß es sich bei den Urhebern all dieser Anschläge um eine Verschwörung aus Christdemokraten, Militär, Mafia, Geheimdiensten (CIA) und Neofaschisten handelte, die sogenannte Geheimloge P2, zu der auch der derzeitige italienische Staatschef Silvio Berlusconi (Mitgliedsnr. 1816) gehörte.
Siehe unter anderem:
http://www.heise.de/tp/deutsch/inhalt/co/11217/1.html
http://lexikon.idgr.de/p/p_2/p2/p2.php
http://www.bornpower.de/mafia/andreotti.htm#top
http://zoom.mediaweb.at/zoom_4596/italien.html
http://www.freitag.de/1999/50/9950II0I.htm
http://de.wikipedia.org/wiki/Silvio_Berlusconi

Pinochet Ugarte, Augusto: Chilenischer Militärdiktator, schwerster Menschenrechtsverletzungen beschuldigt. Er äußerte bei seiner Antrittsrede im Jahr 1973: »Man sagt, daß Demokratie hin und wieder in Blut gebadet werden muss, damit sie weiterhin eine Demokratie sein kann.«
Literatur und Internetquellen siehe unter > Chile.

Proudhon, Pierre Joseph (1809–1965): Französischer Sozialist; gilt als Begründer des kollektivistischen Anarchismus; Autor von WAS IST EIGENTUM (1840), prägte darin den Satz *Eigentum ist Diebstahl.*

Przytarski: Staatsanwalt in der politischen Abteilung in Berlin, beteiligt an den Ermittlungen gegen die Bewegung 2. Juni und später stellvertretender Leiter des Berliner Verfassungsschutzes.

Rata: Sowjetisches Jagdflugzeug Polikarpow I-16, ab Herbst 1936 im Spanischen Bürgerkrieg auf republikanischer Seite im Einsatz. Wegen seiner gedrungenen Form Rata (Ratte) genannt.

Rauch, Georg von: Zur Erschießung von Georg v. Rauch siehe:
http://www.jungewelt.de/2001/12-06/013.php

Rote Hilfe: Nach der 1924 von der KPD und dem Roten Frontkämpferbund gegründeten Roten Hilfe Deutschlands (RHD) zur Unterstützung inhaftierter Rotfrontkämpfer und anderer politischer Gefangener und deren Angehörigen. Nach Wilhelm Pieck führte 1925 Clara Zetkin den Vorsitz. Die Rote Hilfe Deutschlands wurde u. a. von Albert Einstein, Käthe Kollwitz, Heinrich Mann, Kurt Tucholsky und Heinrich Zille unterstützt. 1933 wurde die RHD verboten und zwischen 1935 und 1936 von der Geheimen Staatspolizei (Gestapo) zerschlagen.
http://www.dhm.de/lemo/html/weimar/gewalt/frontkaempfer/
http://www.rote-hilfe.de/index.htm?page=/no-nato/&

San Pedro Kaktus: Schnellwachsender, meskalinhaltiger Kaktus (Trichocereus pachonoi) aus den Andenregionen Perus, wo er seit mindestens 2.000 Jahren rituell verwendet wird.

Scherben: Ton, Steine, Scherben, deutsche Rockgruppe.
http://www.tonsteinescherben.de/

Schmücker: Ulrich Schmücker, Student, im Juni 1975 im Berliner Grunewald erschossen aufgefunden. Schmücker war als Lockspitzel des Verfassungsschutzes enttarnt worden, der speziell auf die Bewegung 2. Juni angesetzt war. Ein ›Kommando Schwarzer Juni‹ soll sich zu dem Mord bekannt haben, sechs Verdächtige wurden festgenommen. Der Prozess um den Mordfall zog sich von 1975 bis 1991 (!) hin, danach wurde der Fall als unaufklärbar zu den Akten gelegt. Mordfall wie Prozess weisen auf eine unerhörte Verwicklung von Ermittlungsbehörden, Justiz, Alliierten und Geheimdiensten hin.
Siehe u. a.: Stefan Aust: Der Lockvogel. Die tödliche Geschichte eines V-Mannes zwischen Verfassungsschutz und Terrorismus. Rowohlt Verlag, Reinbek bei Hamburg 2002.
http://www.nadir.org/nadir/periodika/jungle_world/_99/28/15a.htm
http://www.freilassung.de/presse/berlin/ak459_6.htm

Scotland Yard: Keine Polizeiabteilung, sondern traditioneller Name für die London Metropolitan Police, hergeleitet von der Adresse (inzwischen New Scotland Yard).
http://www.met.police.uk/

Stirner, Max (1806–1856): Deutscher Philosoph und Vertreter des ›Individual-Anarchismus‹. Bekanntestes Werk: Der Einzige und sein Eigentum (1845).
http://www.max-stirner-archiv-leipzig.de/

Strauß, Franz Josef: CSU-Parteivorsitzender, von 1978 bis zu seinem Tod 1988 bayerischer Ministerpräsident. Strauß war ab 1953 unter der Regierung Adenauer Minister für besondere Aufgaben, Minister für Atomfragen und Verteidigungsminister, 1966 bis 1969 Finanzminister. In die Schlagzeilen geriet er unter anderem wegen der Spiegel-Affäre 1962 sowie wegen zwielichtiger Rüstungsgeschäfte, etwa dem Lockheed-Skandal und der HS- 30-Affäre.

Superintendent: Inspektor (englisch).

VDK: Verband der Kriegsopfer, auch: Verband deutscher Kriegsopfer. Kurzformen für den ›Verband der Kriegsbeschädigten, Kriegshinterbliebenen und Sozialrentner Deutschlands‹, gegründet 1950 in Düsseldorf. Seit 1994 lautet der offizielle Name ›Sozialverband VdK Deutschland‹.

Venceremos!: Wir werden siegen! (spanisch).

Wehrsportgruppe Hoffmann: Neonazistische Organisation, gegen deren Aktivitäten der bayerische Innenminister Gerold Tandler (CSU) nichts einzuwenden hatte, die aber am 30. Januar 1980 dennoch verboten wurde. Einer ihrer Anhänger, der 21jährige Geologiestudent Gundolf Köhler, war nach Meinung der Polizei für den Bombenanschlag auf das Münchener Oktoberfest verantwortlich, bei dem am 26. September 1980 13 Menschen getötet und über 200 verletzt wurden. Köhler selbst kam bei dem Anschlag ums Leben.

Zensurparagraphen :
§ 86a, StGb, Verwenden von Kennzeichen verfassungswidriger Organisationen.
§ 88a, Verfassungsfeindliche Befürwortung von Straftaten (1976 eingeführt, 1980 wieder abgeschafft).
§ 90a, Verunglimpfung des Staates und seiner Symbole.
§ 111, Öffentliche Aufforderung zu Straftaten.
§ 130a, Anleitung zu Straftaten.
§ 131, Gewaltdarstellung, Verherrlichung von Gewalt.
§ 140, Belohnung und Billigung von Straftaten.

Zivis:
In den 70ern gängiger Ausdruck für Polizisten in Zivil, besonders für Kripobeamte.